电视台的女人

徐文华 著

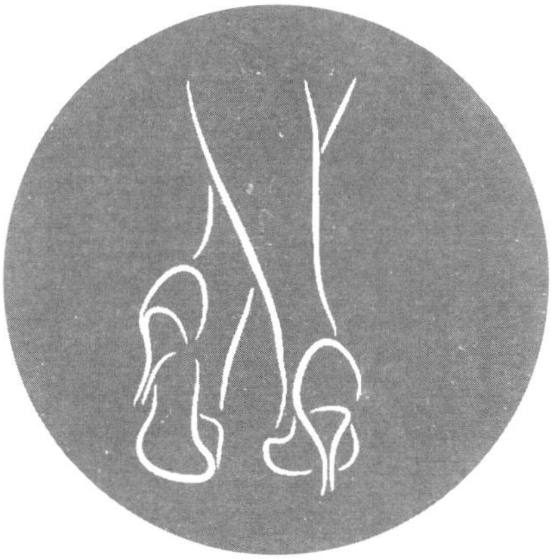

陕西新华出版传媒集团
太白文艺出版社

图书在版编目（CIP）数据

电视台的女人 / 徐文华著 . — 西安：太白文艺出版社，2019.5
ISBN 978-7-5513-1686-6

Ⅰ . ①电… Ⅱ . ①徐… Ⅲ . ①长篇小说 – 中国 – 当代
Ⅳ . ① I247.5

中国版本图书馆 CIP 数据核字（2019）第 014773 号

电视台的女人
DIANSHITAI DE NüREN

作　　者　徐文华
责任编辑　彭　雯　李明婕
特约编辑　苑浩泰
整体设计　格林文化
出版发行　陕西新华出版传媒集团
　　　　　太白文艺出版社（西安市曲江新区登高路 1388 号　710061）
　　　　　太白文艺出版社发行：029-87277748
经　　销　新华书店
印　　刷　三河市华润印刷有限公司
开　　本　960 毫米 ×640 毫米　1/16
字　　数　300 千字
印　　张　19
版　　次　2019 年 5 月第 1 版　2019 年 5 月第 1 次印刷
书　　号　ISBN 978-7-5513-1686-6
定　　价　49.00 元

目 录

第一章　危机来了

2010年，发生在某电视台内部的一场改革，不亚于一场地震。台里公开宣布：将通过竞聘的方式，选拔一批处级干部和制片人。通知里还说：此次选拔面向全台，也将打破禁忌，所有符合条件的人都可以报名参加。

一时间，在『人人都有机会』的感召下，全台上下一片忙碌，沸沸扬扬。报名参加的人数创下历史新高……

红翎刚走进办公大楼，就被追上来的紫云叫住了。紫云朝大厅里张贴的竞聘告示牌瞟了一眼，问道："红翎，材料准备得怎么样啦？需要我帮忙吗？"

红翎明白紫云指的是什么，她微笑着朝自己这位闺蜜看了一眼，说："我还没有想好要不要报名呢。"

"为什么呀？"紫云一听急了，她紧赶了两步，把红翎拉到一边，"你知道吗？听说这次连绿佳这样的80后都报名了，说句不好听的，连阿猫阿狗都出来了！这次机会多好呀，你怎么能无动于衷呢！"紫云的语气中透着急切。

红翎看着紫云那双漂亮的大眼睛里流露出的迫切神情，便拉着紫云朝电梯走去，她边走边说："你让我再考虑考虑嘛。"

"我可提醒你，报名时间不多了，你可千万别错过啦。"

"好了，我答应你，中午之前做出决定。"

"这还差不多！"

两人说着进了电梯间，见里面人多，彼此交换了一下眼神，一时无语。

出了电梯，她们肩并肩地朝办公室走去。

刚一进门，就见橙欣拿着一摞复印件急急忙忙冲了出来，朝主任办公室走去。紫云眼尖，认出橙欣手里拿的是一些获奖证书的复印件。她用手捅了一下红翎："看到没，橙欣也报名啦。"

红翎依然笑而不答，她把红色的手提包放在办公桌上，一抬眼发现绿佳正坐在电脑前忙着，她有点奇怪地问："绿佳，我记得你上午有采访，怎么还没走？"

绿佳慌忙从电脑前抬起头回答说："没忘，我把报名表填好后马上走。"果然如紫云所说的，绿佳也报名参加此次的竞聘了。这位80后的小女生可不简单，留过洋，读过研，人也长得漂亮，来部门才几年的工夫，就在同辈人中脱颖而出。

红翎现在是新闻采访部采访组的组长，每天即使自己没有采访任务，她也得准时到办公室，因为部门里所有的新闻采访都需要她来组织协调和安排落实。

等把上午采访的人员和选题全部落实之后，红翎在自己的位置上坐了下来，她给自己泡了杯意大利特浓咖啡，她需要好好想想有关竞聘的事情。

电视台这几年一直改革不断，新的改革方案经过几个月的酝酿，目前总体框架已经成形。首先就是将全台所有涉及新闻的采编队伍，经过整合后纳入到一个系统里，原有的部门和栏目有增有减。于是，台里决定通过公开竞聘的方式重新选拔一批处级干部以及各个栏目的制片人，把系统组织机构的管理人员配齐。从某种意义上说，竞聘上岗是一次打破多年来干部任命制的大胆尝试。竞聘者的条件摆在那里，凡符合规定的人都可以报名。也正因为如此，它给许多人带来了前所未有的希望。

作为电视台的资深记者，红翎已经在这家电视台工作了十几个年头了，她几乎参与了近些年来所有重大新闻的采访报道。由于工作出色，她不仅成了电视台为数不多的首席记者，还早早地被委以新闻采访部采访组组长的重任。现在，她面临的问题就是要不要去竞聘副主任这个位置。

论条件，红翎很有竞争力，有文凭、有经验，年龄也正合适。可让她犹豫不决的是，她很喜欢自己目前这种状态：每天负责组织和安排身边的记者外出采访，更多的时候自己身体力行，冲到采访第一线。她喜欢捕捉新鲜事物，与外界打交道；喜欢手持话筒，从被采访对象那里挖出一个个有价值的信息；喜欢那种每天都能接触到最新资讯的工作环境；喜欢那种永远不知道下一刻或者明天将会发生什么事情的期待；喜欢这个世界每天带给她的新感觉、新体验……总之这项工作太有挑战性了。

但是，目前国内这个行业的状况却是：一旦你当上主任或者成了处级干部，你的工作就得全部转移到管理方面，再想亲自到一线采访几乎是不可能的。一来你没有那么多的精力，二来如果你那么做了，也有越位的嫌疑。自己才刚刚四十出头，真的不想马上就放下心爱的话筒。她很欣赏国外的媒体人，可以在采访或主持的岗位上一直干到老，干到退休，她希望自己也能那样。

可是，如果放弃这次机会，让一些年轻的记者竞聘上了，似乎又有些不甘心！毕竟自己已在新闻部干了那么长一段时间，经验和教训都积累了不少，应该出来为大家服务。

红翎正在那里琢磨着，黄梅风风火火地闯了进来，她人还没站稳，就冲着红翎说："我说组长，这几天大家都在准备竞聘呢，有什么采访就交给我吧。"

黄梅是部门的老记者，资历无人能比。此人思维敏捷清楚，语言犀利精准，行动雷厉风行，是采访中难得的一把好手，如果不是因为年龄已过五十，此次竞聘难说没有她的一席之地。

红翎向黄梅投过感激的一瞥，朝她点点头，然后站起身来朝门口走去——她想去找方主任寻求一些支持。

新闻采访部除了播出系统，其余人员的办公室都集中在同一个楼层上。主任办公室就在采访组的斜对面。

红翎推开主任办公室的门，很意外地发现橙欣正在里面跟庄副主任嘀咕着什么。她看到方主任的位置空着，正想离开，却被庄副主任叫住了："红翎，过来过来，我正准备找人去叫你呢。"

红翎只好转过身来，朝庄副主任走了过来。

庄政是新闻采访部的副主任，算得上电视台里正在崛起的一代少壮派领导，他身材魁梧，五官端正，虽然年纪不大，但资历不浅，也可以说是新闻采访部的元老级人物。庄政毕业于正牌传媒大学新闻采编专业，据说在校时就是个高才生，新闻采访部刚成立的时候他就来这儿当记者了，由于表现出色，先是被提拔为采访组组长，再后来就顺利地晋升到现在的位子。他对新闻的独到见解以及多年采访积累下来的采编经验，使他深得上级主管的赏识。

庄政的父亲是一家电视台的台长，也许是得了父亲的真传，或者是小时候的耳濡目染，庄政上任伊始便表现出了少壮派那种大胆创新、果敢坚决而又游刃有余的领导天赋。庄政目前虽说只是个副处级，但是，未来的前途却不可小视，不少人都看好他的潜在实力。

"庄主任，有什么事吗？"红翎恭敬地问道。

庄政从座椅上抽出他那已经有些微微发福的身子，站在红翎面前，严肃地说："情况是这样的，昨天傍晚大连新港附近一条输油管道发生爆燃事故，台长指示我们加大报道力度，再加派一组记者过去。我考虑了一下，这次就让橙欣去吧。"

"昨天夜里我已经派萧枫赶过去了。"红翎把昨天夜里方主任紧急通知她派记者赶往现场的事情简略地跟庄政说了一遍。

"这个我知道，不矛盾！橙欣是跟随中央调查组一同过去。"庄政依然笑眯眯地看着红翎说。

“可……”红翎还想说什么，但被庄政打断了：“你听我说，橙欣来部门也有一段时间了，可突发事件的采访经验还不多，这次就让她去锻炼一下吧！”庄政的语气虽然和缓，但从他的表情上看，他的决定是不容更改的。

这时，红翎才留意到坐在一旁的橙欣已经换上了一套职业装，她正在庄政的电脑前下载着相关资料。

红翎感到有点奇怪，这次采访的人员安排怎么没有通过她来指派呢？这可是第一次。况且，橙欣一直负责文教系统的采访，从来没有突发事件的采访经验呀！嘀咕归嘀咕，红翎见事已成定局，不便再说什么，便转身回到自己的办公室。

红翎坐在办公桌前想着刚才的事情。她知道，最近台里陆续开展的干部竞聘对每一个人都是一场考验，在这个敏感的时刻，现有的干部都憋足了劲地工作，而记者、编辑们也在通过各种机会展示自己的实力，谁也不想在这一轮改革中遭遇淘汰的命运。而在电视台这个卧虎藏龙的地方，想要出人头地，除了卧薪尝胆、苦熬冬夏，善于把握每一次机会，利用“潜规则”一步登天的也不在少数。在这个充满变数的时期，橙欣的表现不由得让人想去问个为什么。

但这仅仅是个开始，接下来发生的事就让红翎不得不对橙欣另眼相看了。

“不好意思，来晚了，今天路上太堵了！”红翎一头撞进办公室，气喘吁吁地把她那只标志性的红色大提包随手丢在办公桌上。

此时正是秋高气爽的季节，但红翎的额头上还是渗出了些许细小的汗珠。她一边小心地用纸巾擦拭着顺着发际渗出的几颗汗珠，一边急切地用目光搜寻着她的搭档。

今天有个直播报道任务，她一早就出来了，但现在城市的交通太成问题了，平时只需要二十分钟的路线今天几乎多花了一倍的时间，让她险些迟到。

还未等她招呼，她的老搭档——摄像记者李辉已经站在了她的面前。

“组长，不好意思，今天领导派我跟橙欣去采访。”李辉的语气有些含糊，仿佛做了件对不起红翎的事儿。

“那今天谁和我搭档呀？”红翎略显意外地望着李辉，目光里游移着几分疑惑。

“这……”李辉迟疑了片刻，然后压低了声音说道，“还是那个活儿，领导换人了。”

“为什么？”红翎以为自己听错了，她惊讶地睁大了眼睛，大声地问道。要知道，为了今天的报道，红翎已经筹划了好几天了，她不仅阅读了大量的背景资料，精心准备了报道提纲，还通过关系事先走访了几位权威人士，如果临时将她换下，她所做的这些准备岂不是前功尽弃了吗？

李辉不置可否地摇了摇头，然后又压低了声音说道：“这事儿你得问主任。”

没等李辉说完，红翎已经冲出了办公室。这也太过分了吧！临时换人，算怎么回事呀？

不一会儿，红翎从主任办公室回来了。她把随手脱下的橘红色上装恨恨地甩在座椅上。就在刚才，在庄政那里，红翎又一次不得不听从了这位领导的调遣，她连坚持的理由都没有。

在美女如云的电视台，红翎虽然算不上靓女，但其纯净自然、聪明伶俐的外表，特别是那骨子里流露出来的淑女气质以及一直以来与人为善的品性使她无论在哪个方面都不逊色于人。大伙儿知道，若不是遇到极不顺心的事儿，红翎是不会有此举动的。

尽管大伙儿心里都明白，庄副主任点橙欣的将显然不仅仅是为了给她一个锻炼的机会。在电视台里，有些事还是心照不宣的好。

这时，橙欣走了进来。她环视了一下在座的同事，见红翎还在那儿生闷气，便径直走了过去。

可就在她即将走到红翎身边的时候，她万万没有料到，红翎“腾”的一声从座位上站了起来。红翎瞪着两只大眼睛，气愤地看着橙欣问：“你告诉我，这到底是怎么一回事？”

橙欣从来没见过红翎发这么大的脾气，她明知理亏，便不得不弯下腰来略带歉意地说道：“红翎老师，不好意思，是领导的安排，我只能服从。”

“我不相信！”红翎紧盯着橙欣的眼睛，似乎要从中找出答案。橙欣露出了一脸无辜的表情，她耸了耸肩，然后看了看腕上的手表，脸上尽量堆满笑容对红翎说：“我该出发了，你放心吧，我一定完成好这次任务。”

红翎没有回答。她默默地注视着眼前这位体态轻盈、身材修长的女人，脑子里突然冒出“过河拆桥”这个成语。

橙欣可以说是红翎一手带出来的。五年前，她还是南方某个县级剧团的小演员，刚来电视台时几乎什么都不懂，是红翎从最基本的画面编辑到新闻稿的采访写作，手把手地把她教出来的。尽管自视甚高，可面对竞争激烈的新环境，初来乍到的橙欣不仅学得非常用心，做人也十分乖巧。她曾经不止一次地对红翎说：“红翎老师，我特别佩服你！我一定会好好跟你学的。希望将来也能成为你这样优秀的记者。”

俗话说功夫不负有心人，几年过去了，橙欣已经可以独当一面了。然而在电视台，尤其是在新闻采访部门，要想获得重大新闻的采访机会可不是件容易的事，因为事关重大，若有半点闪失，不仅仅是记者，就连部门领导都可能会吃不了兜着走。所以，橙欣直接参与重大新闻采访报道的机会并不多。可这次，不知道橙欣使出了什么手段，竟然能让庄副主任连招呼都不打就临阵把红翎换了下来，这不能不让红翎心生疑惑。

望着快步走出办公室的橙欣，红翎突然感到了一种从未有过的压力。她没有想到自己一手调教出来的那个曾经事必求教的弟子，这么快就能和自己分庭抗礼了，而且是在她猝不及防的时候。红翎知道橙欣正在积极准备竞聘，她会争取每一个出镜的机会。联想到不久前庄副主任单独指派橙欣去采访大连油库失火的事情，红翎不得不猜想，这到底是因为橙欣的翅膀已经长硬了，还是她也像台里某些女孩子一样，为了个人的利益而不择手段走了什么捷径呢？

李辉还在那里埋头整理着自己的摄像器材，暗中却在观察着红翎的表情，其他记者似乎都在各忙各的，但私下都在悄悄地留意着事态的发展。

就在红翎左思右想的时候，橙欣又走了过来。她知道，在自己羽翼尚未丰满的时候，她必须在红翎面前装卑微，这样有利于今后朝着自己既定的目标前进。

“红翎老师，我要出发了，您还有什么嘱咐吗？”她笑嘻嘻地问。

“该学的你都学到了，不该学的你也学会了。我还有什么好说的？”红翎一字一顿地说道，显然她还没有从刚才的愤怒中回转过来。

“红翎老师，您就别生气了！我都来那么长时间了，也该让我见见世面了。好赖我也是您的学生，我出彩，您脸上不也光彩吗？”橙欣似乎并未理会红翎的气愤，脸上依然挂着笑容。

“算了吧，老师不敢当，可我毕竟是你的组长，想要机会可以先跟我说嘛！背后拆台算什么呀？难道这也是我教你的？”红翎似乎从橙欣的眼睛里读到了什么，得了便宜还卖乖！红翎平日里最讨厌的就是那种表里不一、虚情假意的人，尤其是通过某种途径为自己争取机会的人。她用不屑的目光冷冷地望着橙欣，心中的怨恨还在继续。

“红翎老师，您大人大量，下次我一定先跟您打个招呼。对不起，我真的该走了。”也许是自觉理亏，或者毕竟跟过红翎，对于红翎的诘问，橙欣没有反唇相讥，只是搪塞了一句。说完，就带着摄像头也不回地快步走出了办公室。

红翎忽然觉得有些胸闷，于是站起身来，向门外走去。

红翎不知不觉就到了台里的咖啡厅。这是她常来的地方，只要有空，每天午后她都会来这儿坐坐。在咖啡厅的一隅，她要了一杯热拿铁，默默地望着窗外。

“嗨！这么早就来喝咖啡了。”一个声音从她的身后传来，她一扭头，看到了部门的首席摄像记者刘剑锋。

“是剑锋啊！刚采访完回来？”见刘剑锋手里还提着摄像机，红翎脸上挂着一丝笑意地问道。

“是啊！一早就跑了趟机场。过来补充一点儿热量。”刘剑锋脱下外套，也要了杯咖啡，侧身坐了下来。

“胃又不舒服了？”红翎关切地问。

“还是老毛病。过了点不垫点儿东西就有些难受。”刘剑锋摆摆手，显得有些漫不经心。

“找个时间好好检查一下，可不能大意噢！”红翎提醒道。

“干咱们这行的，有几个不这样？自己平时多注意调理一下就行了，没事儿。”刘剑锋又摆了摆手。说完，他仔细瞧了一眼红翎，突然好奇地反问道：“你怎么还没出发呀？一个人躲在这里做什么呢？”显然他已经察觉到了红翎今天的举动有些反常。

“嗨，其实也没什么。”红翎犹豫了片刻，最后还是忍不住把今天早上发生的事简单地描述了一番。

刘剑锋听罢，没有马上发表意见。他端起咖啡抿了抿，然后问道：“你是不是觉得特委屈？”

“不全是，只是觉得这样做也太不尊重人啦！”红翎依然有些愤愤不平。

刘剑锋若有所思地点点头，他没有顺着红翎的话往下接，反倒是话锋一转，喃喃自语：“记得你刚来的时候，总喜欢把头发高高地梳成个大马尾，在脑后来回晃动，成天嘻嘻哈哈的。”刘剑锋比红翎早几年进台，所以常常以师兄自居。红翎有点莫名其妙地望着刘剑锋，不知道他为什么突然说起这些。

“电视台是个名利场，说不清、道不明的事比比皆是。这么多年过去了，你好像还和从前一样。”刘剑锋似乎有些感慨，轻轻地吁了一口气。

“一样什么？还是那么傻乎乎的？”红翎好奇地问。

“还是那么透明！”刘剑锋笑了笑，继续说道，“工作上的事儿尽力就行了，有些事情不是你我可以左右的，所以没有必要老放在心里。”

“那也不能当做没有发生吧！”红翎仍然有些不服气。

“那又怎么样呢？你能阻止它发生吗？既然不能，就该面对。我想换了别人，你也会这么说的。况且这样的机会给了你，又能说明什么呢？轻易得来的机会算不上什么，争取来的才值得珍惜。也许今天这个机会对于橙欣来说，是付出努力才争取到的。从这个角度看，橙欣更不容易，如果这样想，你或许就不会和她计较了。”刘剑锋边说边观察着红翎的反应。

在刘剑锋的眼里，红翎不仅是个乐观随和的女孩子，有时还带着一股任性，当然这种任性常常能让她比别人显得更为自信。而在红翎的眼里，刘剑锋表面上是一个“事不关己，高高挂起”的人，实际上他却是个善于观察、勤于思考、善于和人沟通，但却鲜于评价别人得失的一个人。

“我只是觉得这种手段不够光明。”红翎辩解道。

“既是名利场，自然免不了明争暗斗，看多了也就习惯了，关键是看你怎么对待。你有你的优势，不在于这一两次机会。再说，新闻采访部里还愁遇不上重大新闻？你说呢？”刘剑锋继续以师兄的身份开导着红翎，“我知道你是个把名利看得很淡的人。前几年，凭着老台长对你的赏识，但凡你有一点点私心杂念，恐怕现在也不用在采访一线上跑了。这是为什么？不争名逐利，干自己喜欢的事情，乐得自在，你追求的不就是这些吗？”

红翎默默地听着，紧绷的心开始松弛下来。这些年来她一直是这么做的，只不过遇到今天这种事情，心理上有些难以承受罢了。

“好了，失陪了，我该走了，还得去交差呢！”刘剑锋指着身边的摄像器材边说边站起身来，离开前他又转过身来看了一眼红翎脖子上的项链，笑着问道，“玉坠很不错，上面雕的是弥勒佛吧？”

红翎下意识抚摸了一下玉坠点了点头。要知道，这条项链是红翎平时最喜欢佩戴的，上面雕刻着一个笑口常开的弥勒佛。有关这个玉坠的来历她曾经跟刘剑锋提到过，此时此刻，红翎用手抚摩着玉坠，她突然意识到刘剑锋是在提醒着她什么，她用感激的目光望着刘剑锋远去的背影，心中的怨气不知不觉地消散了许多。

下午5点刚过，红翎便回到了家中，这让几天前刚从南方老家赶来探望女儿的妈妈感到有些意外和惊喜。

面对妈妈的询问，红翎只是点了点头，没有回答。她独自走进了卧室，把自己重重地摔在了床上，她觉得自己今天有点提不起劲儿来，脑子里乱极了。

过了好一会儿，妈妈见屋里没动静，便跟了进来。见红翎正趴在床上闷头看电视，觉得有点异样，赶紧上前问道："你不是说今天有重要的采访吗？怎么这么早就回来啦？不舒服了？"

"别提了！"尽管和刘剑锋的谈话已经冲淡了红翎的一些怨气，但在妈妈面前，她还是忍不住要发泄一下心中的不快。

她一骨碌从床上爬起来，把今天采访报道临时换人的事情告诉了妈妈。"今天的报道很重要，可我作为采访组组长居然这么闲着，真是岂有此理！"红翎郁闷地吐露着心中的委屈。

"怎么会这样？"妈妈听完事情的经过，也觉得有点蹊跷。

妈妈是最了解女儿的人了，女儿从小就是她心中的骄傲！她知道，这些年来，女儿经常出现在各个重大新闻采访的第一线，心高气傲的她无论是面对天灾人祸还是远赴偏远山区，即便是遇到难以克服的困难，她也没有退缩过。每当看到红翎自信地出现在镜头前，当妈妈的心里就会充满自豪，她曾经无数次地鼓励女儿要继续努力，在电视新闻界出类拔萃。可这两年，看到女儿因为太过投入，都四十的人了还没有交到男朋友，更没有要出嫁的迹象，这又让做妈妈的在分享女儿快乐的同时不免生出许多担忧。

"可能领导有别的考虑吧。"妈妈一时无法判断今天这事孰是孰非，她没有再说什么，转身回到厨房里继续做饭。

晚饭端上来了，平日里红翎最喜欢吃妈妈做的这道清蒸鱼，可今天她却品不出味来。她一边慢吞吞地咀嚼着，一边紧盯着电视机。

自从十五年前她成为新闻采访部的采访骨干以来，像今天这样遇到重大的新闻事件却能这么清闲地待在家里的事儿似乎还没发生过。她猜想：今天新闻的头条一定是有关国庆报道的消息。

果然不出所料，橙欣替代她采访的新闻成了今天的头条。在这条新闻即将结束的时候，橙欣出来亮相了，她在屏幕前口齿流利地播报着，至于她都说了些什么，红翎没有太在意，反倒是从她的眼神里读到了一丝得意。

一想到原本应该是自己出现在电视上的，此刻却莫名其妙地换上了橙欣，红翎的心绪顿时又有些波动起来。其实，到了这会儿，红翎对谁去采访已经不再关心了，让她不能释怀的是，像这样的事以后肯定还会发生。在电视台这么多年，她见过不少因为得不到领导信任而被冷落在一旁的记者和那些渐渐被年轻记者取代而被挤到边缘的人，她从没想过有一天自己也可能会像他们一样，而今天她却着实感到了这种威胁的存在。

“好了，别再想这事儿了，不就是一次采访嘛！咱不跟她计较。”妈妈往红翎的碗里又夹了一块鱼肉，劝慰道。

“不是计较不计较的事儿，在电视台，有些事情光靠个人的努力是不够的。”红翎若有所思地敷衍了一句。

“那还靠什么呀？”妈妈紧跟着问了一句。

“妈妈，我跟您说不明白。”红翎撒着娇，有些不耐烦地回了妈妈一句。

“哎！妈妈现在是看不懂许多事。要是你身边能有个伴该多好，遇到啥事也好有个商量。”母亲叹了口气，显得有些无奈。红翎的婚事始终是妈妈的心病，好容易来看一次女儿，她不能不跟女儿提提这事儿。

“前两个月，你李阿姨给你说的那个人咋样了？”妈妈沉默了一会儿问道。

“好了，妈，缘分还没到呢！不过您放心吧，早晚的事儿，等我有了男朋友，肯定第一个告诉你。”每回和妈妈聊起这事儿，红翎的心中便有一种说不出的滋味。这些年来对于自己的感情问题，她也不是无动于衷，可不知为什么，结果总是不尽如人意。有时她也会扪心自问：是自己的标准定得太高了？还是太过于注重个人的感受了？

妈妈又吃了几口饭，似乎突然间想起什么，她用试探的口气对红翎说：“我看最近电视里有好多相亲的节目，你有没有想过去试一下？”

红翎一听妈妈让她去电视相亲，有点哭笑不得地看着妈妈：“妈，你真的怕女儿嫁不出去呀？我可不愿意把自己像商品一样摆出去让众人挑选，那多丢人呀！”

妈妈知道自己的女儿有很强的自尊心，没有再提电视相亲这档事。可她还是要继续这个话题。

“也不知道你张大哥现在怎么样了，你们还有联系吗？”

“没有！他这个人就像天上的一片云飘来飘去的，我一直没有他的消息。”红翎又下意识地摸了摸胸前的玉坠。

“哎！张宇真是个不错的孩子！你说说，你们俩怎么就没缘分呢？”妈妈又叹了口气，若有所思地摇了摇头。

妈妈这个时候又提到张宇，让红翎不由得想起了十多年前的事情。

那是个飘着蒙蒙细雨的夜晚，红翎送走了她的同学兼兄长——张宇。

张宇是红翎的大学同班同学，比她年长几岁，还是她的班长。毕业那年，他选择了去澳大利亚留学。临行前，他把红翎约到了他们常去的那家咖啡馆。

整个晚上，红翎一直乐呵呵地望着张宇，听他编织着未来，她满脑子都在幻想着张宇即将开始的异国他乡的生活，希望他能早日功成名就，衣锦还乡。

那一晚他们聊了很久，直到店铺打烊。

临别前，张宇将一个拴在红绳子上的翡翠玉坠递到红翎的手上："红翎，我这一走，不知什么时候咱们才能见面，想来想去也不知道送你什么好，就买了个玉坠送给你，算是留念吧！"

"好漂亮啊！"红翎接过玉坠，借着路灯仔细地端详起来，"是个弥勒佛吧？真好玩儿！"

"哎！真不知道将来到了社会上你会怎么样，希望你能像这个弥勒佛一样学会包容，更重要的是笑口常开。"张宇迟疑了一下，但还是抬手拍了拍红翎的肩膀。

"放心吧！我一定会快快乐乐地生活的。"红翎笑着不住地点头。

"以后到了工作单位可就没有人像我这样宠你了，遇事不要太任性，知道吗？"那时的红翎还是个懵懵懂懂的女孩子，面对张宇的依恋之情，她没有做过多的联想……

就在红翎正沉浸在往事的回忆中的时候，她的手机响了。

"嗨，我是紫云。在干吗呢？出来聊聊吧。"电话的另一头传来了一个清脆悦耳的声音。

紫云的电话来得恰到好处，此刻的红翎正想找人聊聊呢！于是她爽快地答应道："你在马路对面的玫瑰园等我吧，我马上过来。"

红翎挂上电话，从衣架上取下风衣，她边穿衣服边对还坐在餐桌前的妈妈说："我出去一会儿，约了紫云。"妈妈知道紫云是红翎最要好的朋友，便点点头，提醒她早点回来。

第二章 机关算尽，不如顺其自然

一周来，电视台内部十分热闹，为了即将到来的公开竞聘，不仅台里的编辑、记者私底下忙得不可开交，就连一些驻外的首席记者也赶回来了，复印各种证明材料的人络绎不绝，把部门那台最新款的复印机的墨盒都用废了……

如果说过去个人的价值是以一个部门领导的好恶来决定的话，那么公开竞聘给大家提供了一个公平展示个人实力的平台。

宽阔的马路对面，是一座由香港人投资建造的多功能写字楼，和许多写字楼一样，大厦的底层是商场，除了卖服饰、箱包、居家用品，还有几间独具特色的餐厅和咖啡馆。其中一家由台湾人经营的咖啡馆显得尤为雅致，那就是红翎将要和紫云会面的“古典玫瑰园”。

咖啡馆不大，但却名副其实，里面不仅布满了真假玫瑰花，就连室内装饰也颇具古典韵味，古色古香的欧式桌椅，雍容华贵的窗饰壁纸，以及镶嵌在墙壁上的西洋油画，无不彰显尊贵。步入其中，清新的玫瑰花香伴随着轻柔的欧洲古典音乐扑面而来，让人觉得自己仿佛正置身于一个异国他乡的花园里。这是红翎和紫云经常喜欢光顾的地方。

此刻，紫云已经提前到了。跟往常一样，她又坐在了靠近屋角的那张双人桌旁，并且已经为自己点好了一杯英式奶茶。

她静静地坐在那儿，若有所思地望着对面墙上的一幅油画。

那是一幅女孩的肖像，色调黯淡，背景是阴郁的天空、隐约可见的山丘、黑色的土地。女孩端坐在地上，左手撑着下巴，目光凝视着远方。在她的身边有一只被打翻的花篮，鲜花散落在她的裙摆周围。那是一条灰色的长裙，腰间还系着一块镶着花边的围裙。灰黑色的紧身上衣无拘无束地勾勒出少女丰盈的体态，似有勃勃的生机正待迸发。一头棕红色的长发蓬松地披散在肩头，在凝重的苍穹的映衬下，仿佛一团跳动的火焰，燃烧在忧郁的大地上。然而，就在这狂躁不安的景象中，女孩的面容却是那么的宁静与安详，仿佛一束希望的阳光凿穿坚厚的土地照进了阴郁的地牢。这是一张细腻红润又略显苍白的脸，微微扬起的眉毛躲藏在一缕秀发的边缘，恍若有意将眉梢撩起的热望隐匿在少女的羞涩之中，但是那双清澈如水的明眸却难以掩饰她内心荡漾的激情，一如在她唇边流连的喜悦。她在想什么？或者什么都没想，她只是在等待……

如果细细比较，紫云和画中的那个少女倒还有几分相像，只不过现实中的紫云色彩更加鲜亮一些：一件白色的紧身羊毛衫外面随意地披着一件印有一个玫瑰花图案的白色外套，给人一种素雅却不失热烈的感觉。

紫云曾经是南方一家电视台小有名气的节目主持人，不仅人长得漂亮，工作也很出色，更让人称道的是她还非常聪明，喜欢思考。当年在那家电视台，她就不像一般播音员那样仅仅满足于站在摄像机前，背诵记者事先已经为她们准备好的稿子，或者仅学点儿插科打诨的本领，而是经常利用业余时间自己找选题、制作节目，后来她集策划、组稿，甚至采访于一身，成为当时少有的真正意义上的节目主持人。除了工作，闲暇时她还有舞文弄墨的喜好，不时发表些短文、小诗，因此博得了个“美才女”的雅号。为了在一个更大的平台上展示自己的才干，她在事业的辉煌阶段毅然放弃了已经获得的赞誉，离开自己的家乡，告别了安逸的生活，来到这座北方最大的城市，并降低身价，心甘情愿做了一名“合同工”，专为部门策划节目。

紫云刚呷了口飘逸着浓郁香气的奶茶，就见红翎从外面进来了，她朝红翎招了招手，然后目不转睛地盯着她，一直看着她落座在自己对面。

“我的好姐姐，今天怎么有点不高兴呀？”紫云的眼睛依然没有离开红翎那张看似毫无表情的脸。

紫云这是明知故问。其实，下午在办公室里，她已经从别人那里知道了直播临时换人的事情，她今天晚上约红翎出来就是为了安慰安慰她。作为红翎的好朋友，她很清楚此刻红翎的心里在想什么。

“像这样的事儿以后肯定还会发生，看来我该退居二线了。”红翎在紫云面前从不避讳心里想些什么。

紫云看着红翎，微微一笑，转头叫来服务员，先给红翎点了杯贵妃奶茶，然后又将目光停留在红翎的脸上。见红翎还有些闷闷不乐，便又笑嘻嘻地说道：“事情已经过去了，就别再想它了，现在应该想想接下来我们能够做什么？橙欣只代替你做了个现场报道，其实有关国庆的选题是可以深入挖掘的，你可以利用你的优势，进行一些深度的采访。比如，我们可以考虑做一期有意思的访谈节目……”

尽管不是什么安慰的话，紫云的提醒倒也使红翎的心情舒缓许多。想想也是，做了那么长时间的新闻记者，还能为这点小事想不开？想到这儿，红翎反倒觉得自己有些小家子气了。于是她舒展了一下眉头，咧开嘴笑着说：“谢谢你的提醒，到底是策划高手！瞧这大半天，净顾着生闷气了，前些天我还真是收集了不少这方面的资料，搞个专家访谈什么的不成问题。”

“这就对了嘛！姐姐就是姐姐，啥事难得倒你啊！但也不要高兴得太早了，今天可得你来买单噢！”紫云漂亮的脸蛋儿上露出一丝狡黠的微笑，愈发显得楚楚动人。

“敢情是为了这啊！我还真以为你是关心姐姐呢。没问题，今晚就敞开了喝吧！”红翎此时已经彻底放松了心情，喜笑颜开地和紫云逗起趣来。

“大晚上的让我喝那么多咖啡，不想让我睡了？居心不良！”紫云摆了摆手，笑容依旧地望着红翎。

两个人逗完乐，便转入正题，你一言我一语，梳理起采访思路来，直到咖啡馆里的人渐渐散去。

回到家里，红翎顾不上洗漱，立即打开电脑，把选题和采访提纲连夜整理了出来。

第二天一早，红翎把采访提纲递到了新闻采访部主任方浩的办公桌上。

“不错，围绕一个新闻事件再进行深入访谈，这样效果会更好。我看就把它当成一期特别节目吧！今天晚上能赶出来吗？”方主任同意了红翎的采访方案。

“没问题！”红翎自信地点了点头。

“好，你立即着手准备吧！在晚间新闻后面播出。”方主任满意地笑了笑。

红翎是方主任非常喜欢的一类记者。红翎之所以能够一直担任采访组组长一职，在很大程度上就得益于她的这种自信，无论是领导布置的任务还是自己策划的选题，红翎总能在最短的时间内达到预期的目标，这里面除了她谙熟新闻采访的几大要素，善于随机应变捕捉不同的新闻点，更重要的是她平时非常善于积累，每遇重大事件或热点问题，不管是否需要她去采访，她都会主动收集相关的信息与资料，或用在采访中，或提供给其他记者参考。就像这次国庆采访，如果不是事先掌握了那么多信息，她是不会如此自信地向领导表态的。

一走出主任办公室，红翎便立即投入到了工作中。她必须尽最大的努力来跟橙欣进行一次较量，以证明自己实力依旧。

首先是要确定访谈对象，红翎打开笔记本，里面有她掌握的大量人脉关系，她快速地圈出了几个重点人物，并立即和他们取得了联系。其中有参与国家重大工程建设的设计者、建造者，有海外留学归来的学者，特别让她高兴的是，刚刚在国际重大比赛中得奖的运动员也答应接受她的采访。

一切都在晚上 8 点半之前准备妥当了。新闻访谈节目正式开始之前，所有被邀请的嘉宾就已在演播室落座了，趁着节目还没有开始，红翎和他们一一握手寒暄表示感谢。这时，担任策划导演的紫云向她做了个手势，示意访谈节目进入倒计时。

今天的访谈节目属于特别节目，记者出身的红翎坐在了主持人的位子上，节目将以记者提问、嘉宾即兴回答的形式贯穿始终。红翎再次调整了一下座位的角度，又下意识地整了整衣领。

一切准备就绪，8∶30，访谈正式开始。

红翎从迈入这家电视台那天起，就一直从事新闻采访，近二十年中，她的采访足迹遍及整个中国版图，采访过的人物不计其数，这次访谈对她来讲，可以说是驾轻就熟。凭着多年的采访经验，节目一开始，红翎便频频向在座的嘉宾提问，嘉宾几乎是抢着回答问题，现场气氛很快就进入了佳境。节目即将结束的时候，大家的谈兴依然未减，红翎忽然灵机一动，让在座的每位嘉宾现场说一句感性的话，作为这次访谈的结束语。

“我要用自己的双手把祖国打扮得更美丽。”那位建设者说。

“我要争取多拿几块奖牌献给祖国。”那位运动员说。

“我爱你，中国！”那位留学归来的学者说。

“让我们一起来说一声：祖国万岁！”红翎适时地把节目的气氛推向高潮。

伴着“祖国万岁”的余音，导播及时把画面切到了一幅鲜红的国旗上，紫云冲过来对着扩音器向她兴奋地说了声“OK”。

“红翎，表现不错！刚才台长专门来电话表扬了，说选题正确，内容丰富，形式活泼。继续努力哦。”坐在值班室里的方主任见红翎走进来，立即喊住她，把台长的意见及时传达到位。

“谢谢领导的鼓励。”红翎微笑着回应了一句，然后回到了自己的办公室。

刚一推开门，没想到橙欣恰巧从里面出来。这么晚了，她怎么还没走？红翎礼貌地让到一边，正想和她打招呼，却见橙欣一言不发地和自己擦肩而过，脸上的表情似乎还有些凝重。

红翎望了望她的背影，疑惑地看了一眼还在办公室值班的李辉，显然是想知道为什么。

李辉站起身来，望望周围没人，但还是压低了声音说道：“被庄副主任说了几句，不高兴了。”

“出什么事了？”红翎略有些惊讶地张口问道。

“也没啥事！还不是因为你的节目。”李辉摇了摇头。

“我的节目怎么啦？”红翎更不明白了。

李辉又环顾了一下周围，说道：“刚才你的节目一结束，庄副主任就过来了，在橙欣面前嘀咕了几句，好像是说，国庆报道的新闻虽然让她抢了头功，但重头戏却在你这儿，还让她多用用脑子，向你学学。”

“就为这？她也知足吧，都上了头条还不高兴？我不过是给她做了个后续而已，哪有她在现场风光啊！”红翎听罢有些不以为然地说道。

尽管嘴上这么说，可在心底里，红翎还是抑制不住地泛起了几分喜悦。在她看来，这场竞争中，她和橙欣可以说是平分秋色。尽管这一次两人打了个平手，但是红翎很清楚，危机依然存在！橙欣毕竟比自己年轻，只要她肯努力，加上背后有人力挺，她超过自己是迟早的事儿。但，在这一天还没来到之前，红翎是不会甘拜下风的。

此刻，她最急需做的就是准备竞聘。

红翎是在报名截止的最后一刻递上了自己的申请。她经过仔细权衡后，决定继续竞聘目前所在的岗位。

“为什么呀？竞聘主任的岗位不是更好吗？”紫云在听到红翎的决定后不解地问。

“因为我太喜欢自己现在这种状态了。你想，如果我能继续留在组长的位置上，就不会失去采访的平台，我想成为 CNN 里面那些资深的老记者。”

“我明白你的追求，你想保住你能继续当记者的平台，可你放弃了一个更大的政治舞台。”

“在这个社会上，每个人都应该找到适合自己的位置，有些舞台很大，可不一定适合自己表演。”

“好了，我说不过你，需要什么帮助？”

红翎和紫云之间，打从一开始就有点惺惺相惜的味道。这在美女如云、心高气盛的电视台实属罕见。虽然两人同为南方人，但却有着完全不同的性格，一个内敛中透着坚强，一个张扬中散发着柔媚。

红翎知道，如果不是因为此次竞聘的条件所限，紫云也会报名参加的，她现在把所有的心愿都转移到了自己的身上。虽说争夺采访组制片人的岗位红翎有十分的把握，但她也知道不能掉以轻心，自己有必要去打赢这一仗。

在距离竞聘还不到一周的时间，橙欣开始了紧张的备战。她这次也准备竞聘采访组制片人这个岗位，她的最大对手就是红翎。为了准备陈述报告，她以出差为由，瞒着丈夫在电视台附近租了一间公寓。

这天，橙欣一下班便赶回了公寓，并给庄政发了条短信："亲爱的，我已经回到房间了，你忙完了就直接过来吧。"橙欣太想得到制片人这个位置了，她知道，这是一次改变命运的机会，不仅仅因为可以在亲戚朋友面前炫耀，还因为只有争取当上制片人，手里才能有权力，而有权力，才能去干自己想干的事情。为了实现自己的理想，她必须得到庄政强有力的支持。

橙欣之所以能够来到电视台工作，与庄政有着直接的关系。橙欣最早是外省某县级剧团的一名演员，几年前一个偶然的机会，认识了现在的丈夫罗素。

罗素当时是政府的一名工作人员，随市领导前往橙欣所在的那个县城进行考察。就在考察结束前，当地县政府为了答谢远道而来的贵宾，特意安排了一场K歌晚会为他们饯行。就是在这场晚会上，橙欣被县领导请来作陪。橙欣因为长得漂亮，加之能歌善舞，常被县领导请来陪同嘉宾。不知是早有预谋，还是天赐良机，罗素一进门，橙欣便主动迎了上去。在那天的晚会上，橙欣只要一空下来就陪在罗素的身边，替罗素点歌，陪罗素说话。到晚会结束时，她跟罗素已经很熟悉了。

当然，就跟许多在片刻中诞生出的情感一样，橙欣和罗素迅速成了朋友。只是谁也没有料到，一场发生在普通县城的K歌晚会，居然让橙欣和罗素戏剧性地走到了一起。

两人完婚后，橙欣很快就以妻子的身份跟随而来。为了解决妻子的工作问题，罗素找到了他的大学同班同学庄政。于是，在庄政的极力推荐之下，橙欣顺利地进入了这家让许多年轻人都梦寐以求的电视台。

虽然不能和灰姑娘的传奇相比，但从一个偏远小县城，从一名不知名的小演员变身为繁华大都市电视台的新闻记者，这也足以让人惊羡不已了。恍若草窝里飞出了金凤凰，虽然有了展翅高飞的机会，但满身的草芥和土渣还是让她多少有些自惭形秽，于是，在短暂的兴奋过后，橙欣立志一定要把握机会，彻底改头换面。身为女人，橙欣非常清楚自己的优势就是年轻和漂亮，她相信自己不傻，工作能力是可以通过努力提高的。而且她也相信凭着自己丈夫跟庄政的关系，只要她努力，就一定会有灿烂的明天。于是，她先是在丈夫的帮助下取得了一张大专自学文凭，然后又认准了庄政可以成为她立足电视台的靠山，就像当初为了改变命运她把宝押在罗素身上一样，为了使自己能够尽快地变成一只真正的金凤凰，她又开始在庄政身上下注了。

在新闻采访部当主任，每天都要处理和应对各种突发的事件。遇到重大事件时，主任们不仅要立即协调并指挥记者及时赶赴事发现场，有时还得亲自出马率队前往。在没有重大新闻事件时，还要组织策划一些新闻选题，丰富新闻版面。平日里主任的工作就是坚守在值班室里看稿、审片、统筹播出，至于说到权力，那就是他们手中掌握着全部门几百号员工的去留和奖惩大权。别小看这权力，它对橙欣来说可是太重要了。

一个小时之后，庄政悄悄地走进了橙欣住的公寓。一进门他就被橙欣拦腰抱住，而后又被她劈头盖脸地狂吻了一阵，接着两人才相拥着走进了房间。

“亲爱的，这次你一定要帮我！”庄政刚一坐下，橙欣就倚靠在沙发的扶手上跟庄政撒起了娇。

“帮什么？”庄政笑眯眯地看着橙欣，显然是在明知故问。

“人家对你都以身相许了，还问帮什么？”橙欣努着嘴，做出一副很委屈的样子。庄政笑得更邪了。他捏着橙欣的小手说：“我知道了，别着急嘛。”

庄政把身子在沙发上放舒服后，喝了几口橙欣事先给他泡好的茶，然后向橙欣透露了一些有关竞聘的内控指标，又详细地指出了应该特别注意的事项。

听完庄政的话，橙欣明白她此次最大的竞争对手就是红翎。跟红翎比拼，的确有一定的难度，但有道是“知己知彼，百战不殆”，她迫切想知道红翎的想法，她希望庄政能帮助她搞到红翎的陈述报告。

于是，她好像突然想起了什么似的歪着头问庄政：“不知道红翎是如何准备的，她可是我强有力的竞争对手啊！”

“先别管他人，你自己先熟悉材料，一定要做到对答如流。”话虽这么说，但橙欣的话倒是提醒了他，他开始在心里暗自盘算起来。

这天晚上，橙欣把庄政留到 11 点半才依依不舍地放他回家。

第二天一早，庄政在办公室找到了红翎。

“红翎，现在有空吗？去咖啡厅聊聊。”庄政倚在门边，手里拿着支中华牌香烟。

“好的。”红翎见主任主动来约她，不知其中的缘由，连忙放下手中的工作，跟着庄政到了咖啡厅。

红翎替庄主任要了杯绿茶，自己点了杯咖啡，然后等着庄主任开口。

“竞聘马上就要开始了，你准备得怎么样了？”庄政端起杯子想喝，发现太烫，又放了下来。

红翎没有料到庄主任问的是这个问题，内心不由得一阵感动，刚才还有点儿紧张的心情立刻松弛了下来。“主任，我已经准备了一个大纲，你抽时间帮我看看，提提意见。”红翎笑着说。

“好啊！差不多了就拿给我看看吧。”庄政也咧了咧嘴。这半年多来，庄政跟红翎的谈话变得越来越公事公办，尽管他曾经很欣赏红翎。

“好的，我一会儿回办公室就发给你。”红翎也希望得到各位主任的指点，没有多想就答应了。

“红翎啊，你这一次一定要好好表现，力争保住现在的位置。”

红翎见庄主任表情严肃，连忙点头答应。

“你知道我最希望看到一种什么结果吗？”

庄政见红翎不置可否的表情，就接着往下说道：“我希望你和橙欣都能上，让她跟你搭档，一起来管理采访组。”

红翎看着庄主任，一脸疑惑。她暗地里琢磨，橙欣真的有把握吗？一开始，当她听说橙欣也要参加竞聘时，并没有把她太当回事，因为同时准备竞聘采访组制片人的还有萧枫和绿佳。现在，庄主任已经在考虑未来的人事框架了，看来，对橙欣还真不能小视。

回到办公室，红翎立即把自己的竞聘大纲发到了庄政的邮箱里。她想，既然庄主任希望她和橙欣同时选上，那就更应该让庄主任帮忙指点一下。

红翎刚从电脑桌前站起身，紫云从外面进来了。

“忙什么呢？”紫云问。

“我刚把竞聘大纲发给庄主任了，想让他帮忙看看。”红翎随口答着。

“什么？给谁看了？”紫云显得有些紧张。

“给庄主任了。怎么？瞧把你紧张的。”红翎看到紫云有点大惊小怪的样子觉得有些好笑。

紫云把红翎拉到屋外，小声地提醒道：“你也太大意了，你就不怕庄主任把它转给橙欣？”

“不会吧？”红翎压根没有往这上面想。虽说之前庄主任对橙欣在工作上表现得有点偏爱，但把自己的提纲透露给橙欣，应该还不至于吧！

“会不会我也不敢肯定，但是防人之心不可无啊！万一橙欣看了你的报告，她就能扬长避短，把你置于不利的境地呀！”紫云提醒道。

红翎听罢，不由得皱了皱眉头，如果真的像紫云猜测的那样，自己的努力岂不是白费了吗？她想把庄主任希望橙欣当采访组副制片人的事说出来，可想了一下还是忍住了。她默默地望着紫云，沉思了片刻，然后喃喃自语道："看来我只能另外再准备一套方案了。"

事情果然不出紫云所料，红翎上午刚把陈述报告的大纲发给庄主任，晚上它就到了橙欣的手里。庄政把它转发给橙欣的时候，还特意嘱咐道："好好看看，有道是'知己知彼，百战不殆'。希望你能找出她的薄弱环节，然后把它放大，有针对性地提出你的设想。"

当天夜里，就在橙欣根据红翎的大纲，对自己的陈述报告重新进行调整的时候，红翎也在家里着手准备第二套方案了。

就在大家忙忙碌碌的时候，竞聘工作在一场秋雨过后悄然地拉开了序幕。

这天早上，红翎和橙欣几乎是同时走进了办公室。她们似乎都在不经意中认真装扮了一下自己：红翎穿了一件深咖啡色的西装，这是她在香港为自己买的生日礼物，尽管是成衣，但却剪裁得非常合体，就像是专门为她定做的。在西装的里面，红翎挑了一件白色的雪纺衬衫，显得既高雅又大方。而橙欣则穿了一身深灰色的套装，内衬一件粉色的低胸内衣，色彩搭配得几近完美。两人见面相视一笑，没有更多地寒暄。

也许是胸有成竹，橙欣今天的状态看上去特别好，她神采飞扬地和每一位经过她面前的同事打招呼。她把脖子扬得高高的，对即将开始的竞争充满了自信，毫无遮掩地流露出一副志在必得的表情。相比之下，红翎则显得很低调。她在自己的办公桌前静静地坐着，等待着开始的时间。

紫云和帅哥萧枫先后走过来给红翎打气。就连扛着摄像机准备外出采访的刘剑锋在经过红翎身边时，特意给她做了个"OK"的手势。而黄梅则已经把手搭在红翎的肩上，鼓励她说："别紧张，保证是你的！"

按照竞聘的要求，凡报名参加者，必须在现场先进行十分钟的自我陈述，然后接受专家的提问，最后由专家和群众代表共同投票决定。

上午10点整，竞聘正式开始。按照事先抽签排定的次序，红翎第一个上台。

红翎对自己今天的临场发挥还算满意，在完成了所有的程序之后，她从容地走下竞聘台，她的心态一直很平静，对于可能出现的任何结果，她都准备坦然面对。她清楚，无论这场竞聘的最后结果如何，有一样东西是不会失去的，那就是继续当记者。

紧跟着红翎上台的是橙欣。只见她面带微笑，口若悬河，几乎不打磕巴地就把自己的所有观点陈述完了。在回答评委的提问时，她不慌不忙、沉着应对。不管回答的是否正确，她的气势都来得咄咄逼人。

此时，在竞聘会场旁边的休息室里，红翎通过闭路电视看到了橙欣的表现，她承认橙欣今天发挥得相当不错，这为她的成功增加了不少砝码。红翎还来不及多想，橙欣已经走下演讲台来到了休息间，她见到红翎的第一句话就是："怎么样？我表现得还行吗？"

"不错！发挥得很出色。"红翎由衷地点了点头。

"太好了！"橙欣兴奋地跳了起来，然后一转身，丢下红翎跑到楼梯口去打电话了，看得出来她对自己的表现非常满意。红翎望着她的背影，淡然一笑，心想电话那头的人，会是谁呢？

红翎在监视器里一直看完绿佳的演讲后才起身离开。应该说萧枫和绿佳的发挥也很好。萧枫秉承了一贯的风格，遇事不慌不忙，观点精准，陈述到位；而绿佳口齿伶俐，又有采访经验，一点儿都不怯场，无论是陈述部分还是回答评委的问题，都不卑不亢。可以说，他们四个的表现给采访组增光添彩不少。倒是另一个专题部的马军，在回答评委的提问时，不知道是由于紧张还是怯场，竟然在台上呆站了五分钟。

从竞聘现场回到办公室，红翎发现橙欣的说笑声听上去比以往更加肆无忌惮了。也许是持续兴奋的时间过长，她的额头上已经渗出了细微的汗珠。只见她越说越兴奋，以至于连外套也摔到了一边儿，露出了里面那件低胸的粉色内衣。就像孔雀开屏，在展示靓丽的同时，也把自己的弱点暴露在了光天化日之下。尽管橙欣手脚修长，但她的胸部却让人难以恭维，所以低胸服饰对她来说绝对是个忌讳。但此时，这个弱点在她极度亢奋的状态下已经显得微不足道。橙欣似乎已认定自己胜券在握了，于是她忙不迭地给庄政发了条信息，约他一同出来庆贺。

“绿佳，你今天发挥得不错。”红翎看到绿佳回到办公室，忍不住上前恭贺。

“真的吗？”绿佳面带笑容，来到红翎的身边。

“组长，说真的，我今天纯粹是去站台练个场，我就是想利用这个机会表现一下自己。”

绿佳是大家公认的“美女记者”，前年刚从美国留学归来，应聘到了这家电视台。因为能说一口流利的英语，加上天生丽质，出国前又在外省的一家电视台工作过几年，因此总能在一些重要的外事采访活动中展示自己的优势。短短一年多的时间，她就迅速成为新闻采访部的主力队员，并且拥有了不少屏幕外的“粉丝”，隔三岔五，电视台大门外就会有陌生人点着名要见她。

红翎明白绿佳的心思，她还年轻，往后的机会还很多，今天这个竞赛场对于她来说，不过是亮亮相而已，她的目的就是要让台里相关的领导注意到她！更何况这样的机会也让她获得了一次宝贵的经验。红翎承认，现在80后的年轻人和她这一代人最大的区别就是敢于表现自己，他们知道什么是自己想要的，又明白该如何去获得。

下午2点，红翎的手机里突然出现了一条没有署名的短信：“祝贺你！你高票当选！”红翎看着短信，猜不着是谁发来的，她只是如释重负般地吐了口气。她知道，这次自己能够胜出并不是因为在竞聘会上现场发挥得有多好，而是评委们对自己一贯以来的表现给予的肯定。她说不上有太多的兴奋，但却感到很宽慰，毕竟自己没有让领导和朋友失望。那么橙欣呢？这时，她又想起了橙欣，难道这次她真的会如愿以偿吗？没有人继续给她提供相关信息。

约莫过了半个多小时，橙欣回来了，她一言不发地回到了自己的位置上，脸上乌云密布，与刚才那个喜形于色的她判若两人。见此情形，红翎心里猜到了结果：她一定是落选了。这时，一种莫名的快感悄悄地爬上了她的心头。

的确，半个小时以前，庄政的手机里也收到了一条信息，有人向他报告了竞聘的最终结果——橙欣落选了！当庄政把这个消息告诉橙欣的时候，橙欣当场就愣在了那里。沉默许久后，就听橙欣高分贝地说：“他妈的，全都是走过场，这是假民主，真集中。拉我们大家给某些人垫背去啦。”橙欣的声音有点变调，她扔下手中的筷子不停地追问庄政这是为什么。她的眼睛里充满了不解、委屈和嫉妒。

说老实话，庄政也没有料到结果会是这样，他曾在心里设想过，橙欣即使争不上第一名，至少也应该当选，却没有想到居然被淘汰了。要知道，为了橙欣的这次竞聘，庄政可没少花心思，先不说那份陈述报告就是他帮着起草的，他还冒险把红翎的竞聘大纲私下透露给了她。就橙欣自己而言，为了能顺利过关，她把自己关在房间里准备了那么长时间，就拿临场发挥来说，她的表现也可圈可点。思来想去，恐怕还是橙欣的资历太浅，不足以取得大部分评委的信任。

“行了，别生气了。你还年轻，今后还有机会。”庄政看着一脸难过的橙欣安慰道。

可橙欣的心里却不这么想。这年头，能争到一个是一个。你说我今后还有机会，万一哪天你调走了，或者不当这个部门的领导了，我靠谁呀？应该说，这次落选对橙欣来说是一次沉重的打击。

这顿饭吃到这里已经变得索然无味，橙欣好不容易收拾起落败的心情，她重新将目光投向了庄政，“接下来我该怎么办呢？”

庄政正欲安慰她，橙欣冷不丁地迸出了一句：“我一定要当上制片人！”

庄政先是一愣，然后他望着这个眼睛里充满野心和欲望的女人，不住地点头说：“好啊！”他知道，橙欣已经把他跟自己绑在了一条战船上，不帮助橙欣得到些什么，他是不得安宁的。

竞聘带来的冲击过去之后，一切似乎重归平静。

第三章　新闻部里永远有新闻

任何一个媒体的新闻部门都是没有节假日这个概念的，置身其中，你会深切地感到：记者不是在新闻现场，就是在赶往新闻现场的路上……

当然，对于一个时刻关注并及时反映新闻事件的部门来说，其本身就充满着新闻。

红翎刚走进电视大楼，就遇到了青桐。

青桐一手拿着笔记本，一手往嘴里塞着面包，正急匆匆地往楼梯口走。这时，黄梅也跟了过来。

“快点儿，一会儿在201开会。”青桐没有停下脚步，边走边冲着红翎和黄梅喊道。

“知道了！”黄梅应了一声，和红翎一起紧跟着青桐上了二楼。

201是一间宽敞明亮的会议室，通常新闻采访部重要的会议都在这里召开。今天是春节报道选题策划会，采访组、直播组、技术组、播出组、美工组和策划组的相关负责人都到齐了。

会议由青桐主持。

青桐和庄政一样，也是新闻采访部的副主任，不同的是她的资历更深一些，应该算是这个部门的“元老”了。在出任副主任之前，她就已经在这里当了二十年的记者，素有“拼命三郎”之称。走上部门领导岗位之后，青桐更是把她的“拼命”精神发扬光大到了新闻采访部的每个角落，虽然年过五旬，但是一遇到有重大新闻事件发生，她仍然可以连续三天三夜开会研究部署工作，即使每天睡眠不足四个小时，她依然可以精力充沛。她能“熬”的劲头让许多年轻人都望而却步。由她主持的会议，常常会把满屋子的人开到只剩下一两个。有感于她那超人的精力和体力，记者们都在私底下叫她“青铜器”，意思是说她像青铜器那么古老，那样坚韧，那么坚不可摧。

这次青桐副主任显然又做好了打“持久战”的准备。一件厚厚的黑色呢绒外套搭在椅背上，想必是准备过夜用的；一杯让人看了就精神亢奋的浓茶飘着淡淡的茶香，似乎在提醒人们：精神点儿，别打哈欠！

“我们今天把大家找来，主要是研究一下春节期间的选题。大家看看，今年这个春节我们可以做些什么主题？大家先议议吧。”

新闻采访部门就是这样，似乎永远有做不完的事情，不是一件事还没有结束另一件事就接踵而来，就是几件事情同时找上门。遇到了事情就得安排人去干，让谁干？怎么干？一大堆的问题等着解决。所以，有人说，新闻采访部门就是常设十个主任，活儿依然干不完。记者也是如此，往往人还没到采访现场，新的任务就已经在路上了。

“照我说，今年春节，可以结合刚刚启动的内地游客赴台游做点文章。比如说，我们可以来个直播台湾之类的……”头一个发言的是直播组的黄梅，她边说边掏出烟来，抽了两口准备继续往下说。

“现在考虑去台湾不现实，说些靠谱的事。大家继续往下议。”青桐熟知黄梅的秉性，她经常会提出一些超前的想法，让领导作难，于是她没等黄梅把话说完，就挥挥手打断了她的发言。

黄梅几乎是和青桐同时进电视台的，不同的是，黄梅一直活得很率真，东北人的特点在她的身上体现得淋漓尽致。天生一副大嗓门，十几米之外都能听到她的笑声；做起事来干脆利落，从不拖泥带水。这种爽朗而泼辣的性格使她在新闻直播中无论遇到什么样的情况都能镇定自若、果断指挥，出色地完成任务，因此深得记者们的敬重，尤其是那些摄像记者都愿意听任她的调度。久而久之，黄梅就成了直播组的“大腕儿”，只要有直播任务，一般就得听她的。此刻提议被否，甚至连讨论的余地都没有，照理说，像黄梅这样的“腕儿”脸上应该挂不住了，可她却显得很坦然。她把嘴里的烟雾朝屋顶的方向喷出一口，眼睛盯着有些脱落的天花板若有所思地继续抽着烟，仿佛自己什么也没说过一样。

安静了片刻，紫云开口了。

“我觉得春节最好做一些既跟当前形势相符，同时又具有欢乐气氛的节目，我们应该争取做成直播台湾的节目，带着大家到对岸去走走去看看，寻找一些两岸世代相通的内容，展开多角度的报道。”

“对呀，我觉得这个提议可以考虑。”红翎立即表示赞同。

有人提议，又有人附和，会议室的气氛一下子活跃起来，围绕着“春节到台湾去”这个主题，大家七嘴八舌，各种各样的方案很快都摆到了桌面上。

春节直播策划会从早上一直开到下午6点。这时，青桐端起桌子上的茶杯，把最后一点儿茶水喝干后，她宣布：“今天的会议就开到这里吧，明天继续。”

大伙明白，青桐这是要赶到新闻播出线上值班，要不然，今天这会还不知道要开到什么时候呢。一群人如释重负地站起身，朝门口走去。

宣布散会的话音未落，紫云已经披上了风衣，她站起来冲红翎摆了摆手，顾不上把手伸进衣袖里便径直冲向她那辆红色的本田轿车。她今晚要赴一个约会，半小时前高翔已经在他们约好的那家餐厅等她了。

已经进入初冬季节，空气里弥漫着阴冷的气息，尤其是到了夜间，阵阵寒风没有丝毫和缓的迹象。

此时，夜色茫茫，大街上灯火通明，一片喧嚣，乱哄哄的，恍若一座大马戏场，来来往往的大车、小车吱吱呀呀地就像一只只甲壳虫，茫无目的地爬来爬去。人行道上拥挤的人群也仿佛无头苍蝇般地撞来撞去。鳞次栉比的高楼大厦像张着血盆大口，吞食着滚滚的人流。

此时，正值下班高峰期，刚一出电视台，紫云就被堵在了路上，她不停地向前方张望着恨不得自己开的是飞机。趁着等红灯的当口，她给高翔发了个短信，“亲，多等一下，我在路上！”

紫云也早已到了谈婚论嫁的年纪，论条件，她在电视台也算是佼佼者，可至今依然徘徊在婚姻的殿堂之外，不知道是姻缘始终不肯眷顾于她，还是她太过挑剔。这些年来，恐怕连她自己也不知道交过多少个男朋友了，每次大家都以为她该嫁了，但是到了后来，人们看到或者听到的还是“无缘”的结局。就这样，在不知不觉中，紫云把自己编进了“剩女”的行列。

紫云和高翔约好见面的地方是一家经营日本料理的餐厅，这里远离闹市，没有尘世的喧嚣，可以说是幽会的好地方。店面不仅装饰得极富日本特色，就连服务员也是清一色的和服打扮，客人一进门，其中一位服务员就会踩着木屐迎上前来用日语和你热情地打招呼，谦恭地带你入座。

紫云好不容易赶到餐厅。进得门来，她谢绝了服务生的引领，没有立即走进大厅去见高翔，而是先躲进卫生间，在镜子前把被风吹散的头发细心地理了理。

“哈喽！不好意思，让你久等了。”紫云在大厅里面靠窗的一张餐桌前见到了高翔。她没有急着入座，而是站在那儿真诚地向他表达着自己的歉意。也许此时，她还没有完全放松下来，见到高翔时所产生的那种难以抑制的激情，还需要稳定一下。

高翔已经在餐厅里等了一个多小时了，一见到紫云，他轮廓分明的脸上立马流露出了一丝和善的笑意。他连忙站起身来，接过紫云手中的风衣，然后把紫云让到他对面的座位上。

高翔长得高大英俊，尽管快五十了，但由于平日里注意保养，又酷爱运动，所以身材一直保持得很好。单从外表上看，他和紫云可以说是天造地设，难得的一对。

高翔是在一所国家一流学府里专门研究电视传媒的教授，近些年，随着国内电视业的蓬勃发展，无数少男少女都希望能有机会跻身电视台，成为一名专业的电视工作者，于是，相关的专业也跟着火爆起来，像高翔这样的老师就成了炙手可热的人物。更难得的是高翔不仅在电视传媒的理论方面造诣颇深，他还经常利用空余的时间参与电视节目的策划和制作，在实践方面也积累了相当丰富的经验。因此，高翔成了许多电视台举办研讨会或组织记者、编辑岗位培训的座上宾。紫云就是在一次全国性的电视研讨会上认识高翔的，高翔是那次会议特邀来的嘉宾，并专为与会者举办了一场讲座。

紫云第一次见到高翔，就被他俊朗的外表和伟岸的身躯所吸引。随着讲座的步步深入，她又为他的才华所折服，她在心里感慨：这真是个从里到外的美男子！只是不知道自己如何才能走近他？

三天的研讨会很快就要结束了，临别的那天晚上，紫云一个人来到宾馆里的酒吧，她要了杯红葡萄酒，然后独坐在一个角落里，漫无目的地想着心事。不知从什么时候起，她喜欢上了红酒，尤其是那种带着些许甜味和苦涩的红葡萄酒。她喜欢这酒的颜色和它散发出的那种清醇的酒香，她觉得这酒不仅可以温暖人心，稍微多喝点儿，还可以让她暂时忘记寂寞的痛楚。

此时，紫云就这样一个人呆呆地坐着，像是在品尝酒的味道，又像是在等待着什么。不知过了多久，有一群人走了进来，她猛一抬头，循声望去，竟意外地看见了高翔。他正和几个人朝酒吧走来，很显然，那一刻高翔也注意到了紫云，他在经过紫云的身边时脚步略微迟疑了一下。

从那一刻起，紫云的心开始翻腾起来，她借着酒吧里幽暗的灯光远远地注视着高翔的一举一动。此时，她多么希望能靠近高翔呀！

大约过了一小时，高翔站起来和身边的几个人朝门口走去。紫云有些痴迷地望着高翔的背影，她往嘴里倒了口红酒，一种莫名的惆怅感油然而生。

突然，她看到高翔不知何时竟出现在她的身边。

“你好！我想我们应该互相认识一下。”高翔微笑地向紫云伸出了手。

紫云神情有些恍惚地望着高翔，她分不清自己是在梦里还是在现实中，她乖乖地伸过手去，一时竟不知该说些什么才好。

高翔又微微一笑，露出一排整齐洁白的牙齿，他彬彬有礼地问：“我能坐下吗？”

“当然。”紫云一边点头，一边迅速把自己从失态中找了回来。

就这样，他们相识了。从那晚起，紫云的内心彻底失去了平静。

一晃一年半过去了，紫云现在已经越来越离不开高翔了。但紫云知道她跟高翔的这种关系注定是没有结果的，因为高翔不仅有妻子，还有一个十几岁的女儿。正处在事业上升期的他，目前是无法离开自己的妻子的，但她还是深深地爱上了他。高翔身上散发出的那种成熟男人的魅力，他的才华、他的气质以及他在男人堆里少有的体贴，都让紫云意乱情迷。

很快，他们点的菜就陆续端了上来，高翔把一块香煎三文鱼夹到紫云的盘子里，这是她最爱吃的。紫云抬起头来，感激地望着高翔，就在此时，透过高翔的肩膀，紫云意外地发现了橙欣，更让她意想不到的是，橙欣对面坐着的居然是庄政。紫云连忙向座位里面挪了挪身子，以便高翔能够挡住橙欣随时可能投射过来的目光，显然她不想让橙欣看到自己。

橙欣和庄政绝对没有想到会在这里遇到紫云。要知道这里是远离电视台的城南区，通常电视台的工作人员是很少到这里来的。

橙欣正和庄政在那儿说笑，只见她睁着一双会说话的大眼睛，边说边比画着，时而窃窃私语，时而开怀大笑，全然没有意识到她的举止和这里的环境有些格格不入。而庄政也似乎没有感觉到周围的人正用异样的目光看着他们，他两手交叉放在胸前稳稳地坐在那里，目不转睛地望着橙欣，从他那不时流露出的微笑中不难看出他对橙欣的迷恋和欣赏。

紫云从橙欣的表情上判断，橙欣已经不是第一次和庄政约会了。

今天的策划会刚一结束，橙欣就把庄政约了出来。菜还没上齐，橙欣便迫不及待切入了正题。

“庄主任，春节直播最后定下来做什么了吗？我可得参加噢！”她用两只黑幽幽的大眼睛直勾勾地盯着庄政，口气里带着点哀求，但更多的是娇嗲。

庄政最难抵御的就是橙欣的这种表情，这种表情常常让庄政浑身发酥。他清了清嗓子，笑着对她说：“我知道。上次国庆报道要不是我极力争取，事情肯定落不到你身上！为这事我还把红翎得罪了。”

“她算什么？你可是主任呀，你有权决定让谁上的。”橙欣把嘴一撇，不屑地说。

“话虽然这么说，可红翎毕竟是咱们部门的首席记者。”

“我将来也要当首席！”橙欣把垂落在肩上的长发往后狠狠地一甩。不知道从什么时候开始，橙欣早已经把红翎列入她的假想敌的行列里。

“好好好，我尽量给你创造机会，你也得努力噢。”庄政笑着点了点橙欣的鼻子。

“知道了。”橙欣瞟了庄政一眼，目光中闪烁着款款深情。

这天晚上，橙欣编造出一个她要临时加班编节目的理由没有回家。庄政则告诉自己的妻子，他要替方主任值夜班。

转眼间，春节就要到了，台里各部门都在为春节期间的节目忙碌着。

经过几轮研讨，新闻采访部最后敲定以展示两岸民间传统习俗为主线的“直播台湾”的报道方案。根据这个方案，直播现场将设在台湾几座具有代表性的城市里，同时联合台湾当地的电视媒体，展开为期八天的“春节宝岛行”直播报道。

新闻采访部的几位领导都清楚，要想在新一轮的竞争中得到认可，从现在开始就得掷地有声，方浩对两位副手明确了分工：现场直播由庄政亲自带队前往，负责前方的协调和指挥，而后期播出则由青桐全权负责。

随庄政赶赴现场的记者被分成了四组，他们将深入到台湾最富特色的几个城市，在不同的地点现场直播当地传统的春节民俗活动，其中包括过年习俗、民风民情和古宅今昔等内容。届时，台湾的电视台还将选取其中的一部分内容在台湾地区播出。红翎、橙欣、绿佳和萧枫四个出镜记者分别负责现场分段直播。

直播前的准备工作异常紧张，因为距离春节已经越来越近了。

就在这时，一场罕见的大雪不期而遇，白茫茫地覆盖了整个北方地区。隔窗远望，好一派银色的北国风光。

尽管室外寒气逼人，办公室里却是热火朝天。新闻采访组在新闻采访部里是最大的一个科组，四十多名记者、编辑全都挤在一间大屋子里办公：右边的二十几张办公桌是文字记者和出镜记者使用的，每张桌子上几乎都堆满了各种与工作有关或者无关的杂物，其中不乏食品、饮料以及化妆品等生活物品；左边则是摄像记者的地盘，一张特大号的会议桌上整齐地摆放着摄像机、话筒以及各种采访器材，最引人注目的是那些像砖头一样的黑色铁皮电池，它们似乎永远也没有休息的时候，不是插在摄像机里，就是被挂在充电器上，恍如一部马达，时刻准备着启动那一台台整装待发的摄像机。

平日里办公室里的人并不太多，因为记者们都分散在外面采访，可一到中午，外出的记者多半都会赶回办公室休整，若是四十多人同时出现，转瞬之间就会把办公室搞得像集市一样沸沸扬扬，有吃饭的，有聊天的，有交流上午采访经历的，也有准备下午外出的。主任们经常会利用这个时间光顾一下记者组，一来借此机会给大家布置工作或者宣布一些来自上级的最新通告，二来也可贴近贴近群众。

通常中午是新闻采访部最热闹的时候。

而今天情况有点特殊，从上午起，办公室里就一片忙碌。几位将要赴台湾直播的记者，每人守着一部电话，与直播点的官员、名人和相关部门频繁沟通。

此次由红翎、橙欣、绿佳和萧枫四人组成的直播小组，可以说是新闻采访部派出的最强阵容，四人的实力不仅可以称得上是旗鼓相当，且各有千秋——红翎缜密沉稳，橙欣干练热情，绿佳率真活泼，萧枫则细致淳厚。

这时，绿佳和萧枫正在分头跟台湾电视台进行沟通。

绿佳是伴随着中国电视由兴起到蓬勃发展而长大的一代，耳濡目染，除了电视明星，电视台的节目主持人也成了他们津津乐道的话题，尤其是那些名嘴，比如中央电视台的白岩松和水均益简直就是他们这一代人心目中的偶像。或许就是这个原因，原本一心想考外语专业的绿佳在填报高考志愿时，毫不犹豫地选择了新闻专业。她那时就暗下决心，将来一定要成为像白岩松和水均益那样的记者。为了增长见识，拓宽自己的思路，大学毕业时，绿佳毅然放弃了家乡电视台的邀请，远赴国外求学。功夫不负有心人，学成归国后，她凭借着娴熟的英语表达能力和流畅的新闻写作水平，终于如愿以偿地进入到了这家令她神往已久的电视台。然而此时的绿佳已不像当年那样只是个单纯的追星族了，她有了自己的理想，并已开始朝着既定的目标前进。

萧枫则可以称得上是记者队伍中的“一级帅哥”。即使在美女的重重包围中，他也依然如鹤立鸡群般地引人注目。但他绝不是那种徒有其表的公子哥式的帅哥。萧枫毕业于名牌大学，学的是新闻采编专业。此君不仅饱读诗书、勤于思考，还有一些从小在教育世家培育出来的独特的艺术细胞，且具有扎实的文学功底，只要条件适当，他就能把干巴巴的新闻稿写成很煽情的特写，让人耳目一新、记忆深刻。

“喂！我是橙欣，我已经把采访的内容和提纲用传真发给你了，请尽快帮我们安排采访噢。传真上有我的联系方式，有事及时跟我沟通。”橙欣用她那特有的高分贝语调对着电话发号施令。她似乎永远也意识不到别人的感受，总是习惯在办公室里随意地大声讲话。这不，她刚放下电话，一转身又和一旁的摄像记者逗起乐来，并不时地哈哈大笑。

此刻，红翎正在跟紫云讨论直播中的具体细节，这次直播的总体方案由她俩负责制定。看见橙欣如此旁若无人地大声喧哗，两人不约而同地抬起头来注视着她。红翎试图用目光传递出某种信息，可橙欣却丝毫没有察觉，依旧不停地在那里说笑着。紫云终于忍不住了，她站起身来：“哎，哎，我说大小姐，能小声点吗？”

橙欣与紫云年纪相当，单从外表看，两人的条件不相上下，但不知是否因为“同性相斥”的原因，两人平时却总也聊不到一块儿。紫云不喜欢橙欣身上流露出的媚俗气和那种急功近利的做法，而在橙欣看来，紫云的靓丽和才华对她来说就是潜在的威胁，所以，平时橙欣跟紫云总是保持着一定的距离。听到紫云的喊话，橙欣回头瞟了紫云一眼，嘴上说了声“对不起”，可从她的表情上看，却是一脸的不屑一顾。

即便是直播在即，开播前的方案依然充满了变数。红翎见大家联系得差不多了，便把大家召集到一起，就直播方案的具体细节作进一步的论证。

“橙欣，先说说你的情况，听说你已经准备好了。”红翎让橙欣第一个发言。

橙欣拿出事先准备好的提纲，当仁不让地把自己的想法大致介绍了一下。她说：“按照分工，我这次负责花莲这个直播点，我准备先采访一位当地的民俗专家，让他给观众介绍花莲人过年的习俗，然后我把采访做成片子，到时我一边在现场介绍情况，电视里一边播放事先准备好的片子。有民俗专家协助，比我一个人在那里说更有可信度。”

“我觉得这个方案太老套，这种形式我们以前都玩儿过了。”橙欣话音刚落，就遭到紫云的反驳。橙欣原以为自己的想法已经是万无一失了，没想到却被紫云否定了。她斜着眼睛扫了紫云一眼，不服气地说：“先别急着否定，请问你有什么高见？说来听听。”

还未等紫云应答，绿佳抢先说道：“我觉得，我们这次是首次在异地直播，每一个地方都由我们记者自己主持，所以我们应多发挥记者的长处。比如我们应该结合具体的直播点，让观众跟随我们的镜头深入到当地的居民家中看看，这样就有身临其境的感觉。”

“这不跟我说的一样嘛！”橙欣不肯认输，反驳了一句。

这时，一直在一旁若有所思的萧枫习惯性地举了举手，这是他将要发表意见的动作。等大家安静下来后，他清了清嗓子说道：“大家别忘了，我们这次有台湾同行的加盟，这是一个难得的机会，我们不能只让他们跟着我们走，我们还应该积极发挥他们的作用，比如我们可以在直播点上请进台湾方面的学者介绍当地人的生活情况，还可以通过双视窗的形式，安排内地方面的民俗专家或研究学者就一些问题作出解答，这样两边可以有一个很好的互动。”

“我赞同这个想法。这样既可以让两岸民众很好地互动起来，也可以从今天的现状透视历史的发展脉络。”紫云立即表示赞成。

橙欣听了却有点不以为然，反问道：“主意是不错。但是，我们来得及吗？”

“我看行！这几年我们时常到台湾采访，已经在那里结识了一些专家，他们很了解两岸的情况，只要提前把主题告诉他们，他们马上就能配合。”红翎觉得根据自己的了解，要实现起来完全可行。

“可我们如何才能保证两边的专家都能达到我们的要求呢？别忘记，我们不能出政治问题。”橙欣继续反问。

“这个问题应该好办，我们这次涉及的都是生活习俗的问题。谈起来会很轻松。”紫云坚持着。

橙欣见大家都认可了萧枫的方案，也不好再说什么，她望着红翎说：“那我那边需要的嘉宾就拜托你帮忙找了。”

“没问题，谁还需要寻找嘉宾，一起把问题报给我吧。”

红翎接着又征询了一遍大家的意见，见不再有异议，最后说道：“那我们就按照这个思路去准备，最后把各自的方案汇总到我和紫云这儿。大伙儿行动吧！”

第四章 明争暗斗，各出奇招

在电视台，为了抢出风头，你必须拿出十八般武艺，有时甚至不惜一切代价。自视清高、温文尔雅是吃不开的，毕竟那里藏龙卧虎，有一技之长并且有背景支持的人不在少数。

农历腊月二十八，在瑟瑟的寒风中，直播组一行二十多人准备启程了。

开往机场的大巴已经等在电视台的大楼门口了。电视台有好多辆这样的大巴，是专门用来接送外出采访人员和接送职工上下班的。

橙欣头一个登上车，看得出来她今天状态很好。她把手中的Gucci包放在第一排座位上，然后站在那里跟后边陆续上来的人打着招呼。

“大家再检查一下自己的东西，看看都带齐了没有。”庄政脚踩着车门的踏板，把身子探进车内冲着大家喊了一声。

“不好意思，请等等我，我忘了还有一块电池在充电呢，我马上回办公室取一趟。”摄像记者李辉果然发现自己少带了一样东西，他冲下车快步朝楼里跑去。

红翎和紫云前后脚上了车，她们在后几排的位置上坐了下来。红翎今天穿了件红色的羊绒大衣，显得格外精神，或许是名字里有个红字，她对红色一向是情有独钟。而紫云也沿袭了她的一贯的做法——素雅而不失热烈，今天她披了一件“伦敦雾”的草绿色加厚风衣，里面是一件雪白的纯棉衬衣打底，潇洒中透着干练。

此番台湾之行，虽然四位出镜记者中三位是女性，所幸摄像记者和负责直播的几乎全是男性，所以男女比例还不至于失调。还未上路，车厢里便已经热闹起来了，美女绿佳当仁不让地坐在帅哥萧枫旁边。“你要采访的人都联系好了吗？”绿佳刚把手中的双肩背包放好，就迫不及待地向萧枫打听他那边的准备情况。

“OK 了！”萧枫一脸的自信。

萧枫的自信是有道理的，他是在福建长大的北京人，对东南沿海一带的情况很了解。萧枫的父母原本都是北方人，大学毕业后分配到了福建的一所大学里教书，之后便在那里生下了萧枫。这次出发前，萧枫在网上收集了好多相关的资料，并且分门别类地按采访对象整理得条分缕析。

大巴准时开出了电视台。

领队庄政一上车便坐到了橙欣的旁边。身高1.8米的他，虽然才过完三十六岁生日，但顽固的遗传基因还是让他早早地生出了许多白发。汽车一上路，他便把头靠在了椅背上，似乎是在养精蓄锐。

“庄主任，我们这次的直播，台湾电视台会同步播出吗？”橙欣不甘寂寞，她坐在庄政的身边，大声地问道。显然她是想让其他人也能听到。

庄政刚想趁机打个盹儿，听了橙欣的话，觉得有必要利用这个机会再跟大伙儿说说。他直起腰板，转过身来冲着车厢里的其他人不紧不慢地说：“嗨！大家先安静一下，这次我们是跟台湾电视台合作，我们每天的直播节目台湾电视台都会选择其中的一部分，分段在当地播出。所以我恳请大家努力点，把这次的直播做好。”这番话就相当于战前动员。大家屏息静气地听完，稍稍安静了片刻的车厢，又一下子热闹了起来。

“我觉得这次直播除了我们自己的记者出镜播报之外，还应该适当增加民众现身说法的机会。”紫云对身边的红翎说。

“有道理，这样我们就真正地和观众互动起来了。”一上车便默不作声的红翎接了一句。

“在适当的时候，我们还可以利用一些道具什么的，现场的气氛可能会更加活跃一些。”绿佳从后排座位上探过身来，跟前面的红翎和紫云商量着。

坐在车厢后排的摄像记者此时进入了安静的状态，他们有的在用手机发短信，有的在听MP3，有的在用ipad上网，有的已经开始昏昏欲睡了。他们的任务是到了现场后才开始的，现在需要的是好好休息。

在新闻采访部门做摄像记者，经常要超负荷工作，他们几乎每天都要外出拍摄，一架摄像机少说也有二十来斤，外加一副三脚架。除了拍摄，许多人还兼作司机，回到台内还要负责剪辑画面。红翎对摄像记者历来非常尊重，因为从进电视台第一天起，台领导就告诫大家：电视采编工作是一个集体合作项目，文字记者和摄像记者谁也离不开谁！如果没有摄像记者的辛勤工作，文字记者再美妙的构想也无法实现。

“嗨，帮我把这个传给后面的弟兄们。”红翎从包里掏出一把醇黑巧克力，让身后的绿佳帮忙分发给其他摄像记者。红翎平时包里总会带着巧克力，一来是她特别喜欢吃这种巧克力，二来她的胃不太好，如果来不及吃饭，可用它来暂时缓解一下饥饿。

“我也要！”坐在前排的橙欣听到后面传来动静，把长长的手臂伸了过来。她从红翎那里拿到两块巧克力后，顺手递给了庄政一块。

“孩子安排好了吗？”庄政好像突然想到了什么，问道。

“我妈妈过来帮忙带着呢。没事儿。”

“那就好。”

庄政和橙欣的对话传到了紫云的耳朵里，想到不久前在餐厅里看到的那一幕，紫云心里对这两人的关系又多了几分猜测。她把脸从窗外移到红翎的身上，打趣地问：“嗨，你的孩子在哪里呢？”“你的又在哪里呢？”红翎反问紫云，然后两人无奈地相视而笑。

说到孩子，这两个至今未婚的大龄女青年的脸上多少显露出些许无奈。红翎平日里太专注于她所喜爱的新闻事业，因而常常无暇顾及自己的个人问题。有时到公园里采访，看到别人一家大小其乐融融的景象，红翎也会生出无限的想象和憧憬，但一回到现实之中，她又不得不把它暂时抛开。有时看到同事中有人为了孩子和工作出现两难情况的时候，她会对紫云开玩笑地说，做我们这行，还是不要孩子好，否则，孩子跟了咱们，那简直就是受罪。

两岸春节年俗直播的第一站就定在台北。

尽管此时的北国还是一片冰天雪地，而这里却已经能够感觉到春天的气息了。直播组一行人一走出机舱便都纷纷褪去了身上厚厚的冬装，到了酒店，庄政还特意给了大家十分钟的换装时间。

有记载说，台湾居民中绝大部分人的祖先来自于福建的漳州和泉州一带，因此两岸民众在语言、习俗，乃至血缘和情感上都有着千丝万缕的联系。而说到过年的风俗，福建和台湾则几乎是完全一样的。比如，两岸的民众都把菠萝称为“凤梨”，而“凤”字在闽南话中与“旺”字同音，过年时家家都喜欢摆放菠萝，就是取其谐音“旺”的意思。又比如，福建和台湾人在过年时都喜欢买萝卜，而在闽南话中萝卜又称“菜头”，恰好与“彩头”谐音，其寓意不言自明。

台湾经济起步于上个世纪七十年代，曾经跻身亚洲四小龙的行列。但到了二十世纪末，政坛变局、国际金融危机频发等，在一定程度上影响到了经济的持续发展。因此，现在的台北，主要的建筑还停留在上个世纪，只有那座号称亚洲第一的 101 高楼还带着点现代化的味道。所幸的是，此次直播点选择的都是极具民俗特点的地方。

一到台北，红翎马上约上当地文化部门的负责人一同赶到直播地点，一边熟悉现场一边了解当地的情况。直播组的技术人员换上春装后也随同红翎一起来到了直播现场架设直播设备，测试卫星线路。

晚饭过后，红翎谢绝了当地同行的邀请，没有跟大家去逛士林夜市，而是把自己关在房间里，认真梳理着手中的文字材料，因为第一天的直播就由她负责。

夜里10点，紫云推开房门进来，见红翎还趴在床上看资料，就把手里的夜宵朝红翎的鼻子前晃了晃。“我说大小姐，该歇会儿了吧！”

红翎抬起头来，看了看表，已经10点半了。她站起身来，伸了一下懒腰，问道：“带什么好吃的了？”

紫云没接红翎的话，而是突然做了一个神秘兮兮的怪脸儿，然后说道：“告诉你一个秘密，橙欣跟庄主任好像有点……”

“别乱说，怎么会呢？”红翎向来不关心别人这方面的事情，况且她对庄主任历来很欣赏，她觉得庄政是个很聪明很有前途的领导，他不会不知道这样的事对他的仕途可能产生的负面影响。

紫云见红翎没把她的话当一回事，有点急了。“我没骗你！你慢慢观察吧。在男女关系上，我一向都很敏感。”

“好了，先把夜宵交出来吧。”红翎不置可否地笑了笑，伸手要过紫云为她买的烧卖。

春节两岸民俗直播活动的第一场进行得非常顺利。红翎凭着丰富的报道经验和之前的细致准备，与来自台湾和福建的两位专家配合得十分默契，使整个直播过程衔接得非常流畅。直播刚一结束，庄副主任就接到了台领导的电话，对此次直播给予了充分的肯定。

接下来，就该轮到橙欣上场了。

由于出入境的手续问题，庄政无法像在大陆其他地方搞直播那样，派记者先期赴直播点进行采访拍摄。这次直播所有的画面内容都是到了现场才着手准备的，所以，如果让一个记者连续主持两天恐怕太过匆忙，弄不好还会影响节目质量。于是，为了保证记者能够有充分的时间准备下一场直播，庄政在安排记者出镜时，有意将他们的日程错开，每人一天，四天一轮换。这样，换下的记者就可以利用调整下来的时间准备下一阶段的直播。

第一天的直播完成后，红翎对自己的表现还算满意，但她不敢怠慢，因为直播还没结束。当天晚上她便开始为下一场直播做准备了。可就在她摊开采访提纲准备结合今天的直播经历再丰富一下内容时，紫云回来了。

“歇会儿吧！我的好姐姐。”紫云顺手将红翎的采访提纲一把撸了过来，塞进了抽屉。

红翎无可奈何地摇了摇头，“是不是寂寞了，想找个人聊天？”

“还是姐姐了解我。”紫云又顺手打开了房间里的电视机。

红翎她们住的这家酒店可以接收内地的电视频道，此刻电视里播放的是一个有关寻亲的故事，主持人正在绘声绘色地讲述着一个孩子意外丢失后如何被一个老大爷收留，老人一边用自己微薄的收入养育他，一边四处打听孩子家长下落的故事……

紫云看着看着，突然像发现了新大陆一般，对红翎说：“嗨，你发现了吗？现在电视节目都开始讲故事了。你说这是不是电视台在抢广播电台的生意啊？”

红翎颇有同感地点了点头，“没错，我已经注意到了。自从易中天在电视里把《三国》讲火了以后，好多节目都在效仿，你发现没有，连一些科普和健康类的专题节目也开始讲故事了，先制造出几个悬念，把观众的胃口吊得高高的，然后才告诉你得了什么病，该吃什么药。”

紫云带着忧虑地摇了摇头，有些茫然地说：“如果大家都开始在电视里讲故事，那电视的特色如何发挥？”

红翎耸了耸肩，不置可否地说：“究竟效果如何，现在还很难说清楚，毕竟大家都在探索阶段。”

紫云好像突然想起什么，问道：“你说，台里接下来的改革还会怎么改？”

红翎摇了摇头说：“不清楚。但是，我认为整改还是很必要的。现在这种各自为政的状况，只会加剧内耗，长期下去，对电视台的发展很不利！”

两人正聊着，一阵手机铃声响起，是梅艳芳的《女人花》，紫云拿过手机查看来电显示，立马从床上跳了起来，她一边接听一边指着手里的电话向红翎做了个手势，然后向门外走去。红翎见状马上便猜出是高翔打来的。

“你在哪儿呢？有没有想我呀？”紫云一边在电话里跟高翔撒着娇，一边推开楼梯口处的安全门。

和高翔通完话，已经是夜里 11 点多了，紫云拉开安全门，准备返回房间，可就在这时，透过走廊里昏暗的灯光，她隐约看到橙欣缩手缩脚地走进了庄政的房间。这么晚了，橙欣去找庄政干吗呢？她站在原地愣了片刻，然后快步朝自己的房间走去。

“跟高翔甜蜜完了？”红翎刚洗完澡，正在浴室里吹头发，听到开门声便笑嘻嘻地问。

作为要好的朋友，紫云的事情从不对红翎隐瞒。可这次，过了好一会儿，红翎也没有听到紫云的回答，于是她便从卫生间走了出来，看到紫云正愣愣地站在一边发呆，不免有些奇怪。“怎么？跟高翔吵架了？”

紫云摇了摇头，自言自语地说：“难道真的被我猜中了？”

“到底出什么事情了？”红翎越发觉得紫云奇怪了，担心地追问道。

“刚才我看到橙欣进了庄主任的房间。”

“那有什么奇怪，可能是去请示工作吧，她明天要出镜呢！”

“哎呀，你不知道啦！”紫云见红翎还蒙在鼓里，忍不住把近来发现的种种迹象一股脑地说了出来。红翎瞪大了眼睛听完，联想到近来自己的采访一再被临时替换的事情，红翎似乎也觉得这事儿没那么简单了。

第二天一早，直播组继续在台湾连线直播。所有的工作都在有条不紊地进行着。

镜头前，紫云正在跟橙欣做最后的沟通，这是她的工作。每次直播前，紫云都要跟出镜记者做最后的协调，包括直播的开始时间，何时与台内主播衔接，直播的总长度等等。

交代完了，紫云再一次嘱咐道：“橙欣，你今天进入画面的时间大约是 8 点 40 分，到时主持人会先跟你沟通。”

而此时，橙欣却显得有些心不在焉，她的目光老是游走在庄主任那儿。紫云急了，忍不住大声提醒道：“橙欣，我刚才说的话你听到了没有？直播快开始了！”

“知道了。”橙欣被紫云的喊叫惊了一下，没好气地回答道。

“想什么呢？六神无主的。”紫云装作什么也不知道，故意问道。

“我想什么需要告诉你吗？”橙欣的脸色一下子难看了起来，瞪大了眼睛盯着紫云问。

紫云正想反唇相讥，但转念一想，直播就要开始了，万一把橙欣惹急了影响了播出，岂不是自找麻烦吗？于是她不情愿地冲着她笑了笑，赔了个不是便转身离开了。

8点30分，直播一切就绪。突然，庄主任的手机响了，他一看号码是方浩主任打来的，连忙走到一边去接听。

“庄政，内蒙古发生雪灾了，我们要马上派记者过去。这边的记者人手不够，需要从你那里抽调一组记者赶去支援。”

“好，我马上安排。”

“你看派谁去好？”方浩在电话里催促着。

庄政脑子里快速地转了一下，说：“就让红翎带着刘剑锋过去吧。”

方浩在电话那边显然有点犹豫地问：“那，直播那边能行吗？”

“没问题，橙欣、绿佳和萧枫都是好样的。直播没问题。”庄政心里存了个小九九，这次直播上级领导很重视，风头不能让红翎一个人抢了去，得给橙欣更多锻炼的机会，这场雪灾来得正是时候。

五分钟后，庄主任回到直播台，他朝站在一旁的红翎招了下手，示意她过去。红翎不知道发生什么事情，赶忙走上前来。

“听我说，你马上回宾馆收拾行李，准备转移阵地。”红翎知道一定有紧急的情况发生，但还不清楚发生什么事了，她睁着一双大眼睛看着庄政问：“出什么事了？”

庄政接着往下说：“刚才台里来电话，说内蒙古一带发生严重雪灾，情况很糟，许多牲畜都冻死了，部门决定让你马上带着摄像赶回去，支援灾区采访。”

红翎想起出发前北方的那场大雪，没料到情况这么严重，她问庄政：“那，这里的工作怎么办？”

“你别管了，就交给橙欣她们吧。”

红翎刚想问“她行吗”，话到嘴边却换成了：“那谁跟我去？”

“刘剑锋。你马上通知他。”

“好，我们马上回去准备。”

庄政没有回答，只是点了点头，然后便开始指挥直播。红翎略微迟疑了片刻，转身朝宾馆的方向跑去。

这些年红翎已经习惯记者的工作性质，作为一名新闻记者，随时随地都要做好应付突发事件的准备。为此她特意为自己准备了一个行李包，包内有全套的洗漱用品和备用药物，还有一件雨衣，任何时候，只要接到任务，她都可以在最短的时间里赶往目的地。

一个半小时后，红翎带着刘剑锋搭上了飞往北京的航班。下午2点，他们又顺利地搭乘上了前往内蒙古的班机。

“嗨，我说，你带的衣服够吗？”刘剑锋望了望坐在他身边的红翎问道。

“差不多。不行的话，到了那里再买件羽绒服吧。你呢？”

“我还行吧。临出门的时候好像有预感，我老婆非让我把羽绒服带上，说回来的时候用得着。”

红翎看了刘剑锋一眼，心生羡慕：有个家多好啊！也许是探触到了她那颗至今还在寻寻觅觅的心，一丝无奈悄然地掠过她的眉间。

此行的目的地是内蒙古的赤峰市。据报道，突如其来的雪灾已经造成大批牲畜死亡，甚至还危及到了一些居民的人身安全，许多地方的积雪已深达一米，灾情十分严重。

红翎和刘剑锋一下飞机就感觉到一股强劲的寒风向他们袭来，莫不是遇到了“白毛风”，据说这种风厉害的时候都能把人吹跑。两人艰难地步出候机楼，钻进了一辆出租车。从车窗往外看去，大街上已经没有了往日的色彩，厚厚的积雪没过了许多店铺的窗台。红翎的心里一阵嘀咕：牧区的灾情可能会更加严重吧。

来到县城招待所，红翎放下行李，和刘剑锋租了一辆汽车，准备赶往灾区。汽车司机听说他们要去灾区，立即从路边的商店里买了一条防滑链给汽车装上，红翎也顺便给自己买了件羽绒服和一双厚的毛毡鞋换上了。

经过两个多小时的艰难行进，他们来到了一个受灾严重的牧区。大雪几乎把牧民的帐篷掩埋了，在一个牧民的院子里，红翎看到牧民家赖以生存的羊群倒下了一大片，牧民格日勒怀里抱着一头奄奄一息的小羊呆呆地坐在一旁，眼里噙着泪水。

看到这一切，红翎的眼眶不禁湿润了。他们先拍摄下了这里的受灾情况，随后又采访了牧区的官员，然后立即赶到当地电视台将这些素材剪辑成新闻画面，通过卫星传回台里。

“饿了吧？我们现在出去找点吃的。”传输完新闻，红翎抬手看了看时间，征求着刘剑锋的意见。

刘剑锋也抬腕看了看手表，做了个怪脸儿说道：“都这个点了，吃什么好呢？我都饿过劲儿了。”

“那也得吃呀！否则夜里会饿醒的！走，去大街上看看还有什么好吃的。”

红翎边说边收起话筒、磁带，径直向门口走去。刘剑锋赶忙背起摄像机，跟着红翎一起走出电视台的大门。来到冷冷清清的大街上，红翎不由得想起了台湾，不知道今天那边的直播情况怎样了？想必此刻他们又投入到了紧张的准备当中，但至少不会像他们这样还要忍受寒风的侵袭。

由于连日的大雪，路面上结满了厚厚的冰层，天气冷得连呼吸都快凝固了。许多店铺都早早地打了烊。两人在一个街口的拐角处发现了一个卖烤羊肉串的小摊儿。也许是真的饿了，一向不吃路边小贩食品的红翎不由得加快脚步朝小摊贩走去。

“来十串。”红翎不等刘剑锋开口就先报上了数量。

刘剑锋会心地一笑，也不甘落后地冲着小摊贩问道:“老板，还有羊杂烩吗？”看来两人今夜的这顿饭全都要在这里解决了。

卖羊肉串的小贩一看就是蒙古族人，大方脸盘，长得十分健硕。他睁大了那双细长的眼睛，仔细瞧了瞧面前的这两个人，然后用不太流利的普通话问:“你们不是本地的吧？”见红翎他们点头，他又接着说:“羊杂烩都卖完了，不过，屋子里还有点儿方便面，是留着自己吃的，你们要，就拿去好了。”

“好吧，来两包。一块儿算吧。”刘剑锋边说边往外掏钱。

在返回住处的路上，两人一边吃着羊肉串一边相互调侃着彼此的吃相，快到住处时，红翎生怕刘剑锋回到房间忘了泡方便面，就叮嘱道:“回去吃饱了再睡噢。”

“放心吧，我不会亏待自己的。”刘剑锋搓了搓手，关切地说，“睡觉的时候多盖点儿。有事就给我打电话。”。

“知道了！你也早点儿睡吧！明天还要早起呢。”红翎和刘剑锋相互道了晚安，各自回到了自己的房间。

招待所的房间很大，但暖气很弱。服务员说烧锅炉的工人几乎都回乡过年了。入夜以后天气更冷了，室内温度也已降到了零下二十几度。红翎从小就怕冷，她坐也不是，站也不是，正准备往被窝里钻，这时，电话铃响了。

“怎么样？够冷的吧？”电话是刘剑锋打来的，想必他也冻得够呛。

“跟冰窖似的，下次再不来这种地方了。”刘剑锋在电话的另一头无声地笑了，他知道红翎抱怨归抱怨，下次若是再遇到这种情况，她还是会毫不犹豫地赶来的。

“那就早点儿上床吧，把屋子里的被子全都盖上。被窝里也许好点儿。”

红翎放下电话，拿起放在桌上的热水瓶晃了晃。暖水瓶里只剩下半瓶热水了，只够勉强洗把脸的。要是再有一瓶热水就好了，可以烫烫脚。想到这儿，她又拿起了电话，想问问服务员还有没有热水。可是，铃响了半天也没人接。这时她才想起，刚才进门时除了看门的老头根本就没见到服务员。“看来都回家过年了。”红翎嘟囔了一句，无奈地用那点儿剩下的热水抹了把脸就早早地上床了。

房间里很静，窗外呼啸的风声清晰可辨。红翎紧紧地裹着被褥，努力将身体蜷缩到最小，然而寒气还是无孔不入地侵入了她的身体。气温实在太低了，她把另外一张床上的两条被子也扯了过来，但是不管用，就像掉进了冰窟窿，碰哪儿哪儿凉。于是她不断地变换着睡姿，一会儿平躺，一会儿蜷缩。红翎翻来覆去地折腾着，始终无法入睡。一个多小时后，她咬着牙爬出被窝，把带来的毛衣和厚袜子都套上了，就这样，她跟严寒抗争了一夜，最后才勉强在黎明时分迷糊了两个小时。

第二天一早，红翎和刘剑锋要赶往更偏远的一个村子采访，可是县里的司机大都放假回家了。红翎望着刘剑锋说道：“看来又要劳您大驾啦！”。

“没问题。我去借车，你在招待所等我。”刘剑锋明白今天的采访只能是自己找车开去了，他说罢便去了县委。不一会儿，刘剑锋就从县里借来了一辆老式的丰田越野车。听说记者要下去采访，县里领导还是挺支持的。

刘剑锋驾驶着汽车上路了。红翎坐在副驾驶的位置上利用手机里的 GPS 协助认路。“北国风光，千里冰封，万里雪飘……”红翎看着车窗外白茫茫的世界，想起毛泽东的诗词，她琢磨毛主席当年恐怕也赶上了一场大雪灾，然后才有了如此深刻的体会。

汽车行驶到一半的时候，刘剑锋猛然发现自己将汽车驶上了一座结了冰的湖面。他不由得心头一惊，小心翼翼地想把车开出来。可就在这时候，汽车突然在厚厚的冰层上失去了控制，不停地在原地打起转来……

“不好！”刘剑锋情不自禁地大喊了一声，两手紧紧地握着方向盘，他想踩刹车，但是汽车根本不听他的使唤，继续旋转并滑向一处深沟。

刘剑锋一面牢牢地握着方向盘，一面冲红翎急促地叫喊：“车里危险，看准机会跳出去！”而此时红翎被这突如其来的险象惊呆了，一向反应灵敏的她已经全然不知所措了。她呆呆地坐在车里，脑袋里一片空白，一点儿也没有想要跳车逃生的念头。

谢天谢地，汽车的后轮好像被什么东西卡住了，终于停了下来。

红翎木然地从车里爬了出来。刘剑锋也跟着从车里跳了下来，不知是被这四周白雪映衬的，还是惊吓过度，他的脸色一片煞白，他有些颤抖地走到红翎的身边问：“你没事吧？”

红翎木木地摇了摇头。

“可把我吓坏了！这万一出了什么事情，我怎么向你家人交代啊！”刘剑锋喘着粗气又接着说道，“都没法交代！”红翎稳定了一下情绪，开始跟刘剑锋查看汽车的状况。原来是汽车的后轮被卡在了一个冰窟窿里，现在已经动弹不得了。

红翎和刘剑锋站在白茫茫的湖面上，大风裹着雪花在荒原上肆虐，周围除了风声，看不到一个人影。在这样寒冷的天气下，车上既没吃的，也没喝的，加上又不了解当地的环境状况，若不能马上离开，说不定真会出大事。此地不可久留，红翎连忙拨通了县委办公室的电话，请求帮助。

刘剑锋脱下身上的羽绒服递给红翎说：“你披着吧，天气太冷了。”

“我还行，你快点穿上！电视里可以没有声音，但不能没有画面。”红翎把刘剑锋伸过来的手挡了回去，坚决地说道。

为了增加身体的热量，在等待救援的时候，两个人在湖面上来回跑动起来。

一个小时之后，一辆带着救援工具的吉普车出现了。

经过两个多小时的施救，汽车终于被拖了上来。

“你们是先回县里还是继续赶路？”县委办公室的李主任问红翎。

“继续赶路，争取晚上回来。”红翎想都没想干脆地回答道。

因为这场意外，直到午后他们才赶到那个受灾最严重的村庄。由于连日来的风雪，牧民的口粮和牲畜的草料已经快用完了。一进村庄他们顾不上吃饭便开始了采访。在那里，红翎与电视台演播室取得了联系，用电话连线的方式，把这里的受灾情况以及需要哪些救援及时通过电视传播了出去。

白雪依旧覆盖着大地，天空中弥漫着薄雾，风的身影掠过枯黄的树梢。

返回县城后，刘剑锋从县政府的办公室借了台电暖器，送到红翎的房间里。

“今天真把我吓坏了。”闲下来的刘剑锋似乎依然心存余悸。

红翎看了一眼老大哥，露出一副无所谓的表情，“我都把上午的事情忘了。”她说。

“这么快就忘了？”刘剑锋用怀疑的眼光看着红翎。“告诉我，汽车在湖面上失控的一瞬间，你都想什么了？”刘剑锋追问道。

“啥都没来得及想，”红翎望着刘剑锋，接着又说，“当时只是觉得这下完了。”

“完了？”刘剑锋睁大眼睛问。

“是啊！完了。当时我就是这么想的呀。”红翎平静地回答。

“就这些？”刘剑锋又问道，试图探询红翎真正的内心世界。

“仿佛一切都不存在了，连同我自己。”红翎幽幽地说道，想起上午的那一幕，红翎这时才有些后怕。

“你猜我当时想什么？”

“什么？”红翎微侧过头来，望着刘剑锋问。

“我想，千万别出事呀！我们的红翎还没嫁人呢！”

红翎被刘剑锋一席话逗乐了，她笑着问：“嫁人真的那么重要吗？”

刘剑锋收起笑意，一本正经地说：“非常重要！”

看见刘剑锋一脸严肃，红翎若有所思。刘剑锋乘机问道：“说真的，你为什么还不考虑个人问题？是一直没遇到合适的？还是因为不能承受感情之重，所以才孑然一身？或者在你的心里一直存着某种幻想？”经过上午一场险情的考验，刘剑锋觉得他与红翎之间似乎又多了份情谊，就自觉不自觉地又扮起了师兄的角色。

“好像不能这么说。”红翎也不回避，她沉思了片刻，然后感叹道，“也许是缘分未到吧！”

每一次说到“缘分”一词，红翎的心里都会不自觉地掠过一个熟悉的身影。他现在到底在哪里呢？红翎下意识地想到了胸前的玉坠，她眉头微蹙，似有一缕淡淡的幽怨正萦绕在她的心头。

“缘不可求，恍若梦境，来无由，去无端，即便是现实生活的投影，也难免是幻想的折射。”刘剑锋突然变得很有禅学味道。

这时，红翎的手机响了，邓丽君那首《我只在乎你》的彩铃声在这个寂静的夜晚显得格外悦耳。她拿起电话，原来是夜班值班编辑跟她核实一下采访的人名。红铃挂上电话，若有所思地望着漆黑的窗外。

“任时光匆匆流去，我只在乎你……”刘剑锋还沉浸在刚才的铃声中，忍不住跟着哼哼了起来，“红翎，手机的彩铃可有点老了！”刘剑锋打破沉默，据他了解，红翎这手机的铃声可有年头了。他知道，红翎还算得上是个时尚的人，并且也还没到需要怀旧的时候。

窗外的风声不断传了进来。在这个白雪覆盖的边远小城，红翎终于向刘剑锋吐露了隐藏在心里许久的一个秘密。那个一直埋藏在她心底的张宇，是她至今难以忘怀的人。

“在大学时，张宇是跟我关系最密切的一个男生，他从一开始就像个大哥哥那样照顾我，别看他在许多女生心目中是白马王子的不二人选，可我从一开始就没把自己和他往那个方面联想。若干年后，我也曾经问过自己，当初到底是为什么对他无动于衷呢？仔细想来，恐怕是从一开始我就把他当成了哥哥而不是别的什么，因为我从小就和哥哥形影不离，儿时一起爬山蹚水，一起上树摘果子，一起偷偷地把家里的东西分给别的小朋友，一起受母亲的惩罚。小的时候，我就觉得接受哥哥的任何帮助和爱护都是心安理得的，谁让他是哥哥呢！也许是先入为主的原因吧，张宇在我的心里从一开始就不可能是别的什么关系。正因为如此，让所有人都难以理解的是，我们同窗四年，我和他又总有机会单独在一起，可居然连一次亲密的接触都没有。”

红翎说到这里，看刘剑锋听得很认真，便调侃了一句：“年轻的时候，我们不懂爱情。到了真正渴望爱情的年纪时，却已经失去了恋爱的对象。”

“可是你现在不能总活在回忆中呀！张宇这么多年都没有音信，你不能耽误了自己。”

“对待爱情，我有我的原则。我不是一个贪图物质享乐的人，我对钻石和名牌没有兴趣。我要的是一种感觉，这个感觉是属于精神层面上的。我希望和我牵手的人也能和我一样，真诚地对待自己的事业，努力工作，热爱生活，乐观向上，凭自己的聪明才智去创造生活。”

在内蒙古这个寒冷而洁净的冬日里，刘剑锋隐隐感受到了红翎那颗炽热如岩浆般的内心世界。

接下来的几天，他们又采访了几个受灾村庄，所到之处都让红翎心情压抑，不知道是该抱怨老天不公，还是感慨人类抵御灾害的能力太弱。

第五章 输名气，不能输身价

在人才济济、俊男靓女集中的地方，要博出名堂，争出名气，机遇、条件固然重要，但是，如果这些你都不具备的话，那至少也得争个身价，总不能默默无闻吧。

“你回来了？”红翎刚一上楼，就在门口遇到了蓝莹。蓝莹是刚调到她们频道的新闻主播，不知为什么，她今天好像显得格外精神，一件白色的裘皮短大衣让她显得雍容华贵。

“是啊！又在外面过了个年。”红翎看到蓝莹一副贵妇人的打扮和抑制不住的笑脸，带些诡异地问道，“怎么？准备嫁人了？”

“哪儿呀！我才不会这么轻易就把自己给嫁出去呢！”蓝莹亲昵地挽着红翎的胳膊一起进了办公室。

“看看咋样？”蓝莹在红翎的面前飞快地旋转了一圈，然后摆出一个时装模特儿的姿势。

“不错！哪儿买的？”望着蓝莹匀称的身段，红翎略带羡慕地问。

蓝莹抿嘴一笑，贴近红翎的耳边说：“别人送的。”

红翎也抿着嘴笑了笑。她不露声色地打量着蓝莹，心想这个美女一定又遇到什么大款了。

蓝莹年方二十八，个头不算太高，但模样却十分可人，白嫩的皮肤似能透出水来，一双勾人的大眼睛和微微上翘的鼻子怎么看都像是中国版的费雯·丽，特别是她的那张小嘴，性感指数少说也在五颗星以上，不知道迷倒了多少男人。据说蓝莹的身上有八分之一的外国血统，她的曾祖母是英格兰人。按理说她的条件相当不错，爸爸和妈妈都是大学里的教授，家里的环境也很好，可她至今还没有嫁人。不是没有男人追求，而是她对男人的要求太高。她对男人的要求是：既要有事业，也要有产业，同时还要具备一定的素养和气质。腰缠万贯但没有长相的不行，握有实权但没有银子也通不过。就这样，左挑右拣，身边的男人像走马灯似的换个不停，但却没有一个能维持下来。

红翎跟蓝莹完全不是一路人，但是红翎对周围的人向来采取的是一种包容的态度，她觉得大千世界无奇不有，如今的社会每个人都有自己的活法，不能要求别人一定接受自己的处世原则和方法。正因为如此，红翎身边的朋友是各色人等俱全，像蓝莹这样的朋友也不在少数。与红翎不同的是，蓝莹却很喜欢红翎，她觉得红翎是她周围很少见的优雅女人，尽管由于职业的关系，红翎经常要深入一线采访，有时也难免步履匆匆、风风火火，但在红翎身上却散发着一种仿佛与生俱来的贵气，而这恰恰是她最欣赏的一种气质。

两人正在一旁说着悄悄话，青桐主任捧着茶杯从门口经过，朝屋里喊了一声："红翎，过半个小时到部里开会。"红翎和蓝莹同时向主任点了点头。

"哎，你发现没有？青桐主任好像又胖了。"蓝莹朝青桐主任的背影努了努嘴，她总是善于发现女人外表的细微变化。红翎正想回答，黄梅人还没进办公室声音却已先飘了进来："又得开会。这每天除了开会就是开会。我看我们的主任应该改名叫会长了。"

"我估计是关于两会报道的事情。"红翎见黄梅进来了，便接着她的话说。

"又该准备两会了。今年不是换届，主题应该抓些什么？"萧枫听到"两会"二字，精神为之一振，站起来看着红翎问道。

红翎没有马上回答萧枫的问话，她也在思考着。

"今年的两会报道形式会更新吗？还是连线加访谈？"橙欣看着紫云问道。

"还不清楚，估计一会儿开会时会讨论吧。"

"今年应该多采访一些港澳的委员，我这里还认识其中几个呢。"橙欣边说边就在抽屉里翻找起名片来。

蓝莹见红翎准备开会了，便站起身来告辞："红翎，你先忙吧，等你有时间我们聊聊？"

"OK！明天中午你给我电话。"

"好的，拜拜！"蓝莹朝红翎摆了摆手，又朝紫云和橙欣嫣然一笑，飘然离去。

半小时后，制片人扩大会议在201会议室举行。

"今年的两会虽然不是换届，但我觉得可以让记者多关注一些民生方面的问题。比如物价、社会保障等等。"紫云作为策划人员，头一个发言，只是她的话音刚落，就被青桐用不屑的目光瞟了一眼。紫云的心里不免打了一下鼓。

紫云自从来到这个部门，青桐就一直没有给她什么好脸色看。刚开始，紫云不明白这到底是为什么，别说之前自己没有得罪过她，两人甚至连面都没有见过，何来仇恨？后来有人悄悄告诉她，青桐跟她过不去，是因为部门一把手的原因。青桐很早就离婚了，这些年她一直带着女儿单过。青桐私底下一直暗恋着方浩，可方浩是有妻儿的人，家庭关系也很和睦，没有理由为了她妻离子散。可青桐不管这些，她常常在部门里就把自己当成方浩的另一半。不仅任何时候都坚决拥护方浩的决策，还经常帮方浩打理点儿私事，比如方浩不在的时候临时替他保管一下财物等等。所以，对于方浩喜欢的女性，她的态度就可想而知了。当她听说紫云是方浩亲自到其他电视台“挖”过来的，就不管三七二十一，对紫云横挑鼻子竖挑眼。紫云刚来的时候，甚至莫名其妙地被青桐训斥了好几回。后来估计是方浩出面干预了，青桐才把当面发狠变成了暗地里使绊。

两会前的协调会又开了一上午，最后部里集中了大家的议题之后，还是把重心锁定在了有关民生的问题上。

“下班了吗？我的车子已经在门口等你了。赶快出来吧。”

“知道了。”蓝莹刚下主播台，电话就追过来了。“催命鬼。”她嘟囔了一句，狠狠地合上了手机盖。

电话是肥强打来的。这是个其貌不扬的男人，个子跟蓝莹差不多，只有初中文化水平，但是却很有钱。据说，他很小就跟着叔叔在外做煤炭生意，这些年，随着煤炭资源的日益减少，煤炭生意几乎成了一本万利的买卖，后来他有了些积累后，便自立门户，成立了一家公司。尽管没有读过几天书，但他的脑子却特别灵活，加上胆子又大，没几年的工夫，就拥有了上亿的资产。手中有了钱，欲望便没遮没拦了，雇保镖、驾悍马、盖四合院，接着他又在几个经常跑业务的地方养起了女人。半年前，经人介绍他认识了蓝莹，听说蓝莹还没出嫁，便打起了她的主意。

“蓝小姐，我很欣赏你的美貌。咱们做笔交易吧？”那是蓝莹认识肥强一周后的一个下午，肥强约蓝莹在蓝岛大厦的咖啡厅见面。蓝莹刚一落座，肥强就单刀直入。

“什么交易？你想让我帮你卖煤吗？”蓝莹睁着两只会说话的丹凤眼看着面前这位还不太熟悉的朋友，她想象不出来自己跟面前这个“煤黑子”会有什么生意可谈。

“No！”肥强一面笑着看着蓝莹，一边把那只小肥手摆了摆。

蓝莹蹙了蹙眉，呷了一小口咖啡，她在等着肥强往下说。

“我包你一年怎么样？”肥强把他的头往蓝莹面前凑了凑。

“包养？”蓝莹拿着杯子的手停在了半空当中，她惊讶地睁大了眼睛。以前只听说身边有这样的事情发生，没想到今天居然让自己遇到了。她半是好奇半是嘲笑地看着肥强，心想：我倒想看看你，打算如何包法？

肥强很快读懂了蓝莹的心理，便接着往下说：“别的事情你不用管，这一年中，我每次来谈生意的时候，你就陪着我，一些场面上的事情你帮我应付一下。我不在的时候，你就好好待着。钱嘛，你尽管花。吃的，穿的，你高兴就好。”

蓝莹还是没有说话，她脑子在高速旋转着。

肥强这时把他那只肥手放在了蓝莹的手背上。“至于条件嘛，这一年你不能跟别的男人来往噢。”肥强色迷迷地看了蓝莹一眼，又把压在蓝莹手背上的手慢慢地抽了回来，然后他给自己点了根烟，等待蓝莹的答复。

蓝莹思考了一会儿说：“你能让我考虑一下吗？”说完她便站起身来，也不管肥强如何挽留，转身离开了那里。

蓝莹来到五光十色的大街上，看着马路上川流不息的汽车，听着大街上嘈杂的声音，她的心里很乱。

几年前，蓝莹凭着自己的天生丽质，顺利地考入了全国最有名的电视传媒大学，主修播音专业。毕业后她又如愿以偿地进入了这座城市最大的电视台。如果说蓝莹在学校里还多少有点名气，被同学称作校花的话，那么，到了电视台以后，她很快就湮没在如云的美女之中。这里有太多等待出名的人，大家随时都在窥视着可能出现的任何机遇；这里藏龙卧虎，有着深厚社会背景的大有人在。

论客观条件，蓝莹不比别人差，但机会却总也轮不到她。蓝莹心里明白，在激烈的竞争环境里，如果循规蹈矩、安守本分，自己也许需要等待很长时间，也不一定能从众多美女的包围中杀出重围，打出自己的名气。而如果借助一个外力，或许能够来一个跳跃式的发展。眼前这个透着一身铜臭味的肥强也许在事业上不能给她创造什么机会，但是，他有钱！有钱好办事，这个道理蓝莹很明白。

来到电视台这两年，蓝莹已经注意到：在众多的主持人中，相互攀比的现象非常严重，即便你没有多少名气也多少还算个公众人物，所以大家明里暗里都在比着身价，最直观的就是比穿名牌、比住豪宅，这些似乎也成了一个人价值的体现。而所有的这些，当教授的父母是无法满足她的。蓝莹的父母都是普通的大学老师，他们能给蓝莹最大的财富就是一房间散发着墨香的书籍。

那天，蓝莹刚走出配音间，就被一个高分贝的声音吸引。那是部门里最爱显摆的播音员马丽正在接听一个电话，由于声音很大，蓝莹不由得放慢了脚步。

“老公，你说什么？你要给我买裘皮大衣？”马丽马上要进演播室，头上顶着几个大的发卷，此刻她把一件香奈尔的外套披在身上，慵懒地斜靠在墙上。

“那多少钱一件呀？”刘娜嗲声地问道。

“什么？两万多一件你打算买两件？”马丽的音调继续升高。

“那好吧，谢谢老公，我爱你！”马丽冲着话筒“啵”了一声，喜滋滋地挂掉了电话。

马丽的电话让蓝莹听了个真切。她知道，马丽是她们当中二三流的播音员，因为嗓音天生不足，加之播音中经常出错，平时只负责白天或夜间的播音。别看她业务不咋样，可气势却一点儿不弱。因为找了个有钱的老公，平日里在部门，她就是时髦的定期发布会，她身上各种名牌和珠宝让许多年轻的姑娘羡慕不已。蓝莹发誓，找老公就得找马丽那样的老公！

现在我该怎么办？我也想清高，但是，清高能给自己带来什么呢？可是难道自己就因为这些理由心甘情愿地受肥强这种人摆布吗？蓝莹越想脑子越乱，越乱越理不出头绪。

一个星期之后，台里举行年度优秀主持人选拔大赛。正是这场赛事让蓝莹最终下定了决心。

在这场主持人之间的较量中，蓝莹体会到了什么叫明星大腕。那些大牌主持人一出场就能引来一片骚动，观众席里有举牌的，有喊名字的，而这些大牌主持人也慷慨地对现场观众的拥戴报以热情的回报，有的优雅地点头致意，有的抱拳道谢，还有的索性跳到观众席上接受鲜花。他们以无可争议的选票当仁不让地稳居优秀主持人的行列。而那些和蓝莹一块儿坐在台下的年轻主持人尽管榜上无名，但是也竭尽全力在为自己造势，他们像蜜蜂采蜜一般穿梭在会场的各个角落，要么抢着跟大牌主持人合影，要么争着跟评委套近乎。

也就是在这次大赛中，专题部的那位刚出道的小主持苇苇向蓝莹透露了一个秘密：在当选的优秀主持人当中，有的别说是优秀了，如果按正常程序，恐怕连提名的份儿都没有。原因很简单，那就是：花钱买名气！她指着其中一位告诉蓝莹："看到边上的那位没有？她哪点比你强了？可人家有个好爸爸呀！你知道吗？她爸爸可是个搞投行的老板，听说为了让她出名，已经使了上百万的银子了……”

蓝莹睁大了眼睛，显得很吃惊，“那我们这些人何时才能熬出头呀？”苇苇一脸世故地回答：“找个有钱的人，让他帮你出名，即使暂时出不了名，至少要在物质上压倒别人！”

至此，蓝莹好像忽然明白自己应该怎么做了。蓝莹渴望尽快改变自己，主持人这行也像演艺圈一样，吃的是青春饭，再熬下去，将来即便有机会，恐怕自己也对不起观众了。她要像台里其他主持那样，即便不能出名，但也不能掉价，更不能委屈了自己。

一个月后，蓝莹开始出入肥强为她在 CBD 住宅区提供的高级住所了。

那是一间两百多平方米的公寓，卧室里全是进口的欧式家具，睡床的靠背宽大高耸，上面还精雕细刻着优美的花纹，屋顶上是银光闪闪的水晶吊灯，乍一感受，恍若置身在一座欧洲宫廷的某间卧房里。卫生间里有一个带按摩功能的大浴缸，泡在浴缸里，白天能看到远处的天空和对面的楼群，晚上能看到对面墙悬挂的液晶电视。客厅里的电视、音响全都是感应式的，喝咖啡的杯子也是从英国进口的瓷器，仅一个杯子，就是 1900 元。蓝莹在肥强为她提供的近乎奢华的住所里过起了“二奶”般的生活，尽管她不愿意承认这一点。

只是，自住进这个房间起，蓝莹就几乎失去了自由：每天上下班，她都有专门的司机开着宝马车接送；平时除了上超市，蓝莹一般都得待在家里；每天晚上，肥强都会用可视电话跟她联系，名义上是情人般甜言蜜语的交流，实际上是在监控她的行为。蓝莹虽然不喜欢肥强老在暗中监视她，但是，她又不能跟肥强翻脸，毕竟他们之间是有协议的。

今天，肥强又来了。

蓝莹坐进停靠在电视台门口的宝马车，很快就回到了那栋豪宅里。

“亲爱的，以后你别让人到单位来接送我上下班好吗？”蓝莹趁肥强刚跟她亲密完，心情不错时，对他提出了这个要求。

“为什么？每天有人接送你上下班，多气派呀！”

蓝莹把头又往肥强的怀里扎了扎说：“让别人发现了影响不好嘛。”

肥强用手拢了拢蓝莹的头发，然后给自己点了根雪茄。他看着怀里的蓝莹，色迷迷地说：“宝贝，我是怕你被别人抢去了，我舍不得你呀！”肥强心里很明白蓝莹想的是什么，他听别人议论过，电视台的女主持面临许多诱惑，比他有钱有势的人多的是！他担心失去对蓝莹的控制。

蓝莹没有再说什么，她想到了当初肥强给她开的条件，她不能违约。她把自己的身子朝外挪了挪，然后从床上爬起来，走进卫生间。

蓝莹对着卫生间的镜子仔细端详着自己的脸。这半年，应该说蓝莹过得还不错，每天住在这么高级的豪宅里，可以说是享尽奢华，她想要什么，肥强就会立即满足她，单是貂皮大衣就买了三件，其中一件价值十几万，而高档时装和时髦首饰更是挂满了大衣橱。这段时间，蓝莹成了电视台里继马丽之后第二个时尚风向标，她的虚荣心得到了空前的满足。但是，蓝莹心里依然不太开心，因为，肥强把她牢牢地抓在手心，让她时时感到他的存在。这个卖煤炭的，别看文化程度不高，在控制人方面可算是费尽心机，从不手软。

“宝贝，你在里面干吗呢？快出来呀！”十分钟后，肥强见蓝莹还没有出来，就冲着卫生间大喊起来。

蓝莹正在那里琢磨着，听到肥强在喊她，赶紧往自己的身上喷了些香奈尔5号，走了出来。

“快过来，宝贝，让我再抱抱。”肥强向蓝莹伸出两只短胖胳膊。

蓝莹扭捏地蹭到床边，身上的丝绸睡衣让她像泥鳅一样再次滚进肥强的怀里。

第六章　会前、会后的较量

如果说过去人们遇到婚外情还躲躲藏藏的话，那么，现在有些当事人巴不得让它昭告天下。背负『小三』这个称号的人已经勇敢地从地下走到了台前。

一年一度的全国人大、政协两会开幕了，这是一年当中新闻采访部门最忙碌的时间之一。

红翎所在的新闻采访部如往常一样，几乎投入了所有的人员参与两会报道。与以往一样，按照大会的安排，“两会”期间将举行大小12场新闻发布会，电视台届时都要进行直播。由于重头的采访还没有开始，红翎临时支援直播组，与黄梅一道负责直播前的两场新闻发布会。

红翎跟黄梅已经配合过多次，两人在工作中也早已形成默契。只要是和黄梅一起负责直播，红翎通常都愿意把黄梅推到首席的位置上，而自己主动给她当副手。

这不，第一场新闻发布会马上就要开始了，黄梅脖子上挂着大会颁发的记者证，冲着屋里的摄像记者大喊了几声：“嗨，下午去直播的，赶紧上车了。”然后夹起一个文件夹率先朝外面走去。四名负责直播的摄像记者连忙操起身边的摄像机、三脚架鱼贯而出，跟着黄梅朝楼下走去。

“姐，我说今天的直播有领导过来盯班吗？”走在最前头的摄像记者郭亮紧追两步赶上了黄梅。

早已经习惯当大姐大的黄梅瞥了一眼郭亮，说：“有没有领导盯班，你都得给我认真点。”

“是嘞，姐，这个你尽管放心。”郭亮眯着眼，挺了挺胸，顺手把肩上的摄像机背带往上拉了拉。

“大家听着，今天的直播是这次两会的首场直播，大家认真点。每个人的机位事先已经明确了，到了现场，各人按照自己的位置马上调试镜头。听见没有？”黄梅见大家都上了中巴，便站在车头把注意事项又叮嘱了一遍。

“Yes！”参与直播的记者同声答应道。

汽车立即向会场的方向驶去。

负责直播的人员在发布会开始前的一个半小时就全部到达了。由于类似的直播新闻采访部已经实地操作过多次，属于家常便饭，所以，一到现场，摄像记者们马上各就各位，开始调白平衡，对信号，整个工作都在有条不紊地进行着。

黄梅和红翎坐上了导播台，黄梅对红翎说："小铃铛，还是老规矩吧，我调机位，你切换。"——黄梅很喜欢称红翎为小铃铛，至于其中的含义，黄梅说是因为平时红翎像铃铛一样，不鸣则已，一鸣就惊人。红翎冲黄梅会心地一笑，说："那还有什么好说的？现场调度是你的强项呀！"黄梅自信地戴上耳机，把头转向前面一排监视器，两人开始熟悉起转播车上的设备。

红翎先轮流测试了一遍转播车上的所有切换键，检查是否正常，然后记下前面的屏幕编号。这时黄梅开始向四个机位喊话："1 号机准备好了吗？给我送个画面过来。"

"明白。"1 号机位的摄像记者立即把会场里的大全景镜头稳稳地送到了导播台。

"OK。1 号机可以了。2 号机给我一个测试画面。"

黄梅把直播中所需的四个机位依次检查了一遍，然后她对 3 号机位吩咐道："3 号机听好了。你今天的角度是侧面，除此之外，我还会要求你在需要的时候从天花板往下摇一下，镜头里要带上整个会场。记住，镜头摇的时候要稳，缓缓地落下。"

"3 号明白。"

按照直播要求，四路机位的设置分别是：1 号机负责会场全景；2 号机负责人物近景；3 号机负责侧面移动；4 号机属于机动，负责在场内随时捕捉提问或其他的特写画面。

此刻，参加新闻发布会的记者开始依次进场了。每年"两会"期间，都有大量媒体的当家花旦云集北京。抢到最鲜活的报道，是各家媒体的重中之重。为了能在会上引起发言人的关注，争取到提问的机会，她们往往衣着华丽，甚至浓妆艳抹，并使出各种招数明里暗里相互竞争，恍若在上演一场没有硝烟的战争。而对于电视台的直播组来说，面对各路英雄好汉、帅哥美女，他们都一视同仁，他们的任务就是准确、安全、流畅地完成实况直播计划。

直播开始了，红翎把右手放在需要切换的四个机位的键盘上，眼睛紧盯着前面四台监视器，黄梅戴着耳机，开始向各个机位的摄像记者下指令。

“1 号机，镜头稳点，不要再动了！走 1 号。”

红翎按照黄梅的指令，立即把 1 号机位的全景画面切了出去。

“2 号机，对准主席台，准备切换。”指令一下达，红翎又稳稳地把 2 号机位拍摄到的主席台画面送上了卫星天线。

在现场直播当中，现场调度和现场切换是两个最重要的环节，统称为现场导演。现场调度就相当于是现场指挥员，需要的是果断，要全景还是出特写，都要在瞬间做出决定，不能犹豫，否则出来的画面会很零乱，这需要平时大量的编辑积累。而现场切换的重要意义在于，你是否能时刻保持清醒？当切换的指令下达之后，你首先要迅速找到对应的画面，把它及时切换出去。其次，你还得有编辑的基本素质，接到指令后，有时不可以立即行动，特别是遇到前面一个画面正在移动或推进、拉开时，你要等到前面的画面完整地走完，才能切换下一个画面，这需要胆大心细。红翎和黄梅由于有过多次合作，因此，她们一起完成的直播画面总是十分流畅。

“4 号机，给姑奶奶找几个靓妞传过来！”黄梅继续指挥着。

“3 号机，赶快移走！干吗呢？相中谁了？”

由于长期配合形成的默契，参与现场直播的摄像记者对于指挥台上黄梅的一举一动都能心领神会，他们也很幽默，边拍画面边跟黄梅调侃：

“姑奶奶，没发现漂亮的，你下来差不多。”

“这洋妞脸上雀斑太多，不宜放大！”

“你看这个身材合格不？”

在这样的工作状态中干活，对所有参与直播的人来说，每一次都是一种享受，用一句话来形容，那就是——“干！并快乐着。”

一个半小时的直播顺利结束了。黄梅摘下耳机，问身边的红翎：“怎么样？小铃铛，还行吧？”红翎如释重负地站起来，看着黄梅说：“咱俩合作，还有什么好说的？你指挥有力，我把握到位。”

“讨厌，又来了，”黄梅故意沉了一下脸，追问道，“真的没有失误吧？”

“放心吧。晚上请客吧！”

黄梅这下彻底放心了，她的脸上泛着光泽，眼睛里闪着亮光，这是她每次圆满完成任务时的最佳表情。黄梅对陆续聚拢过来的摄像记者拍了几下手说：“大家今天表现得不错，开了个好头！继续努力吧。”

“那，咋地，就这么散了？今天不请哥儿几个撮一顿？”郭亮看了看身边的几个摄像记者，朝黄梅眨了眨眼。

黄梅早有思想准备，便冲着大家说："好吧，我们先把设备送回台里，晚上我请大家喝啤酒。"

"噢！"几个摄像记者欢呼过后，立即开始收拾自己手中的设备。

晚上，在电视台附近的一家餐厅里，黄梅、红翎和直播组的全体人员都来了，此外还有负责直播协调工作的刘乐。

这家餐厅距离电视台不远，虽然装修不算豪华，但饭菜却非常可口，南北风味兼而有之。老板是个爱交朋友的人，凡是电视台的员工，均有八折优惠。久而久之，它就成了电视台工作人员经常光顾的地方，更有人把它称作电视台的第二食堂。

"老板，先来一箱啤酒。要冰镇的。"黄梅刚一坐下，就向老板发出指令，她知道，今天跟直播组的哥们儿吃饭，这啤酒首先得管够。

"好嘞！"老板吩咐完服务员准备啤酒，然后拿着菜单走过来递给黄梅，笑吟吟地问，"姐，今儿哥儿几个都打算吃点啥？"

"你这儿的菜我都能背下来了。"黄梅随手把菜单递给了红翎，"小铃铛，你比较挑剔，看看有什么可口的，这帮兄弟跟我的口味差不多。"

红翎翻着菜单认真地看了起来。她平时很少在这类餐厅吃饭，因为她在吃的方面真的比较挑剔。

"一盘手抓羊肉，要大盘的。"

"葱爆牛肉。"

"宫保鸡丁。"

"酱牛肉。"

"再来条鱼吧！清蒸。"

黄梅望着身边这群爷们儿，笑着提醒道："我说，你们不能老吃荤的，得补充些维生素。老板，青菜有什么？"虽然黄梅从红翎那里抢到了做东权，但很显然她已经失去了掌控力，只剩下点青菜的份了，于是，黄梅添了一份蒜蓉菜心。

红翎手中的菜谱还没有翻上几页，菜已经点了一大半。红翎见菜已经点得差不多了，便合上手上菜谱，又加点了一份清炒豆苗。这是她为自己点的，黄梅也知道，红翎对肉食一向不感兴趣，这两份青菜也足够她吃了。

这顿饭大家吃得很酣畅，啤酒消灭了一箱半，十个人差不多喝掉了三十瓶。

“明天几点出发？我得提前要车。”刘乐站起身来，他摸着被啤酒灌得鼓鼓的肚子问黄梅。

“滴滴答，滴滴答……”黄梅吐了口烟正准备回答，手机响了起来，她一边接听一边向刘乐示意等等。

“喂，是老公啊，什么事？”黄梅一听电话是丈夫打来的，心里不免一惊。她知道丈夫一般情况是不会轻易给她打电话的，因为他在一家国有企业当经理，平时也很忙。

黄梅一听说是正在准备考研究生的儿子突然病了，顿时十分着急：“怎么搞的？严重吗？好，好，我马上回去。”她一边往门外走一边对刘乐说：“明天的直播是下午，1点半出发吧。”说着她已经来到停在餐厅外的丰田越野车前，打开车门一屁股坐了进去，并很快打着了发动机。

“红翎，我儿子病了，我得赶紧回去，你帮忙再落实一下明天的直播。”话音刚落，黄梅连人带车已经不见了踪影。

红翎知道黄梅平时特别疼爱儿子，也经常以儿子为傲，她能理解黄梅此刻的焦虑，她转而对身边的摄像记者吩咐道：“你们明天准时到啊。”几个摄像记者答应着四散而去。

第二天的新闻发布会如常举行。

橙欣在今年的“两会”期间主要负责记者招待会的采访。与往常一样，为了在记者招待会上争取到提问的机会，几乎所有媒体的记者都会提前一到两个小时来到会场抢占有利位置。今天橙欣到得很早，她抢到了第一排中间靠右边的座位。让橙欣没想到的是，坐在她身边的竟然是庄政的妻子邓丽茹。

橙欣刚进来的时候并没有在意身边的人，只是无意中听到有别的记者跟邓丽茹打招呼，这才偷偷地留意了一下她胸前记者牌上媒体单位的名称，果不其然，橙欣身边坐的正是庄政的妻子。

橙欣早就听说过庄政的太太是一家报社的记者，工作很出色，已经升为主管了。所以她一直以为庄政的妻子应该是个女强人那样的人，出乎意料的是，她居然如此高贵典雅。

“你就是邓丽茹？我是电视台的橙欣，是庄主任的部下。”她一边跟邓丽茹打着招呼一边把名片递了过去。

“你好！我听庄政说起过你。”邓丽茹也大方地把自己的名片递了过去。

“今天打算提问吗？”邓丽茹见橙欣打扮得十分抢眼，随口问到。

“是啊，争取提个问题吧。我来之前，庄主任还特意嘱咐过我呢。”橙欣不知是无意还是有意地把她跟庄政的关系表露了出来。

“是吗？祝你如意！”邓丽茹依然是那样的大方得体，好像并没有太介意。她打开手中刚刚领到的资料，开始翻阅起来。

橙欣趁邓丽茹低头看文件的工夫，从旁边细细地打量着她。应该说，邓丽茹长得很大气，鹅蛋形的脸上五官端正、神情端庄，是那种一眼能看出来的睿智女人。她身上的那套浅灰色的职业装尽管不花哨，但却很有品质，做工也极其讲究，一件浅粉色的衬衣和一枚镶钻的胸针点缀其中，显出一副成熟、稳重的职业女性形象。

今天的新闻发布会，由国家发展改革委员会的负责人出面回答中外媒体的提问。会议开始不久，橙欣就争取到了一个提问的机会，她接到点名后站起身来，先报了自己所在的单位名称，然后问道：“请问负责人，国家宏观调控政策实施以来成效如何？请给我们具体介绍一下。谢谢！”说完，橙欣重新坐了下来，并用眼角的余光扫了一下身边的邓丽茹。

而坐在身边的邓丽茹很快也获得了一个提问的机会，她提的问题是：“如何看待今后一个时期中国经济的宏观走向？”这是一个带有前瞻性的思考性的问题，台上的负责人从国家政策到国内国际因素等不同方面进行了回答。橙欣暗地里想：邓丽茹的问题果然比自己的高出一筹。看来，此人不可低估啊！

新闻发布会结束之后，橙欣礼貌地跟邓丽茹打过招呼后，便赶回台里编新闻。

“今天现场表现不错！”橙欣刚进办公室，就遇到了庄政。橙欣朝他妩媚地一笑，说：“我在现场还见到你太太了呢。”

“噢，我在直播里已经看到她了。”庄政平静地说，“抓紧时间写稿子吧。”说完，庄政又回到了自己的办公室。

“庄主任，明天下午是外交部的记者会。我问个什么问题比较好呢？”绿佳一头闯进主任办公室。

庄政正趴在电脑前写材料，一抬头见是绿佳，便用英语说了声：“Sit down please！”庄政一直挺喜欢绿佳的，在他的眼里，绿佳是一个很聪明的女孩子，她的聪明不是那种处处耍小聪明，而是通过她所制作的节目自然流露出来的。同样一个选题，到了她那儿，总会有些不一样的表现角度。她的节目风格很接近国际媒体，她的提问也常常很尖锐，这也许跟她在国外的学习和实践有关。

庄政平时就非常关注国际媒体的报道视角，他经常在不同的场合对绿佳的节目给予鼓励。当然，只要有时间，他也不忘跟绿佳学习几句英语。

绿佳没有坐下来，而是站在庄政的办公桌前，一副随时要离开的架势。

庄政看她有点着急的样子，略微沉思了片刻后对她说："最近大家都在关心中日两国间存在的一些历史遗留问题，你考虑一下，准备几个问题拿来我们一起商量。"

"好，那我马上去准备。"绿佳说完转身朝门外走去，在门口她遇到了拿着新闻稿的橙欣。

"嗨，今天提问紧张吗？"绿佳微笑着问橙欣。

"没有啊！我见谁都不紧张。"橙欣朝绿佳得意地晃了晃头，然后堆起一脸的笑容走进了主任办公室。

"加点画面，记得把你出镜提问的部分加上。"庄政看完橙欣的稿子，提醒了一句，然后在上面签了字。

"你太太好像是个很有主见的女人。"橙欣接过稿子，没有急于离开。

"还行。"庄政把椅子转过来，看着表情复杂的橙欣若有所思地回答。

"比我还有主见？"橙欣的眼睛直逼庄政，语气中透着挑衅。

庄政不解地看了她一眼，很快明白了橙欣话里的意思，只是此刻他不想跟她探讨这个话题，便说："别胡思乱想了，快去编片子。"橙欣意味深长地嫣然一笑，转身离开了主任办公室。

橙欣做事的速度历来都很快，只一会儿工夫，她就把新闻片送上了播出线。因为知道今天是庄政值班，所以完成手头的工作后她并没有急于回家，而是坐在办公桌前打开了电脑。

她漫无目的地在网上浏览着娱乐新闻，脑子里却始终盘旋着邓丽茹的影子。如果说，她当初走近庄政只是为了在这个藏龙卧虎的地方寻找一座靠山，希望得到更多的关照，那么，现在的她已经不满足这些了，她还想要得到更多，而这一切需要一步一步完全控制庄政，而她能控制庄政的第一步，就是利用情感。这段时间，她确信自己已经让庄政对她抛出的感情从最初的被动回避到主动接受，她希望按照自己的想法最终完全把庄政抓在手里。但是，今天她无意中见到了邓丽茹，她知道自己遇到了一个强劲的对手。看来，要想从邓丽茹手中把庄政抢过来，可不是件轻而易举的事！

一个小时后，庄政从值班室返回办公室，在经过采访组时，他见里面还有灯光，便迟疑了一下，然后走了进来。

“哦，是你呀！怎么还没有回家？”庄政看着橙欣一个人还留在办公室里，就好奇地问。

橙欣从办公桌前噌地站起身来。其实，刚才庄政在门口迟疑的时候，她就已经觉察到了，见庄政走了进来，她很高兴，扭动着上身站在庄政面前：“我在等你呢！”

“值班哪有谱呀！今天播出算是顺利的，否则你得等到什么时候？”庄政看着橙欣笑着说。

“多晚我都会等你的。”说这话时她的胸脯几乎贴上了庄政。“我们一起去吃饭好吗？我饿了！”橙欣扑闪着两只大眼睛，撒着娇，等着庄政表态。

“今天不行，有份改版方案，方浩让我今天晚上必须弄出来，急着交呢。”

“那你不吃饭了？”橙欣有点发嗲地说。

“我刚才已经在值班室垫了点盒饭。你快回去吃饭吧。”

“老吃盒饭怎么行？要不我再出去给你买点什么？”橙欣讨好道。

“不用了，你还是赶紧回家吧！罗素跟孩子都在等你呢。”

见庄政真的无意再出去吃饭了，橙欣有点失望，她努了一下嘴，答应马上回家。就在庄政即将走到门口的时候，她突然冲着庄政的背影迸出一句话：“主任，你说我还能当上制片人吗？”

庄政知道，自上次竞聘失败后，橙欣一直耿耿于怀，觉得自己有些冤。于是他含糊地回答：“可以呀，只是不能着急，得等机会。”

“那你得继续帮我呀！”橙欣紧追不放。

庄政站在门口迅速地在心里盘算着橙欣的条件，然后说：“那你得赶紧把学位证书拿到手，这是最起码的条件。”

“我就差一篇答辩的论文了。可我哪有时间写呀？天天都有采访。”橙欣盯着庄政的眼睛，似乎在期待着什么。庄政告诉她，本科学历是对记者和编辑最起码的要求，而学历加学位是今后当制片人的基本条件，不得含糊。橙欣边听边不断地点着头，她想让庄政帮她写一篇论文，但话到嘴边又咽了回去。她不想让庄政觉得自己太无能！橙欣提着手提包，甜蜜地冲着庄政做了个鬼脸，和庄政一道往外面走去。

和橙欣分手后，庄政回到自己的办公室，他打开了桌上的电脑，脑子里还在想着刚才橙欣说的话。他突然意识到，橙欣这个女人并不像他当初以为的那么单纯，这是个敢爱敢恨的女人，她还有许多野心，为了达到目的，她对他的需要将会是无止境的！当初他还真有点低估她了。

办公室很安静，其他的记者都已经离开了，只剩红翎还在电脑前忙着。她正在利用下班后的时间统计每个记者一个月的工作量，这是论功行赏的依据，是个很细致的工作，因为它事关每个人的切身利益，她不允许自己因为采访而拖延了记者的薪酬和奖金的发放。

这时候，橙欣静静地走了进来，她看办公室里只有红翎一个人还在那里忙着，便上前来关切地问道："老师，怎么还没有下班呀？"

红翎见是橙欣，便继续忙着说："是啊，得赶紧把大家的工作量统计出来。否则你们就该找我算账了！"

橙欣静静地站在红翎的身边，她顺手拿起红翎搭在椅子背上的一条写意图案的丝巾夸张地赞美道："哇，好漂亮哦！在哪里买的？"

"从香港带回来的。"红翎依然没有停下手中的活儿。

"老师，我发现你身上的东西都挺不错的，特显品位。"橙欣继续夸奖着。

"哪里，我是瞎穿呢。"红翎突然感觉到橙欣这么晚还没有回家，好像不是为了要夸奖自己的品位，她一定有什么事情吧？于是，红翎停下手中的工作，抬起头来望着橙欣，她在等待着。

果然，橙欣在摆弄完红翎的丝巾后，开口了："老师，我有件事情想求你。"

红翎好奇地看着她，这个自己亲手带出来的学生，已经在各种采访中历练得越来越成熟了，况且，她现在有庄主任在暗中帮助她，还有什么能难住她呢？

"老师，我知道你经常在一些杂志上发表论文，你写的文章我都看过了，有理有据，很不错。"红翎不知道橙欣想说什么，于是，继续沉默地望着她。

橙欣犹豫了片刻，终于说道："我想问问，你现在手头有没有还没拿出去发表的文章呢？"

"你要论文干什么？"红翎被橙欣彻底弄糊涂了。

这时的橙欣突然在红翎的桌子前面蹲了下来，她张着两只祈求的大眼睛看着红翎说："我正在一所大学读书，是专升本，已经读了两年了。现在需要一篇论文才能拿到学位。老师，你帮帮我好吗？"

红翎被橙欣的举动弄蒙了，她站起来一把将橙欣拽了起来："有什么事起来说嘛，你这样让我很不自在。"

橙欣慢慢站了起来，她从旁边拉过一张椅子挨着红翎的身边坐了下来。她诚恳地把自己的需求又重复了一遍。

红翎明白了橙欣的意思，她知道，论文对于她来说是举手之劳，可对于橙欣来说却没那么容易。对于橙欣的请求，她可以答应也可以不答应，但是，红翎不愿意看到因为论文的事情，橙欣一直无法拿到学位，尽管她曾经让自己感到过压力。

红翎是个热心人，别说是同事需要帮助，就连家中一直雇用的小时工需要帮助，她也是不遗余力呀！从业这些年来，红翎已经发表了许多论文，她平时非常注意收集各类形式的新闻报道，对新闻的报道形式、内容的取舍、报道的优劣都有自己的看法，一旦看法成熟了，她就会利用业余时间把它写出来，然后拿出去发表。她记得半年前自己写了篇关于如何确立新闻标题的文章，不久前还拿出来想修改一下送出去发表，但这段时间采访任务太多，便给放下了。既然橙欣现在需要论文拿到学位，那就给她吧。

红翎打开了自己的抽屉，开始在里面翻着。终于在最下面的抽屉里她把那篇文章找了出来，红翎把文章草稿递到橙欣的手上："这是我还没来得及发表的文章，你拿去改改吧，最好自己再抄一遍，到时需要答辩的时候，你能知道其中涉及了哪些观点。"

"太好了！老师，真是太感谢你了，我明天就把它交到学校去。你可是我的恩人呢！"橙欣双手接过红翎递过来的论文把它抱在怀里，哈着腰不停地谢着红翎。

"行了，别客气了！今天晚上你就辛苦点，拿回去加加工。学位的事情不能耽误。"

半个月后的一天下午，红翎刚从外面采访回来，就见橙欣乐呵呵地朝她走来，她来到红翎的身边，小声对她说："晚上我请你吃饭。别安排其他事情。"

"有什么好事？"红翎疑惑地看着橙欣，她已经把半个月前的事情忘得干干净净了。

"我的论文答辩通过了，我得好好感谢你呀！"橙欣难掩心中的兴奋，一脸笑意。

"真的？这可是好事。这个饭我一定要吃！"红翎没有料到，自己这篇没有来得及发表的论文居然帮助橙欣顺利地拿到了梦寐以求的本科学位。她自然也很高兴。

晚上，在电视台附近的一家粤菜海鲜餐厅里，橙欣和红翎坐在二楼一张靠窗的位子上。这家餐厅是较早进入这座北方城市的粤菜馆，经营地道的广式生猛海鲜，据说里面的厨子一半来自香港，一半来自广东，因此饭菜的味道很正宗。

“老师，这次真的太谢谢你了。你的论文可救了我呀。”两人刚刚坐下，橙欣就忍不住感激地对红翎说。

红翎接过服务员递过来的菜谱，随手翻着说：“别客气。能帮上忙我也很高兴。”

“帮大忙了！今天我们吃点上档次的。”橙欣叫来了餐厅领班，吩咐道，“给我们每人来一份鱼翅捞饭，然后再来半斤基围虾。对了，我们老师喜欢吃青菜，再给我们来一盘盐水菜心。怎么样？行吗？”橙欣没等红翎开口就把菜点齐了。

这天晚上，橙欣把红翎的胃塞得饱饱的，也让自己的欲望迅速膨胀起来。末了，她挽着红翎的胳膊走出餐厅，在月色朦胧的街道上，橙欣对红翎说：“老师，我会好好干的，我是你培养出来的，你看着吧，我绝不会给你丢脸的。”

红翎把拉杆箱塞进了红色的别克车里，关上车门，加大油门朝台里开去。

她刚刚接到部门的通知，山西又发生了一起煤矿坍塌事件，有四十多名矿工被困井下，部门希望马上派人前去采访。由于是周末，红翎考虑了一下，决定还是自己赶过去。

“嗨，你到单位了吗？记得带上无线话筒。”红翎在车上向随行的摄像记者刘剑锋交代着。

“我已经在办公室了。长线话筒我们还带吗？要不这样，我把两样都备着吧，以防万一。”

“好的。我马上到。”红翎特别欣赏刘剑锋这一点，他是那种把工作和生活能够很好区分开的人，工作时绝对认真负责，你说 8 点出发，他绝对不会 8 点才到台里，一定是提前十分钟到办公室把所需的设备提前准备好。工作之余，他又是个很讲究生活质量的人，别看他是个大老爷们，居然能做一手好菜。而且他平时喜欢交朋友，哪里都有关系，外出采访遇到什么事情，他都能尽快协助解决。

红翎和刘剑锋与国务院救灾指挥小组搭乘着同一班飞机飞往出事地点。

担任救灾指挥小组组长的是一位刚刚走马上任的副部长。此人姓何，年龄要比在任的其他部级领导年轻一些，一看就是个典型的北方人，个子很高，棱角分明的国字脸上生着一双浓眉大眼，单从他那敏锐的目光中你就能感觉出他的聪明才智，在看似儒雅的言谈举止中透着果敢。红翎从见到他的第一眼起，内心就似乎被人拨弄了一下，她发现何部长与张宇长得十分相像，尤其是他的侧面。不知是否因为这个原因，红翎对这位新部长瞬间增添了不少亲近感。

领导小组的成员在飞机上就开始研究部署解决方案了。

红翎从登上飞机的那刻起，就一直在留意观察前舱里领导的动向，她希望在飞机上就能对部长进行采访，以便尽快发回报道。于是她悄悄找到了部长的秘书，对他说："陈秘书，我想采访一下部长。"

"那不行，部长还没有到现场呢，一切要等看到现场才好说。"陈秘书尽管认识红翎，但是他还是不由分说地拒绝了红翎的要求。

红翎没有得到陈秘书的帮助，只好回到座位上猜想这次灾情到底会怎么样。就在这时，飞机降落了，她连忙跟着领导小组的成员走下飞机。

灾情远比想象的严重。四十多名矿工被埋在一百多米深的井下，危在旦夕。指挥小组立即赶赴现场查看灾情。

何部长一行在现场听完汇报后，马上着手布置救灾措施。

红翎和刘剑锋把现场拍摄到的第一手画面迅速传回电视台，紧接着又通过当地电视台的卫星转播车，在出事的现场跟新闻主播台进行了视频连线，把看到的情况如实地播报了出去。

连线结束后，红翎带着刘剑锋又回到了前线指挥部。这时候的指挥部里灯火通明，何部长正在召开会议，她希望会后能够立即采访到何部长。

深夜 11 点半，指挥部的会议终于结束了。红翎带着刘剑锋闯进了会议室，这时，何部长正在收拾桌子上的文件，见红翎他们进来，心里很纳闷：怎么？记者也在外面耗着呢？

红翎大方地走上前去："部长，我知道您已经很疲劳了，但是，四十多名矿工被困井下，情况危急。我想请您告诉我，目前政府都采取了什么措施进行抢救？又有多大的把握？"

何部长看着眼前这个成熟优雅且又充满活力的女性，犹豫了一下，尽管此前他在媒体面前一直保持低调，但此刻想到红翎他们一直等候在会议室外，显然他动了恻隐之心，想满足她的要求。可正在这个时候，陈秘书突然从外边冲了进来，他站在红翎的面前极力劝说着："你们明天再采访吧，部长已经很辛苦了，让部长先回房间休息好吗？”

“我知道部长已经很辛苦了，可这是人命关天的大事，我希望把我们政府的声音尽快传达出去。”

“可……”陈秘书还想劝阻，却被何部长用手势制止了。何部长对红翎的坚持和敬业精神萌生了一丝敬意，他对红翎说：“好吧，就在这里说吧。”何部长在镜头前抖擞了一下精神，按照红翎的提问，把政府正在采取的努力一一道来。末了，他还不忘问红翎：“这些够了吗？”

“谢谢你！部长。我们马上去电视台制作，一个小时后就可以播出。”红翎伸出手来跟何部长握了握，那一瞬间，有一种异样的感觉爬上红翎的心头。红翎不敢过多耽搁，带着刘剑锋立即赶往当地电视台。

第二天，矿区的营救工作全面展开。身边的人劝阻何部长留在地面，他摆了摆手，态度坚决地说：“生命比一切都重要，别说了，赶快行动吧。”说完他从一名工人手中接过安全帽，毫不犹豫地登上了黑漆漆的坑道车。他把一名矿工伸过来准备帮他把座位上的煤灰弹掉的手紧紧地握在自己的手里。这个举动让红翎看在了眼里。

一连几天，红翎在现场都能见到这位部长，她看到的是一个作风严谨、讲究效率的官员。而何部长在营救现场也总能看到一个拿着话筒跑来跑去的女记者，每次相遇，红翎都会跟何部长打个招呼，一来二去，何部长也记住了“红翎”这个名字。

三天后的下午，营救工作推进到了最后的关键时刻。何部长接到报告：一小时后，营救人员将到达坑底，伤亡结果将最终得到证实。何部长立即把陈秘书叫过来：“你去告诉电视台的红翎，让他们一小时内赶到。”

陈秘书接到命令后不敢耽误，马上用电话通知了红翎。

此刻红翎正在当地电视台剪接画面，接到电话后，立即带上刘剑锋赶到了矿难现场。

结果令人绝望，被埋在井下的四十多名矿工全部遇难了。看到现场遇难家属悲痛欲绝的场面，一种难以名状的悲痛涌上红翎的心头。跑了这么多年的新闻，第一次身处生与死的情境之中，这一切让红翎感到震撼。当天的新闻，是红翎对这次事件的思考和呼吁。

“红翎，今天国家环保总局公布淮河污染治理的情况说明，我们为什么没有派记者去采访？”这天中午，红翎刚刚赶到制片人的例会上，就被庄政劈头盖脸地点了名，批评前期记者漏报新闻。

“主任，是这样的，这个星期我安排部分记者轮流休息，前段时间他们太累了。”红翎连忙解释。

庄政看了红翎一眼，接着往下说：“在新闻采访部当记者就不能喊累，这点我想大家都应该明白。”

“可是……”红翎还想说明，庄政一摆手，制止了她的发言，他继续说道：“红翎，最近前期记者的状态不太好，每天自采的新闻就那么几条，后期编辑都有意见了。好多消息都是他们从别的渠道截获后拿来改编出来的。你回去给大家开个会，好好敲打敲打。”

红翎抬起头看着庄政，觉得很委屈。今天环保局的新闻没派记者去并不是很严重的事情，就算记者去了也不过是做个图版显示，这些工作后期编辑完全可以做。为什么要抓住这件事情不放呢？

要知道今年以来，重大的事件接二连三，记者几乎没有歇过，从春节两岸民俗直播，到内蒙古雪灾，跟着马上又是两会报道，记者们都已显得疲惫不堪了，总应该让他们轮流调整一下吧？

会议刚一解散，红翎心情郁闷地来到方浩主任的办公室。

“主任，刚才庄副主任批评我们前期记者漏报环保局的新闻，像这样的新闻别的频道也都有记者去采访，一家电视台的资源完全可以共享，我们不一定非去不可吧？”红翎一进门就把心里的委屈往外倒，试图从方主任那里寻求支持。

正在低头看文件的方浩见红翎一脸委屈，他拿着茶杯站起身来，一边往杯子里倒水一边不紧不慢地说：“庄副主任批评得有道理，漏报新闻就该打你们的板子。”

“可是主任，我们的新闻采访力量目前还比较薄弱，我们应该出奇制胜，把力用在巧劲上，好钢要用在刀刃上。”红翎还想辩解。

“话虽然这么说，但是，我们既然是新闻采访部，凡事就得有自己的话语权。如果我们的后期编辑都可以拿别人的节目进行改编播出，这么下去，那还要你们记者队伍干什么？”

红翎没想到方主任也这么不理解记者的苦衷，她嘴里虽然没说什么，心里还是觉得不爽，便悻悻地离开了主任办公室。

红翎一直认为今年以来记者的状态很好，理应受到表扬才是。可是，因为漏报一条新闻就遭到如此严厉的批评，连方主任也这么说，难道事情真的有那么严重？难道自己关心部下也错了吗？

回到家，红翎随手打开了电视机，她拿着遥控器漫无目的地来回搜寻着，尽管眼睛盯着电视，但制片人会议上受到批评的事情却一直纠缠着她。

她从庄副主任的话，联想到近来庄副主任一改过去对她的欣赏，好像总在有意跟自己过不去，这是为什么呢？她又想到方主任站在庄副主任的立场上说的话，是有意维护庄副主任的权威，还是他也同意庄副主任的说法？难道即将到来的这场改革真的会触动许多人的既得利益吗？她一直很懂得尊重领导，工作也很努力，极少被领导批评，今天的事可能是她自进电视台以来让她最不愉快的一件事。想到这儿，她的心里有种说不出的难受。

红翎不是那种工于心计的女人，她只是想不明白自己到底错在哪里？为了排遣心中的不快，看完当天的晚间新闻，红翎就跑进卧室，把被罩和床单通通换了下来，然后把它们扔进了洗衣机。她需要做点什么事情来发泄一下自己的情绪。

一小时后，红翎从洗衣机里把洗干净的被罩、床单掏了出来，拿到阳台上。她看看悬在屋顶的晾衣绳，一反常态没有去转动滚轴，相反，她一手举着被单一手从角落里拽过铝合金梯子，“噌噌”两步就爬了上去。

她站在梯子上，把床单高高地举过头顶，用力往绳子上放，就在床单刚刚挂上绳子的那一瞬间，红翎两脚一歪，身体失去了平衡，顺势从梯子上摔下来，就这么巧，她的左腿在滑落地面时被梯子的踏板角重重地划开了一个口子。

红翎低头一看，左腿膝盖下方出现了一条长约三十毫米的大口子。尽管能够清晰地看到被撕开的皮肉，但却没有看到血迹，就在她暗自庆幸可能并无大碍的时候，鲜血一下子涌了出来。一见到血，红翎立即慌了，她跳着脚冲进屋里，开始在抽屉里翻找创可贴。糟糕，家里只剩下两片小号的创可贴，根本就包不住伤口。看着鲜血还在不断地往外涌，她更慌了。怎么办？红翎有晕血症，忙乱中她突然想到，在电影里看过用布条捆扎伤口的办法，她立即找出一条手绢笨手笨脚地把伤口捆了起来。此时，她抬头看了一眼墙上的大钟，已经是深夜11点40分了，这么晚了，要不要上医院？可是明天一早还得去机场采访呢！

她猛然想起绿佳晚上有个时装周的采访，按正常的情况，绿佳会连夜赶回单位制作节目，她应该还在台里吧？看来只好请她帮忙买盒创可贴过来了。

“绿佳，我是红翎，你现在哪里？”红翎拨通了绿佳的手机。

“我刚做完节目，正准备回家呢。你怎么还没有休息呀？跟谁在零点夜话呢？”绿佳和红翎打趣着。

“先别开玩笑，请你帮个忙。我的腿受伤了，你马上帮我去二十四小时的药店里买一包大号的创可贴过来。”红翎口气急促地说道。

“天哪！怎么搞的？要我陪你去医院吗？”绿佳一听红翎受伤了，立即大叫了起来。

“明天早上我还有采访，先不去医院了，你帮我把创可贴买来就行了。”

放下绿佳的电话，红翎又给自己调了杯盐水，咬着牙把伤口清洗了一下。

半个小时后，绿佳来了。她把创可贴递给红翎，关切地问：“真的不用去医院吗？”

“不用，我先把伤口贴起来，明天早上我早点到单位，让医务室的大夫先给看看，然后再去采访。”红翎接过药，边说边往伤口上贴。

“我还给你买了消炎药。明天不行就别去采访了。”

“没事，你赶紧回家吧，明天你也有采访呢！”红翎把绿佳劝回家后，自己处理好伤口也赶紧上床躺下了。

第二天早上 8 点不到，红翎就冲到了电视台的医务室。

“大夫，请帮我清理一下伤口，我马上要去采访呢！”红翎在外科室见到一位正在穿白大褂的退休大夫，她哀求道。

“怎么了？”老大夫问。

红翎立即把昨晚的经过给大夫描述了一遍。

“你还真够勇敢的。当时应该马上去医院。”老大夫一边责备一边给红翎清理伤口。包扎完以后，老大夫还特别提醒道：“记住，每天要坚持过来换药。”

处理完伤口，红翎带着刘剑锋赶到了国际机场。

国宝佛牙舍利一个月前被借到外国展览，今天是恭迎其回国的日子。红翎他们到了机场后才知道，护送舍利的专机要晚两个小时抵达。记者已经提前通过安检，而机场方面不允许记者再随意走动，所有的记者只好都守候在停机坪上。

4 月的北国，乍暖还寒。机场上无遮无拦，红翎站在那里，不一会儿就感觉到两腿发冷，特别是伤口处，不仅隐隐作痛，还明显有一股冰冷刺骨的感觉。红翎不得不来回走动，以保持血液循环。刘剑锋察觉到红翎的腿有点不对劲，便问道：“红翎，你的腿怎么了？”

“没什么，小腿受了点儿伤。”红翎故作轻松地回答。

“怎么弄的？”刘剑锋又关切地问。

红翎见掩饰不过，便把昨天的经过又说了一遍。

刘剑锋听完，苦笑了一下，他看着红翎说：“抓紧时间找个老公吧，别再挑了。平时没事时，你不觉得有个伴儿的重要，但凡有点事你就知道了，身边真的需要有个人。”

红翎已经听刘剑锋说过好多次这种话了，她何尝不想有个老公呢？可身边遇到的人，不是这样就是那样的问题，急也没用呀！她曾经跟刘剑锋开玩笑地说：“实在不行，我就去嫁给开出租车的司机算了。”红翎这话可不是随便说的，有一位出租车司机一直对红翎有好感。

恭迎佛牙舍利的采访一直延续到下午两点，红翎他们在机场的寒风中站了近四个小时。在赶回台里的汽车上，红翎一改平日里的斯文，卷起裤腿，就将双手紧紧地捂在伤口上，希望能把手掌的热量传递进去，可是她的手也是同样的冰冷，直到回到台里，她也没有感觉受伤的那个部位温暖起来。

第七章　电视台啥人才都有

有人说电视台是新闻机构，有人说它是娱乐单位，也有人说它兼而有之，关于它的性质暂且不去讨论，但有一点可以肯定，那就是，这里边啥人才都有。

星期一，几乎成了电视台“法定”的开会日，从早到晚，不是大会就是小会，各个部门都希望把一周的会议统统安排在这一天，把需要上传下达的事情集中处理。为此台里的会议室经常不够用，各部门都得排队轮候。

接近中午的时候，红翎赶回台里准备参加制片人会议。在大门口她遇到了专题部的制片人杜京生。

“红翎，好久不见，忙什么呢？”杜京生拦住了即将走进大门口的红翎。

“嗨！是你呀！我能忙什么？天天不都是采访那堆事嘛。”红翎和杜京生边聊边走进电视台的大楼。

杜京生抬手看了一下时间，叫住红翎：“哎，你先别走，我想跟你说个事。”

红翎抬头看了一眼挂在大厅里的时钟，然后随杜京生走到一楼的花坛旁边。她停下脚步，仔细打量着杜京生。杜京生是红翎刚进电视台时候的启蒙老师，今年已经五十岁了。几年前他从新闻采访部门调到专题部当制片人，这才几年时间，他的头发已经开始变得花白了。

杜京生见红翎在盯着他看，便开门见山地说：“最近台里要全面改革，除了新闻之外，会对所有频道的栏目制片人进行考核，今后全台的制片人都要竞聘上岗。你觉得我该怎么办？还继续待在这里吗？”

“你有什么打算？”红翎知道杜京生又遇到难题了。过去，他们在一个部门的时候，杜京生就经常和红翎聊天，工作中遇到什么问题，他也愿意听听红翎的意见。有几个关键的时刻，杜京生都是听了红翎的意见后作出决定。

“我能有啥打算？当然得保住眼前的位置了。你说，我都当了这么多年的制片人了，也到了这把年纪了，不让我干下去，我还能干什么？”

红翎非常理解杜京生此时的心态，说实在的，尽管电视台跟其他国家机关的运转模式有所不同，但在目前的体制下，“官本位”的思想依然根深蒂固。许多人业务干久了，或出了点小名，就开始琢磨起头顶上乌纱帽的事儿了，就连一些著名的节目主持人也有类似的想法，似乎只有这样，人生的价值才能得到最大限度的体现。而一旦当上制片人或者主任什么的，就没有谁愿意再退下来了。所以，置身其中的每个人都在千方百计地设法保住或者巩固自己的位子。

“晚上你如果有时间的话，咱们聊聊？”杜京生征求红翎的意见。

红翎看着杜京生笑着点了点头，答应杜京生晚上在一家西餐厅见面。

说来也挺有趣，这些年来，不知怎么的，红翎竟在不知不觉中给周围一些人当起了高参，许多朋友面临人生的十字路口时都愿意让她帮着出谋划策。究其原因，也许是红翎原本学的就是社会学，又喜欢思考，她对周围许多事情的判断都很精准，常常仅凭感觉就能料事如神；也许还因为她对当官这档子事儿向来没什么兴趣，所以常常能够以一个局外人的眼光看清周围的一些人和事，进而作出更理智的判断。

晚上，红翎如约而至。她在西餐厅的一个拐角处找到了杜京生。

“我真的不明白，为什么那么多人都争着当制片人？”红翎要了杯咖啡，坐在杜京生的对面问道。

杜京生没有马上回答，红翎接着又说：“我听蓝莹说，他们那儿的名主播罗志键最近也火急火燎地找领导谈话，要求当个制片人什么的。他已经很有名气了呀，干吗还在乎一个制片人的位子？”

“红翎呀，我总觉得你生活在理想中。你想，他罗志键再有名，那是在外边，像他那样的腕儿，往那儿一站谁不认识他呀！他走到哪里都能带起一股小旋风，可回到台里，回到他所在的科组里，你猜怎么着？一样还得听制片人的吆喝！你说，他那样的腕儿，气能顺吗？”杜京生振振有词地回应道。

“不管怎么说，我总觉得电视台目前的这种体制极易造成人才的浪费。你想，许多业务骨干，在采访一线工作最出色的时候让他去当制片人，一旦当上了这么个小芝麻官，就脱离了采访一线。其实，如果让这些人继续留在业务岗位上是很有好处的，一来他可以利用已有的经验采访到更有价值的东西，二来还可以以老带新，保证节目的质量。反正像我这样还在一线采访的制片人已经不多了。”红翎也回答得言之凿凿。

杜京生看红翎还要继续往下说，连忙朝她摆摆手说：“行了，打住！别在这里忧国忧民了。”

红翎收起了自己的话题，她望着满腹心事的杜京生问道：“你不是要继续当你的制片人吗？怎么，遇到什么障碍了？”

杜京生先给自己点上了根烟，猛抽了两口，然后把身子往前倾了倾说：“是这样的，最近台里改革的风声很紧，部里想先期改革一些栏目，我们组里来了个研究生，听说此人跟台里某个领导是亲戚关系。我担心这次栏目考核，有人会趁机把我挤走。你知道，最近栏目的收视情况不太理想。”

红翎听到这里一时没有说话，她喝了一口咖啡，看着杜京生有些花白的头发问：“你还想继续做这个制片人？”

“那当然。”杜京生不容置疑地回答。

“那我觉得你当务之急是拿出新的改版方案，告诉领导你对改善栏目现状是有信心的。”

“有道理。你接着往下说。”杜京生用鼓励的眼神看着红翎。

红翎顺着她的思路，结合杜京生那个栏目的特点开始为他出谋划策，杜京生不住地点头,也全盘托出了自己的一些构思和想法。不知不觉两个小时过去了，该说的也说得差不多了。

“时间不早了，我该放你回去了。”杜京生看了看表对红翎说。

“好的。”红翎站起身来，和杜京生一起向外走去。

“我觉得信心很重要。你是咱们电视台的‘老人’了，多少还有些人气。就按咱们今天说的去办，我看胜算不小。”红翎边走边说。面对自己的启蒙老师，又是个老同事，她真心希望他能够如愿以偿。

“谢谢啦！我一定照你说的去做。”杜京生在红翎面前从来就没什么架子，尽管他曾经做过她的老师。

和杜京生分手后，红翎开着车驶上了大街，看着路口醒目的红灯，她想：这个社会上每个人都有自己追求的目标，所走的路或用的方式都不尽相同，你根本无法说清究竟谁的办法会更好一点。而对于自己而言，就是要朝着既定的路线走下去，继续当好一名记者，如果哪一天自己也遇到了这样的情况，或者被目前这个制片人的位子所拖累，自己就干脆把它辞了，不要太在意它的价值。

想到这里，红翎一踩油门，汽车飞快地朝家的方向奔驰而去。

一个月后的一天。红翎正在机房编新闻，陈秘书把电话打了进来。

“喂，你好！晚上部长想请你吃饭，有空吗？”

“为什么要请我吃饭？”这个消息来得太突然了，红翎有点兴奋又有点不知所措。

“吃饭还要理由吗？如果有时间就过来吧。我们部长难得请记者吃饭。”陈秘书下了命令。

“好吧。我可以过去。但是，我能再带个好朋友去吗？也是我们部门的记者。”红翎不知出于什么想法，提出了这个要求。陈秘书在电话里略微迟疑了片刻，马上回答：“来吧。人多热闹点。”

放下陈秘书的电话，红翎难掩心中的喜悦，她得承认，山西矿难之行，何部长的工作作风和为人令她非常钦佩，她也非常希望能跟这位部长多接触接触。不管今天的饭局是何用意，既然已经答应了，那就好好准备一下吧。

红翎很快把手中的节目编完，然后回到办公室把紫云叫了过来。

“晚上有空吗？陪我去赴个宴。”

“哎呀，我刚刚安排了，晚上要请一个朋友吃饭，是从我们老家来的。”紫云遗憾地说。

两人的对话让一旁的橙欣听到了，她主动走过来问红翎：“什么重要的饭局呀？我愿意奉陪呀。”见橙欣冷不丁插话说要跟着去，红翎不好意思说“不”字，便随口答应了。但是，她还是希望紫云能一道去。

红翎用哀求的目光看着紫云：“能不能把你那边先推推？”

“啥重要的饭局呀？说来我听听。”紫云经不住红翎的哀求，有点动摇了。她暗自琢磨：该不是去相亲吧？

红翎把陈秘书的电话内容向她重复了一遍。

“真的？”紫云惊讶的眼睛瞪得溜圆，她早听红翎说过这位部长很有魅力，也一直希望见见他，于是紫云立即决定把自己的事情推到明天，跟红翎一起去赴这个宴。

三个女人开始各自在办公桌前收拾起自己的那张脸。由于经常有意想不到的采访任务要紧急出发，她们已经习惯了在自己的办公桌里放置一套化妆用品，像粉饼，眼影，睫毛膏之类的。

“红翎，把你的睫毛夹给我用一下。”红翎见到已经很可人的紫云还在那里倒腾，忍不住开了句玩笑：“唉，我说，你可是配角啊！”正在夹睫毛的紫云朝红翎翻了翻眼睛说：“配角也得盛装出席啊，我可不能给你掉脸！再说，我打扮得漂亮点，不是把你衬托得更美了吗？”而此时的橙欣早已经收拾妥当，站在一旁等着她们俩了。

6点不到，三个人来到停车场。“你别开车了，坐我的吧。”紫云很明白自己今天的角色，不但要做好陪护，还得主动当司机。

紫云开着车，带着红翎和橙欣朝饭店的方向开去。

“唉！我说，部长怎么想起请你吃饭了？该不是对你有意思吧？”紫云边开车边嘀咕。

“别瞎说。好好开车！”此刻红翎的心里也百思不得其解。倒是坐在后排的橙欣心里多了个小九九，她想自己今天来对了，多认识一个部长，对自己没有什么不好。

半个小时后，她们来到CBD区的一家四星级饭店。按照陈秘书事先在电话里的指引，她们很快就到了六楼的一个包间。此刻陈秘书早已经等在那里了。

“欢迎，欢迎，大家先请坐，部长马上就到。”陈秘书把红翎她们请到一旁的沙发上。

多年养成的职业习惯，让红翎不由自主地打量起包间的布置：房间很宽敞，中间一张大圆桌前摆了十张宫廷式的靠背椅。餐具已经摆放好了，每个位置前都是一大一小两个印着青花瓷的碟子，左手是放毛巾的小盘子，右手边是镀金的筷子和长把圆勺。再看四周墙上，在主宾位置的后面挂着一幅西洋名画《拾穗》，在它的对面挂着一幅西方少女图。应该说，这是一间中西合璧、布置典雅的包房。

“部长来了！”红翎正在那里左顾右盼，就听陈秘书朝她小声地喊了一声。红翎和紫云、橙欣几乎同时从沙发上站了起来。

何部长在服务员的引领下大步走了进来。他的身后还跟着一名中年妇女和一名年长的男子。

“你好！记者同志。”何部长在距离红翎还有两米远的地方就微笑地向红翎伸出了手，红翎也连忙把手伸了过去：“部长好！”接着她把身边的紫云和橙欣分别介绍给了部长。

“来来，都坐下。看来电视台最不缺的就是美女呀！”何部长今天状态显然不错，他身穿一件藏青色西服，里面是一件蓝白条相间的衬衣，与上次在山西救灾现场相比，神情中少了一分焦虑，多了几分从容。

红翎和紫云、橙欣按照陈秘书的安排依次落座。红翎被安排坐在部长的右手边，同来的还有两位上次一起到山西采访的报社记者。

预先安排好的冷盘、热菜很快就依次端了上来。何部长拿起桌上的公筷先夹了一块烤乳猪放进红翎的盘子里，和颜悦色地说：“来，别客气，多吃点。”

这一刻，这个亲切的笑容让红翎再次想起了张宇，她的神情刹那间有点恍惚。

何部长没有留意红翎的细微变化，他对坐在他对面的那位中年妇女说：“李主任，你照顾好身边的记者。”那位穿着一身藏蓝色套装的中年人，毕恭毕敬地欠了欠身子回答：“没问题。”

“上次和记者们一起到山西，我才知道，记者的工作也很辛苦啊！今天我特意把你们请来，一是感谢你们及时地把事件真相报道出去，二是希望加强联络，今后我们的工作还要靠你们媒体的监督呢！”

红翎坐在何部长的身边，近距离地领略着他的魅力，这真是个帅气而成熟的男人，和张宇比起来，身上还多了一股子霸气。

而坐在斜对面的紫云、橙欣显然也被部长的气质吸引住了，不断地把敬佩的目光投向对面的何部长。

“来吧，各位记者，为我们的相识干上一杯。”何部长举着酒杯先站了起来，其他人也跟着部长呼啦啦地站了起来，大家纷纷举起杯子，跟部长碰过杯后一饮而尽。何部长在亮出杯底的时候，无意中遇到了紫云的目光，那是一道美艳得有点刺眼的目光，何部长不露声色地躲开了。

陈秘书负责现场监督，凡是喝干了的才可以坐下。轮到红翎了，红翎看着手中的酒杯犹豫了片刻，最后只是略微抿了一小口，她正准备坐下，陈秘书上来一把抓住了她的手。“不行不行，红翎，这第一杯你得喝完，我替部长监督呢！”

红翎很为难地看着杯子里的酒，她一向对酒精过敏，曾经有过一次，她被两小杯茅台害得呼吸困难，不省人事，她不希望自己在今天这个场合再出同样的洋相。红翎用求救的目光看了看何部长，但是，此刻的何部长好像故意不看她求助的表情，继续张罗着大家吃菜——他一定也希望红翎把这第一杯酒喝干了。

就在红翎和陈秘书僵持的时候，橙欣主动站了起来，她端着刚刚又斟满酒的杯子对部长说：“何部长，这杯酒我替我们老师喝了吧。”话一说完，还没容部长反应，橙欣便一仰脖子把杯子里的酒一滴不剩地倒进了胃里。何部长看到橙欣的表现，开心地笑了：“好！看来电视台不仅盛产美女，还都是海量呀！”

红翎眼看着橙欣替自己把第一杯酒喝了，心里一阵感激。她琢磨自己接下来怎么办，总不能老让别人代喝吧？如果今天自己滴酒不沾，显然说不过去，那也太不给部长面子了。正在这时，就听橙欣冲着部长说：“部长，我们老师真的不能喝白酒，但她有一个绝活，你肯定喝不过她。”

橙欣知道红翎有过以醋代酒的事情，据说有一次，红翎被曾经采访过的一个山东老板拉去喝酒，因为对方太过热情，不喝死活不让走，被逼无奈下，红翎以醋代酒，才得以摆脱。虽然身上没有过敏，但胃却难受了好几天。

部长一听这话，先是诧异地看了橙欣一眼，然后好奇地看着红翎问：“是什么秘密武器呀？拿出来吧。”

红翎没想到橙欣会在这种场合里抖出自己的秘密，尽管心里有点不快，但是，既然自己不能喝白酒，总得喝点什么让部长高兴一下。于是，她冲着一边的服务员做了个手势，服务员立即走到她的身边。

红翎小声对她说：“请给我拿瓶山西老陈醋来。”尽管红翎说话的音量不高，但穿透力很强，所有人都听见了，大家一愣，拿醋干什么？就连何部长正要伸出去的筷子也停在了半空中，他侧着头不解地朝红翎看了一眼，难道这就是她的绝活？陈秘书更是丈二和尚摸不着头脑，大家都在等着往下看。

服务员很快地拿来了一瓶老陈醋，她问红翎：“打开吗？”红翎点点头，然后说：“再给我拿个杯子。”服务员把老陈醋打开后，倒了满满的一杯递给红翎。

“部长，不好意思，我真的不能喝白酒，那我就以醋代酒，敬您一杯。”红翎把装满老陈醋的杯子举到部长的面前，示意之后一饮而尽。

全场安静了片刻，然后大家一起为红翎鼓起掌来。何部长看着红翎，关心地问：“没事吧？”红翎自信地笑着说：“没事。”

“部长，您放心吧。我们老师虽然是南方人，可她生在山西，没问题的。”橙欣心里清楚，今天何部长主要是请红翎，在这种场合红翎是会尽力为之的。想到这里，她的心里乐开了花。

何部长感兴趣地问红翎：“是吗？我也生在山西，照理讲，咱们算是老乡了。”红翎点了点头：“小的时候，爸爸所在的部队在山西驻扎过，一不小心就把我生在那里了”。

“哈哈哈！”红翎的话让全场爆发出一片欢笑声，只有紫云没有笑。橙欣今天的举动让紫云心里很不舒服，她看着橙欣，不知道她今天这么急于表现到底想干什么？自己出风头还不算，还逗着红翎喝醋。难道她不清楚，即使在醋缸里长大也不等于就能喝醋呀！明明是何部长宴请红翎，她跟着过来蹭饭也就罢了，为什么要喧宾夺主，还要让红翎难堪？

酒席继续着。每当需要喝干白酒的时候，红翎就喝老陈醋。当她把第四杯陈醋喝下去后，部长把陈秘书叫到身边，小声地吩咐了几句。

陈秘书回到自己的位置后，对大家说："部长说了，现在开始大家随意，能喝的多喝，不能喝的不再勉强。红翎，你的老陈醋就到此为止吧。"话一说完，何部长和紫云几乎同时把目光投向了红翎。红翎向他们摇了摇头，示意自己没事。

晚宴结束后，何部长临上车时又特意回过头来问红翎："真的没事吗？"

"没事！"红翎满不在乎地答道，尽管她已经觉得自己的胃里开始有点隐隐作痛的感觉。

部长似乎还是有点不放心，上车后又摇下车窗玻璃，微笑着对红翎嘱咐道："你的醋劲真不小！以后有什么事情，就跟小陈说。"红翎礼貌地点头致谢。

"何部长再见！"紫云和橙欣同时跟何部长道别，只是，橙欣的声音要比紫云高出八度，完全盖住了紫云的声音。

"哎呀，这何部长太有魅力了！这才叫成功的男人！"橙欣刚一上车就忍不住大发感慨。看到橙欣那副陶醉的样子，紫云憋了一晚上的话，终于爆发了："我说大小姐，请摆正自己的位置，何部长再有魅力也与你无关。"

"我也没说他是我的呀！欣赏有才华的男人是女人的天分嘛！"橙欣据理力争。

紫云手握方向盘，从后视镜里瞥了一眼橙欣说："我们俩今天都是来陪吃的，你刚才不该起哄让红翎喝那么多醋。"

"我没有起哄呀！我是在缓和气氛。红翎，紫云她可是在冤枉我呢！"橙欣故作委屈地说。

"好了，都别说了，我没事的。只要大家开心就好！"红翎没有让紫云和橙欣继续争论下去，此刻，她的胃已经开始痛起来了，可她的脑子里却交替盘旋着何部长和张宇的形象，到底哪一个是真的呢？

转眼就到了4月底，部门计划利用新闻淡季召开一次总结会，一方面对刚刚结束的春节直播和两会报道做个总结，二来也是想利用这个机会让大家放松一下。总结会定在一个周末的傍晚举行，地点是城西的一家四星级饭店。

在饭店的一间多功能厅里，已经密密麻麻地摆放了20张圆桌，所有人将以各自所在的科组为单位分别就座。尽管是初夏时节，但天气热得很快，男人一律短衫、长裤，女人几乎都穿上了裙装。

会议的第一项内容是由方浩主任总结部门的工作，包括该表扬的和该注意的，然后是两位副主任按照各自的分工，分别梳理了一下各自负责分管的科组的情况。接下来便是第二项内容，由各个科组派出代表登台表演节目。应该说这才是会议的主要目的，那就是放松心情加饱餐一顿。

方浩的发言可谓是概括全面，该说的都说了，两位副主任的讲话也字字中肯。领导的讲话一结束，大家就开始轮番登台亮相了。为了给各自所在的科组增加荣誉，参加表演的人早在半个月前就开始抽空排练了，要知道，在新闻采访部门，无论是搞后期制作还是做前期采访的，要把人凑齐并不是件很容易的事情。

首先登场的是评论组的热辣劲舞。八个平时躲在嘉宾背后，总在幕后纵论天下大事的女编辑，一改往日的严肃面孔，居然穿着绣花的红背心和露脐的短纱裙上场了，她们刚一露面，就赢得全场一片掌声。

几个女编辑伴着欢快的音乐节奏，铆足了劲在台上旋转。她们的着装和表演不仅没有给会场带来丝毫的凉意，反倒是把所有在场的同事看得热血沸腾，现场的气氛一下子就活跃了起来。平时像飞旋的陀螺一样不停运转的新闻采访部，此时此刻在旋转的舞步中找回了一点儿轻松的感觉。

精彩的节目接二连三。节目演到一半的时候，两个主持人出来预告："大家注意了，接下来是一个需要主任和我们一道参与的节目。请在座的自告奋勇到台上来，我们需要六个人与主任一道做个游戏。有愿意上来的，请抓紧时间。"

主持人的话音刚落，场内便一阵骚动，有十几个人从不同的方向朝台上跑去，红翎在人群中发现了橙欣。此刻她已经站在了主持人的身边，等待着领导的出场。

"大家听好了，我们的游戏规则是这样的：所有的参与者按顺序站好，主任得蒙上眼睛，用手上来触摸站在台上的人，然后准确地说出他们的名字。"主持人在宣读游戏规则时，台下已经是人声鼎沸了，这是今天总结会的又一个高潮。

几位主任被请到台上，他们先被蒙上眼睛，然后又被主持人拉着在原地转几圈，最后，才被领到台上那一排人面前站定，庄政刚好就站在橙欣的面前。

游戏开始了。庄政伸出手刚要触摸到橙欣的时候，橙欣突然咯咯地笑了起来，很显然，她是故意的。

"橙欣犯规了。"主持人上来及时发现了橙欣的违规。

由于橙欣犯规，所以被罚当场表演一个节目。表演可是橙欣的拿手绝活，只见她大方地站在舞台中央，接过主持人手里的话筒说："那我就给大家表演一段蒙古舞蹈吧。"

伴随着悦耳的音乐，橙欣把两只细长的胳膊举过头顶，开始展示蒙古舞蹈的舒展和柔美。毕竟是在歌舞剧团待过的，举手投足间节奏把握得恰到好处。

一曲下来，红翎跟随大家送上了一片掌声。她注意到，台下的庄政已经看得走了神，连编辑组的制片人过来向他敬酒，他都没留意。

节目还在一个接着一个地进行着。这时候红翎突然发现青桐正在跟一班摄像记者在角落的那张桌子上喝酒，她看上去已经喝得有点过量了，连外套的扣子都解开了，露出里面一件低胸的黑紫色背心。只见她一手端着杯子，一手指着郭亮说："你给我喝了！"

"主任，我刚才已经敬过你了，再喝我就高了。"郭亮搪塞着。

"我没有看到，不算！"青桐继续盯住郭亮不放。

"好好，我喝！剑锋，一会儿我喝大了，你得送我回家。"郭亮拍了拍刘剑锋的肩膀说。

"没问题。"刘剑锋边说边拿过酒瓶为郭亮斟满了酒。

"来！主任，咱们连干三个如何？"郭亮把自己托付给刘剑锋之后，索性一不做二不休，他从服务员那里要了两个大杯子，准备跟青桐主任来个一醉方休。他哪里知道青桐主任的酒量，那可不是一般人敢叫板的。三大杯白酒下肚，郭亮摇晃了一下，便坐在椅子上不再动弹了。

青桐看了一眼已经"不言不语"的郭亮，哈哈一笑，接过刘剑锋手中的香烟贪婪地吸了一口。此情此景让红翎几乎看傻眼了，她还是第一次看到青桐主任这样的表现。她在心里嘀咕：听说台里马上要对全体部门主任进行民主评议，有没有群众基础很关键！这青桐主任一定是在给自己拉选票吧！哎，女人在社会上跟男人一样闯荡真不容易呀！尤其是单身的女人！

晚会在饭店进行得如火如荼，坐在主播台上的蓝莹心里一直惦记着晚会的进度，她特别想去参加，无奈却要留下来值班。

"蓝莹，节目播完后，到我办公室来一下。"蓝莹的制片人马军突然冲着正准备播音的蓝莹喊道。

站在主播台上的蓝莹不知道发生了什么事情，连忙冲马军点头："知道了。"

二十分钟之后，蓝莹走下主播台，没顾得上卸妆，急忙跑去见马军。

"来来，坐吧。"马军把蓝莹让到对面的三人沙发上，然后眯着眼睛看着蓝莹问道，"近来工作怎么样啊？"

蓝莹有点丈二和尚摸不着头脑，她不明白马军怎么突然关心起她了，他们平时是很少交流的。她边琢磨边回答："挺好的。"

“那生活方面呢？”马军朝蓝莹面前凑了凑，继续问着。

“还行！”蓝莹边回答边在心里嘀咕：我今天犯什么事了吗？

马军沉默了片刻，然后摆弄着手中香烟，看着蓝莹说：“是这样，最近有人反映，说你……傍了个大款，是吗？”

“没有呀！谁说的？”蓝莹仰着头看着马军，装作很吃惊的样子。

“照理说，生活上的事情我管不着，但，你毕竟是个公众人物，还是注意点好。”马军说着站起身来，在屋子里来回踱步。

办公室里很安静，蓝莹能听到墙上挂钟的声音，她在想着马军的话，不知如何回答。

突然，马军走到蓝莹的身边，把一只手搭在了蓝莹的肩上。“行了，别紧张，这事目前只有我知道，只要你听我的，这事就没有什么大不了的。毕竟每个人都有自己的生活方式嘛。”马军用眼睛死死地盯着蓝莹。蓝莹稍微躲开马军的手，抬起眼，有些奇怪地看着马军。

马军把手抽了回去，他看着蓝莹说：“不瞒你说，我一直挺喜欢你的，我不想让别人轻易地占有你！”蓝莹看到马军一双色迷迷的眼睛，至此她终于明白了马军的用意。

蓝莹顿时心生厌恶，她很想骂他几句，可蓝莹知道，县官不如现管，还是尽量不要得罪马军。

于是，她嫣然一笑，看着马军说：“领导，谢谢你的情谊。但是，我这个人最忌讳的就是发生办公室里的故事。”

马军听了这话，突然用手扳住了蓝莹细嫩的小脸，用充满淫欲的眼光看着蓝莹，恶狠狠地说：“那我们就到办公室外边去咋样？”

蓝莹沉默着，她把脸狠狠地扭到一边，不再说话。

看着胸脯上下起伏的蓝莹，突然，马军不顾一切地强吻下去。

蓝莹用力推开马军，刷地站起身来，她用力地抹了一下刚才被马军吻过的地方，迅速退到办公室的门口，对马军说：“没有别的事情，我先告辞了。”说完一转身，消失在灯光微暗的走廊里。

一个星期后，部门的奖金发下来了。蓝莹发现自己莫名其妙地少了1000块钱，她拿着奖金找到了马军。“领导，怎么给我少发了1000元？”

马军边打电脑边回答道：“你这个月读错了几个字，按照部门的规定，一个错别字扣200元，这次算是扣得少的。”

“那以前怎么没有扣？”

“以前？以前都是我在帮你兜着呢！”马军用眼睛斜着瞟了蓝莹一眼。

蓝莹马上明白过来，这是马军给她的警告，她没有再说什么，转身回到自己的办公室。

蓝莹静静地坐在自己的办公桌前，她不想就这么屈服于马军的淫威。很长一段时间来，她知道马军对自己的印象不错，把一些有影响的节目都交给自己去主持，她原以为马军是单纯地欣赏自己，没有想过马军会对自己另有所图。现在该怎么办呢？自己跟肥强的合约还没有解除，肥强又盯她盯得那么紧。可如果不答应马军，今后别说奖金，恐怕连出镜的机会都会受到影响。要知道，主持人的生命力就是出镜率啊！

第八章　会哭不一定是坏事

如果以为电视台每天都在录制各种晚会，这里的人永远都生活在快乐中，那你就错了。置身其中的人，也都会有哭的时候，不管是男人还是女人。只是，有的时候，他们的哭声不一定都来自烦恼和痛苦。

红翎在新闻发布会的现场意外见到了当年的周市长，他现在已经是省财政厅的厅长了。当年，嫩江一带发生洪水，红翎带着记者赶过去采访，在北国边疆的大自然保护区，在那座与内蒙古相邻的小城市里，当年当家的就是这位周厅长。

“哎呀，真是难得，在这里见面。有十几年不见了吧。”周厅长在会场一眼就认出了红翎。红翎也没有想到会在这里遇到久违的曾经的周市长。周厅长抿着嘴笑了笑，他还像当年那样，眯起眼睛上下打量着红翎。很显然，当年留在他记忆中的那个留着一头短发，穿着一身牛仔服，带着摄像记者风风火火四处采访的小女生如今已经长成一名熟女啦。

红翎接住他投射过来的目光，微笑地问：“怎么？我变化很大吗？”

周厅长摇了摇头说：“仔细看，还和过去一样！什么时间方便，我们好好聊聊。”红翎注意到眼前的周厅长身材和以前一样，没有多大变化，头发也还是和以前一样，一丝不苟往脑后梳着。

“我的时间好说，主要看您的时间了。”红翎也很想知道这十多年来，周市长是怎么从那座边关小城回到省里当上了财政厅一把手的。

周厅长想了一下，对红翎说：“今天晚上我有个宴会，结束的时间大概是 8 点半，你如果方便，就来宾馆里找我吧。”说完他用期待的目光看着红翎。

“好吧。我 8 点半到。”红翎痛快地答应了。

晚上，红翎按照事先约定的时间来到周厅长下榻的宾馆。没想到，周厅长已经提前在咖啡厅那里等着她了。

“想喝点什么？咖啡还是果汁？”红翎刚一落座，周厅长就把酒水单递了过来。红翎留意到，周厅长的手依然保养得十分好。这双手对于红翎来说一点都不陌生。红翎听妈妈讲过，男人的手要绵软才会有官做，她不知道这个说法有多少道理，不过，在她接触的官员中，有许多人的手的确如同棉花一样柔软。当年的周市长最令红翎难忘的就是这双绵软的手。

红翎给自己要了杯西柚汁，而周厅长喝的是龙井茶。

“咋样？给我说说你现在的情况。”看得出来，周厅长也急切想知道红翎的现状。

“还是老样子，每天除了采访就是采访。”红翎把手一摊，摆出一副无可奈何的表情。

“哈哈，这个我知道，我想知道的是你的个人问题，记得当年你说过你有一个男朋友，现在呢？嫁人了吗？”

红翎故弄玄虚地把眼珠子转动了一圈，停顿了一下，然后才说：“至于这个问题嘛，可能是我命里本不该有吧，小女子至今尚未出嫁。”

红翎的表情把周厅长逗乐了，他指着红翎，笑着说：“还跟原来一样调皮。”

“还是说说您吧，您是怎么从那个小地方走出来的？”红翎一句话，把两人带回到了十几年前那座边关小城。

记得那天，当红翎来到市政府办公大楼，要求市长就洪水之后自然保护区如何采取应对措施，加强保护国家珍稀动植物等问题接受记者的采访时，她注意到眼前的这位市长有种超凡脱俗的气质。那时他身着一件藏青色西装，料子虽然不算高级，但剪裁却十分得体。一头黑亮的头发从前往后梳理得一丝不乱，那宽阔饱满的前额很容易使人想到“智慧的头颅”，一副金丝边的眼镜架在挺拔的鼻梁上，玻璃镜片后面射出两道深邃的目光。周市长当时还不到五十岁，接近 1.80 米的个头，长得是一表人才。红翎在去采访的路上，已经对周市长的背景大致有过一些了解：周市长读的是新闻专业，多年来一直保持着读书的良好习惯，这使他从里到外都透露出一股文人特有的清高和傲气。

“欢迎！欢迎！”周市长和红翎握手寒暄之后，回到那张黑皮高靠背的旋转椅上，十指交叉放在胸前，静静地听着红翎的问题，同时他也在暗暗地打量着红翎。

身为记者，红翎可以算得上是见多识广了，比周市长更高级别的领导，她也见识或者采访过不少，就说每年一次的人大和政协两会，汇集了多少著名的人物和高官啊，所以，对于一个小城市的第一把手，红翎早就见怪不怪了。此刻，红翎优雅地坐在周市长的对面，开始向他提问。

“周市长，这次大火给自然保护区带来了什么影响？我们是否有相应的保护措施？”红翎的音量虽然不高，但十分清脆，穿透力很强，她不卑不亢的表情和高雅大方的气质很快吸引住了周市长。

看着正在沉思的周市长，红翎把注意力集中到了周市长背后的那张黑皮高背转椅上。这种黑皮高背转椅，红翎在采访中已经无数次地面对过了，在不同等级的官员那里，在城乡大小老板那里，它几乎就是某种权力和身份的象征。红翎就曾经遇到过，坐在这种椅子上而不配合采访的人。据说眼前这位周市长是从省里派下来的挂职干部，迟早会调回省里，那他今天是否会对自己提出的问题给出满意的答复呢？

周市长条理清晰地逐一回答完红翎提出的所有问题后，还就自然保护区的未来发表了个人的看法。他的声音很浑厚，语速不紧不慢，观点很有见地。他的表现让红翎见识到了一个既有理论知识，又有实践经验的市长。

半个多小时后，采访在十分融洽的气氛中结束了。就在整理设备，准备离开的时候，红翎听到周市长在问身边的工作人员，晚上是怎么安排的？接下来的回话红翎没有听清，但是，当他们回到住处的时候，负责接待任务的办公室主任通知他们，晚上周市长要设宴招待两位记者。

晚餐就安排在市政府的宾馆里，在一个独立的大包间里，除了红翎和同来的摄像记者，当地市政府的主要官员几乎都到了。

这种场面红翎经历了很多，对于陪同的人，红翎一般是记不住的，经常会有人在某个场合下主动热情地迎上前来与她握手，并且问“你不记得我了？我曾经……”而红翎却直到这些人离开也想不起他们的姓名和相识经过。这次也不例外，在整个晚宴中，红翎只记住了周市长一个人。

晚宴上的周市长已经换下那套西装，改穿了一件带暗格子的咖啡色夹克衫，威严中流露出了一点潇洒。他不像旁边的那几位官员一样一味让吃、喊喝，他总是不露声色地往红翎的盘子里夹上一块清淡的食品，好像他事先做过调查，知道红翎喜欢吃什么。而这些，很快也博得了红翎的好感。

一桌人在友好和轻松的气氛中吃完了这顿饭，此时已经是晚上9点半了，周市长执意要把两位记者送到宾馆的大堂里。

红翎来到自己的房间，开始从手提箱里往外掏日用品。房间的设施算不上豪华，但却温馨别致，红色的木地板上面还铺着一大块纯毛地毯，站在上面不仅舒服，还有一种温暖的感觉。

洗了个热水澡，红翎正准备上床休息，房间的电话铃响了。红翎以为是同来的摄像记者，可拿起电话来一听，却是一个有点熟悉的声音。

“记者小姐，休息了吗？我是……”

“您好！周市长，有什么事吗？”红翎已经听出是周市长的声音，感到有些意外。

“没有什么大事，我是想看看你休息了没有。怎么样？这里的条件不好，要委屈你了。”周市长在电话那头语气比之下午的采访，亲切了许多。

“挺好的，给你们添麻烦了，真的十分感谢。”

“你们从大城市来的，见多识广，如果不影响你休息的话，我很想和你聊聊，你知道我们这里远离都市，许多信息不通……”周市长没有要放下电话的意思。

“您想听哪方面的？”红翎对周市长的印象不错，何况跟一个有气质的领导说说话也挺享受的。于是红翎索性裹着被子盘腿坐在床上，开始逐个回答。其实有许多事情之前她并没有仔细琢磨过，但她善于边聊边梳理，使许多原来自己都不太明了的事情逐步就变得清晰起来。

只是红翎没有想到，周市长是以关心国家大事为由，实际上想借机了解红翎本人的情况。因此话题从天下事慢慢地向红翎身上靠拢过来。

“你是学什么专业的？是读新闻的吗？”

“是的。”红翎在电话的这边回答。

“哦，我也是学新闻出身的。那我绝对是你的老大哥了。”周市长不失时机地把两人的距离一下子拉近了，并在电话里面笑出声来。

周市长告诉红翎，他的家人都留在省会，这里就他一个人。在这里他很难找到所谓的知己。平时除了到办公室上班，到下面的县区检查工作，其余的时间他大多是待在屋里看文件、读书、写字。除了经常写一些枯燥的政治和经济理论文章，就只剩下练书法了。

“我第一眼见到你就觉得你很可爱，你知道，我在这里，所有人对我都是毕恭毕敬的，像你这样大方、开朗的女孩子，我很少遇到。”

“是吗？”类似的评价红翎已经习以为常，她没有太感动。此刻的她只想早点睡上一觉，可电话的另一端依然没有要结束的意思。

刚开始周市长还时不时地问红翎一些事情，到后来就是周市长一个人在那边说，红翎一个人在这边听，那情节挺像一个在电台里播放的长篇评书。有过那么几次，红翎居然抱着电话在梦乡里转了一圈，等她醒过来之后，“电波”还在继续。她始终不忍心去打断对方的讲话，她想，也许，周市长待在这里真的是太寂寞了。

当清晨最早的一缕曙光透过红色绒布窗帘射进房间的时候，红翎从闹钟里惊讶地发现，已经是早上的6点了。她把这个时间告诉了电话那边的周市长。

“哎呀，咱们可聊了一个通宵了！先不说了，你赶紧睡一会儿，今天上午你们还要去自然保护区……”

红翎还没等他把话说完，就抱着电话睡着了。

如果说十几年前的那场彻夜长聊，把红翎和周市长的关系从此拉近了。那么这次意外重逢，让两人有种老朋友相见的亲切。

“你应该重返保护区。现在那里更美了。”周厅长热情相邀。

“可您已经调走了，我去找谁呀？”红翎两手一摊，做出无奈的表情。

周厅长一看有希望，他马上认真地对红翎说：“如果你过来，我一定亲自陪同下去，那里的官员还是会给我这个面子的。怎么样？这个月底行吗？现在可是保护区最好的季节啊，错过了就得等明年了。”

红翎暗中盘算了一下，近期应该没有什么大的报道计划，可以考虑再去一次保护区。甚至可以借此机会组织一次类似“保护区寻访式”的报道，同时派出几组记者深入国家自然保护区和文化遗产所在地进行调查式采访，回来后统一编辑播出，这样就可以在新闻的淡季里形成一个小小的报道规模。

想到这里，红翎突然兴奋起来，她对周厅长说：“我回去做一个计划，如果领导同意，我就重访保护区，到时您可一定得陪我哦。”

“没问题！到时候你提前给我打电话，我来安排。”周厅长爽快地答应了。

“欧阳，去告诉红翎到我办公室来一下。”方浩主任一进门就对办公室的秘书交代着。

“好的。我马上就去。”欧阳放下手中的文件，扭着好看的身段，走出了主任办公室。

“主任，你叫我？”红翎很快来到主任的办公室，她等着方主任吩咐。

正在接电话的方浩放下电话后走了过来，对红翎说：“你抽空找吴琪谈谈。这小子昨晚在酒吧里，被小姐把钱包掏空了。”

“啊？怎么会有这种事？”红翎很吃惊地看着方主任。

方浩在自己的位置上坐了下来，打开手机看了一眼刚接到的短信，然后严肃地对红翎说："吴琪老婆跟他离婚了，这段时间他心里很痛苦，最近动不动就跑到酒吧去喝酒，昨晚他又在那里喝多了，随手把自己的钱包掏出去，让小姐拿走。那些小姐可不跟他客气，把他钱包里的钱全部掏走了。"

"怎么不去要回来呀？"

"上哪儿要去？刚好碰到个不想干的，人家今天早上就辞职不干了。"

"钱包里有多少钱？"

"有几千。你说这小子！"方浩用手指敲着桌子，显然也很恼火。

红翎站在那里想了想说："主任，我去找他谈谈吧。"

方浩点点头，长长地吐了口气，没有再说什么。

吴琪是和红翎同时进电视台的，但交往却不深，红翎只知道他家里有老婆、孩子，以前他还算是挺顾家的，经常下了班就往家赶，一般朋友的聚会很难留住他。真没有想到，他居然也离婚了。

"一会儿我们聊聊吧。"红翎在编辑机房找到了正在编片子的吴琪，不无同情地看着他。

"好。"吴琪面无表情地答应了。

红翎转身往外走，在门口遇到了绿佳。绿佳一把拉住红翎，把她带到一个角落里，神秘地对她说："今天差点出大事。"红翎疑惑地看着绿佳，忙问为什么。

"上午我跟吴琪去采访，到了现场，吴琪才发现没带磁带，当时我们都傻了，吴琪急得汗都下来了。你想这可是台领导的活动呀，现场就去了我们一家电视媒体，想问别人借都没地方借！"

"后来是怎么解决的？"红翎听到这里，心都悬了起来，连忙追问。

"我简直没有想到，居然是开车的丁师傅帮忙解了围。"

红翎更奇怪了，她睁着两只大眼睛，催着绿佳快点说下去。

绿佳继续说："丁师傅看到吴琪那副紧张的模样，就上前问怎么回事，听说是忘记带磁带了，他就说他的车上有一盘！当时我和吴琪都愣了，你想，丁师傅他怎么会有磁带呢？正在我们发呆的工夫，丁师傅已经从外面回来了，他手里果然拿着盘磁带。吴琪见到丁师傅手中的磁带就像是拾到了救命稻草一般，接过磁带，就把它装进了摄像机里，还好，领导的活动刚刚开始。我后来问丁师傅，你怎么会有磁带的？丁师傅说，他经常在车里听到记者互相在问带没带磁带，他就多留了个心眼，在车上备了几盘磁带，没想到还真派上用场了！”

红翎听到这里，长长吐出一口气，如果今天没有丁师傅帮忙解围，不仅吴琪要受到严厉的批评，就连主任恐怕也得挨批。她知道以前有一位老记者，去拍摄中央领导的活动时，也是到了现场才发现没带磁带，结果回到台里后被责令停止记者工作一年！眼下在这个人人思危、暗潮汹涌的节骨眼儿，要出了这样的事情，闹不好饭碗都会不保，想想真是后怕！

“你今天是怎么回事呀？”红翎和吴琪坐在电视台的咖啡厅里，因为已过了下班时间，平时总是很热闹的咖啡厅开始变得安静起来。

“对不起，差点惹祸！”吴琪低着头，先检讨了上午忘记带磁带的事儿。

红翎看着一蹶不振的吴琪说：“那事我已经知道了，下次千万别再犯同样的错误了。我今天是想知道，你们不是过得好好的吗？为什么也离了？”

“老婆跟别人跑了。”吴琪垂着眼皮，一脸的沮丧。

红翎见过几次吴琪的老婆，那是个个性张扬的女人，长得还算漂亮，平时特别爱打扮，总是把自己打扮得与众不同，印象最深的就是她总喜欢把头发高高地盘在头顶，在发髻的四周别上一串珍珠，像个骄傲的公主。以前大家约吴琪聚会，他经常推辞，大家还开他的玩笑，说他离不开老婆，现在可好，是老婆把他甩了。

“为什么呢？”

“她认识了个大款，那个人答应带她出国。”吴琪淡淡地回答。

“就为这个？”红翎不明白，这些年中国已经发生了很大的变化，过去许多人梦想出国以改变自己的命运，现在更多的人是学成回国，在自己的国家开拓事业。再说了，现在许多城市商品的种类和购物环境跟国外比已经没有什么区别，只要有钱，啥都能买到。现在谁还想出国定居呀！吴琪好歹是在电视台工作，每个月能拿几千元，收入稳定，有车，有房，干吗还不满足，要跟别人跑呀？他老婆脑子是不是有问题呀？

红翎正在那里独自琢磨，突然发现吴琪已经泪流满面了。她有点慌了，马上冲着服务台大喊：“服务员，快给我拿些餐巾纸过来。”服务员把一打叠得很整齐的纸巾递给了红翎，红翎转手递给了吴琪。

“你别伤心了。每个人都有自己的活法，过得好不好全是自己的事！”红翎借机开导他。

“可我不行，自从老婆走了，我就觉得生活全乱了。”吴琪擤了一把鼻涕，脸上一副痛苦状。

“我觉得是你把自己弄乱的。人家都说，男人四十一朵花，你说你，现在有自己的住房，有一份稳定的工作，还有不错的收入，你有什么好郁闷的？老婆走了，你只要好好生活，再找一个不难呀！”红翎看着一个大老爷们在自己面前哭得像个孩子，不知道该如何安慰他才是。

红翎告诉他，自己也是个女人，过了四十的女人还没有嫁出去，按理来说是个危机年龄，但她并不觉得害怕，相反，采访之余她把自己的生活安排得挺充实。红翎不知道自己的这番话吴琪是否听进去了，反正，她和吴琪分手时看到他已经平静了许多。

“红翎，你放心，过了这段时间就好了。”吴琪揉了揉眼睛，有点不好意思地对红翎保证着。

“工作一定要认真，现在上上下下都在关注台里的改革，重新洗牌，大浪淘沙也是有可能的，珍惜你现有的一切吧。”

送走吴琪，红翎一个人开着车往家走，想到吴琪遇到的事情，红翎暗自嘀咕：都说男儿有泪不轻弹，这男人要是脆弱起来比女人还吓人。这当代社会，婚姻真的存在太多的不稳定的因素。两个人的结合是一门很深的学问，没有人能轻易从里面拿到毕业证书。遇到了另一半，不等于就拥有了婚姻的全部和未来，到底应该怎么去经营婚姻呢？自己还没有这方面的经验，一时也说不清楚。

“我明天去西藏出差。你让妈妈过来帮忙带带孩子吧。”橙欣一进家门就对丈夫罗素发号施令。

“怎么又走？你不是刚刚出差回来吗？”罗素正坐在沙发上给女儿叠着衣服，他抬起头看着风风火火走进来的橙欣，不解地问。

橙欣没有马上回答，而是先到厨房给自己倒了杯橘汁。她端着杯子走了回来，坐在罗素对面的沙发上，不紧不慢地说：“最近台里在搞改革，正在考察干部呢，有些干得不好的制片人会被淘汰掉，对于我们这些人来说这是个机会。我得努力表现表现呀！”

“你是说你还要当制片人？你行吗？”罗素有点怀疑地看着她。

“当然！”橙欣突然从沙发上站起来，把脖子一歪，睁着那双大眼睛看着自己的丈夫，“我就当给你看看。”她的眼睛里流露着坚定，心里充满了贪婪。

罗素站起身来，他一手拿着刚叠好的女儿的小衣服，一手搭在橙欣的肩上，提醒道："悠着点，别太累了，也别得罪人。"

"你知道什么呀？这叫理想！"橙欣扭动着身子，趁机在丈夫面前撒起娇来。

"好好好，理想万岁！"罗素调侃地接了一句。

"孩子睡了吗？"橙欣好像突然想起什么，急忙问罗素。

"刚才还自己在屋里玩呢。你过去看看。"

橙欣轻轻地推开了孩子房间的门，她想看看孩子正在干什么。三岁大的女儿蒙蒙此刻正坐在地板上玩积木，手里抱着个芭比娃娃。橙欣走了进去，朝女儿伸出手："蒙蒙，来，让妈妈抱抱。"

蒙蒙听到声音，转过头来，朝橙欣看了一眼。她似乎不像别的孩子那样渴望妈妈的怀抱，而是低下头来若无其事地继续摆弄手中的玩具。

看到这情景，橙欣以为一定是自己平时接触孩子的时间太少，她跟自己生分了，于是，她的母性本能驱使着她走到女儿的身边，她想抱抱她、亲亲她。然而，让她没有想到的是，就在她即将抱住蒙蒙的一刹那，蒙蒙突然大哭起来，她一边哭还一边拼命地往墙根里躲，好像受到了惊吓一般。

听到孩子的哭声，罗素急忙赶了过来。蒙蒙看到爸爸，立即站起来钻进罗素的怀里，罗素费了好大劲儿才把蒙蒙哄住了。然后，他把蒙蒙抱上床，并把她最喜欢的芭比娃娃放在她的床头。直到孩子完全安静了，这才拉着茫然不知所措的橙欣走出孩子的房间。

"这孩子是怎么啦？"橙欣劈头盖脸地问罗素。

罗素有些担忧地对橙欣说："我觉得孩子好像有点问题。"

"什么问题？"橙欣张大眼睛不解地看着自己的丈夫。

"这孩子好像不喜欢跟人接触，我带她到院子里散步，别的孩子都在一起玩得很开心，可蒙蒙却总是躲着其他的小朋友。"罗素回忆着蒙蒙最近的表现分析道，"照理说，像她这么大的孩子，正是活蹦乱跳的时候，可我们家蒙蒙却总喜欢自己一个人玩，平时也不喜欢说话。莫不是……"

"是什么？你说呀！"橙欣听到这里有点急了，她催促罗素赶紧说出来。

罗素沉思了一下，又接着往下说道："我最近咨询过一个做医生的朋友，她说，如果这个现象持续下去，这孩子有可能是得了自闭症。"

橙欣听到"自闭症"这几个字，心里一下子慌了，着急地问："自闭症！怎么可能？能治好吗？"

“具体的我也说不清楚，但还要观察。”罗素的心情显得很沉重。

“你找个时间先带孩子去看看医生吧。等我从西藏回来再找个专家看看。”橙欣见时间已经不早，没再说什么，带着一些不安躺下了。

第二天，天刚蒙蒙亮，橙欣就拉着皮箱出了家门。她搭了辆出租车直奔电视台。

这次赴藏采访是新闻采访部为宣传西藏自治区和平解放所策划的一组系列报道，将围绕自治区的经济、旅游、教育、文化等各个方面进行全方位的报道。因为青桐曾经作为援藏干部在西藏待过两年时间，对那里的情况比较熟悉，所以部门决定由青桐主任亲自率队前往。橙欣心里清楚，青桐主任干起活来可是拼命三郎，跟着她去西藏，偷懒是行不通的。

到达拉萨的当天，青桐主任就召开了第一次会议。

“大家辛苦了。”她手里拿着一盒红景天，仔细端详着由她带来的六个记者的脸色。“开会之前，我先提醒大家，我事先已经让宾馆的服务员在每个人的房间里都放了一个氧气瓶和一盒红景天，大家要记得早、晚各吃一次。否则，你们初来乍到，很难一下子适应高原的气候。”

接着，青桐开始布置采访任务。

“我们需要派一组记者去阿里采访。那里的海拔很高，路也不好走，肯定很辛苦，大家谁愿意去？来个自愿报名吧。”

几位记者在来西藏之前已经做好了高原采访的准备，至于谁能去阿里，大家一时没有反应过来。会场出现了片刻安静。

“主任，让我去吧！”橙欣第一个站出来请战了。

“不行，这一路很艰苦，行动也不方便，最好派个男生过去。”坐在青桐旁边的自治区宣传部主任尼玛悄悄地跟青桐主任耳语道。

“还是我去吧。”同来的记者汪斌也表了态。

青桐看看有些偏胖的汪斌，再瞧瞧刚入行不久的曹江，她既担心汪斌的身体会有增加供氧的负荷，也担心曹江的经验不足。想想还是橙欣最有条件，毕竟她在许多采访中锻炼过，有一定的经验，原本记者深入阿里就很不容易，如果到了那里没有拿回最有价值的报道，岂不可惜？于是，她看着橙欣说：“橙欣，还是你去吧。晚上我们具体讨论一下报道内容。”

晚上，青桐把橙欣叫到自己的房间里，对采访进行了详细的部署。

三天之后，橙欣带着摄像记者向阿里进发。汽车是西藏电视台协助派出的两部新式丰田越野车，车上装满了足够几天吃喝的面包、方便面和矿泉水。

从拉萨到阿里的路程有1600多公里，分成南北两条线。沿途道路崎岖，许多地方根本就没有路，汽车时而在干枯的河床上穿行，时而又行驶在茫茫的戈壁滩上。海拔在不断上升，汽车行进到海拔4800米到5300米之间的时候，空气变得越来越稀薄。

橙欣没有想到这一路上会如此艰苦，她原本以为阿里只不过是比其他地区稍微艰苦点罢了，她希望借此机会能提升一下自己在领导心目中的形象。但是，等她走出拉萨，越走越远的时候才发现，这一路上的辛苦远远超出了她的想象。

日落时分，汽车开进了一座小城，他们要在这里停车休息。此时，橙欣和摄像记者都感到头部在剧烈地疼痛，这是高海拔带来的直接反应。更可怕的是，橙欣的嘴唇渐渐开始发紫了。

“快！吸点儿氧气。”同行的西藏台记者次仁见状忙把车上的氧气瓶递给她。

“我们还得走多久呀？”橙欣吸了一会儿氧气，费劲地问开车的藏族司机。

“还有三分之二的路吧。”司机跳下车来去帮大家拿行李。

“什么？还要走两天呀？”橙欣听到这里，就像一只泄了气的皮球，一下子瘫在了地上，心里充满了恐惧。

这天晚上，橙欣在这座只有一万人的小县城里度过了难熬的一夜。虽然她早早地就躺下了，但头疼让她难以入睡。橙欣睁着两只眼睛望着破旧的天花板，想起了自己此行的动机。为了能够在领导那里取得好的印象分，自己从红翎的手里抢到来西藏报道的机会，到了西藏后又自告奋勇要来阿里。可是，没想到这一路上她吃尽了苦头，艰难的道路和强烈的高原反应随时都在威胁着他们，万一路上有个什么闪失，自己这样做是否值得？但是，开弓没有回头箭，要想得到就得付出代价！事已至此，自己已经别无选择了。接下来要做的就是大张旗鼓地向领导汇报此行的艰难，引起领导的高度重视。俗话说：会哭的孩子有奶喝！自己的辛苦不能白白浪费。

从第二天起，橙欣开始利用手机短信和彩信方式，不断把沿途遇到的困难分发到每一位领导的手机上。她在文字里极力渲染一路上的艰辛，还在采访中有意地夸大喘气的声音。很快，部门上上下下都知道了橙欣一行正在阿里地区进行艰苦卓绝的采访，他们甚至遭遇到了死神的威胁……

这一招果然见效，就连主管新闻的副台长也亲自发来了慰问电。橙欣知道她这趟阿里之行虽然艰苦，却给自己赚回了不少资本。

二十天后，橙欣回到台里，受到了英雄般的欢迎。庄政还让秘书买了几大束鲜花，代表部门亲自到机场把青桐和橙欣她们迎了回来。

第九章　谁都别跟谁开玩笑

开玩笑是同事或朋友中最常见的一种行为，适度的玩笑可以增进彼此之间的感情。但是如果玩笑开得不当，甚至把它带到工作中，恐怕就成了一种伤害。

“糟糕，我的耳机怎么找不到了？”红翎站在摄像机的镜头前，一手举着手机，一手在随身的大包里来回翻找着。

“怎么了？红翎，还有五分钟就轮到你了。”黄梅在对讲机里冲着忙乱中的红翎大声喊着。

“我知道。”红翎明明记得，临走时特意把耳机装进了大包里，怎么现在居然找不着了呢？此刻红翎急得鼻子上都渗出了小汗珠。

这是一场新闻直播中的视频连线。记者在现场面对的通常只是一台摄像机的镜头，既看不到自己的画面，也看不到电视里实际的播出效果，所以只能通过耳机与主持人保持联系，并接收播出线的口令，然后按照主持人的提问告诉观众现场发生的事情，再由摄像机把记者的声音和图像传回播出线。没有耳机，就只能用手举着电话了。

眼看节目中规定的视频连线时间就要到了，可红翎还是没有找到耳机。没有办法，红翎只好停下手来，呼了口气，在镜头前站定，等待播出线的口令。

对于今天这场连线，红翎原本准备得很充分，事先还特意绘制了几张图表，准备在视频连线的时候用。但临出场前的这个小意外，让她的手里不得不又是电话，又是话筒，当中还得不时展示手中的图表，在这场视频连线中红翎显得很狼狈。

“红翎，你今天是怎么回事？”红翎刚做完视频连线，就被庄政呵斥了一顿。

“对不起，主任，我的耳机突然找不着了。”

“又不是第一次做连线，怎么这么丢三落四的？”庄政没好脸色地扔下这句话，转身走了。

红翎一脸的委屈，她无法为自己辩解。她想不明白，耳机到底丢在哪儿啦？

红翎有些郁闷地从新闻现场回到办公室，却意外发现耳机就在自己的办公桌上。她很奇怪，自己走的时候明明是把它放进包里了，难道它自己跑出来啦？她记得刚才在现场，她还特意让紫云去她的办公桌上找过，紫云当时也没有发现。

红翎百思不得其解地在椅子上坐了下来。这时，摄像记者郭亮走了过来，他在红翎的桌子上轻轻地叩了两下，然后转身走出办公室，郭亮的意思很明显，他有话要说，让红翎跟他出去。

红翎不知道又发生什么事了，有点不情愿地站起身来，走出了办公室。在走廊的那一头，郭亮正在跟她招手，红翎走了过去。

“啥事呀？”红翎有点不耐烦地问。

“你为啥闷闷不乐呀？”郭亮看着红翎那张阴沉的脸问道。

“嗨，别提了！我今天明明记得带耳机了，可到了现场却怎么也找不着了。回到办公室，才发现耳机搁在桌子上了。你看这事闹的！”红翎一口气把自己的郁闷说了出来。

郭亮看着红翎，有点神秘地问：“想不想知道是谁拿了？”

“谁会拿我的耳机呀！”红翎根本没往心里去。

“瞧瞧，被人坑了还蒙在鼓里呢！”郭亮用手指点了点红翎。

“你快说说是怎么回事。”

郭亮见红翎有点急了，于是压低了嗓子说：“是橙欣干的。”

“她拿我的耳机干吗呀？”红翎一听真的急了。

郭亮连忙用手指在自己的嘴上做了个别声张的手势，然后他接着说：“刚才你在做连线的时候，我跟橙欣正在机房里编新闻，橙欣给稿子配好音之后，就扔给我一个人编，她走到接收信号的那台电视机前看你做直播连线，当她看到你在直播前找耳机的画面时，开心地大笑起来。我当时以为发生什么事了，就把头探出去看了一眼，马上被她推了回来。我还看到她拿着手机把你当时低头找耳机的那些画面都给拍下来了。我不知道她要干什么，也没有吱声，继续把片子编完。”郭亮说到这里，一副若有所思的表情，没有马上往下说。

“可你怎么知道我的耳机在橙欣那里呢？”红翎依然想赶快把事情弄明白。

郭亮思索着：“我们编完片子后一起上的楼，我在收拾机器的时候，看到橙欣在你的办公桌前站了一会，会不会是她拿的？”

红翎无论如何也想不到，她今天在现场找不到耳机，原来是被橙欣搞了个小花样。“太可气了，她是怎么拿走我的耳机的呢？”红翎边说边回忆着，“噢，我知道了，我临出发的时候，先是把耳机放进了提包里，然后我去了趟洗手间，橙欣一定是看到了我露在包外的耳机线，然后不声不响地藏了起来。”

“分析得有道理！”郭亮赞同红翎的说法。

“我得去找她理论理论。”红翎说着就要走，却被郭亮一把拉住了。“姐，你先听我说，不能去找橙欣。”

“为什么？”红翎不解地看着郭亮。

“你现在去找她，她要不承认呢？”

“你可以出来证明呀！”

“姐，不能这么干！这么一来大家就得撕破脸了。”

红翎看着郭亮，想想也是，她问郭亮：“可我不明白，她拿我的耳机干吗？”

“我说姐，你可真是天真，你想啊，她把你的耳机藏起来，你做连线的时候就没得用了吧，你不就有点手忙脚乱了，她就是想让你出丑呀！”

“为什么？”红翎有点怀疑地看着郭亮。她不愿相信橙欣会这样做。

郭亮把嘴一撇，犹豫了一下说：“有些事情你还不知道吧。橙欣近来跟我们摄像出去采访，抓住机会就说部里的事，当然也没少说你了。”

“说我什么了？”红翎好奇地问。

“还能说什么呀？说你业务其实很一般，管理也缺乏创新，你能当上制片人，纯粹是因为你跟领导的关系好。最可气的是，她居然说你没能力。可谁都知道，她可是你带出来的呀！”郭亮一股脑儿地把近来橙欣在摄像记者那里传播的言论全都倒了出来。这让红翎十分震惊。

让红翎更加不明白的是，橙欣这样做的目的到底是为什么。她对郭亮说：“谢谢你把事情的经过告诉我，今天这件事情就不要再跟别人说了。以后如果再听到什么也请及时告诉我。”

回到办公室，红翎觉得很压抑，她把橙欣近期的表现跟郭亮刚才说的话联系起来，觉得橙欣这是开始向自己发起挑战了。尽管她知道这个社会存在着各种各样复杂的关系，有这样或那样的是非，但是，她不愿意看到自己就置身于这种环境中。对于这个部门的所有人，她都一视同仁，把他们当成是自己的兄弟姐妹。这些年，她在这个科组里，尽心尽力地为大家服务，工作之余，她也经常跟大家交心，就是希望大家把主要的精力都投入到工作中。可万万没有想到，橙欣现在居然在办公室里传播这样的言论，难道她忘记自己当初进入电视台时，是谁在手把手帮助她？还有，她刚刚从自己这里拿走了论文去换取自己梦寐以求的毕业证书，怎么说忘记就忘记了呢？

窗外已经被夜幕所笼罩，红翎提着挎包走出办公室，她头一次感觉脚下有点沉重。她问自己：明天，自己是否还能像过去那样平静地面对橙欣呢？

红翎万万没有想到的是，第二天一早，她居然成了当天网络娱乐版的头条新闻！

一大早，她就被萧枫的电话惊醒。“哈喽，你快打开电脑，看今天的娱乐版。”

红翎放下萧枫的电话，一边洗漱一边打开电脑。刚把防晒霜涂在脸上，就被画面上的一个标题给惊呆了，网络娱乐版上用黑体字写成的标题十分醒目——直击电视记者在直播中的狼狈丑态。题目下的五张照片是红翎昨天在直播现场寻找耳机的内容：有低头翻包的，有无奈跟导播解释的，还有用手整理头发的……更令人不可思议的是，在每一张照片下面还配有文字，言辞激烈且带有攻击性。

这是谁干的？照片是谁交给网站的？是搞笑版还是阴谋？红翎又急又气，也顾不上涂睫毛膏就匆忙赶回台里。一进办公室，就发现有许多眼神投向她。有替她喊冤的，有同情的，有不解的，也有暗自偷笑的。很显然，消息已经传播开了。

“这是谁干的？太无聊了吧。”

“我想一定是电视台内部人所为，你想谁会看到还没有播出的画面呀？”

“那可不一定！现在只要是有卫星接收装置，你一开直播窗口，谁都能看到。”

“看来以后真得小心，这太可怕了！”

办公室里议论纷纷。

这时红翎接到了萧枫给她发来的一条信息：“点击率攀升，想办法灭火。需要我做什么随时吩咐。”

红翎冷静下来，她知道社会上许多人对电视台内部的人员都十分好奇，记者或主持人在屏幕上的一举一动都可能引发关注，甚至给电视台带来影响。她需要做的事情就是立即向领导汇报，然后立即跟网站交涉，把相关的信息撤下来。

红翎向方主任汇报了事情的经过，方浩觉得红翎的做法很对，答应立即约见网络相关负责人。

中午，红翎叫上萧枫和紫云，在网络媒体中心见到了娱乐版的负责人。红翎把事情的经过阐述清楚之后，郑重声明：网站所刊照片是直播前的准备画面，跟现场工作时的状态不能同日而语，希望网站立即撤下相关内容，并刊登她本人的几点声明。网站的负责人考虑到跟电视台的关系，答应照办。

“能告诉我们，照片是如何到网站的吗？”萧枫见事情已经和解，便追问了一个最敏感的问题。

网站的负责人面有难色，始终不肯透露。

“红翎，最近发生的事情我觉得很蹊跷，我怀疑有人故意在为难你。”紫云离开网站就开始分析起近来出现的种种迹象。

萧枫没有说话，他走在红翎和紫云的身后，也在思考着事件背后的原因。而此刻，红翎的心里已有了答案。

真是一波未平，一波又起。

转眼到了周末，红翎难得没有外出采访，她让自己一觉睡到了上午10点。两天前直播的事情和后来引发的网络事件，让她有点筋疲力尽。早上起来后，她给自己泡了杯咖啡，然后，坐在沙发上，慵懒地翻看着最新一期的《格调》杂志。

“丁零零……”突然，放在书房的手机响了，红翎忙跑过去拿起一看，在来电显示上她看到一个完全陌生的电话号码。“喂！你好！请问是哪位？”红翎习惯性地问。

“你就是红翎吗？”一个中年女人的声音从电话的另一边传来。

红翎好生奇怪，会是谁呢？她猜测着答道：“是，我就是！”

“我是杜京生的爱人。”对方见红翎这边有了回音，便自报了家门。

“噢，你好！请问你找我有什么事情吗？”红翎一时没有弄明白，杜京生的老婆怎么突然来电话了，究竟出什么事了？红翎没敢往下想。

“我告诉你，今后跟我爱人少来往，我和孩子们不欢迎你。”

“……”红翎拿着电话愣在那里，这是从何说起呀？

“你听见了吗？”对方显然是憋着一股怒气。

“我想你是不是误会了？”红翎疑惑地说。

“我怎么会误会！杜京生昨天晚上把事情都告诉我了。”

“他跟你说什么了？我可一点儿都不知道呀。”

“别装了，记住我说的话，离他远点！”话一说完，电话哐当一声给挂了。

红翎半天回不过神来。这些年在感情的道路上，红翎寻寻觅觅，一晃十多年，至今依然孑然一身。单位里不是没有合适的，但他们就像股市里的“绩优股”一样，早早就被某个女人“套牢”了。红翎始终坚守着一个原则，那就是：宁拆十座庙，不毁一门亲！这是妈妈一再嘱咐过的，她也不断告诫自己，尽量不发生“办公室里的故事”。至于说杜京生，他们已经交往十多年了，两人纯粹是工作关系，一直相安无事，今天怎么会突然出现这种没头没脑的事情？红翎有些茫然，她可是头一回遇到这样的事情。

红翎心神不定地拨通了杜京生的手机。

“你现在有时间吗？我想跟你谈谈。”

“好，一会儿在东边的西餐厅见。”杜京生答应得很痛快，好像什么事情都没有发生过一样。

红翎撂下电话，迅速换好衣服，赶到了杜京生说的那家西餐厅。

“你跟我开什么玩笑呀？”红翎见到杜京生劈头就问。

“什么玩笑？”杜京生也是一脸疑惑。

“你都跟你老婆说什么了？她一早就来跟我兴师问罪。”红翎怒气冲冲地问。

杜京生终于明白发生了什么事情。他劝红翎先坐下，然后对她解释说：“昨天晚上，我陪老婆看一个电视剧，里面说到了现代人的离婚问题，我跟老婆说，许多离婚现象我完全理解，谁也不可能一辈子就爱一个人。她马上问我，是不是还喜欢别人？我当时毫不含糊地告诉她，除了她，我还喜欢你。”

“你怎么能这样说呢？”红翎一听到这话就急了。

“怎么？难道你没有看出来？我一直是喜欢你的。”杜京生着急地向红翎表白。

“你错了，我们之间根本就不可能！”红翎坚决地说。

“为什么？”这回轮到杜京生问为什么了。

“因为我不想引发任何内战！”红翎的口气依然强硬。

“其实，这些年我一直幻想着能和你在一起。你迟迟不嫁，我的贼心就一直没死。说真的，我们有这种可能吗？我只需要你接受我的爱，其他的事情我来处理！”杜京生突然变得坚定起来。

“这绝对不行！我一直把你当做我的大师兄，压根就没有过非分之想，别说我跟你之间没有爱情，即便有，我也绝不会去拆散别人的家庭，这个责任我担当不起。更何况，你连问都没有问，就要做这样的决定，你也太自信了吧？”红翎怒气未消。

杜京生沉默了。他没有想到红翎的反应会如此强烈。

红翎从踏进电视台那天开始，就和杜京生在一个部门里共事。十几年来，大家一起做节目，一起讨论各种问题，当然也包括人生信念和理想追求什么的，相互间十分熟悉，有时甚至到了无话不说的地步。

杜京生有着良好的家庭背景，父亲是搞文艺创作的，母亲是报社的记者，家里的书卷味很浓。杜京生从小在这样的环境中长大，耳濡目染，自然也见多识广，加上他爱读书、勤思考，常常能给红翎讲许多道理和趣闻。有时到了节假日，杜京生也会挤出时间陪红翎四处转转，如果红翎遇到什么难以决断的事情，杜京生就把它当成自己的事情一样，帮助拿主意。后来，杜京生调到专题部当制片人，但两人还是保持着很好的朋友关系。红翎一直把杜京生当大哥哥对待，她尊重杜京生的家庭，从来就没有想过要跟杜京生走到一个屋檐下。

此刻，红翎不能原谅杜京生！

“你很清楚，我从来没有想过要嫁给一个有妇之夫。”红翎见杜京生继续沉默，就认真地警告他，“你不可以爱我！”说完这番话，红翎也顾不上桌子上还没来得及喝的那杯咖啡，连招呼都没打，便一个人匆匆离去了。

红翎原以为跟杜京生申明了自己的态度，这事就结束了。没想到第二天一上班，红翎就被传达室的电话叫了出去，说外边有人找她。

红翎来到传达室，发现那里有一位中年妇女正在等她。

“请问你是哪位呀？”

中年妇女表情严肃地看了红翎一眼，说：“我就是杜京生的爱人。”

红翎的心里不由得“咯噔”了一下，边琢磨边对她说：“不好意思，这样好不好，我们到旁边的咖啡馆坐一下，有什么事情到那里说吧。”

红翎看她点头同意了，便在传达室工作人员好奇的目光下，带着她走了出去。

两人一前一后，在路上相对无语。

红翎刚才在见到她的那一瞬间，就判断出这是一个家庭型的女人，她的眼睛因为缺少保养显得有点浮肿，身上的衣服还算合适，但质地不是很高档。

两人前后脚走进了电视台旁边的咖啡馆，找了个角落的位子坐了下来。咖啡厅里刚接待完吃早点的客人，渐渐安静了下来。

红翎见对方没有先开口的意思，就主动问：“不知嫂子今天找我有何事？”

杜太太瞧了红翎一眼，不紧不慢地说：“我来是想知道，你跟杜京生多久了？”

“大嫂，我想你是误会了。我跟杜京生一直是同事关系，根本不存在开始多久的事情。”红翎于是把她跟杜京生一起共事的经过，耐心地说了一遍。末了，红翎说：“大嫂，我母亲从小就跟我说过一句话，叫‘宁拆十座庙，不毁一门亲’，不能去破坏别人的家庭，这点我一直铭记在心。我和杜京生做同事没有问题，但不适合做夫妻。”

“为什么？”杜太太听到这里好奇地反问了一句。

红翎看着杜太太脸上的皱纹，停顿了一下，接着说：“给杜京生当老婆会很累的。尽管他已经是个成熟的男人了，但是，他在生活中还是很欠缺的，也许是被你惯出来的。如果我嫁给他，我的生活会额外增加许多问题，而我知道自己最缺乏的就是一个伟大的母性所应该具有的奉献精神。到时生活只能是一团糟。”

杜太太听到这里，严肃的脸上开始出现缓和迹象。她拿起杯子喝了一口咖啡，问道：“我能相信你吗？”

“为什么不能？”红翎反问。

“杜京生昨天回到家跟我吵了一架，他说他就是喜欢你。”

“大嫂，你怎么不问问我是否也喜欢杜京生呢？”红翎的这句话让杜太太愣了一下，接着她警惕地望着红翎。

红翎嫣然一笑：“如果说仅仅喜欢谁，就得嫁给谁，那这个世界不是全乱了吗？不是有句话说，喜欢不等于爱，爱不等于非得结婚嘛！更何况我对杜京生从来没有那种心动的感觉，我一直把他当大哥哥，兄妹之间的那种情谊跟男女之间的爱情是不一样的。”

红翎说到这里，见杜太太仿佛是松了一口气似的把身子往后靠在了椅背上。红翎知道她的戒备心已经开始解除，心里一阵高兴，她伸过手去拉住了杜太太的手说：“如果你不反对的话，将来我就把你当嫂子。相信我，我们一定会相安无事的，你就放心吧。”

话都说到这个份儿上，杜太太的脸上终于露出了一丝笑意，她点点头，算是答应了。

红翎见状，忙跟她说：“你回去别跟杜京生说你来找过我，男人都要面子，让他知道了又要发火了，他这几天情绪有些波动，说什么你都装作不知道，还是像过去那样对他，过几天应该就没事了。”

杜太太有点感激地站了起来，她跟红翎握了握手，告辞了。

送走杜太太，红翎苦笑着耸了耸肩。想到杜太太的形象，她不禁有些感慨：现在许多中年夫妻都会或多或少地遇到感情问题，这恐怕责任不能全怪男的吧，做妻子的难道就不应该好好检讨一下自己吗？女人在家庭里不全部是母亲，她同时也是妻子，更重要的是女人，不能因为一起生活一二十年就可以一切都变得随便起来——不施粉黛，不修边幅，一切以孩子为中心。这个妻子也应该学会与时俱进，保持良好的身心状态，与丈夫保持甜蜜和浪漫，寻找和丈夫共同的话题才对。

“宝贝，笑一笑呀！这两天我发现你不高兴，怎么啦？”肥强在为蓝莹买的那套豪宅里，一手搂着蓝莹的腰，另一只手扳过蓝莹圆嘟嘟的小脸。

而蓝莹只是用眼角瞟了肥强一眼，还是没有开口的意思。肥强这下更加奇怪了，十几天没见面，她咋这样对自己呢？他索性用劲扳过蓝莹的身子，用眼睛死死地盯着蓝莹——他今天非得弄清楚不可。

蓝莹用力挣脱了肥强的拥抱，在沙发的另一头坐了下来。肥强紧挨着蓝莹也坐了下来，继续用不解的目光看着蓝莹。

“哎呀，做人真难啊！”蓝莹自顾自地嘟囔了一句。

“有啥难的？”肥强实在搞不懂，他给蓝莹提供了这么好的生活环境，要啥有啥，她每天就是去电视台张张嘴，这比他在生意场上周旋容易多了。

蓝莹突然往肥强的身上靠了靠，她张着一双委屈的大眼睛看着肥强说：“你知道什么呀！人家在单位里烦着呢！”肥强一听是单位的事，紧张的心情顿时松懈了下来。

“单位怎么啦？”肥强也拼命地张大了他那双小眼睛。

蓝莹于是把在单位里制片人如何给她气受的事情，一五一十地告诉了肥强。

“我靠！居然欺负到我头上了？”肥强刚听蓝莹说完，就一下子从沙发上弹了起来，他摸着自己的小平头，在宽大的客厅里来回踱着步。

末了，他转过身来，冲着蓝莹说：“宝贝，我给你出气，你说，想怎么办吧？”蓝莹娇滴滴地看着肥强，她一时也没有想好应该怎么办。

“这样，我先找人教训一下你们那位制片人，然后我找找关系，让你扬眉吐气。”肥强重新回到沙发上，搂着蓝莹把自己的计划详细地说了一遍。

“这样行吗？”蓝莹有点担心地问。

“我来处理，你就看好吧。”肥强得意地对着蓝莹笑了笑。见蓝莹的表情开始由阴转晴了，肥强趁机把热乎乎的嘴唇贴到了蓝莹的脸上。

一周后的一个傍晚，已经过了下班时间，马军匆匆地走出办公室，然后开着他那辆北京吉普，急急地朝城北的方向驶去。他已经跟刚刚认识不久的一位女编导约好了，今天请她吃韩国料理。

熟悉马军的人都知道，他这个人最大的特点就是喜欢靓妞和汽车，而且从不避讳。在电视台或者其他场合，只要看到长得漂亮的女生，他总喜欢主动上前“套磁”，并设法跟她约会。他的这个特点既让他结识了许多美女，也使得他至今没有结婚的对象。曾经有过几个女人和他交了朋友，但知道了他的秉性后又都纷纷选择了离开。马军对此倒也无怨无悔，爱美女的天性让他依然乐此不疲。

此刻，马军的吉普已经上了北环高速，傍晚的天气有些凉爽，微风习习。马军心情好极了，他摇下车窗，一边开着车一边从后视镜里瞄了自己一眼，他对自己今天刻意挑选的粉红色衬衣挺满意，想象着一会儿见到女编导的情景，他不由得吹起了口哨。

突然，在马军的前方出现了另一辆吉普，马军一眼就认出了这个有棱有角的大家伙是目前还不多见的“牧马人”。“牧马人”离马军的车很近，几乎要贴上他了。

“我靠，显摆什么呀？”马军本能地把方向盘朝右边打过去。

但，很快“牧马人”超到了他的前面，并在距离马军的车只有十米距离的地方突然来了个紧急刹车，马军被这突然的举动吓了一跳，紧跟着也踩了一脚刹车，由于用力过猛，马军的身体惯性地朝前狠狠地倾斜了一下。“我靠！”马军随口骂了一句。

“牧马人”没有停下来，继续向前开去，它换到了右边的慢车道上，等着马军的车子开过来。

马军开始并没有意识到“牧马人”是冲着他来的，因为在路上行车经常会遇到这样的事情。但是，当马军的车行驶出一段距离后，刚才的那辆“牧马人”再次出现了，它故伎重演，在马军的车前再次上演了一幕紧急刹车的险况。马军这才意识到，面前的这辆车今天是有意跟他过不去。马军不想跟它斗，他知道自己这辆吉普玩不过“牧马人”，再说，他今天还有重要的约会呢。他整理了一下情绪，猛地踩了一脚油门，离箭般地向前冲去。

“牧马人”可没有就此罢休，它也加大了油门，紧咬着马军的车不放。北环高速路上，国产和进口吉普车展开了--场没有裁判的惊险赛事。

马军已经把汽车开到了150迈，他从两边的后视镜里不断地捕捉着那辆“牧马人”的行踪，他有点不明白，自己最近好像没有招惹谁呀？

终于，马军在会展中心附近将汽车的速度放慢了下来，“牧马人”紧随其后也开了过来。马军把汽车停在了一家韩国餐厅前，刚一下车，就见两个长得高大魁梧的男人从车里钻了出来，朝着他径直走了过来。

“你就是马军吧？”其中一个戴墨镜的问马军。

“就是本人。你们有什么事吗？”马军肚子里的气还没有消，很是不屑地回答。

两个人一左一右地把马军夹在了中间。戴墨镜的那位面无表情地上来朝着马军的左脸就是一拳，马军被这突然的一击打得有点发蒙，他左手捂着生疼的脸颊，吃惊地望着面前的不速之客。另一位上来用力拽掉了马军胸前的衬衣扣子，对马军说：“你给我听着，今后不许你打蓝莹小姐的主意。否则，我们就对你不客气了！”说完两个人转身离去。

“你们是什么人？”马军冲着两人的背影大声喊道。

已经走出几米之外的那两个人，这时候转过身来，冲马军做了个手势，扔下一句话：“你如果不听劝，将来你会知道我们是谁。”

马军站在原地半天没有挪动，今天的遭遇无论如何已经破坏了他原有的好心情。想到这一切都是蓝莹造成的，他在心里恨蓝莹恨得牙痒痒。

“这个婊子！”他对着夜空狠狠地骂了一句。

蓝莹今天的心情很不错，打扮得也很性感。她走进化妆间，顺手将她那条长长的白色丝巾搭在了椅背上。马上就轮到她出镜了，该化妆了。

这时，她从镜子里看到马军走了进来。她没有像往常那样热情地与他打招呼，只是冲着镜子里的他微微一笑，继续让化妆师为自己涂脂抹粉，嘴里还哼起了邓丽君的那首《甜蜜蜜》。

马军阴着脸，在化妆间里转了一圈，一言不发地离开了。一见到蓝莹，他又想起了昨晚在路上发生的那一幕。马军吃了哑巴亏，还不得不装出若无其事的样子。他明白，他自身有软肋，一旦被别人戳着了，就可能伤及根本，这会让他得不偿失。像马军这样仗着一点儿小小的权力就想占便宜的人最怕的就是硬碰硬，他可不想铤而走险。

说真的，蓝莹今天心里真的很爽，肥强找人教训了马军一顿，替她出了口恶气。尽管如此，马军毕竟是她的主管，她的命运还掌握在别人的手里，所以表面上对马军她还得一如既往地笑脸相迎。

然而，蓝莹和马军谁也没有料到，转机似乎就在这个时候出现了。

蓝莹刚播完新闻节目走下主播台，就被频道总监的秘书叫住了。

“蓝莹，总监让你过去一趟。”

蓝莹听说总监找她，心里不禁“咯噔”了一下，刚才自己好像没有什么失误吧？难道肥强教训马军的事情被总监知道了？她心里七上八下，便试探性地问秘书：“知道总监为什么叫我吗？”

“我不太清楚，你快点过去吧。”

蓝莹心里没底，连脸上的妆都没顾得上卸，就跟着秘书来到了总监办公室。

“来来，坐下谈。”蓝莹刚一进门，就被副总监周光涛让到了对面的沙发上。

周光涛是这个频道的常务副总监，因为一把手已经到了退休的年龄，最近这里的工作其实都是周光涛在全面负责。蓝莹怯生生地坐下来，好奇地打量着领导的办公室。说实在的，蓝莹来电视台这么些年，还真没到过这个地方，没有想到频道领导的办公室居然会这么大！连办公桌都比他们用的大两号，特别是领导座位对面的墙上，排着一大溜儿电视机，上面不停地播放着各个电视台和不同频道的节目。她知道，自己做的节目也在总监的监督之下，只是她不知道今天频道领导为什么要找自己谈话。

“蓝莹，最近工作还顺手吧？”周光涛关切地问道。

“挺好的。”蓝莹有点儿受宠若惊的感觉，她把上半身往前倾了倾，急忙回答。

周光涛沉吟了片刻，把玩着手中的不锈钢杯子，然后看着蓝莹问：“想不想迎接更大的挑战呀？”

蓝莹不明白总监的意思，她眨着漂亮的大眼睛，像个小学生那样期待着老师揭开谜底。

“是这样的，我们最近准备开办一档娱乐节目《经典模仿秀》，里面有竞技、访谈，还有提问，还要和节目参与者一起互动。我们考虑了一下，觉得你在观众中挺有亲和力，准备让你来主持这个节目。”

“我？”蓝莹听到这里眼睛睁得溜圆，她有点不相信，总监真的会把这个黄金段的节目交给自己吗？这可是最近一段时间许多节目主持人明争暗夺的呀！

“领导，我行吗？”蓝莹喜形于色，反倒有点不自信了。

“谁都不是天生就行的，你很有潜力嘛！好好准备，我可期待着这个节目能给频道创下好的收视率噢。”周光涛笑容可掬地鼓励道。

蓝莹不知道自己是怎么走出总监办公室的，她只觉得电视大楼里的走廊突然变得好宽，好长，头顶上用玻璃隔着的天空，也突然变得好蓝好蓝。

回到市中心那套豪华的住宅，蓝莹扔掉手袋就扑进了肥强的怀抱里，第一时间把这个好消息告诉了正斜靠在沙发上抽烟的肥强。

“是吗？这么快就见效了？”肥强似乎早已知道，没有蓝莹想象的那般兴奋。

蓝莹脚步轻盈地到厨房给肥强倒了杯可乐，自己拿出一盒酸奶，在肥强的对面坐了下来。她推着肥强的肩膀兴奋地问：“你说，领导怎么突然想到让我去主持这么重要的节目呀？”

肥强吸了口雪茄，用眼睛瞟了一下蓝莹说：“宝贝，这还不明白吗？找关系呀！只要咱肯出血，就有人肯帮忙呗。”

蓝莹这下子明白了，原来是肥强从中使了劲。虽然从内心深处来说，她不喜欢这种工作上的金钱交易，但是，毕竟这个机会太难得了，对于任何一个主持人来说，都太有诱惑力了！谁愿意默默无闻地在非重点的时段里天天播一些不痛不痒的节目啊！

蓝莹放下手中的酸奶，重又依偎到肥强的怀里。这一刻，她对肥强充满了感激！她看着屋顶上水晶吊灯折射下的七彩光影，对未来充满了期待。

这天一上班，红翎便把橙欣叫了过去。

“橙欣，最近国外有些媒体攻击我们没有保护好世界遗产。国家有关方面将作出回应，我们也准备组织一批报道，你关注一下。”

“有什么具体的安排吗？”橙欣没有正视红翎。自从耳机事件之后，橙欣每次看到红翎时，眼神都有点不自在。

“还没有，你能否先去了解一下？”

“好的。”橙欣有气无力地答应后，回到自己的办公桌前。

半个小时后，橙欣再次来到红翎的座位上，她手里拿着一张纸，上面记录着一些电话号码。

“我刚才问过了，国家旅游局今天下午有个新闻发布会，可能会说到这个问题，你看有必要去吗？”橙欣看着红翎，语气平淡地问。

“好啊，下午你去一下吧。如果发布会上没有提到这方面的内容，你最好能够单独采访一下局长，这样我们就可以拿到一个独家报道。”

“这……”橙欣面露难色。

红翎忙问：“有什么问题吗？”

“没，没有。”橙欣嘴上没有说什么，心里却在暗自盘算开来。其实她今晚已经答应了庄政，跟他去参加一个重要的饭局。如果去采访，4 点钟才开始的发布会，怎么也得一个小时以后才能结束，若是会后再去采访局长，那么回到台里的时间最早也要 6 点，紧接着还要写稿、配音、编辑画面，最后再给主任审片。这样一来，不到 8 点，恐怕难以抽身。而庄政那里的活动她又不愿放弃，怎么办才好呢？橙欣灵机一动，突然想到了个两全其美的办法。于是，她挤出一丝笑意，看着红翎说，“没事，下午还是我去吧。”红翎有点奇怪地看着橙欣回到座位上。

下午，橙欣带着摄像记者杨东赶到了新闻发布会的现场。

会前，橙欣主动找到了国家旅游局的专职摄像铁刚。“嗨，今天我想麻烦你一件事。”“说吧，啥事？”铁刚是局里的专职摄像，平时除了给局里举办的大小活动拍摄资料，也经常为电视台的记者提供新闻画面，甚至协助采访。橙欣跟他已经很熟悉了。

“是这样的，我晚上有个重要的约会……”

“怎么？会老情人？”铁刚还没等橙欣说完就调侃上了。

“去去去，我跟你说正经的。”橙欣伸手拍了铁刚一下，接着说，“发布会之后，我得马上回台里。你帮我采访一下局长，我把具体的问题告诉你。”

“好吧。”铁刚做出一副义不容辞的模样。

“谢谢啦！”橙欣又拍了铁刚一巴掌，以示谢意。

发布会进行过程中，橙欣迅速草拟了一份采访提纲交给了铁刚，并嘱咐道：“你采访完了马上把磁带送到电视台，我让杨东到大门口接你。”

“明白了，一定完成任务。”铁刚接过提纲，向她保证道。

按照橙欣的如意算盘，新闻发布会一结束，她就立即撤离，争取在 5 点半之前赶回台里，6 点钟之前写出新闻稿，然后准时跟庄政去赴那个重要的饭局。这样她可以在饭桌上待到 7 点钟，等该见的人差不多都见了，她再返回台里，而这个时候也正是铁刚送来采访画面的时间。一接到画面，她就可以立即着手制作，赶在当晚的新闻中发出。

橙欣回到办公室刚把稿子写完，就接到了庄政发出的信息。她对着桌子上的小圆镜抹了一款玫瑰色的口红，然后就风一般飘出了办公室。

坐在庄政的汽车里，橙欣才知道今天的饭局真的非常重要。今天请的人全都是上级主管部门领导的秘书，这些人虽然平时都躲在领导的背后，但能力却不可低估，他们的口头报告往往比书面文件重要几十倍。

今天是庄政做东，名义上是了解近期宣传的重点，实际上是沟通彼此的感情，为将来铺路。在这方面，庄政历来不惜银两。橙欣俨然如庄政的得力助手，主动帮着庄政招呼客人，并与他们挨个碰杯。期间她既不失时机地流露出她和庄政非同一般的亲密关系，又不动声色地跟其中的几个秘书眉来眼去了一把。

7点一过，橙欣站起身来，端着杯子对大家说："不好意思，我还要赶回台里做新闻，就不能陪各位了，我先自罚一杯。"话音刚落，橙欣的酒杯已经底朝天了。"好！"在座的几位秘书都是见过世面的，但还是忍不住为橙欣的美貌加豪爽鼓起掌来。

离开酒桌，橙欣立即赶到办公室，果然在她的桌上摆着一盘磁带，她二话没说，就把磁带塞进了编辑机。画面里局长正按照她留下的问题侃侃而谈，特别是对国外媒体针对有关中国保护世界遗产这一重点问题的回应非常到位。橙欣心中窃喜，立即把它转录了下来。

一个小时后，橙欣拿着编好的新闻来到审看间。

橙欣一进门，见是青桐主任在值班，心里不由得别扭了一下，因为她知道青桐向来不怎么欣赏她，近来看她的眼光还有点怪怪的。不欣赏归不欣赏，片子终归还是要审的，于是她硬着头皮走了进去。

"主任，请你审个节目。"橙欣边说边把磁带放进了审看机。

青桐没有说话，而是隔着大桌子朝橙欣点了点头，然后把脸转向了审看机。青桐连自己也搞不清楚，这两年她到底是怎么了，难道说是更年期提前了？反正她一见到那些长得颇有几分姿色的年轻女记者，心里就会莫名其妙地烦，偏偏这个部门里美女又比别的地方多。最近她从别人那里听说了橙欣跟庄政的一些事情，心里对这个带着几分妖气的女人就更是气不打一处来。青桐还不止一次地在私下里说到橙欣时，把她称作"妖精"。青桐自顾自地审着片，连让座的话都没给橙欣一句。

"停！"片子刚看了一半，青桐突然喊停。橙欣不知道发生了什么事，连忙按了个"STOP"键，迷惑地看着青桐。

青桐转过身来，抬眼看着橙欣问："片子怎么现在才拿过来审呀？"

"主任，你不知道，为了这段采访，我们一直在局长办公室等到7点多。"橙欣面不改色，把话说得有凭有据。

"可我6点钟的时候就看到杨东已经把设备还了。"青桐用眼角瞟着橙欣，一副随意的表情。青桐没有说错，大约在6点的时候，她站在走廊上抽烟时，不仅见到了去设备科还机器的杨东，还无意中从窗户里看到橙欣上了庄政的车，此时她隐隐约约地闻到了一股酒气，心里似乎猜到了什么。

“杨东今天忘记带话筒了，我后来用的是旅游局的设备。”橙欣继续在编着故事。

“还有别的媒体一起采访吗？”青桐不露声色继续追问。

“没有，就咱们一家，主任，我今天可是拿到了一个独家呀！”橙欣极力表白着。她哪里知道，铁刚在采访局长的时候，还有另外两家境外媒体在场。一个小时前，青桐就已经从境外频道的新闻节目里看到这段采访了，和此刻磁带里局长说的完全一样。这个小妖精居然敢公然说谎，真是岂有此理！尽管气上心头，青桐却忍着没有表露，继续把片子看完。

橙欣见新闻片顺利过了关，便迫不及待地走出了审看间。尽管有些紧张，但她还是在心中暗自得意。橙欣对青桐素无好感，她总在青桐的背后骂她是个“老女人”，笑她一副不男不女的样子，表面上敬她三分，不过是因为她现在还是个主任而已。

只是橙欣没有想到，她刚迈出审看间，青桐便立即拿起了电话。

“是杨东吗？”

“我是，青桐主任有何吩咐？”

“我问你，今天的采访到底怎么一回事？”杨东显然不知道发生了什么情况，他只好一五一十地把下午的采访过程告诉了青桐。

“橙欣没说晚上到底有什么事情不能坚持采访吗？”

“这个我不太清楚，她只说有个几天前定好的重要约会。”

“好的，我知道了。”青桐放下电话，刚才憋了好一阵的火腾地一下全冒了出来。

青桐跟值班的主编交代完工作后，夹上笔记本回到办公室。她点了根烟，暗自想：这事得让方浩知道！要借着这件事，杀杀那个“妖精”的威风，同时也整顿一下部门的风气。于是，她拨通了方浩的手机，把今天的事情详细地进行了汇报。末了，她又加重了语气说道：“老方，这事可不能就这么算了。她现在连我们都敢骗，将来还有什么不敢干的！”

方浩正在家里跟上大学的女儿谈心，接到青桐的电话，也觉得这事儿不能就这么不了了之，他决定明天找橙欣谈谈。

第二天一早，橙欣在办公室里一见到红翎，立即上前汇报："组长，昨天已经按照你的指示对旅游局的领导做了采访，我这次可是独家哦。"

红翎还没来得及表扬她，桌上的电话铃就响了，红翎拿起来一听，是方主任的，方浩让她和橙欣立即到他的办公室去一趟。红翎不知道发生了什么事情，猜想可能是部门已经同意了有关世界遗产巡回报道的计划。

两人边说边走进了主任办公室，让她们意外的是三位主任全都在场，且都是一副严肃的面孔。

方浩见到红翎和橙欣进来，先让她们坐下，然后清了清嗓子说："橙欣，我问你，昨天的新闻真的是你采访的吗？"方浩直截了当地问起橙欣昨天的采访。坐在一旁的红翎不知就里，满脸疑惑地看着橙欣。

"我……"橙欣一时语塞，见青铜正在一旁冷冷地看着她，心中顿时明白了，一定是青桐戳穿了自己的把戏。看来瞒是瞒不住了，与其如此，还不如趁早坦白，以求宽大处理。

"主任，对不起，我昨天原本是计划要采访旅游局长的，实在是突然有点急事，只好让旅游局的人帮忙完成采访。"橙欣脸上一副忏悔的表情，让人看了不忍心再去指责。

"既然如此，你为什么不当面向我说清楚，还跟我撒了个大谎！你把部门领导当什么了？"青桐可没有要放过橙欣的意思，她原本想责问橙欣为什么不把她当回事，话即将出口时又特意把"我"改成了"部门领导"，以加强事件的重要性。

橙欣低着头，不敢与她正眼相视。

青桐见方浩没有阻拦她，继续说道："我昨天问你采访局长时是不是只有我们一家媒体，你说是，还说是独家。可我在你之前已经在其他频道看到了相同的内容，甚至连话筒上的标志都一样。新闻的生命是什么？真实，客观，公正。你难道没有学过？要做好一件事情，首先得先学会做人。"青桐劈头盖脸，连珠炮似的一通批评，其中的意思很清楚，你橙欣弄虚作假，是人品有问题！

坐在一旁的庄政听出了青桐的话外音，显得有点不自然，为了给橙欣解围，他马上站起身来，走到橙欣和红翎的面前说："橙欣，快点给青桐主任认个错，这事是你做得欠妥。"

此刻，橙欣的眼睛里已经噙满了泪水，她没有料到青桐会如此责备她，心里别提多恨青桐了，但她知道，君子报仇，十年不晚，先低头认个错，等待机会再说。她满脸泪水，低着头走到青桐的面前，哽咽地说：“对不起，主任。都是我的错，请你原谅。”说到这里，她的眼泪竟如断了线的珍珠一般噼里啪啦地滚落下来。

方浩最见不得女人哭鼻子了，他见橙欣已经认了错，就对红翎说：“这次的事就引以为戒吧。回去跟大家开会时好好说说，今后采访一定要认真对待。”

庄政见方浩已经定调，趁机给红翎做了个手势，示意她赶紧把橙欣带走。

“你怎么能这样呢！你不知道咱们主任个个都是干记者出身的吗？蒙谁也不能蒙他们呀！”红翎一走出主任办公室就埋怨起橙欣来。她觉得今天受到批评的还有她这个组长，作为制片人，她觉得这事也很伤自己的面子。

橙欣看了红翎一眼，没有说话，而是独自一个人走到楼道旁的一个窗户前，用纸巾小心地擦去眼角的泪痕。然后凝神眺望了一会儿远处大街上川流不息的人群与车流，像是什么都没有发生过一样，快步回到了办公室。

第十章　这何尝不是一种领悟

每个女人都希望自己遇到白马王子，为此她们可以付出自己最宝贵的一切。但是，如果当你发现自己用真心换来的是一种欺骗，你还能指望这段感情继续下去吗？

两周后，蓝莹主持的大型娱乐节目《经典模仿秀》如期开播了。

这是一档全新的娱乐节目，以传唱几代人的经典歌曲作为选项主轴，现场请来了原唱者及创作者担任评委，选手则分成青少年组、中年组和老年组，按照模仿、创新两类轮番比赛，看谁模仿明星模仿得最像，看谁创新演绎的效果最佳，两项得分最高者获胜。

与其他才艺比赛不同的是，这档节目将传唱几代人的经典曲目重新包装，既有原唱者当年演唱时的经典片段，又有不同年龄段选手的重新演绎，现场主持人与场内场外观众还有即兴互动。应该说这档节目一下子吸引了几代人的关注，因此节目一经播出，很快就吸引了众多观众的眼球。

蓝莹为了这档节目，可谓是煞费苦心，她特意把原来的直发改成了披肩的波浪，并不断变化着装，特别是她那与生俱来的活泼天性在这档节目里得到了充分的发挥。跟以前主持新闻节目相比，现在台上的她，少了些刻意的老成持重，多了些自然的灵活妩媚，整个人在舞台上简直可以用“光彩照人”来形容，让同行和观众耳目一新。

让蓝莹始料不及的是，随着节目的持续播出，她的知名度迅速攀升。每天，她的办公桌上都堆积着许多观众来信，其中不乏热情火辣的求爱信；在公共场合里，她开始被越来越多的观众认出；在电视台的大楼门口，已经有人举着牌子要求见她了。而每当她去饭店用餐或者出席一些活动时，都会有人跑过来要求与她合影留念。隔三差五,一些身价不菲的商人或者社会名流就会设法约她出席一些社交活动。两年前，她给自己买的那副阿玛尼的墨镜，现在终于派上了用场。而在台里，蓝莹的境遇也随之发生了变化，现在她不仅有了专门的化妆师，许多服装厂商还托人找上门来，为蓝莹量身定做了许多高档服装。

蓝莹知道自己的机会得来不易，她很努力，也很珍惜。为了不辜负领导和观众的期望，蓝莹不断利用各种机会丰富自己的知识面，尽管每天的时间都安排得很满，但她还是时不时地约上红翎和其他一些要好的朋友出来聊天，听取她们对节目的建议和评价。

一个周末的傍晚，蓝莹约了红翎一起到位于郊区的一家休闲会所。虽说是郊区，但是因为道路畅通，二十多公里的路程仅用四十分钟就到了。之所以选择这里，是因为这里安静，没有那么多的打扰——蓝莹已经有些害怕观众的热情了，她不想走到哪儿都会有人认出她来。

蓝莹驾车带着红翎缓缓地驶进了一座看上去很普通的村庄，并在一家农户的院落前停了下来。

红翎有些纳闷地跳下车来，以记者的职业本能习惯性地朝四周看了看：远处是夕阳余晖下的黛色山林，近处是高高的院墙，低矮的房舍，用石块铺成的乡间道路上散落着一些黄土。再往眼前看，院门虚掩着，门口没有任何招牌，只有两条大狗警觉地站在门口，“汪汪”地朝她们叫喊了几声。红翎无法想象这里会有什么幽雅的环境，莫非蓝莹是让她来体会一下坐到炕上聊天的感受？

蓝莹似乎猜到了红翎的心思，但却默不作声，而是快走了两步，抢先推开了院子的大门。

紧随其后的红翎，一踏进院子，立刻就被眼前的景致惊呆了：这是一套二进式的四合院，进门就是一个前庭花园，假山石桥，流水潺潺。清澈的沟渠里五彩斑斓的金鱼悠然自得，翠绿的竹林下争奇斗艳的花草竞相绽放。此时已是入夜时分，阵阵凉风吹过，缕缕花香四溢，让人感到无比的惬意。

走过石板桥，进入二进院，里面有一圈大小不等的房间，每个房间的门口都点着两只大红灯笼，窗棂上挂着薄薄的纱幔。

蓝莹见红翎半天不说话，只顾着左顾右盼，便笑着说：“怎么？连我们的大记者也被震住了吧？是不是有点刘姥姥进了大观园的感觉呀？”

红翎笑着感慨道：“真想不到，这里面真是别有洞天啊！”

蓝莹挽着红翎，在服务员的引领下来到东边的一个小厢房里，里面的陈设完全是中国古代宫廷式的。蓝莹和红翎在铺着绣花坐垫的太师椅上坐了下来。

“你还真会找地方。谁介绍的？”红翎刚坐下就忍不住向蓝莹发问。没办法，记者的职业习惯，不问出个答案来，她是不会善罢甘休的。

“一个老板带我来的。这人特别喜欢怀旧，对明清时期的生活氛围情有独钟。”蓝莹有点暧昧地说着，红翎若有所思地“哦”了一声。

两人在服务员的指点下点了一些宫廷小吃，然后开始闲聊起来。

“你最近看了我的节目没有？”蓝莹问红翎。

“哪能不看呀？我看得还蛮仔细的。你知道我并不是很喜欢这类节目，但是因为是你主持的，我就得捧场呀！”红翎端着杯子，边品边说。

“你觉得我还行吗？”蓝莹迫不及待地问。

红翎放下杯子，看着蓝莹的眼睛说：“说实在的，在这之前我还真没有发现你有这方面的潜力，应该说已经很成功了。”

“真的呀？你还得再给我指点指点。”蓝莹难掩内心的兴奋，边说边往红翎的杯子里续了些水。“我忽然发现，其实我们每个人身上都有成功的细胞，只要有机会。”

红翎看着有点飘飘然的蓝莹说：“要说意见嘛，就是你以后在台上要更加自信点儿，只有你的底气足了，选手才能超常发挥。”

“谢谢！你真是我的好姐姐！”蓝莹忍不住发起了嗲，也算是一种感激的表示。

这天晚上，两个人在远离市区的这座“世外桃源”里说了许多私房话。

中午，红翎正在办公室跟郭亮聊天，绿佳走过来告诉她大门口有人找。

“是谁呀？”红翎有点纳闷地问绿佳。

“我不认识，刚才我去门口送带子，传达室的阿姨让我回来告诉你。”

红翎收拾好东西，带着出入证赶到了传达室。推开传达室的大门，红翎愣住了，来找她的居然是蔡毅。他已经在红翎面前消失了五年。

“你来干什么？”红翎没好气地问。

蔡毅见到红翎，急忙从椅子上站起来，他一边搓着手，一边尴尬地笑着回答：“我过来办事，顺便来看看你。”

“我有什么好看的？”红翎把脸转向窗外，没有正眼看他。

蔡毅上前一步，轻声地对红翎说：“我们换个地方聊聊好吗？这里人太杂。”红翎原本想在这里就把蔡毅赶走，但考虑到传达室里人来人往，的确不是说话的地方，便答应蔡毅出去谈。

两人一前一后来到电视台附近的麦当劳，一人要了一杯饮料在角落的位子坐了下来。红翎依然没有正眼瞧蔡毅，她在等着蔡毅开口。

“红翎，过去的事情，对不起了。我今天过来见你，就是想当面请求你的原谅，我们重新开始好吗？”蔡毅用诚恳的语气说着。

红翎从见到蔡毅的那一刻起，就像被人突然撕开了一道好不容易愈合的伤口，痛楚阵阵袭来。五年前她与蔡毅相遇后发生的点点滴滴重新又涌上了她的心头。为了眼前这个男人，红翎不仅赔上了一段刻骨铭心的感情，还白白花掉了二十万元。一切从头开始，这怎么可能呢？

红翎是在一次赴港采访的时候认识蔡毅的。

那天晚上，红翎刚刚完成采访任务，就被几个老朋友约出去吃饭。

在中环一家泰国风味的餐馆里，红翎与四位都在香港银行和证券公司上班的朋友聚会，这几位先生年龄大约都在四十到五十岁之间，是红翎以前采访时认识的。饭吃到一半时，从外边进来了一位中等身材的男士，做东的曾先生马上起身向大家介绍。

“这位是蔡先生，他马上要去深圳做事了，我特意把他叫过来，让他先跟大家认识一下。”这就是蔡毅。蔡毅礼貌地和在座的各位一一点头之后才落座。他坚称自己已经吃过饭了，所以就没有再举筷子。

红翎他们酒足饭饱后，大家依然有些意犹未尽，于是，曾先生提议大家去歌厅唱歌。这个提议立即得到了在座的一致拥护，有几位还冲着红翎嚷嚷着:对，对，我们要听听内地记者唱歌。

一行人很快来到附近一家很有名的夜总会。曾大哥一进门就有意识地把蔡毅安排在了红翎的身边。

红翎是第一次来这家歌厅唱歌，里面的装修非常现代也非常豪华，据说它是当地办得最成功的一家夜总会，在境内外已经有好多家连锁店了。在这里红翎第一次领略到了与时间赛跑的香港人对卡拉 OK 的热衷，不管唱得如何，重在参与，谁都不甘落后。红翎不知道这卡拉 OK 是不是真能帮助人们舒缓过分紧张的神经，反正在座的几位倒是够忘情的，从国语、粤语唱到日语、英语，个个争先恐后，乐此不疲。

主人们轮流“显眼”之后，大家就把话筒推到了红翎的面前，红翎好歹也算是歌厅的老手了，十年前，她就和一群好友几乎唱遍了城市里的大小歌厅。为了拉近与在座各位的距离，红翎先选了一首陈慧娴的《飘雪》，一曲唱罢，立即博得满场喝彩。在大家的叫好声中，红翎发现蔡毅一直默默地坐在一旁喝啤酒，只有他还没有机会表现。

歌厅里的气氛渐入高潮，那位在银行上班的钟先生从一进门就向红翎不停地献殷勤，这个时候他更是壮着酒胆，借着歌声，开始把红翎往自己身边拽，他右手拿麦克风，左手搂着红翎的肩膀，唱到得意时还面对面地朝她做个鬼脸，并趁机把红翎搂得更紧一些，有几次，红翎觉得自己的身体几乎都碰到他的啤酒肚上了。红翎心里开始滋生出一些厌恶感。当一首快四节拍的歌声刚刚响起，一直没有机会表现的蔡毅终于站了起来，他向红翎做了个邀请的手势，引着她走到厅房前面的小空地里，随着音乐的旋律跳了起来。

在此之前，红翎没有来得及和他进行更多的交流，这下子两人面对面，总算可以说说话了，尽管周围的声音很嘈杂，但是，不到二十公分的距离还是把双方的声音清晰地传递过去。

“我叫蔡毅，是在香港长大的台湾人。”这时红翎才注意到这位蔡先生长得跟地道的香港人的确不一样，他个子挺高，皮肤很白，五官挺清秀的，两只不应该属于男人的丹凤眼很显眼。

一首曲子结束后，红翎已经对蔡毅的情况有了基本的了解。接下来，蔡毅推说自己不会唱歌，转而不断邀请红翎跳舞，而红翎也乐得可以就此摆脱钟先生的过分热情。

天底下没有不散的筵席，曲终人散时，红翎已经可以和蔡毅轻松地聊天了。只是当时的她并没有留意到，由于蔡毅的热情相邀，反倒是把当天晚上的主人给惹恼了，那位钟先生最后去结账时，已经一脸的不高兴了，他在开车送红翎回饭店的路上，不停地向那位曾先生抱怨：“他怎么能这样？太过分了！不给主人留些面子！”

红翎不知道这中间到底发生了什么过节，她带着小小的不解回到房间。正在那里胡思乱想，这时房间的电话铃声响了。

“喂，你好！请问是哪位？”红翎礼貌地问道。

“我姓蔡，不好意思打搅你，能出来喝一杯吗？”红翎很快听出了是蔡毅的声音。

“现在？”红翎下意识地看了一下表。

“不用太久，我离你住的酒店很近，我现在马上过来，一会儿见，好吗？”蔡毅好像猜到了红翎的心思，他在坚持着。

“好吧，你到大堂后给我电话吧。”红翎终于同意了，放下电话，她坐在床上想，这个蔡毅到底是什么样的人呢。

十分钟之后，蔡毅出现在饭店的大堂里。他把红翎带到饭店地下一层的酒吧。

酒吧不大，最里面有一座小舞台，三位菲律宾艺人正在那里表演爵士乐。

蔡毅帮红翎点了一杯果汁，而他要了一杯威士忌。

“我马上要去深圳工作，主要是帮助朋友销售进口汽车，我们在那里有一个挺大的汽车行，我们都有股份。希望你以后多关照，多介绍一些内地的朋友。”蔡毅边喝酒边和红翎聊着。

红翎静静地坐在一边听着。她对经商从来没有多大的兴趣，很长一段时间来，当周围的许多人利用各种关系得到赚钱的机会时，她却无动于衷，因为她的收入基本上够日常的开支，她不想花费太多的脑子去干一些自己不感兴趣而又极其陌生的事情。

一个多小时后，两人在饭店门口再次道别。临行前，蔡毅把自己的联络方式留给了红翎，并表示会经常给她打电话。

果然，从第二天起，蔡毅开始每天和她保持电话联系。

从电话里红翎进一步了解到蔡毅离过婚，两个孩子在六年前就交由前妻照管。也许是彼此都是单身的缘故，红翎很快解除了对蔡毅的戒备。说真的，蔡毅的模样看着还挺顺眼的，一双大眼睛很有神，鼻梁挺拔，嘴巴标致，额头方正，这种模样的男人对女人来说很有诱惑力。红翎不知不觉地接受了蔡毅的提议——两人开始交往起来。

一周以后，蔡毅启程去深圳工作，临别前，他对红翎说：“我头一次去内地工作，感觉很兴奋！我一定要努力工作，不会让你失望的，你就等着听我的好消息吧。”

又一个星期过去后，红翎突然接到了蔡毅的电话。他在电话里着急地对红翎说：“我遇到麻烦了，我被同伙骗了！我的老板拿着我们入伙的钱跑了，车行里面根本没有进口车，我们现在守着的是一个空屋子。我该怎么办哪？我现在都急死了！你能不能回来一下，我们一块儿想想办法？”蔡毅在电话里声音带着哭腔，他在哀求着。

红翎万万没有想到，一心要来内地打拼事业的蔡毅会遇到如此大的麻烦，一时也有点六神无主，她立即放下手中的工作，利用周末赶到了深圳。

红翎和蔡毅坐在一家露天餐厅里，此时他一脸的憔悴，眼睛里布满了红血丝，已经没有了往日的潇洒，红翎猜想他一定受到了很大的打击。

“我投进去了50万港币，那可是我的全部家当呀！这下子全完了。”蔡毅难掩内心的痛苦，说着说着竟当着红翎的面流下了眼泪。

看着眼前的蔡毅如此难过，红翎不知道自己该如何帮助他，要知道她可从来没有涉足过生意场。“不然你先回去了解一下情况，找别的朋友想想办法。”红翎劝他。

“我现在这个样子不能回去，他们肯定是事先预谋好的。”蔡毅坚决地摇着头。沉默了一阵后，蔡毅说：“我手里还有一些机电产品，明天我就去东莞找一些港商朋友，看看是否可以把这些产品推销出去。”听说蔡毅还有办法，红翎心里略微感到踏实了一些。

突然，蔡毅用手搂住红翎的肩膀，有些难为情地说：“亲爱的，我现在几乎一无所有，我要去求人帮忙，手上没有钱怎么行呢？你能帮帮我吗？”

“要多少？”红翎心里没有任何防备。

“你先给我拿两万吧，我过去打点一下。”

蔡毅见红翎有点犹豫，急切地说道：“我手里的都是高科技产品，很快就会有买主，产品一卖出去，马上就可以把钱还给你。”蔡毅怕红翎不信任他，连忙补充道。

“好吧，我明天去卡里取出钱来给你。”红翎不假思索地说。

“你真好，我将来要赚好多钱，要把钱堆得像你一样高。”蔡毅感激地在红翎的前额印了一个吻。也就是从那天开始，红翎完全把蔡毅当成了自己人，只要是蔡毅那里需要钱，她就毫不犹豫地从自己的卡里提取。为了让蔡毅在深圳随时应付突发的事情，她还把自己的储蓄卡办了一张副卡交给他，这样蔡毅随时可以从卡里提现。不仅如此，红翎很快又专程飞了趟深圳，在一座新建的小区里为蔡毅租了套房子，并买齐了基本的生活必需品，让蔡毅住了进去。

红翎在做这一切的时候，都是心甘情愿的，她并不指望蔡毅能把赚到的钱堆得比她的人还高，她天真地认为：只要为蔡毅暂时解除生活困难，让蔡毅一心一意去做事，能赚到起码的生活费，自食其力，今后的事情再慢慢说吧。

时间很快就过去了一个月，可蔡毅的生意却没有任何起色。每当红翎问起他的事情，他总是解释说：“别着急，生意上的事情急不得，也许几个月都没有交易，但一旦成功了，就可以吃上三年。”

三个月后，蔡毅的生意依然没有丝毫的进展，但是红翎为他做生意垫付的资金已经超过了十万元。

为了尽快帮助蔡毅摆脱困境，红翎把在深圳做生意的朋友都介绍给了蔡毅。这期间，她不时听到一些不好的消息。据她在深圳的这些朋友说，蔡毅一到晚上就喝得不省人事，什么事情都谈不成，蔡毅不是一般的好酒，他简直就是酗酒！他还经常在酒吧和三陪小姐调情，甚至……

在与蔡毅的接触中，红翎已经发现蔡毅酷爱喝酒，白天情况还好，可一到了晚上，他就抱着酒瓶子不放手，非要喝上半斤以上才肯罢休。红翎在最初时虽然也注意到了他这个毛病，但并没有太往心里去，总以为蔡毅是为了减轻工作压力才这么做的。可当蔡毅没有跟她打招呼，就把红翎买来准备送给哥哥的那瓶“XO”也打开来喝了的时候，她的心里开始觉得有点不对劲了。

这天，出于对蔡毅的关心，红翎再一次赶到深圳。

红翎事先没有通知蔡毅，她只想悄悄地过来，看看蔡毅到底在忙什么。她搭乘上午的航班，一个人飞到了深圳。

可是当她轻轻地推开蔡毅的屋门时，她被眼前的情景惊呆了！

她无论如何不敢相信自己的眼睛：已经是接近中午的时光了，蔡毅居然还躺在屋里睡大觉，更让她气愤的是，他怀里居然还搂着另一个女人！红翎只觉得一股热血在向上奔涌，这就是自己爱的男人吗？她用牙咬着下嘴唇，抬起颤抖的手把门重重地关上，独自一人朝楼下走去。

十分钟之后，蔡毅狼狈地跑到楼下的大厅里，他看到红翎正呆呆地坐在那里，他冲到红翎的身边，一边赔罪一边语无伦次地说：“对不起！我昨天晚上喝多了，他们一个劲地灌我，我自己也不知道怎么上楼的，那个女人我根本不认识她，也不知道她怎么进屋的。你知道我不是那种拈花惹草的人，除了喝酒，我对其他女人没有兴趣……”

红翎一言不发，此刻她觉得说什么都是多余的，她面无表情地冲着蔡毅摆了摆手。

“实在对不起了，你千万别生气了，好吗？”蔡毅站在红翎身边，不停地赔着不是。

从刚才的那一刻起，红翎就彻底失望了。尽管此刻窗外阳光灿烂，但红翎的心却像掉进了冰窖，冷得她瑟瑟发抖。她感觉自己所有的努力都付诸流水了，想起这几个月来蔡毅的表现，她真是懊悔不已，他原本就是一个一事无成的人，可她居然在他的身上寄托了那么大的希望。她以为通过自己的诚意和努力，就能够帮助蔡毅改变一个失败者的结局，但是，她大错特错了！红翎发现自己对蔡毅这种人已经无能为力了。

红翎对呆立在一旁的蔡毅冷冷地说：“好自为之吧。”然后，头也不回地离开了这个让她伤心的地方。

红翎提着行李直接回到了机场。

此刻已经是下午3点多了，除了上午在飞机上吃的那顿简餐，到现在红翎滴水未进，然而她一点儿都不觉得饥饿。

红翎脑子里乱极了。一个人坐在机场的候机厅里，看着候机厅墙上那些不断翻动变化的飞机起降提示牌，红翎的心里也似翻江倒海一般，她觉得自己在处理蔡毅这件事情上真是太失败了！此刻她所能做的就是“断臂求生”，丢掉一切幻想，放弃曾经付出的一切，这是她的唯一选择……

蔡毅当年带给红翎内心的伤害是巨大的。一晃五年过去了，此时此刻，蔡毅再度出现，无论他说什么，都无法再挽回红翎那颗早已冷却的心。

红翎看着蔡毅，深深地吐了口气，不屑一顾地问：“你觉得我们重新回到过去还有可能吗？”

蔡毅看着红翎没有说话，他低下头，眼睛直勾勾地看着手中的可乐。

红翎见蔡毅没有回答，就继续往下说：“我当年的痛苦，并不仅仅是那投出去却没有溅起任何浪花的二十万！你知道，虽然那笔钱也是我这类工薪阶层，需要用体力和脑力一点点赚回来的，但是，钱在我这里，从来就是身外之物。只要值得，我都会付出！只要我身体健康，再努力工作一两年，钱就能重新回来。让我撕心裂肺的是，自己投出去的这段感情居然血本无归！我曾经期待和你建立一个家庭，两人将来能在一起好好生活。但是，你把‘我想有个家’这个梦想彻底地毁灭了。你知道吗？从那之后，我几乎在一整年的时间中，都不断地在批判自己，反思过去。我一直在想：为什么我快四十岁的时候还会犯这样低级的错误？”

蔡毅抬起头来望着红翎，眼睛里满是愧疚。红翎没有正视他，继续说：

“前两年，无论是在旅途中还是工作中，不管是白天还是黑夜，只要稍有闲暇，在不经意中，我脑子里就会出现曾经看到的画面。每当想起这些我就害怕，有时我会觉得自己的精神可能要崩溃。你的行为让我的自尊心受到前所未有的挑战！我不知道容忍你的过去，是否就意味着对自己残忍？但我知道，在男女关系上，感情是最最重要的。为了一份真诚的感情，可以去宽容对方，但是，这种宽容应该是有底线的啊！”

红翎说到这里，看到蔡毅无言以对，她站起身来，郑重地告诉蔡毅：“我们之间的事情早已经成为过去，你不要再抱任何幻想了，今后，无论在哪里，我都不希望再见到你！”说完，红翎拂袖而去，把蔡毅独自留在了那里。

紫云正在办公室里翻阅报纸，这是她每天早上的第一项工作，作为电视台的策划人，她要在第一时间浏览各大媒体的头版新闻，以便及时为记者提供采访线索。

“紫云，有人找你。”萧枫在门口冲着紫云喊道。是谁呢，这么早？紫云刚刚站起身来，就见一位陌生的女人已经大踏步地来到了她的身边。

“你是……”紫云疑惑的话音还没有完全落下，就听见“啪”的一声，自己的脸上重重地挨了一巴掌，紫云顿时被打蒙了，她出于本能用手捂住火辣辣的脸颊，然后扭过头来仔细辨认着眼前的这个女人。

这是一个打扮得非常时髦的女人，只见她身形高挑，五官端正，一身 Chanel 时尚套装，胳膊上还挎着一个 LV 的大包，但定睛一看，却是个浓妆艳抹的女人。此刻她正用她那双被黑色眼影涂得像枪管一样的大眼睛狠狠地盯着紫云说：“我是高翔的老婆，你知道是怎么回事！”

紫云一直试图回避的问题终于到来了。只是她万万没有想到高翔的老婆竟然会找到电视台来。要知道，电视台是不能随便出入的，是谁把她带进来的呢？

就在慌乱之际，眼前的这个女人提高声调继续说道：“我已经知道你和高翔的事情了。我警告你，今后不要再找高翔了，高翔他离不开我。你呀，还是赶紧找个人把自己嫁了吧，别再当第三者了，后果会很惨的。”对方根本不管紫云是否在听，撂下这番话，然后踩着一双八公分高的皮鞋目不斜视地走了出去。

紫云被眼前的这一幕彻底惊呆了，她茫然地看着那个女人的背影，站在那里半晌没有回过神来，直到萧枫在一旁喊了她两声，她才失魂落魄地一屁股坐下来。

“怎么了？这个女人怎么跑到这里来撒泼了？”萧枫目睹了刚才发生的一切，他似乎猜到了其中的一些缘由。他见紫云脸色不对，有点担心地看着她：“没事吧？”

紫云勉强地挤出一丝笑容，摇了摇头。自从跟高翔交往以来，紫云也曾经想过有一天她会面对高翔的老婆。可真的遇到了，她又显得那么手足无措，那么无能为力。

而此刻，躲在角落里的橙欣也目睹了眼前发生的一切，她的内心充满了得意——正是她把高太太带进单位的，只是前一刻她还不知道接下来会发生的事情。有时候，事情就是那么巧。就在刚才当橙欣正准备进单位时，在门口被高翔的太太礼貌地拦住了，要在平常，橙欣才没有闲工夫管别人的事情呢，只是，面对眼前这么一位浑身挂满了名牌的女人，橙欣没有拒绝。

此刻的紫云用手轻轻地揉了揉被打疼的脸颊，然后一个人静静地来到台里的咖啡厅，她给自己要了一杯研磨咖啡，找了个角落坐了下来。

咖啡厅那台巨大的液晶电视里，正在播放电视剧《浪漫的事》里面的主题曲，紫云和高翔都非常喜欢这首歌，他们曾经设想过，就这么一明一暗地过下去，直到有一天高翔能够成为自由身，和她一起慢慢地变老。可是，现在呢？紫云看着手机里两人的合影照片，心里充满了苦涩。

“紫云，干吗一个人坐在那里发呆呀？”红翎刚开完编前会，顺路到咖啡厅里带杯咖啡回办公室。

紫云面无表情地朝红翎招了招手，示意她过去一下。

红翎端着一杯卡布奇诺在紫云的对面坐了下来，她先是上下打量了她一番，然后故意压低了声音问：“怎么啦？和高翔闹矛盾了？”

紫云摇摇头，眼眶一红，把刚才办公室里发生的事告诉了红翎。

“她是怎么进来的？这也太过分了！”红翎本能地脱口而出。

紫云摇了摇头。“我该怎么办呢？”她的目光里满是无助，希望有人能帮她理出个头绪来。

“办公室还有其他人看到吗？”

“好像只有萧枫在。”

“那还好点。”红翎一时也没有了主意。不久前，她也遇到了杜京生太太找上门的事情，可这两件事情却有着本质上的区别：一个是根本无意介入别人的感情生活，一个却是非得在一棵树上吊死。紫云到底该怎么办？两个大龄女青年一时双双无语。

外面的人都说，电视台的女人见多识广，要找个理想的对象还不容易？其实，只有身处其中的女人才知道，事情并没有这么简单。

电视台的女人的确见多识广，能够比一般女人见更多的名人，但是这些有名有权的人大多都是来去匆匆的过客，许多人只是在她们的镜头前一闪而过，便从此销声匿迹。即便有了一些交往，也很难有进一步的发展。要么是对方早已经被套牢，要么自己不甘心，总希望能见到更好的风景，遇到的人越多，希望越大，迷茫往往也就越大！究竟什么样的人，才可以让她们锁定终身呢？

面对来自不同人群的诱惑，究竟怎样才能找到那个属于自己的“唯一”呢？比如像紫云和高翔，两人认识了，交往了，相爱了，但却不能无所顾忌地走到一起。红翎这些年在情感的道路上也是跌跌撞撞的，所幸的是她一直没有越过自己设下的底线——那就是不跟有家室的男人发生感情纠葛，因为她实在是承受不起。

“你准备怎么办？”红翎反问紫云。

“我还能怎么办？”紫云跟高翔的关系已经不是一天两天的事了，三年的缠绵与挣扎，足以让一个女人死心塌地了。

“要不然你最近先跟高翔减少一些往来，过一段时间再看看？”红翎一时也拿不出什么更好的办法，只得劝她再等等看。这时候，红翎的手机响了。

“你去忙吧，我再坐会儿。”紫云让红翎先回办公室，然后拨通了高翔的电话。

“你在哪儿呢？”紫云的电话里没有了往日的娇嗲。高翔心里一惊，赶忙问道：“宝贝，你怎么了？哪里不舒服？”

“心里难受。”紫云忧心忡忡地把早上发生的事情告诉了高翔。

听完紫云的叙述，高翔的心里充满了愧疚。尽管他一直以来都非常喜欢紫云，也希望有朝一日能和她白头偕老，但是他目前却无法与妻子离婚。他的妻子不仅强悍泼辣，还患有中度歇斯底里症，就连平日里的一些小事都能让她大发雷霆，有好几次因为高翔没有满足她的一些小小的要求，她居然把自己的头不停地往墙上猛撞，直弄得头破血流。为此，高翔不得不委曲求全，以求得彼此相安无事。

“亲爱的，我想我们最近减少来往吧，先稳定一下她的情绪。”紫云提议道。

“可你……我真的是对不起你。”高翔不知道说些什么，难过得有些语无伦次了。紫云从电话里能感受到高翔的心情，她忍了好久的眼泪终于滑落下来。

这天晚上，紫云回到家中，给自己倒了满满一杯红酒，然后把自己埋在客厅那张宽大的单人沙发里。她的心情沮丧到了极点。

紫云属于那种激情四溢，但同时又十分多愁善感的女人。她对男人的挑剔几乎到了一般人无法想象的地步，作为一个单身且又漂亮的女人，紫云经常要和一些多情的求爱者展开“智斗”。她不是那种任意放纵自己，随便接受男人施舍和假意怜悯的女人。没有感情上的碰撞，就不该有身体上的接触，这是她的原则。可偏偏就有一些男人以为自己有一定的身份，可以从紫云这里轻松地占到便宜。他们会找出各种借口，以各种方式来讨好她，比如请她吃顿饭，给她送纪念品，以博得她的青睐。有些人闯进她的家门，人还没有站稳就忙着宽衣解带；有些人在外边喝醉了酒就跑到她的楼下，不停地给她打电话，要求见面。对于这些男人，紫云显得很无奈，可她又不敢轻易得罪他们，因为他们当中不少人跟她有着直接的业务上的联系。于是，她不得不经常以身体不适为由婉言谢绝，进而再好言相劝，把那些似醉非醉的男人挡在门外。如果这样还不奏效的话，她就会装成很不高兴的样子，坚决地回绝对方的无理要求。若是遇到纠缠不清的人，她就故意不接电话，任由电话在客厅里响个不停。为此她伤透了脑筋，这也让她更渴望有一个能够给她的心灵带来安宁的家。

在这个世界上，紫云只喜欢一个男人，那就是高翔。紫云曾经跟红翎说过，高翔是她见到过的最令她心动的男人，她这么评价高翔，说他是个“纯粹的男人”！ 能遇到高翔，是她这辈子的幸事；能够嫁给他，是她此生的追求。

但这个男人偏偏不能完全属于她。不知不觉中，紫云已经喝下了大半瓶红酒，她醉了，在沉沉的夜色中，她倒在沙发里，昏然睡去……

第十一章 让你欢喜让你忧

理想与现实之间总存在着距离，有时，当我们满心欢喜去迎接一个新事物时，却因为现实的存在而裹足不前。

“蓝莹，你最近是怎么搞的？有观众来电话反映，说你最近主持时有点心不在焉，口误很多。”蓝莹刚一进办公室，就被主任喊了过去。

“我最近经常失眠，总睡不好觉……”

“那赶紧找医生给看看呀，不能影响工作，听到了没有？”

蓝莹呆呆地站在那里想了一会儿，突然像是想起什么来了，急匆匆地奔到化妆间。

站在那块大大的四方镜子前，蓝莹看着里面的自己，她极力想让紧张的心情平复下来。这段时期，随着她在屏幕上的曝光率不断增加，她的粉丝越来越多，但与此同时，周围人对她的要求也越来越高了，特别是身边的其他主持人，有意和无意的提醒不断向她袭来——

“你在屏幕上的言行举止太娱乐化了，要大方得体才好。”

“你在屏幕上说话的语气不能太随意了，你是代表电视台的。”

“你最近的化妆是不是太夸张了一些……”

“你今天的衣服穿得太过暴露了……”

……

每一天，蓝莹都在各种各样的提示和劝告中生活，其中有诚恳的提醒，也不乏刻意的挑剔。如果说她当初还有一份自信，那么，现在她真有点无所适从了。她根本没有想到，要做好一件事情居然这么难！以前她总是羡慕那些比她早出名的前辈，幻想着有一天自己也能够像他们那样，拥有许多喜欢自己的粉丝，在外面能够轻易地被别人叫出名字来……而现在，当她如愿以偿的时候，她才体会到，原来随着名气的上升其所要承受的压力也会不断增大。而现在，自己已经快被这些压力压垮了。

“蓝莹，快准备化妆。一会儿上级领导要来指导工作。”蓝莹正在那里胡思乱想，就见化妆师朝她跑过来，冲她嚷嚷着。

“噢，知道了。”蓝莹往脸上泼了点水，对着镜子勉强地笑了笑，然后坐了下来，听凭化妆师往她的脸上涂脂抹粉。

化妆师正在给蓝莹右眼粘假睫毛的时候，本期节目的制片人马军手里拿着解说脚本走了进来，他把脚本递给蓝莹说：“抓紧时间再看看，有许多地方修改过。”

蓝莹仰着脸，伸出右手接过马军递过来的解说脚本。还没等左边的假睫毛粘好，她就急着翻看起手中修改过的本子。

修改过的脚本和她手里原来的本子出入很大，她不知道这是不是因为今天有上级领导的光顾。

晚上，节目录制正式开始。

蓝莹精神饱满地出现在镜头前。她刚才已经灌下一大杯浓浓的咖啡，看来咖啡因现在开始起作用了。上半场录制得很顺利，上级领导看过之后，在主任的陪同下满意地提前离开了。

现场的工作人员趁中间歇息的机会将盒饭和饮料分发给大家。蓝莹不敢吃，她担心胃一旦被撑起来，精神会随之慵懒下来。她只是喝了点纯净水。

很快，下半场的录制又开始了。蓝莹重新回到镜头前，等待导播的指令。然而就在开播前的几分钟，她突然觉得心里一阵发慌，手开始微微地颤抖起来。

“蓝莹，精神集中。录制马上开始。”导演在控制机房通过话筒提醒蓝莹。一旁的马军也发现了蓝莹的精神有点恍惚，他跨前两步对着蓝莹大声说道：“蓝莹，你干吗呢？”

蓝莹很费劲地将自己的状态调整了过来。录制刚一开始，她就口误了好几次，导演不得不一再下令重新来过。几经周折，下半场的录制总算完成了。蓝莹摘下耳机，不好意思地对导演说：“对不起！我耽误大家的进度了。”

导演朝蓝莹摆了摆手，但是，负责这档节目的马军却不会这么轻易地饶过蓝莹，他走过去对蓝莹说：“先回办公室吧。”蓝莹知道今天马军终于等到了一次出气的机会，她做好了被骂的准备。

两人一前一后走进办公室。

“你还想不想干了？”马军脚还没有站稳，劈头就是一句。

“请原谅，我今天不太舒服。”

“怎么不舒服了？是不是晚上折腾得太厉害了？”马军有点不怀好意地看着

蓝莹。蓝莹心里很清楚，自从上次马军被肥强的手下警告过之后，他的心里一直憋着一口气，原本还想在工作中修理她，没料到蓝莹突然变成了一只金凤凰，自己不仅下不了手，还得经常向她赔笑脸，今天算她倒霉，给他抓住了把柄，这可是他出气的好机会。

“你是怎么坐上现在这个位置的，我想你心里很清楚。”马军转过椅背坐在上面，开始教训起蓝莹。“名主持可不是那么好当的，你知道有多少人在盯着你的位置吗？你要是不想干了，马上有一大堆人等着接班呢！你知道电视台什么最富裕吗？就是美女！比你漂亮和有智慧的女主持大有人在！别以为自己的位置就无人取代。”马军故意用话刺激蓝莹。蓝莹没有辩驳，她的脑子里瞬间浮现出平时在办公室里，其他主播向她投射过来的目光，有羡慕的，有嫉妒的，有挑剔的，有不屑一顾的，还有隐含着一丝怨愤的仇恨的……蓝莹已经听到背后有人对她指指点点，说她是靠着大款的实力才得以出人头地的，想到这里，蓝莹的身子不由得微微颤抖了一下。

见蓝莹没有任何反应，马军站起身来在办公室里来回走了两圈，继续说道：“昨天专题部一个编辑，播出时用错了一个画面，立即就被除名了。他们的主任，就是那个老朱，一夜之间愁白了头，你知道这是为什么吗？”马军没等蓝莹回答，接着往下说道：“谁不怕丢了现在的位置呀？你今天如果是在直播的状态下出那么多口误，不等领导发话，大家都得下岗！”也许是觉得自己说得差不多了，气也出够了，马军收住了嘴，然后把手重重地一挥，背对着蓝莹说道：“你回去吧！记住，生活要有点节制。”马军最后的这句话分明是话里有话。

蓝莹依然一语不发，毕竟是自己出了错，她茫然地走出了马军的办公室，竟又莫名其妙地重新回到了演播室。

此时，演播室里的灯光已经全部熄灭了，刚才还明亮热闹的演播大厅此刻就像一座深不见底的洞穴，黑漆漆的，了无声息。只有门外透进的一丝亮光照在蓝莹的身上。不知过了多久，她突然回过身来，推上了演播室的大门。在这既看不见别人，也看不见自己的空间里，蓝莹憋足了气，几乎是爆发式地大喊大叫起来，她要把心中积压的紧张和压抑全部释放出来。

半个小时后，在单位的大门口，蓝莹坐上了肥强派来的汽车。回望夜色中的办公大楼，她突然对电视台产生了一股厌恶和恐惧的情绪。

橙欣今天穿了一件鹅黄色的紧身毛衣，下配一条米色的直筒长裤，正急匆匆地朝着主任办公室的方向走去。这是她惯常的打扮，因为她很明白着装要扬长避短，既然天生了一双修长的腿，就不该遮遮掩掩，所以她平时轻易不穿裙子。此外，她也知道自己的前胸不够丰满，因而常常选配一些修饰比较多的上衣。这样的搭配恰好可以把她的细腰和长腿完美地展示出来。

她在主任办公室门前略微停顿了一会儿，又下意识地整理了一下身上的毛衣，正欲抬脚进去，却听见从里面传出一阵爽朗的笑声。她迟疑了片刻，轻轻地推开门，只见庄政和绿佳正在里边面对面地坐着说话呢。

"你刚才说的事情是真的吗？"庄政显然还沉浸在刚才的笑意里，他乐呵呵地问。

"当然是真的，你不知道我当时乐得都没办法采访了。"绿佳忽闪着两只大眼睛，装出一副严肃的模样。

橙欣不知道他们在说什么，她轻轻地退了出去。在长长的走廊里，橙欣慢慢地踱着步子，她知道，庄政平日里很喜欢跟绿佳聊天，联想到近期听到的一些风言风语，难道说庄政也喜欢绿佳不成？这男人的心，可是天上的浮云，说变就变！绿佳这小女子仗着能说一口流利的英语，加上受过洋墨水的熏陶，她可是敢想敢干的！绿佳要是真的跟她抢庄政怎么办？万万不能让这种事情发生！她橙欣可不是好惹的，要知道，她把庄政拉进自己的怀抱那可是下了一番工夫的！想到这里，橙欣心里一激灵，要提防这小女子，必须先发制人。

"绿佳，中午有事吗？我请你吃饭。"第二天中午橙欣冲着正在电脑前写稿子的绿佳喊了一声。

"我……"绿佳听到橙欣约她吃饭，颇感意外。她望着手头的活儿，不置可否。

橙欣见状，径直走到绿佳身边："你的节目下午才播，着什么急呀？"她见绿佳还有点犹豫就接着说："吃了饭再回来接着写吧。什么都不耽误的！"

"好吧。"绿佳见橙欣那么坚持着，也就不好意思回绝了，便连忙收拾好桌子上的东西，跟着橙欣向外走去。绿佳边走边想：橙欣平时可是个不轻易请别人吃饭的人，今天这是怎么了？刮哪阵风了？

的确，正如绿佳所想，橙欣请别人吃饭，一定是有事情要解决的。

两人一路寒暄着来到电视台南边的一家川菜馆。

"老板，还有小单间吗？"橙欣一进门就冲着柜台喊。

一个店堂经理模样的人赶紧走上前来，他显然认识橙欣。"来啦！我帮你看看。”说着他走到服务台，随手翻开预约登记本看了看，然后领着橙欣和绿佳走进了一间四人的小包间。他弯着腰推开门说道：“就剩这间了，你看行吗？”

橙欣进去四处打量了几眼说：“行，就这里吧。帮我点菜。”

“马上来！”经理答应着退了出去。

橙欣和绿佳面对面地坐了下来。

“你看看，喜欢吃什么？”橙欣把桌子上的菜单推给绿佳。

“我对川菜没有研究，你定吧。”绿佳笑着又把菜单推回给橙欣。

橙欣于是自作主张地点了一份水煮鱼，一份干煸扁豆，一份乌鱼蛋汤，外加两碗醪糟汤圆。

菜很快就上来了。

“哎，我说绿佳，你有男朋友了吗？”橙欣把两片水煮鱼放进胃里后，借着辣椒产生的那股热辣劲儿，开始和绿佳聊了起来。

绿佳平时吃辣的水平没有橙欣那么高，她边吹着筷子上的鱼片边侧着头问：“该不是橙姐姐今天要给我说对象吧？”

“哈哈哈。”橙欣发出一串肆无忌惮的笑声。她看着绿佳说：“谁敢给你介绍呀？你可是我们这里的海归呀！”

“唉，现在的‘海龟’太多了，马上就要变成‘海带’了！”绿佳说完也忍不住笑了起来。

两人笑完一时无话，又各自吃了起来。

突然，橙欣把身子往前凑了过来，神秘兮兮地盯着绿佳问：“哎，你觉得咱们部门里男人谁最有魅力？”

绿佳冷不丁被橙欣问到这个问题，一时语塞，她想了一会儿问道：“你指记者还是领导？”

“都算在一起。”橙欣紧盯着绿佳。

绿佳拿着筷子想了一下，说：“记者里面嘛，我觉得萧枫不错，不仅人长得帅，还特有才！听说他对女朋友可挑了……”

“那领导里面呢？”橙欣没等绿佳说完就追问道。

“领导里面嘛，我挺欣赏庄主任的。他也特有才！工作上的想法很多，待人很亲切，字还写得特漂亮。”她果然是喜欢庄政！橙欣不露声色继续听绿佳往下说。“我还听说庄主任的太太也很不错，据说他们很般配，别人都说他们是金童玉女呢。”绿佳的口气里流露着羡慕。

“我见过庄主任的太太，一副女强人的做派，并没有传说中的那么优秀。”橙欣不屑一顾地说，她最不愿意听到别人夸赞庄政的太太了。

“是吗？”绿佳觉得有点奇怪，这可跟她平时听到的不一样。

橙欣见绿佳有些疑惑，就说：“这个男人嘛，其实都是一样的，都喜欢风情万种的女人。特别是有点才华，又有个一官半职的男人。”说着，橙欣又把一片水煮鱼塞进了嘴里，

“可我觉得庄主任喜欢的应该是那种有内涵的女人。”

“你知道什么呀？”橙欣开始倚老卖老，“内涵？你知道女人需要什么吗？女人要在这个社会上打拼，就得比男人付出更多。我这里说的更多，不是说需要多少的才华，女人只要肯付出代价就会有收获。你懂我的意思吗？”橙欣说得手舞足蹈。

一阵沉默，绿佳一时还难以理解橙欣所说的观点，她有点不明白，橙欣今天为什么要跟她说这些。橙欣看绿佳没有说话，便转了转手腕上的手表，“好看吗？”她把手腕伸过去问绿佳。

“哇！这可是世界十大名表呀！”绿佳在国外待过，她知道橙欣手上这块卡地亚手表是这个系列里的经典，即便是镀金的，至少也得 1.7 万以上。“是在香港买的吗？听说那里价格比我们这里便宜。”绿佳不无羡慕地问。

“我哪里买得起呀！”橙欣把手腕上的手表又晃了晃，然后，她注视着绿佳，神秘地说，“这是庄主任送给我的生日礼物。”

绿佳听到这里不由得愣住了。庄主任怎么会送她这么贵重的礼物呢？难道庄主任真的像别人猜测的那样，跟橙欣有着某种特殊的关系？

这些年，绿佳一直生活在国外，对国内发生的变化并不是十分清楚。两年前她回到国内，发现了一个令她十分诧异的现象：社会上有一批中年男人，好像突然间都变得“色胆包天”了。他们就像一只只从冬眠中苏醒过来的狼，不顾一切地捕捉眼前可供自己寻欢作乐的目标。特别是在性方面，他们的开放程度绝对比任何方面的开放都来得迅速而广泛。她经常听到身边一些四五十岁的男人说，过去死守一个糟糠之妻，没有出去寻花问柳，活得太亏了！于是，她在许多地方看到，这些人激情满怀地四面出击，在歌厅、酒吧、宾馆等等地方，到处活跃着这种人的身影。以前她喜欢的那首邓丽君的《路边的野花不要采》，现在被许多人在其后加上了一句“不采白不采”的对白，更多的人则是在努力地实践着。发展了几个情人，和多少个女人上过床，居然成了不少男人暗中炫

对橙欣说："快快，那个不重要，你抓紧时间吃了早饭，带蒙蒙去医院吧。"

橙欣见罗素没当一回事，就回到书房把手中的照片放回了原处，可就在她走出书房门的一瞬间，突然萌生了一个念头，何不用它来作为今后遏制罗素的武器呢？于是，她又重新折回书房，挑出其中的一张照片悄悄地装进了自己的包里。

橙欣带着蒙蒙来到市立儿童医院，一位姓陈的大夫接待了她们。陈大夫是一位五十开外的中年男子，听朋友介绍，陈大夫在这所医院里做了一辈子的儿科大夫，在医疗方面很有经验。

陈大夫详细询问了橙欣有关蒙蒙的日常生活情况，然后耐心地跟蒙蒙沟通并从中仔细观察蒙蒙的表现。他向蒙蒙伸出手，和蔼地跟蒙蒙打招呼："蒙蒙，告诉伯伯，几岁了？"蒙蒙躲在橙欣的背后，不回答，也不肯出来。

陈大夫开始给蒙蒙做检查。末了，陈大夫对橙欣说："孩子有严重的自闭症。"

"能治好吗？"虽然此前橙欣已经听罗素提过蒙蒙可能患了自闭症，但是，当医生把这个结果最终告诉她时，她还是觉得难以接受。

"不好说，通常这种症状很难治愈。"陈大夫平静地说。

橙欣看着躲在自己身后的蒙蒙，心里感到一阵愧疚：自从女儿降生以后，自己就很少关心过她，平日里都由丈夫和婆婆带着，以前自己还很得意地想，自己只管生，不管带，比起别的母亲舒服多了，却没有想到孩子会得自闭症，看来自己这个做妈妈的实在是不称职啊！

橙欣从陈大夫那里详细地了解了儿童自闭症的患病原因和心理治疗，然后告别陈大夫，带着蒙蒙离开了儿童医院。

夏日的阳光绚烂夺目，可橙欣的心里却蒙上了一层阴影，她拉着蒙蒙的手，朝对面的麦当劳走去。橙欣刚坐下，手机就响了。"蒙蒙的情况怎么样？"罗素在电话里急切地问。

"你猜对了，医生说得的是自闭症。"橙欣无精打采地说。

"医生说要如何治疗？"

"目前还没有什么好办法。"

罗素在电话里没有再追问下去，他告诉橙欣先别着急，慢慢再想办法，显然他此时也不知道该如何是好。

橙欣给蒙蒙买了一份鱼香汉堡，一杯橙汁，自己只要了份土豆条。她看着默默坐在一旁咬着吸管的蒙蒙，心中仿佛打翻了五味瓶。

孩子是她在没有计划的情况下来到这个世上的，当初之所以要把孩子生下来，最主要的目的是为了能够尽快地调到这座城市里来，所以对于养育孩子，她从一开始就缺乏足够的思想准备。她也没有想到，调进电视台之后，全新的工作环境会带给她无限的遐想，也激发了原本就潜藏在她心中的渴望成名的欲望。她喜欢出现在镜头前面的那种感觉，也希望在这个藏龙卧虎的地方出人头地，于是她几乎把所有的精力都投入到了工作以及各种各样的社交活动中。她觉得自己的追求并没有错，只是她没有想到，正是由于自己的疏忽，才导致了蒙蒙这样的结果。今后该怎么办？是回到家庭，回到孩子的身边？或者是把主要精力放在孩子的身上？如果那样的话，自己现在所做的一切岂不是都白费了吗？橙欣似乎有些犹豫，但随即又回到了她原先的想法上，一个人最终是要为自己活着的！如果一个女人仅仅为了孩子而活着，那她的生命意义何在？橙欣最看不起这样的女人。不管发生什么事情，都不能停下自己追求目标的脚步。橙欣把土豆条吃光了，思绪也理清了。

橙欣站起身来，带着蒙蒙走出了麦当劳，她要利用今天的时间好好陪陪蒙蒙，于是，她又带着女儿去了附近的游乐园。

看着女儿在一旁开心玩耍的样子，橙欣的脑海里不由得又出现了庄政的影子，她在心里问自己：如果让她在女儿和庄政之间做个选择，她会选择谁？答案竟然是庄政！她被自己的想法吓了一跳。

第十二章　如果这世上真的有真情

人有时候在轻松的环境里待久了，很难想象遇到艰苦的环境，自己的能量究竟有多大？一些平日里可能被你忽视的人和事，在特殊的环境里会呈现出不同的特质，带给你不同的感受和体验。

一场雷阵雨过后，闷热的天气总算变得有些凉爽了。

电视台的工作依然紧张繁忙，记者们东奔西跑，才走出南下的飞机又匆匆地登上了北去的列车。

这天午后，红翎刚吃过饭就被方浩叫了过去。“总局下达了一个去非洲采访的任务，随中国医疗队赴肯尼亚，报道他们在那里进行医疗救助的情况，一共三个名额，你看派谁去比较合适？”方主任在征求她的意见。

红翎不假思索地说：“让萧枫和绿佳去吧。非洲比较艰苦，男生容易适应，而绿佳有语言方面的优势，也正好给萧枫做个帮手。”

方浩看着红翎说：“萧枫和绿佳一直表现不错，片子也做得很像样，就派他们去吧，再派个身体好的摄像。你回去告诉他们马上找秘书办手续，提前做些准备。”

“知道了。”

红翎回到办公室，立即把部里的决定通知了萧枫、绿佳和杨东。

“太好了！就剩非洲大陆没有印上我的脚印了。”萧枫听说让他去非洲显得异常兴奋。而绿佳一听说是与萧枫同去，脸上立即绽开了笑容，至于上哪儿对她来说就不重要了。

“萧枫，你看我们需要做些什么准备？”绿佳高兴地跑到萧枫跟前扬着脸问。

“你们准备去哪里？”橙欣这时刚好从外面进来，听了绿佳的话，便好奇地上前问道。

“非洲。”绿佳回过头来，按捺不住心头的喜悦。

橙欣没有再问下去，她放下挎包，静静地走到楼道里拨通了庄政的电话。“嗨，我刚听说部里有个去非洲的采访，为什么没有替我争取？”

庄政正在值班，见是橙欣的来电，便急急走出值班室，来到楼梯间。他向橙欣解释说：“这事是老方决定的，红翎提供的人选。”

“那也应该帮我争取呀！”橙欣急了，提高了音量。

“宝贝，非洲的采访很艰苦，你就别去了，下次我给你找个去欧洲的活儿。”庄政安慰着橙欣。

“说话算数，我可记住了。”橙欣撒着娇。

“我什么时候哄过你？”庄政佯装委屈。

“那还差不多。好吧，我挂了。”橙欣脸上总算露出了笑容。她挂上电话，又在楼道里待了一会儿，才步履轻松地回到办公室。

办公室里，萧枫和绿佳已经开始分头上网寻找相关的资料了。

一周后，萧枫、绿佳和摄像杨东登上了飞往肯尼亚的班机。

从登上飞机的那一刻起，绿佳的心就被某种期待牵引着。

自从进入这个部门，绿佳就一直暗中喜欢着一个人，这个人就是萧枫。萧枫在工作中表现出的机智灵活，对新闻事件的理解和把握，以及准确的语言表达和游刃有余的现场播报都让绿佳由衷地佩服。最开始她还只是把萧枫当做自己工作中追赶的一个目标，可时间一长，她竟不知不觉地把萧枫当做自己今后要寻找的另一半的模型。这次能和萧枫一道出国采访，她简直高兴极了，一来可以和萧枫近距离地切磋采访经验，二来可以通过这二十天的朝夕相处，加深彼此的了解，说不定还能碰出感情的火花。

在机场换登机牌的时候，绿佳特别希望能和萧枫坐在一起。你想，这十个多小时的单调行程，能肩并肩地坐在机舱里说说话，机会多难得呀！可是，领队却告诉她，座位是事先按照姓氏里的开头字母确定的，一般很难改。于是，绿佳把希望寄托在登机之后，如果自己或萧枫的旁边是自己团队的成员或是中国人，她就有希望。但是，非常遗憾，上了飞机一看，自己的旁边是个非洲的老外，根本无法沟通，而萧枫旁边却坐着医疗队的那位漂亮翻译非非。绿佳在出发前已经发现这位翻译姑娘很喜欢萧枫，在做准备工作的时候，她总是找出各种理由接近萧枫，莫非这座位是她预先安排好的？此刻，换位置的希望彻底破灭了，这让满心欢喜的绿佳多少有了点失落感。

飞机起飞后，萧枫和那位非非一见如故，两人有说有笑，显得很亲近。这让坐在前面的绿佳很不舒服，一个是自己迫切想走近的人，而另一个是她假想中的情敌。飞行中，绿佳几次想回过头去看看他们到底在干什么，是否会有一些亲近的表现，这种念头一直苦苦折磨着她。可最终她还是忍住了，她怕萧枫看出她的用意，怕萧枫因此看不起她。

飞机在印度中途加油的时候，绿佳从座位上站起来，她把自己的相机递给萧枫，“帮我拍张照片吧。”萧枫接过相机问道：“外边去不了，只能在机舱里拍了，行吗？”“可以，就在机舱里拍吧。”绿佳斜靠在位置上，摆了个妩媚的姿势，眼睛里充满了渴望和柔情。

萧枫从取景框里看到了绿佳那双多情的眼睛，他对这双眼睛已经不陌生了，在春节赴台湾采访的过程中，萧枫就经常能从绿佳的眼睛里读到这份柔情和渴望。其实，萧枫也挺喜欢绿佳的，他喜欢那种善良、活泼且又聪明的女孩，而这些他似乎都能从绿佳的身上找到。只是，在萧枫的心里还有不少顾虑，一来电视台的工作时间伸缩性很大，常常是忙得日夜颠倒，无休无止，如果两个人都干新闻，将来谁来顾家呢？更别说要做个好妻子或者好丈夫了！二来就是电视台的这种环境，充满了竞争又过于浮躁，常常会把一个原本斯文的女孩子变得锋芒毕露，甚至好高骛远，而这些都是萧枫无法接受的。至于眼前这个绿佳，他还没有想好是否要走近她。

萧枫把绿佳的目光连同快门一道按了下去，然后笑着把照相机还给了绿佳。

飞机继续飞行在万米高空上。绿佳眯上眼睛打起盹来，渐渐地进入了梦乡：她梦到了自己正和萧枫在一个大花园里散步，天空突然下起雨来，萧枫急忙把上衣脱了下来盖在自己的头上……绿佳甜甜地笑了。

经过近十个小时的飞行，他们终于到达了肯尼亚的首都内罗毕。肯尼亚是非洲东部经济最发达的国家之一，与中国保持着良好的外交关系。在内罗毕调整了一天，他们便启程赶往此次医疗救助的第一站——马萨比特。

萧枫他们的采访也随之展开。白天他们要紧随医疗队到处送医送药，晚上回到住处要做的第一件事，就是立刻把当天采集到的新闻内容，剪辑制作后通过架设在露天咖啡吧里的天线传回台里。每当遇到设备出问题的时候，即便是通宵达旦也要保证将录像在新闻节目开播前发送出去。尽管忙得不可开交，但他们还是从周围的环境中寻找到了许多乐趣。

马萨比特位于肯尼亚的北部，辽阔的原野上覆盖着大片原始森林。他们就下榻在一座犹如动植物园的地方。环顾四周，参天的古树盘根错节，一座座简易的房舍掩映其间，令人称奇的是这里的野生花朵，无论是他们见过或者没有见过的都要比在中国看到的大上好几倍，而且更加鲜艳夺目。

萧枫有时会让绿佳试着将“鸟语花香”翻译成英文来形容一下当地的景象，这可把绿佳给难住了，最后她只好一个字一个字地把它们先翻译成英语单词，再勉强将它们串联起来，结果引得萧枫哈哈大笑。

最让他们感到惊异的是，当地各种鸟儿和猴子就像是一群好客的朋友，时常出没在他们这些远道而来的中国客人四周。每天一大早，当萧枫他们还在睡梦中的时候，这些小动物们便叽叽喳喳起来，等到他们和医疗队整装待发的时候，它们又都一下子跑过来围绕在越野车周围上蹿下跳，还时不时地在摄像杨东的镜头前摆出各种姿态，大方地留影。每到用餐的时候，还会有几只大胆的小猴子，蹲坐在他们的饭桌旁，用可怜巴巴的目光紧紧地盯着你，让你不忍心只顾自己而不和它们分享自己的食物。与大自然如此的亲近，让看惯了高楼大厦的绿佳感到了从来没有过的愉悦。有感于这异彩纷呈的自然美景，萧枫和绿佳他们除了跟踪拍摄中国医疗队的援助情况，也把在非洲看到的各种趣闻剪接成片传回了国内。

到达东非大裂谷的那个夜晚，绿佳到酒店大堂去找服务员要电器转换插座，在经过游泳池去酒店大堂找服务员时，无意发现萧枫正和菲菲坐在露天的酒吧里聊天。看到他们，绿佳几天来的好心情一下子就消失得无影无踪了。为了证实自己的猜测，绿佳又悄悄地从他们的旁边绕过去看了个真切。

绿佳有些失魂落魄地往自己的房间走去，也许是想冲掉心中的烦恼，她一进门就冲进了浴室，任水流尽情地冲洗着自己的头发和身体，可她的思绪却越洗越乱。她不知道为什么突然间无法控制自己的情绪，满脑子都是萧枫的影子。

这天晚上，绿佳躺在床上久久不能入睡，虽然她知道明天一大早就要出发，必须养足精神，但是，她的意志却在那一刻变得如此脆弱。她一会儿对自己说：萧枫不属于我，他和谁交往跟我没有任何关系。可很快她又问自己：他为什么不愿意和我在一起呀？难道他不喜欢我吗？就这样，绿佳在痛苦中挣扎着度过了一夜。当又一个清晨来临时，她已经做出了决定：从现在起，不再对萧枫抱任何幻想！

天有不测风云，一天，医疗队深入到一个边远的山区为当地人看病，在回来的途中突然遭遇了一场大雨，汽车在经过一道山坳时车轮深深地陷进了泥里，无论怎样也无法脱身。当地的肯尼亚向导见状忙跳下去推车，中国医疗队的成员二话没说也跟着跳了下去。眼前的情景感动了萧枫，他一边招呼杨东抢拍下这一组难得的镜头，一边过去帮忙推车，大雨把他们从头到脚淋了个透彻。

回到驻地，萧枫没顾得上休息就把当天的新闻剪接出来传了回去，就在他忙完了手中的活儿正准备去吃饭的时候，一阵晕眩将他放倒在床上。

杨东见状连忙跑到隔壁的医疗队把医生喊了过来，绿佳听说后也急忙赶了过来，紧张地守护在萧枫的床前。

医疗队的王队长为萧枫诊断后说，萧枫正在发高烧，可能是连日的奔波加上淋雨所致。他把药品交到杨东的手里，嘱咐道："记得让萧枫按时吃药，今晚很关键，控制住病情，尽量避免持续高烧。"

王队长走后，绿佳赶紧帮着萧枫把药服下，接着又跑到外面端来一盆凉水，蘸湿了毛巾轻轻地擦拭着萧枫的手臂，为他降温去火。忙完这些后她还是有些不放心，便对杨东说："杨东，今天晚上你到我的房间休息吧。我留在这里照顾萧枫。"

"那怎么行？你要是也累坏了，那可咋办？"杨东坚持让绿佳回去休息。

绿佳心里清楚，这次来肯尼亚只有杨东一个摄像，所以他的任务很关键，想想看，二十多斤的摄像机一扛就是一天，还有手提三脚架。即便是回到住处也不能马上休息，他还得负责把画面传输回去。若是再让他整夜地照顾萧枫，不累垮了才怪呢！于是，她坚决地对杨东说："你要知道自己工作的重要性，如果你累坏了，谁来拍摄呀？要没有了画面，到时我们的电视节目只能改广播了。"

她看杨东还有点犹豫，就接着说："你就放心吧！女人可比男人有耐力和韧性。我身体好着呢，这次主要是你和萧枫辛苦，我可一直在储备力量呢。"

杨东经不住绿佳的一再劝说，只好搬到绿佳的房间休息去了。临走时他还是有些不放心地对绿佳说："有什么情况立即叫醒我。"绿佳点头答应了。

把杨东劝走后，绿佳搬了张凳子守坐在萧枫的身边，她怕自己错过了萧枫的服药时间，就按照医生的嘱咐，把每一次给萧枫吃药的时间全都记在了手机里。

看着昏睡中的萧枫，积压在绿佳心里的怨恨竟神奇般地消失了。此刻，她仿佛觉得萧枫就是自己的丈夫，她愿意为他做任何事情。

绿佳在国外留学时曾经交过一个男朋友，两人在一起生活了一段时间之后，绿佳渐渐发现他原来是一个徒有远大抱负，却无实际行动的人，他可以把他的理想设计得令人羡慕，但却从不愿意为此付诸行动。这让绿佳很失望，并最终无奈地选择了放弃。回国后，当她第一次见到萧枫时心便为之一动，在这之后，通过进一步的接触和了解，绿佳发现自己越来越喜欢萧枫了，她喜欢萧枫的才华，喜欢萧枫的文笔，更喜欢他那有别于其他男生的干净整洁。

整个晚上，萧枫都烧得很厉害，一会儿说胡话，一会儿来回翻身。绿佳就像一个护士一样精心地照料着他，除了让他按时吃药，她还不断地用湿毛巾为他冷敷。就这样，在接近清晨的时候，萧枫的高烧总算退了下来。望着萧枫酣然入睡的模样，绿佳悬着的心渐渐地放松了下来，浓浓的睡意也趁机向她袭来，她摇晃了两下，一倒头便倚在萧枫的床头睡着了。

萧枫醒来后，看着还在睡梦中的绿佳，一阵感动不由得袭上心头。那一刻，萧枫对绿佳有了异样的感觉。

在接下来的非洲之行里，绿佳除了悉心照料萧枫，对杨东也给予了许多关怀。她把自己带来的金银花和菊花等中药材分成三份，每天监督着两个男生喝下，还抢着帮他们收拾行李。这一切，不仅让两个男生深受感动，也让他们看到了绿佳作为一个女人更为真实的一面。

在回国的航班上，萧枫把绿佳的手紧紧地握在了自己的手心里。

国庆节快到了，红翎和紫云坐在台里的咖啡厅里，边喝着咖啡边讨论着这个黄金周期间该制作一档什么样的节目才好看。紫云说最好做一组反映民俗的节目，而红翎则觉得应该从百姓身边的变化来折射这个城市的发展情况。

两人正议论着，刘剑锋急匆匆地朝她们跑了过来，红翎和紫云同时抬起头，看着跑得气喘吁吁的刘剑锋。

“红翎，又出事了！云南发生地震，主任让你赶紧派记者去采访。”事情来得很突然，看来，刚刚有点眉目的报道计划又得重新调整了。红翎对紫云说：“这样吧，我和刘剑锋立即赶去云南，你在台里组织一些配合性的报道。”

紫云想了想说：“我有个想法，今年已经发生了多起地震，你们到了现场之后，把了解的情况及时传回来，我们在台里可以根据你们提供的线索做些分析性的报道。”

“就这样。”红翎说罢，便和紫云、刘剑锋一起往办公室赶去。

“红翎，要不派别的记者去吧？你留在台里指挥就行了。”方浩听说红翎又要亲自出马，便劝说她留下。正在跟秘书预支差旅费的红翎转过身来，笑着对方主任说：“还是我去吧。我对救灾情况熟悉一些。”

“注意安全。”方浩叮嘱道。

两个小时之后，红翎带着刘剑锋跟随救灾领导小组的成员搭上了飞往云南的飞机。

三个小时之后，飞机抵达昆明机场。一行人没有出机场，就直接登上了早已等候在停机坪上的一架直升机。

搭载着救灾小组成员的直升机很快就向着震区的方向飞去。从一千多米的高空往下看，首先映入眼帘的是一片郁郁葱葱的景色，云南素有“四季如春”、“美丽花园”的美称，红翎到过云南的许多地方，对于云南的美，她从来不吝啬自己的赞美之词。但是今天，她不知道接下来将会看到怎样的景象？

半个小时后，直升机已经飞临震区的上空了，向下俯瞰，断裂的公路、毁坏的桥梁，以及倒塌的房屋和滑落的山体依稀可见。眼前的景象让红翎的心不由得紧抽了一下。

“不知道受灾的群众情况怎样啦？”红翎望着也紧盯着机舱外的刘剑锋问。

“估计不乐观。”刘剑锋一脸严肃地回答。

直升机降落在一处废弃的军用机场上，红翎跟着救灾领导小组的成员，又马上登上了一辆面包车。刘剑锋主动要求坐在副驾驶的位置上，汽车没开出多久，刘剑锋就把摄像机扛在了肩上，他透过车窗玻璃拍摄着沿途看到的状况。

道路凹凸不平，汽车在颠簸中行进。

“祁县长，受灾情况怎么样？”事故调查小组的胡主任一上车就通过手机跟受灾县的县长取得了联系。红翎没有能够从胡主任的电话里听到前方的情况，但是，她从胡主任脸上严峻的表情中猜到了问题的严重性。

汽车艰难地开进了县城。昔日热闹的县城已是一片狼藉，街道两旁的建筑大多已经倒塌，只剩下一些残垣断壁，商店的招牌七零八落地散落在路面，县城里最主要的一条道路还被活生生地撕开了一个大口子，持续不断的余震不断刺激着大家紧绷的神经。

刘剑锋扛着摄像机把眼前的景象全部收进了机器。尽管已经到了 9 月底，刘剑锋的衣服还是很快被汗水湿透了。红翎从当地官员那里了解到，据粗略统计，这个县城的受灾面积达到 75% 以上，有许多房屋倒塌，近十万群众无家可归。

在一座废墟前，红翎看到一位年轻的母亲抱着一个三岁的小女孩在那里流泪，她们的家已经在地震中被严重地毁坏了。小女孩的前额上有一道伤口还在流血，见此情景，红翎心里一阵难过，她从包里抽出 1000 块钱塞到了这位母亲的手里。

从灾区回来的第二天早上，红翎刚走进办公室便被紫云叫到了楼道里。

红翎看起来有些憔悴，皮肤也被晒黑了很多。她跟在紫云的身后边走边问："什么事呀？这么神秘。"

紫云把红翎拉到走廊尽头靠窗户的地方站了下来，"我刚听说蓝莹得了抑郁症。你抽空去看看她吧。"

"怎么会呢？她的综艺节目不是做得好好的吗！"红翎吃惊地睁大了眼睛。

"听说是压力太大了，已经有两期节目没有见到她了。"

这个消息让红翎感到很突然。这半个月来她一直都在灾区采访，没想到竟会出这样的事情。虽说在电视台时不时就会传出某某患上抑郁症的消息，但她怎么也想不到蓝莹会得抑郁症，要知道她可是个开心宝宝啊！既没有什么大的野心，心态也很平和，况且，她现在的生活也过得很安逸，可以说想要什么就有什么。她怎么就得了抑郁症了呢？红翎心情变得沉重起来。

当天傍晚，红翎买了蓝莹最爱吃的樱桃，提前下班去看望蓝莹。

红翎站在蓝莹的家门口连按了三次门铃，门才被慢慢地打开。开门的正是蓝莹，一个多月不见，蓝莹的模样着实让红翎大吃了一惊。只见她脸色苍白，两眼浮肿，全然没有了往日清新亮丽的风采，整个人仿佛一下子衰老了许多。见红翎来了，蓝莹那双无神的大眼睛里不经意地闪过一丝亮光，她连忙拉住红翎的手把她引进客厅。

"你还好吗？"红翎坐在沙发上关切地问。

蓝莹没有马上回答，而是呆呆地望了红翎一会儿，才怯声怯气地说："我不愿意上班了，我好累。"

"可能是太紧张了吧,休息一段时间就会好起来的。"红翎拉过她的手安慰着。

这时，蓝莹的母亲拎着两包沉甸甸的食品从外面回来了，她是丢下老伴儿专门赶来照顾蓝莹的。红翎见状忙起身迎上去帮着她把东西拿进厨房。

红翎重又回到客厅后，她的目光停留在墙上的一幅照片上，那是蓝莹在海边拍摄的，照片上的蓝莹是那么的朝气蓬勃，她张着双臂，昂首挺胸地奔向大海，长长的秀发和洁白的披肩，在蓝天碧水的映衬下随风飘舞。这才两年的工夫，眼前的蓝莹却已跟照片上的人判若两人了。

蓝莹的目光也顺着红翎的视线停滞在了那张照片上，她自言自语地说："我好想到一个没有人去的地方，那里只有我。"突然，蓝莹紧紧地握着红翎的手说："我该怎么办呢？我现在一看到演播室就紧张！"

红翎用手搂着蓝莹的肩膀，安慰道："慢慢会好起来的，你现在需要好好休息，知道吗？”

红翎陪着蓝莹坐了半个多小时，直到看着蓝莹把药吃完后才站起身来。

“留下来一起吃饭吧。”蓝莹的妈妈见红翎要走，从厨房里出来挽留道。

“不了，下次吧。阿姨这段时间费心了。”红翎说完拿起包来走到门口，她见蓝莹没有跟过来，便对蓝莹的妈妈说，“阿姨，你多注意一下蓝莹的情绪变化情况。我看最好是能把她送到一个安静的地方去疗养一下。”

“我也这么想呢。”

“我会抽时间再过来看她的。”

“谢谢！”蓝莹的母亲感激地将红翎送出了门。

天还没有黑透，街灯已经亮了起来，宛如一片火海，顷刻间燃遍了整个城市。大街上依然是游移不定的人群，或急或缓，时而向着不同的方向扩散，时而又向同一个地方聚拢。红翎没有开车，也没有急于招呼出租车，她突然想走走，于是就顺着回家的方向，沿着大街向前溜达。

这是一条繁华的大街，熙熙攘攘的人流络绎不绝地穿行在街道的两边，汽车为了躲避行人不得不放慢速度并不时按着喇叭。人群中有刚下班赶着回家的，也有出来闲逛的，他们或匆匆与别人擦肩而过，或驻足在某个商店的橱窗前，欣赏着这个时代的风尚。红翎时不时地避让迎面而来的步行者，间或会有一两束目光向她投来。她偶尔也会默默地目送着和她擦肩而过的人渐渐远去，直到他们消失在茫茫人海中……

红翎走着走着，忽然被眼前的景色吸引住了：一幅长约半公里的人造天幕出现在她的视线里，巨大的人工天幕用五光十色的投影把美丽的海底世界、动物世界和人间的美景接连不断地呈现在人们面前。天幕南北延伸处是两座崭新的建筑，里面集购物、餐饮、娱乐于一体，天幕下是一个巨大的休闲广场，两边排列着不同风格的咖啡厅，不少人坐在露天的咖啡吧里一边品尝着咖啡一边欣赏着头顶不断变化着的天幕，显得十分惬意。红翎纳闷：这里是什么时候变成现在这个样子的？这段时间周边地区的采访不断，省内外倒是跑了不少地方，而自己生活的这座城市反倒变得有些陌生起来。她由衷地感慨：城市的变化真是太快了！

红翎停下脚步，有意要在这里多停留片刻，她想弄清楚这个新的建筑群到底叫什么。她绕到天幕的另一头，终于在入口处发现了几个大字：“世贸天阶”。

天阶？天堂的阶梯？奔向幸福的通道？她正在那里琢磨呢，就见天幕上出现了一片湛蓝的大海，一个身穿橘红色泳装的姑娘潇洒地畅游其中，她身手矫健，体态优美，是那么的无拘无束，那么的令人神往……下面的人或坐或站，有仰头观赏的，有低头玩耍的，在五颜六色的灯影下，每个人的脸上似乎都洋溢着喜悦和憧憬。

红翎痴痴地看着天幕上的姑娘，脑海里瞬间浮现出蓝莹神不守舍的样子。蓝莹目前的状态让红翎很担忧，她知道，蓝莹的事情不能全怪她本人。在当今这个社会里，有太多的机会在诱惑着人们，就像眼前这蔚蓝的大海，海水清澈透明，宁静而温柔，谁都想跳下去，像个鱼儿般在里面自由地翻腾，但又有多少人想过，当你真的跳下去的时候，海水巨大的压力也同时在向你逼近，海水中随时出现的惊涛骇浪每时每刻都在考验着你，你是否有能力游回岸边？其实，每个人一生中都有许许多多的梦想，可是当实现梦想的机会降临到自己头上的时候，又有多少人做好了充分的准备去迎接它呢？理想的光环很耀眼，但并不是每个人都能承受得起的呀！

第二天，红翎利用午休的时间给肥强打了个电话，想跟他探讨一下蓝莹的治疗方案。谁知肥强听完红翎的描述后，竟然很平静地说："这事我已经知道了，你们帮忙想个办法吧。"

"我们当然会帮助蓝莹了，可她现在最需要的是你的帮助呀。"红翎没想到肥强竟然是这种态度，她有点急了，虽然红翎知道这两人从头至尾也只是情人关系，但好歹他们也在一起共同生活了一年多，怎么能见死不救呢？难道这就是被包养的结果吗？讨对方喜欢的时候，你可以呼风唤雨，一旦疾病缠身便面临被抛弃的结局，而且还没有法律可以为你提供任何保护！放下肥强的电话，红翎感到不寒而栗。

其实，早在两个月前，肥强就发现蓝莹有些不对劲了，蓝莹几乎每天晚上都会失眠，在床上翻来覆去地睡不着觉，就算好不容易睡着了，又老做噩梦，一会儿说稿子找不着了，一会儿又说要迟到了，害得肥强有时不得不搬到客房去睡。由于无法正常入睡，蓝莹的情绪开始变得狂躁起来，在那些不眠之夜里，她一会儿戴上耳机听音乐，一会儿又打开台灯看杂志，或者跑到客厅里去看电视。当这些都无济于事的时候，她就把肥强叫醒，不停地跟他讲台里的人和事。晚上睡不好，白天自然就无精打采，到了单位，她总觉得别人都在背后议论她，接着她就害怕去单位上班，甚至连电视也不愿意看了。肥强也不明白，蓝莹现在名气大了怎么会突然变得神经质了呢？刚才听到红翎说蓝莹患的是抑郁症，肥强对蓝莹近期的表现终于有了答案。

肥强在办公室里习惯性地摸着自己的小平头，他也想再帮蓝莹做点什么，只是他不得不为自己考虑。他跟蓝莹的约定已经到期，这一年，他为蓝莹提供了充裕的物质保证，也为蓝莹的事业发展提供了必要的帮助，如果蓝莹还像原来那么可爱，只要她愿意，他可以再包她一年或者更长时间。但是现在，蓝莹的状况不仅不能让他感到快活，恐怕这病一时半会儿也好不起来，自己生意这么忙，岂能背上这个沉重的包袱？想到这儿，肥强决定听从红翎的建议，找个地方把蓝莹送去疗养，费用他出，至于其他的，他就顾不了那么多了。

红翎找到了紫云，简单地把蓝莹的情况说了一下，然后迫不及待地说："我们得为蓝莹找一个疗养的地方，尽快把她送过去。如果再这么下去，蓝莹会彻底毁掉的。"

紫云看着红翎着急的样子，把自己熟悉的地方在脑子里飞快地搜寻了一遍。然后她看着红翎说："看来只好去求高翔了，前段时间我经常听他说去庐山那边讲课，我问问他是否有关系。"

红翎不知道这段时间紫云跟高翔的关系到底怎么样了，为这事再去找他是不是方便？但蓝莹的事情真的不能耽误了。于是，她对紫云说："好吧，你抓紧时间问问，如果联系好了，我们俩利用周末的时间把蓝莹送过去。"

"好的。我马上联系。"紫云说完便去给高翔打电话。

紫云通过高翔的关系很快就在庐山联系好了一家疗养院，并准备和红翎一起利用周末的时间送蓝莹过去。

临行前，红翎在网上搜索了一些有关庐山的资料。她最关心的是那里的气候，根据资料上的介绍，庐山地处中国亚热带东部季风区域，山高谷深，具有鲜明的山地气候特征。不仅冬暖夏凉，到了秋季，气温更加适宜，通常都保持在17℃左右，正是疗养的最佳地点。

红翎很小的时候，就跟着父亲背诵李白那首描写庐山的著名诗句"飞流直下三千尺，疑是银河落九天"，因此对庐山一直心存向往；那部《庐山恋》的电影曾经激起过她的无限遐想。只可惜，她一直没有机会目睹它的壮丽和秀美。

周六早上，红翎和紫云早早地就来到了蓝莹居住的地方。

蓝莹的妈妈已经提前把行李收拾好了，并和蓝莹早早地坐在客厅里等着她们。看到红翎和紫云进来，蓝莹的妈妈连忙迎了上来：“辛苦你们了！真是太感谢你们了！”

“别客气，阿姨，蓝莹是我们的好朋友。”红翎扶着蓝莹的妈妈走进客厅。

紫云已经有段时间没有见到蓝莹了，她一进客厅就急忙来到蓝莹的身边，关切地问：“嗨，你还好吗？”蓝莹一见到紫云，脸上立刻露出了一丝笑容，她伸出双手和紫云拥抱了一下。

就在蓝莹和紫云寒暄的时候，红翎很自然地环视了一圈蓝莹住过的房间，这里除了要带走的两只拉杆箱，其余的东西也都已打包装箱了。看样子，蓝莹回来后不会再住到这儿来了。

这时，肥强的助手到了。肥强还算有点良心，他特意派助手过来，让他协助红翎她们一起把蓝莹送到庐山。

经过两个多小时的飞行，飞机抵达了庐山机场。由于高翔事先已经和疗养院打过招呼，他们一走出机场就坐上了疗养院派来接他们的汽车。

离开机场，汽车很快就绕上了盘山公路。随着海拔的不断升高，周围的景致也在不断地变化着，他们时而穿行于云雾缭绕的山峦之上，时而又匍匐在险峻陡峭的峡谷之中，时而隐匿于遮天蔽日的密林深处，时而又暴露在崇山峻岭的小道之间。

“蓝莹，你看这里有多美呀！”紫云指着外面不断变化的景色兴奋地对蓝莹说。

蓝莹此刻也在东张西望，她附和着紫云说：“真像仙境。”

红翎把身子从车窗旁侧了过来，对蓝莹的妈妈嘱咐道：“阿姨，这里很适合调养，一早一晚多陪蓝莹出来走走。”蓝莹的妈妈对红翎和紫云这一路上的照顾已经深感不安，听了红翎的话她赶忙点着头答应：“知道了，这回多亏了你们，真是太谢谢啦。”

红翎笑着摆摆手说：“说啥谢呀，我们都是好朋友啊！”

“我们就快到了。”这时，专程赶来接车的疗养员指着前方不远的地方说道。

疗养院的夏主任看到一车人左顾右盼，兴致极高，就给大家介绍说：“两三百万年前，当庐山正处于第四纪冰川期时，这里就像一个巨大的冰窖，是当年庐山最大的屯积冰雪的谷地。1954 年，为了蓄水灌溉，人们在此修筑了水坝，于是高峡出平湖，从此便有了青山绿水，山色倒影，相映成趣的美景，同时也为庐山增添了一处胜景。毛泽东主席也曾多次在此畅游呢！”

全车人听到这里，全都情不自禁地“哦”了一声，赞叹中透露出的是无限的向往。

一行人在疗养院把蓝莹和蓝莹的妈妈安顿了下来。肥强派来的助手在服务台把蓝莹三个月的治疗费用一次性付清了。

红翎和紫云要在这里住一晚，第二天再返回。

晚饭后，红翎和紫云拉着蓝莹出去散步。

三个单身女人一同走上了笼罩在暮色中的芦林大桥。此时深秋的晚霞已经渐渐退去，朦胧中，三个人倚着桥栏各自想着心事。

“红翎，你说我们平日那么辛苦工作，都是为了什么呀？”紫云看着将要被夜色吞噬的湖水问红翎。此刻的红翎也正在想这个问题呢，站在这座桥上，呼吸着四周洁净的空气，看远处的山峦不断变换着色彩，她真想把自己融入这湖光山色之中，暂且隐居一时。

一直以来，红翎都认为自己是属于那种没有雄心大志的人，她喜欢电视台的这份职业，但又不愿意追逐名利，她只想尽心尽力地把自己所负责的工作做好，但同时也不想把自己搞得太累。如果有人问她的人生目标到底是什么？她会说：努力工作，体验过程；开心生活，享受人生。

此刻，她看看紫云，又看看蓝莹，然后望着远处的山影说：“如果让我说工作是为什么，我的想法就是趁着年轻努力工作，积攒一些金钱，老的时候可以周游世界。你看这里有多美呀！将来我还想去更多的地方旅游呢。至于说到辛苦嘛，我觉得只要不给自己制定太高的目标，把工作当做乐趣，就不会觉得苦了。”

紫云若有所思地望着暮色中的红翎。她觉得这些话挺有道理，只是，她还需要加上一点，那就是和心爱的人一起周游世界！

而蓝莹自始至终都在眺望远处的那片湖水。

第十三章 新官来了，暗箭防不胜防

古时有个说法，叫『一朝天子一朝臣』，这话用在今天情形也一样。不管谁当上一把手，总希望起用自己认为可信、可靠的人。于是，就会有人要在新官面前极力表现一把——甭管用什么方式。

电视台的改革随着统领新闻频道的人选逐渐浮出水面，各项调整工作即将宣告完成。

整编后的新闻频道看似风平浪静，实际上每个人的心里对未来一把手的人选都抱有某种期待,也或多或少地在权衡着个人在这场变革中的利弊得失。当然，也有人开始四处活动了，毕竟随着新官到任后带来的重新组阁，还是会给某些人带来莫大的希望。

下班的时间已经过了，红翎还在办公室落实着明天的采访事宜。这时，青桐走了进来。

“怎么还没有走呀？”她站在办公室的门口问红翎。

看到青桐主任，红翎连忙站起身打招呼：“主任，您怎么也没有走呢？今天您值班？”

“不用值。”青桐摇着头笑着回答。

红翎见青桐似乎有什么话要说，便把她让到了办公室的沙发上。

“我给您泡杯咖啡吧？”红翎问青桐。

“我可喝不惯那玩意儿！你别忙了，我刚在办公室喝过茶了。”

“主任找我有事吗？”红翎挨着青桐坐在沙发上。

青桐没有马上回答，而是朝四周看了看，然后似乎是不经意地问道：“你知道谁有可能出任新闻频道的一把手吗？”

红翎看着青桐摇了摇头。说真的,她平时不关心这些,部门的记者数量有限，每天都有采不完的新闻，一条新闻别管大小，也无论长短，从外出拍摄、采访，再到写稿、配音、编辑画面，直至送去审片，少说也要忙乎上大半天。每天她忙完新闻采编，还得管理科组，参加各种大小会议，她哪里还有时间去关心台里的人事变动呀！再说，频道最高管理层离她也远了点。

青桐给自己点了根烟，她在考虑怎么跟红翎开这个口。这次频道整合带来的人事变动对她来说很重要。频道原来的一把手已经到了退休的年龄，新的人选竞争激烈，第一副手周光涛被普遍看好。而周光涛跟青桐是老乡，她当然要力挺周光涛登上这第一把手的位置，周光涛也已经暗地里向青桐许诺，如果他上去了，青桐就有望被扶正，这多年的媳妇也算熬出头啦！由于要过民主评议这道关，所有的制片人都有资格参加投票。所以，青桐希望红翎能够把自己那一票投给周光涛。

“这次谁会上呢？”红翎转而问青桐。

“周主任这个人很不错！许多人都希望他能当一把手。”青桐不露声色地说。

“这应该没有问题吧，还有谁能像他那样有竞争力呢？”红翎平时跟周主任不太熟悉，她想，既然原来的一把手退位了，正常情况下第一副职补上去是理所当然的事。

青桐看出红翎心不在焉，便往红翎面前凑了凑，她说：“竞争很激烈啊，几位副手各怀心思，都想上！我听说，如果我们这里不能选出最合适的，台里将从别的频道调个主任过来。”

“真的吗？”红翎没有想过这些。如果从别的频道调一个过来，那又会怎样呢？青桐见红翎低着头在想心事，就接着说：“我们应该力荐周主任上！你想，周主任已经当了六年的常务副主任了，他一直分管新闻工作，对我们的情况十分熟悉。他上，许多事情都会好办。如果从别的频道调一个人过来，他再带些人过来，你想那会是一种什么状况？”

红翎终于明白了，青桐主任今天来找她谈话是为周光涛拉选票呀！红翎知道，电视台从来都不是世外桃源，虽说它是个事业单位但官场上的争斗却从来不逊色于其他行政单位。其实不管谁当第一把手，红翎唯一的希望就是他能够提升整个新闻频道的质量和水平。略微沉思了下，红翎笑着对青桐表了个态：“您放心，我会投周主任一票的。”

“好，我就知道你是个深明事理的人。”青桐见自己的目的已经达到，便站起身来，拉着红翎的手说，“个人的事情怎么样了？该找个人了！总不能老这样吧？”

“主任，这话也是我一直想对您说的，您更应该找个伴呢。”红翎见青桐突然跟她说起了知心话，一时间很是感动。

“我的情况跟你不一样。我有个女儿就够了。”说到女儿，青桐的脸上立刻显露出了一丝得意的表情。红翎听说她的女儿很优秀，几年前考上了北大，现在正准备去美国留学呢。

“可是，女儿大了就不由娘了，还得有个老伴才好。”

“你还是先把自己的事情解决好吧。这么优雅、聪明的女人，一定能找个好丈夫的。有了合适的人选后，第一个得告诉我，知道吗？”青桐疼爱地看着红翎说。青桐对红翎的印象的确不错，在她的眼里红翎一直是那种高贵兼优雅的女人，知书达理，藏而不露。尽管她自己给大家留下的印象离斯文很远，但闲暇时她总喜欢半开玩笑半认真地告诫其他的女记者：你们好好学学红翎，高雅脱俗，含蓄温柔，人家那才叫女人呢！

就在青桐找红翎谈话一周之后，台里发生了一件叫人哭笑不得的事情——

有人以实名制的方式联名给台里监察部门写了封信，揭发周光涛在任期间有违法乱纪的行为。更有甚者，在全体台领导参加的一次例会上，居然在每一位领导的桌面上摆放了一张用电脑打印的匿名信，上面列举了周光涛的三大罪状：其一是廉洁问题，说周光涛这几年利用手中的职权收受贿赂，节目要想播出，不送礼是不行的。他还经常出入高档场所吃喝，接受别人邀请到外地去打高尔夫，洗桑拿。其二是生活作风问题，他经常和几个女主持人保持不正当的关系，她们依仗周的庇护有恃无恐。其三是经常违反交通规则，出了事就让下面的记者帮他解决，连公安局负责人都熟悉他的名字了。

联名信和匿名信犹如一颗定时炸弹，在频道内部和电视台里引起了轩然大波，大家除了特别想知道这周光涛是否如材料揭发的那样之外，还特别关注究竟是谁给老领导上了眼药？周光涛究竟得罪谁了？如果周光涛当不上一把手，谁是最终人选？新领导来了之后，自己能否保住现有的位置？一时间，频道内外议论纷纷、人心惶惶。

这天，许久没有露面的马军招呼一帮弟兄在电视台附近的餐馆里吃饭。他兴致极高，给大家点了羊肉火锅，待烧着木炭的火锅刚一端上桌，马军就举起了手中的啤酒杯：“来来来，大家辛苦了。我先敬大家一杯。”话音刚落，马军一仰脖子把杯子里的啤酒喝了个底朝天。在座的各位积极响应马军的号召，也一下把杯子里的酒喝干了。接着，大家把筷子一起伸向火锅盆，开始涮起了羊肉。

酒过三巡之后，马军看着一桌兄弟说：“这次够那个姓周的喝一壶的了。俗话说，‘三十年河东，三十年河西’。就他，还想当一把手呢！他当初让那个蓝莹主持大型娱乐节目,这里面还不知道有什么猫腻呢。我呀,早就憋着这口气了。”

“马哥，这次如果把周主任扒拉下来，你可立大功了！”马军的小兄弟得意地说。

“立不立功，我倒不在乎，我就是看不惯姓周的那副德行。来，吃，吃，咱们就等好消息吧。”对马军而言，除了周光涛，谁来当这个一把手都无所谓，只要他还能继续当他的制片人就行。他心里很清楚，自己要再往上爬已经很困难了，他的年龄和糟糕的人际关系都是阻碍他爬上主任位置的障碍。他之所以跟周光涛过不去,说白了就是因为蓝莹,既然他无法让蓝莹从主持人的位置上下来,那就不能再让周光涛上去了。只要把周光涛拉下来，他就可以做个随风摆动的墙头草，谁的势力大就倒向谁。

马军正在这边宴请死党，可他没有想到，他的话竟然被隔壁桌的红翎听了个真真切切。这天，红翎刚好在旁边的小包间请朋友吃饭呢，这里的包间都是用活动屏风隔开的，隔壁桌说的话，只要稍微认真听，都能听得一清二楚。红翎万万没有想到，写匿名信告周光涛的人居然是马军！蓝莹曾经跟她提到过这位马军，说他很不地道，看来果真如此。她该怎么办呢？把马军的事情告诉青桐吗？那接下来又会发生什么事呢？思前想后，她决定暂时把这件事情压在心里。

一周后的一个下午，周光涛正坐在办公室里整理着面前的一大堆文件，一会儿他将主持召开全频道主任会议，突然桌子上的电话铃响了起来，是台长办公室打来的，通知他立即到台长办公室开会。

周光涛拿着笔记本匆匆走进台长办公室，一进门才发现，除了台长，人事办主任也在场。周光涛暗想，难道是要宣布频道的人选了？他没露声色，心里暗自盘算并期待着。

台长招呼周光涛坐下之后，请人事办主任宣读了一份文件，文件上这么写着：经台领导研究决定，调科教频道总监谭启明出任新闻频道一把手。原副主任周光涛为常务副主任，协助谭启明做好新闻频道的工作。

这个决定，仿佛一记重拳砸在周光涛的心里。

怎么会这样？难道台领导相信了匿名信？他很失望，他一直期待的那个位置又一次与他擦肩而过！他用目光迅速扫了一眼台长，然后屏住呼吸等待下文。

沉寂了片刻，台长站起身来走到周光涛的面前，拍了拍他的肩膀说：“谭启明是个很有想法的领导，今后你要好好配合他的工作。”周光涛勉强挤出一丝笑容，连忙点头说："一定，一定。台长放心，我一定配合好他的工作。"

一切已成定局，周光涛脚步沉重地离开了台长办公室。

周光涛把自己关在办公室里，他从抽屉里翻出一包烟，从里面抽出一支点上，这烟还是很久以前一位老部下来看他时给他的。周光涛平时不怎么抽烟，如果没有人把烟塞到他手里，他根本想不起来拿烟。此刻，他却非常想抽上几口！

俗话说："多年的媳妇熬成婆。"周光涛原本以为这次调整，台长就算不念他这些年为频道作出的贡献，就是排队轮，也该轮到自己了。这下可好，从外面调来个谭启明，这个谭启明据说颇有来头，比自己年轻，一时半会儿走不了，如果要耗，肯定是耗不过他的。而且自己已经没有了下一届的机会，因为到那时，自己早过了升迁的年龄。这全都是那些匿名信闹的！这些莫名其妙的指控，不仅严重诋毁了他多年来树立起来的形象，重要的是它把自己的升迁之路彻底堵死了，至于自己的清白，他相信监察部门会还他一个公道的。

半个小时之后，周光涛给青桐拨了个电话，让她到自己的办公室来。

青桐一进门就问："下午的会议怎么临时取消了？"周光涛看着青桐摇了摇头，停顿了片刻，有气无力地说："台里从科教频道把谭启明调来当一把手，明天他就走马上任了。"

"什么？怎么会是这个结果？"青桐的吃惊和失望程度一点儿不亚于周光涛，她原以为周光涛这次一定能够胜出，如果这样的话，自己也就能从坐了八年的部门副主任的位置上解放出来了。可现在，这个结果迫使她不得不重新规划自己的仕途。

俗话说，"新官上任三把火"。电视台改革的重头戏，随着谭启明的走马上任在短时间内迅速尘埃落定。

谭启明接棒第一周就搭建起了新的组织框架，把台里原来分散在不同频道的新闻采编队伍统统纳入到新闻频道，组成新的新闻采编部等十个相关部门。第二周，谭启明又组建了新的领导班子。正所谓"一朝天子一朝臣"，原来老主任提拔上来的那批干部要么被移动了位置，要么被调出新闻频道，一群善于开拓创新的年轻干部占据了半壁江山。鉴于原来新闻部的成熟运作和人员实力，频道决定：原来新闻部的方浩、庄政和青桐三位主任继续留任，由他们带领新的新闻采编部完成过渡时期的工作。

这一次的改革带来的震荡直接触动了每一个人的切身利益。整个过程可以说是暗潮汹涌，许多人在寻找自己的位置的同时，免不了要牺牲掉别人的利益，更为险峻的是这场改革宛如大浪淘沙，把鱼、虾甚至沙子也一块儿带了出来，有生存能力的乐观其变，没有真本事的开始惦记着如何离开了。

谭启明是从广播电台调过来的，尽管他也是科班出身，并干了二十年的广播，但毕竟才到电视台一年有余，对电视这行难免有些生分。想要在这个号称藏龙卧虎的地方打开局面，不拿出点真本事，耗费些精力，恐怕难以服众。

谭启明走马上任后要做的第一件事，就是尽快熟悉下面各个部门的情况，然后对症下药。除了一个接一个地找人谈话，多渠道听取意见，就是尽量参加各个部门召开的会议和组织的活动。

这天，谭启明在周光涛和方浩、庄政、青桐的陪同下，参加新闻采编部组织的成立大会。

按照以往的惯例，这一次采编部也是在电视台附近的一家酒店里包了一间多功能厅，与以往不同的是，这次会议是新闻频道成立后首次召开的会议，以前分属各个频道和栏目的新闻记者、编辑全部归在了一面大旗下，所以他们专门找了一个能容纳五百多人的宴会大厅。听说频道新一届的领导成员也将全部到场，采编部的主任们都有些受宠若惊，他们不仅将自己的发言稿反复斟酌了好几遍，连节目单也仔细研究了一番，几个主任还特意嘱咐负责文艺表演的人员一定要在组织、策划时加上欢迎频道领导光临的内容，其中包括邀请新任领导上台讲话并表演节目等等。而负责当天节目主持的除了当红主播，在庄政的提议下，还加上了橙欣。

这是谭启明上任以来首次在公开场合正式跟大家见面。他刚一露面，庄政就率领全体记者、编辑及员工起立鼓掌，并大声说道："大家欢迎频道领导的光临。"

谭启明笑容可掬地跟大家挥了挥手，然后在主席台上就座。只见他天庭饱满，鼻梁高挺，嘴角分明，目光有神，虽然已过不惑之年，但由于长期坚持体育锻炼，谭启明的身材依然保持得很好，就连气色也比同龄人显得光亮润泽，再加上他那一米八几的身高以及温文尔雅、深藏不露的气质，一亮相，就立即博得了记者、编辑，特别是女主持人、女记者的青睐，有人毫不犹豫地就把帅哥的头衔扔给了他。

方浩的讲话导向明确，强调要在新一届领导的带领下，再创佳绩；庄政的讲话言简意赅，突出强调了新的新闻采编部的特点；青桐的发言极富人情味，希望来自不同部门的人员团结一心、携手努力。

"下面，我们请谭总监给大家讲话，大家欢迎。"庄政刚一宣布，下面又是一阵骚动。

谭启明把面前的话筒扶正，望着围坐在三十几张餐桌边的五百多号人，清了清嗓子开始发言。讲完开场白，谭启明又从当今国际新传媒的发展趋势讲到了电视媒体间的竞争态势，他的讲话让全场的每一位记者、编辑都获益匪浅。坐在下面的红翎和紫云等到谭启明的讲话告一段落，才转过头来相视一笑，她们私下里喜欢把频道的领导叫“道长”，此刻，从她们的眼睛里能看出她们为频道来了位有才华的道长感到欣喜。

领导的讲话全部结束后，联欢和聚餐正式开始，三十几桌同时上菜，场面一下子就活跃了起来。

谭启明在几位主任的陪同下，端着小杯的红酒轮流给大家敬酒。让大家惊讶的是，这位新道长的酒量深不可测，他不仅跟每一桌的每一位员工碰了杯，还几乎桌桌杯干见底。当他来到红翎他们这一桌时，居然不假思索地喊出了红翎的名字：“红翎，我经常看你的报道。以后可要继续努力呀！来，来，大家辛苦了！”“谢谢领导！”红翎恭敬地和谭启明碰了杯。

“谭总监，我想单独跟您干一杯，行吗？”紫云端着酒杯走到谭启明的面前，对于自己欣赏的对象，紫云从不放弃机会。

“好啊！早就听说记者都能喝酒，果然不错。”谭启明没有推辞，他让服务员把手中的酒杯重新斟满，然后很有风度地一饮而尽。紫云见谭启明如此爽快，当然也不甘落后，她痛快地喝干了杯子里的酒，并向谭启明送上了一个深情的眼神。

当谭启明巡视一圈，重新回到自己的座位上时，演出开始了。

橙欣今天打扮得很时尚，一件露背低胸的红色长款礼服配以黑色的高跟鞋，使她显得更加亭亭玉立。除了主持节目，她还有一个独唱表演。庄政事先已经嘱咐过她，要尽量在谭启明那里留下个好印象。橙欣对此心领神会。

橙欣一上台便表现得活力四射，她用高分贝的语调先声夺人，与男主持人一道用幽默和略带调侃的语言，把在座的每位领导的特点、个性轮流梳理了一番，她在舞台上极尽妩媚，并对每一位领导投去微笑。

节目进行到高潮部分时，橙欣再次登场。她这次是独唱表演，挑选的曲目是梅艳芳那首著名的《女人花》。她模仿着梅艳芳特有的浑厚女中音，尽量把歌曲诠释得凄婉动听。

当唱到“只盼望，有一双温柔手，能抚慰我内心的寂寞”和“遍地的野草，已占满了山坡，孤芳自赏最心痛”这几句时，橙欣已经把自己的情感完全融入到了歌词中，庄政在一旁不露声色地观察着谭启明的表情，他发现，谭启明听得全神贯注，橙欣的歌声似乎也打动了他。庄政不由得露出了一丝诡异的微笑，他对橙欣的表现非常满意。

一曲下来，橙欣博得满场欢呼声，下面还有人大声喊道：再来一个！

见现场的气氛不错，庄政灵机一动，走到方浩面前："老方，是否在中间穿插一段交际舞，让大家放松一下？""地方不够大吧？"方浩环顾了一下周围的环境。"没关系，把前面的桌子往后挪挪，让几个主持人陪领导跳跳就行了。"

方浩点头答应后，庄政立即让服务员过来帮忙，把前面的一块空间腾了出来。

华尔兹的舞曲很快就响了起来，现场的灯光也暗了下来。这时橙欣大方地走到谭启明的身边，把右手向下一划："领导，请您跳支舞吧。"

谭启明没有想到会有这一幕，事先缺乏足够的思想准备。好在他在学校时就有"舞王"之称，基本的舞步还算娴熟。他礼貌地站起身来，对橙欣说："好久没有跳了，恐怕要献丑了。""我也跳得不好，希望您好好带带我。"两人说着便步入舞池。

谭启明开始还有点难以适应，但很快就找到了感觉，无论是转身，还是滑步，都与橙欣配合得异常默契。橙欣的红色礼服在场内飞舞旋转着，宛如一团燃烧的火焰，把许多人看呆了。

一曲终了，场内再次爆发出一阵欢呼声。谭启明额头上已经渗出些许汗珠，他抱了抱拳，向大家做了个感谢的姿势，然后回到了座位上。

在当晚的欢乐气氛中，有两个人却怎么也乐不起来，那就是周光涛和青桐。

周光涛现在的处境很尴尬，原本非己莫属的位置，竟然被半路杀出的程咬金给抢了，自己还为此惹来一身骚。且不说何时才能平反昭雪，背负着这样的"罪名"，总让他在干工作时觉得有些缩手缩脚。

而青桐则另有一番心思，看着庄政满场张罗，再瞧瞧橙欣那个小妖精急不可待地向谭启明献媚，青桐的气就不打一处来。看着看着，突然，一个念头闪现在她的脑海里：谭启明初来乍到，急于了解各个部门的情况，自己何不利用这个机会，主动向谭启明汇报一些情况，一来可以接近上级领导，二来也可以在谭启明那里先奏上庄政一本，让他远离那个小妖精。想到这里，青桐端着酒杯，毕恭毕敬地来到谭启明的身边："启明，我敬您一杯！您不仅年轻有为，而且舞也跳得相当不错，佩服呀！我先干了。"青桐没等谭启明发话，已经把满满的一杯白酒倒进了胃里，她把杯口朝着谭启明晃了晃，谭启明见状也连忙把自己杯子里的红酒喝干了。

星期一上午，青桐开完频道会议后，没有马上离开，她故意留下来和秘书东拉西扯，她在找机会单独面见谭启明。

当她看见谭启明从会议室回到办公室后，她跟秘书招了招手，赶紧跟了过去，在敲门之前，她下意识地整理了一下自己的衣领。

“来来，请进！”谭启明看见青桐进来了，连忙起身，一边把她往里让，一边把办公室的门敞开了。

青桐没有马上在沙发上坐下来，而是仔细地打量着谭启明办公室里的布置。这里曾是原来一把手的办公室，只不过换了主人之后，有了一些新的改变：办公桌正前方的那一排电视机里，除了有自己频道的节目之外，还有目前国内最具竞争力的几家电视台的节目和一些国际著名的几家大的通讯社，像 CNN，BBC 等的电视节目。办公桌的背后是一大排书架，办公桌上除了两部电话和一些文件，还摆放着两个小盆景，一盆是雅致的文竹，另一盆则是霸气十足的仙人球，这两样东西倒是很符合谭启明的性格。

“快请坐！”见青桐还站在那里四处张望，谭启明再次说道。

青桐在沙发上坐了下来，她看着谭启明说：“启明，你的办公室布置得真不错。不像我们的办公室，什么都有，太乱了！”

“我这也是刚搬来，时间一长也难免杂乱无章。”谭启明明白，青桐今天来办公室找他，绝不是来赞美他的办公室的。他望着她手里拿着的那个大笔记本，心想：她到底想说什么呢？

“启明，你刚来没多久就到处调查研究，对下面的情况应该有个大致的印象了吧？”

“只能说是大概吧。有些事情要慢慢来。对频道的工作，你有什么建议吗？”

青桐看着谭启明，她知道他的时间安排很紧，便直奔主题。

“作为我们这一级的干部，最主要的就是要很好地贯彻频道的思想，对于频道作出的决定，我们会无条件地服从。”青桐先是坚决地表了个态。然后，她开始按照事先准备好的思路，从新闻采编部面临的挑战到人员的素质培训、经费的合理使用等等问题，一一道出。

她看谭启明不时地点头并在本子上做着记号，胆子便开始大了起来。她把主要的方面讲完后，迟疑了片刻，见谭启明还在等着她继续说下去，就清了清嗓子说："另外嘛，有一个现象不知道该不该说……"

"你说吧。"谭启明鼓励她。

"目前，新闻采编部整体的风气还是不错的，记者、编辑也都很努力。但是，也有个别人利用职权，跟下面的员工保持着不太正常的关系，这多少会在新组建的队伍中产生一些不好的影响。"青桐继续说。

"能够说得具体点吗？"谭启明觉得青桐反映的问题自己应该掌握。

"这……"青桐有点犹豫。

"没关系，放心说吧！我给你保密。"

"是这样的，根据下面员工的反映，庄政对橙欣一直有些过分关照。至于两人的关系发展到了哪一步，我也不好说，因为没有抓住什么确切的证据。但是，作为部门的领导，凡事要出于公心，要做得让下面的记者心服口服才是。"青桐在谭启明的引导下，终于把她所掌握的情况全都说了出来。在点到橙欣的名字时，她特意加重了语气，以示对此类行为的不屑和谴责。

"我还听下面有记者开玩笑说，橙欣陪庄政跳支舞就能参加重大的新闻报道，要是再陪他睡一晚，恐怕就能当新闻主播了……"青桐正准备顺着这个话题继续揭发批评庄政，突然，她看到谭启明低头不语，便知趣地连忙打住。

"你对方浩这个人怎么看？"谭启明突然问起了她对方浩的印象。

因为事先缺乏思想准备，青桐心里没底，她不知道谭启明的问话究竟是何用意？在没有完全搞清楚谭启明对方浩的看法之前，青桐告诫自己一定要慎重。她犹豫了片刻说道：

"方主任这个人还是挺不错的，他在管理方面很有经验，在许多事情上也能秉公执法。但是，他在处理某些事情上显得不够果断……"青桐边说边留意着谭启明的表情，她知道，上述这些话对方浩肯定的成分占了多数，也还算比较客观，即便谭启明有一天把这些话告诉了方浩，对自己也没有什么大的影响。

"好，我知道了，今天就到这里吧，一会儿我还有个会要开。以后有什么想法和情况，可以随时找我谈。"谭启明看了一下手表，站了起来，把青桐送到了门口。

"打扰你了。请留步。"青桐如释重负地跟谭启明打完招呼，转身来到电梯口。青桐今天终于把憋在心里的话吐露了出来，感觉一下子轻松了许多。

在等电梯的当口，青桐见庄政夹着个本子从另一部电梯出来，便假装没有看见，低头查看着手机短信，透过眼角的余光她看到庄政走进了隔壁的会议室。

其实，庄政在步出电梯的时候就发现了青桐，本想上前招呼一声，但见青桐正在忙着看手机信息，加上频道召集的部门主任会议马上就要开始了，于是便与她擦肩而过快步走进了会议室。可他的心里还是横生一丝疑惑：青桐刚才是从哪间办公室出来的？她干什么去了呢？

在临时召集的主任会议上，紧急传达了上级机关有关做好媒体反腐倡廉的通知，由于近期接连发生了几宗媒体人借手中便利收取、索要被采访单位金钱的事件，上级希望记者、编辑以此为鉴。会议结束后，庄政合上手中的笔记本，正准备起身离开，看谭启明朝他招手，便走了过去。

会议室只剩下谭启明和庄政。

"庄主任，新闻采编部是最直接和被采访单位打交道的部门，回去跟大家开个动员会，反复说说，提醒大家注意。如果我们的记者在这个时候顶风作案，那可不能轻饶啊！"谭启明把上级的通知变成自己的决断，向庄政又重复了一遍。接着，他好像无意地问了一句："哎，你们部的那个橙欣很有表演天分嘛，听说以前是歌舞团的？"

庄政被谭启明这么冷不丁地一问，心里不由得一怔，他不知道谭启明的用意何在。是随便问问，还是另有企图？庄政为官的时间虽然不长，但耳濡目染，深谙官场里的门道，他清楚，在没有摸清领导的真正目的之前，不能随意说话。

"橙欣来电视台之前在一家歌舞团待过。刚来时什么都不会，但她很用功，肯学习，所以进步很快。当然，要成为一流的记者还有距离。"庄政的这番说辞既回答了谭启明的提问，又不偏不倚地介绍了橙欣，给人留下一种很客观的印象。

"好，今后部门在使用人的问题上，要有长远的目光，多培养一流的记者，让像红翎这样优秀的记者多做些传、帮、带的工作，在部门里形成梯队结构。"

"我明白。领导的提醒正是我们今后需要注意的地方。"

"好，那就赶紧回去吃饭吧。"谭启明说完站起身来。

庄政也跟着站起来道："那我走了。"说完，他离开了会议室。

谭启明为什么会突然问起橙欣的事情？庄政边走边琢磨：这个谭启明虽然和自己的年龄不相上下，但城府很深！自己在他面前还是小心为好，俗话说小心驶得万年船。不过，倒是可以让橙欣在适当的时候再试试他的深浅。

回到办公室，秘书已经把盒饭放在了他的办公桌上，庄政晃了晃脑袋，暂时赶跑了刚才的胡思乱想，打开饭盒大口地吃了起来。

第十四章　你能抵挡住诱惑这颗子弹吗

我们正处在一个物质极大丰富的年代，从面包、牛奶，到飞机、游艇，我们的面前有太多的东西可供挑选。同时我们也面对着一个充满诱惑的年代，我们的身边有太多五光十色的东西，吸引着我们往前走……

7点刚过，红翎就被宾馆服务员的电话叫醒了："周厅长在楼下等你们吃早饭呢。"红翎挣扎着从床上爬起来。按照先前和周厅长的约定，红翎此次是重返保护区。她昨天夜里下了飞机，又坐了两个多小时的汽车，很晚才赶到这里。此刻真想再多睡会儿。

红翎拨开窗帘往外看，太阳已经开始露头，边关小城的早上一片宁静。她对着窗外做了个深呼吸，强打起精神，开始在房间洗漱。红翎还和当年一样穿了一身短款的牛仔衣，只是，现在这身牛仔服比起当年那套更有时尚的感觉。

半个小时后，红翎和摄像记者一起走进餐厅。周厅长和陪同官员已经全都等候在那里了。

"二位记者，周厅长今天特地要陪你们一起去保护区。我们现在赶紧吃饭，8点半准时出发。"红翎他们刚一落座，负责接待工作的小张就给大家宣布了今天的行程。

周厅长今天身着一件干净的竖条衬衣，此刻正深情地注视着红翎。红翎冲他微微一笑，端起桌子上的大米粥喝了起来。

8点半，红翎和摄像记者拿着拍摄器材走到政府大院里，这时小张急忙跑过来对红翎说道："请你坐周厅长的车。刘记者跟我们上后面那辆车。"

红翎被带到周厅长的车上，和周厅长并排坐在了后面的座位上。

汽车很快就驶出市中心，向保护区的方向开去。周厅长眯起眼睛凝视着前方，他在认真听着坐在前面的一个处长的汇报。当汽车开上101国道时，道路两边出现了大片庄稼地，入秋时节，田里的农作物片片金黄，一望无际。红翎难得见到如此醉人的北国秋天，她把脸紧贴在车窗玻璃上，贪婪地注视着窗外的景色。

这时候，坐在前面那位处长的汇报已经告一段落，周厅长借着车内深色窗帘布的遮掩，一面随着红翎的目光若无其事地欣赏窗外的景色，一面伸出手来大胆地把红翎的手攥在自己的手心里。顿时，一股暖流传遍了红翎的全身。

红翎没有拒绝周厅长的这个举动。从她答应重返保护区那刻起，她就预感到会发生什么。其实对周厅长红翎原本就不生疏，并早已经从刚开始的敬佩发展到了有一丝喜欢。此刻她也装作若无其事的样子继续眺望着窗外的景色。

汽车走了将近一个多小时，在一片开阔地停了下来。坐在前面的处长扭过头来对周厅长说："厅长，保护区到了。"

红翎跟着周厅长迈出汽车。

哇！好清新的空气！久违了，保护区！眼前辽阔的大草甸像一张巨大的金色地毯，随处可见茂密的芦苇，远处一群丹顶鹤正在水塘边觅食，这一切着实让人心旷神怡。上次因为采访的重点是抗击洪水，对周边的环境来不及细看。这次，红翎决定好好地补上这一课。

红翎一下车，立刻就进入到了工作状态，她向摄像记者发出指令："赶紧拍，先从远处调大全景，然后把镜头推上去拍丹顶鹤的特写。"

红翎交代完毕，就独自一人跑到另外的地方选择拍摄角度。

周厅长和随行的一群人在后面紧跟着红翎来到一群丹顶鹤的附近。

保护区的丹顶鹤长得十分强壮，差不多有红翎半个人那么高，它们对远方的客人似乎并不害怕，自顾自地悠闲漫步。

红翎平时很少去动物园，因为她不习惯动物园里的味道。但当她第一次在野外见到这么多丹顶鹤时，还是难掩兴奋之情，她从一位工作人员手里要了一些食物，试图和丹顶鹤亲近。但是，丹顶鹤根本不买红翎的账，总是和她若即若离地保持着一定的距离。红翎有点失望了。

周厅长这时候走上前来，他接过红翎手中的饲料，很有经验地吹了声口哨，然后把饲料向半空中抛去，一大群丹顶鹤立即聚拢过来。红翎高兴地拼命拍手，她佩服地看了周厅长一眼："看来，它们对你还挺有感情的。"

离开丹顶鹤群，红翎忙着去向工作人员了解丹顶鹤的生长情况。而周厅长这时把保护区的一位工作人员叫了过去吩咐道："去附近抓一些活鱼回来，中午招待从远方来的记者。"

保护区为了保护周围的生态环境，一直没有建造像样的餐厅，所有的工作人员长期都在简陋的厨房里做最简单的饭菜。红翎他们的到来让这里的工作人员在准备饭菜时感到了为难，其中一人悄悄对周厅长说："厅长，我们这里除了盐，没有任何调料，抓来的鱼只能白水加盐了，你看怎么办？"

周厅长摆了摆手说："一切从简，不要破坏这里的规矩。让从大城市来的记者也尝尝什么是原汁原味。"

当红翎他们的拍摄告一段落时，保护区的工作人员已为他们准备好了一顿简易的午餐。在一张用木板门搭成的饭桌上放着一个洗脸盆，里面装着几条煮熟的大鱼，另外还有两盘青菜，一盘咸菜。

周厅长对红翎说："今天主要是让你们尝尝保护区里没有污染过的鱼，别的我们回城里去吃。"

红翎看着脸盘里几条没有任何颜色变化的白水煮大鱼，暗自嘀咕：没有姜丝和调味品做的鱼，能好吃吗？她试探性地用筷子夹起一小块放进嘴里。

就在鱼肉和舌尖接触的一刹那，红翎几乎不敢相信自己的味觉，她敢说自己还从来没有吃过这么好吃的鱼肉，这个"好"可以用一个字来高度概括——那就是地地道道的"鲜"。红翎表情中的细微变化被周厅长看在眼里，他和工作人员交换了一下眼神，会心地笑了。

这顿饭让红翎在享受纯天然食物的同时，既填饱了肚子，又加深了对保护大自然意义的理解。

下午，红翎决定要带着摄像记者去爬林区那座最高的瞭望塔，拍摄保护区的大全景。周厅长试图阻止她，但红翎坚决要上，周厅长只好吩咐手下做好保护措施。

红翎跟在保护区工作人员的身后，敏捷地登上了几十米高的瞭望塔。

极目楚天舒！站在高高的瞭望塔上，红翎情不自禁地大叫了一声："哇！太壮观了！"她是第一次看到了真正意义上的原始森林，举目远眺，四周是郁郁葱葱的林海，绿色的林木从她的脚下无限地伸向远方，在天边和苍翠的群山一起融入了湛蓝的天空，真是美不胜收啊！她被眼前的景色陶醉了。尽管瞭望塔上的风很大，红翎还是贪婪地饱览着四周的一切，此刻她真想变成一只小鸟在绿色的林海上空尽情飞翔。

就在红翎他们得意忘情的时候，塔底下的周厅长可犯了急，他两手交叉放在胸前，仰着头注视着瞭望塔上的红翎，他越看越担心，并不停地向红翎和其他人打手势，示意他们尽快下来。

当红翎从瞭望塔上的最后几阶梯子上跳下来的时候，一抬头，正好遇到了周厅长那双关爱的眼睛。

"你真够大胆的，我们这里一般女同志根本不敢上去。"周厅长半是担心半是赞扬。

“我是记者！感觉要从心底里来。”红翎顽皮地向周厅长做了个鬼脸。

从保护区回城里的路上，周厅长“故伎重演”，他把红翎有些冰凉的手又一次紧紧地攥在自己温热的手心里。

当天晚上，周厅长特意吩咐当地市长为红翎他们安排了一场联欢晚会，他把市歌舞团的演员全部招呼过来跟红翎他们见面，接着就用点将的办法把歌舞团最优秀的节目一一展示。

几个演员的独唱让红翎发现，他们的天赋很好，声音一点儿都不比北京那些大歌星差。她感慨地对周厅长说：“他们的唱功很不错，要是有人能发现他们，把他们带到北京去，一定会大红大紫的。”

“好呀，那就请你多关照我们这个小地方吧。”周厅长说完，自己先乐了。

表演告一段落后，是晚会安排的交际舞时间。如今在大城市里，已经很少有人跳交际舞了，除了在夏季，除了在露天的广场，除了那些离退休的人员，但是，在这里，它依然是公开场合的一个保留项目。周厅长款款地从座位上站起来，第一个向红翎发出邀请。

伴随着华尔兹快三的节奏，周厅长用强有力的手臂搂着红翎的腰，并很快带她旋进了舞池中央。

现场的灯光开始暗了下来，一个巨大的银色圆球在众人的头顶上旋转，把场内的环境照耀得斑驳离奇。

周厅长迈着娴熟的舞步，带着红翎在场内转了一圈。红翎从周厅长那渐渐靠近自己的身体能感觉到对方雄性荷尔蒙的急速扩张，红翎敢说这种加速度般的扩张，绝不仅仅是因为交际舞焕发出的巨大运动量。

这天晚上，周厅长几乎没有邀请其他人跳舞，而红翎在周厅长的带领下跳了一支又一支，到最后她已经能够轻易地嗅出周厅长身上释放出的独特的男人气味。

晚会结束后，红翎有些疲惫地回到自己的房间里。她刚一进门，周厅长的电话就追了过来，他在电话里几乎是命令式地说：“你先休息一下。我晚一点儿过去！”

红翎刚想委婉地说“不”，但电话已经挂断了。

半个小时以后，周厅长轻轻地走进了红翎的房间。

一切来得太迅速了，当红翎坐在床边还有些心神不定的时候，她已经被周厅长紧紧地搂在了怀里。

周厅长像一座孕育了很久的火山一样突然迸发，他已经没有了白天在众人眼里那种不苟言笑的威严形象，而还原成一个地地道道的本色男人。

“亲爱的，你听我说，我一直很喜欢你，希望能和你一起生活！从今往后，你就给我当老婆吧。我会好好呵护你，我有能力，我会把你当女皇那样宠着。”

红翎睁大眼睛看着周厅长，这样的语言，这样的结果她从来没有想过！尽管红翎对周厅长的印象很不错，她喜欢他的气质，喜欢他的才华，喜欢他柔中带刚的霸气。她也相信，周厅长会很好地待她，给她需要的一切。但是，之前她已经从周厅长的秘书那里了解到，周厅长的夫人几年前患了脑中风，一直瘫痪在床。周厅长这些年一心一意尽心服侍着夫人，竟然没有怨言，周围的人都非常敬佩他。可是现在，因为自己的出现，周厅长要对自己过去的所作所为说不！这样的结果，红翎无论如何不能承受！

红翎从周厅长的怀里挣脱出来，从沙发上拿起自己的外套穿上，她看着周厅长说：“真的很抱歉！你希望的，我做不到！我一直告诫自己，不能把自己的快乐建立在别人的痛苦之上。你精心维护了这么多年的形象，不要因为我轻易地毁掉。我希望你能善始善终，不要像社会上一些官员那样，经不起各种诱惑，最后把自己的大好前途葬送了。我希望看着你在这个位置上好好经营。别让我失望，好吗？”

红翎的拒绝，让周厅长冷静了下来。沉默之后他走到红翎身边，把她再次揽入怀中，轻轻地说：“谢谢你！你真好！我会把你当做我的红颜知己！”

国庆节后，谭启明准备亲自率队前往欧洲，参加中法文化交流年的活动。在庄政的坚持下，橙欣被派去随队采访。

部门在确定采访记者的名单时，方浩征求庄政和青桐的意见，青桐说应该让红翎去，这是频道领导第一次出访，应该派个制片人去比较合适，而庄政却坚持说让橙欣去。他的理由是：橙欣跟谭启明还算熟悉，沟通起来会更顺畅，再说，部门一直以来都是轮流派记者出国，这次轮也该轮到橙欣了。方浩权衡之后，同意了庄政的意见。方浩之所以同意让橙欣去还有一个考虑，那就是接下来，台长马上也要出访，届时部门也得派人随行，还是让红翎跟台领导更稳妥一些。

总算可以出国了！而且还可以一次去三个国家！橙欣看到庄政发给她的短信后心里别提多美了，她知道这全是庄政的功劳，看来他还真是个说到做到的君子！橙欣现在已经越来越离不开庄政了，她在手机里找了一个红嘴唇的表情符号给庄政回复了一个“吻”，脑子里盘算着，如果哪一天，他能完全属于自己那该多好呀！

临行前，庄政特意把橙欣约了出来。他们又去了城南的那家餐厅，就是上次被紫云遇到的那个地方，这里毕竟离电视台远一点，可以避免一些不必要的闲言碎语。

橙欣穿着一件剪裁合适的橙黄色的风衣，昂着头，目不斜视地跟着庄政走进餐厅，连人带风衣旋风般地落在了座位上。

“想吃点啥？”庄政手里拿着菜单询问道。

“我听你的。”橙欣声音尖中带脆，摆出一副公主的派头。其实，能跟庄政一起出来吃饭已经令橙欣很高兴了，至于吃什么，那都无所谓。

庄政刚想点菜，却突然像是发现了什么似的，他把眼睛从菜单上转移到橙欣的身上，有点怀疑地问："这件风衣有点眼熟，我帮你买的？”

橙欣没有马上回答，而是腾地站起身来，在原地来了个360度的旋转，然后又迅速坐到了庄政的身边，她笑嘻嘻地反问："效果怎么样？穿在我身上还行吗？”庄政不停地点头："挺好！挺好！”庄政爱怜地看着橙欣说："我说大小姐，先脱了吧，这里面可够热的。”橙欣露出些许不舍的神情，把风衣小心翼翼地脱了下来，然后折叠整齐放在椅背上。

菜点好了，庄政悠然地点上了一根烟。“这次去欧洲高兴吗？”他笑眯眯地望着橙欣问。

“那当然！我就穿这件风衣去。听说这个季节那里也挺凉的呢。”

“别净顾着美了！我说，你这次跟谭启明出去，一定要用点心思。”

“怎么用心思？你说我听着。”

“对谭启明这个人，既不能过分热情，但也不能不闻不问。”

“那该怎么办呀？”橙欣听到这里有点急了，她做事喜欢极端，中庸之道对她而言实在是太难了。

庄政很了解橙欣的脾气，要不然，他也不会专门把她找出来面授机宜。于是，庄政不厌其烦地把对待谭启明的策略逐字逐句地说了一遍。

“我明白了，到时我会把情况及时告诉你的。”

“好的，最好发邮件。外国的宾馆里都可以上网。”

“可是我的手提电脑太重啦！”

“用宾馆里的。”

“那很不方便的，而且都是英文的。我的英语水平只够勉强要点吃的、喝的。”

庄政想了一下，橙欣曾经跟他提过想要一台最新款的ipad，他当时之所以没有马上满足她，除了价格偏贵，还因为他不想让橙欣太容易从他这里得到她想要的一切，那样下去，这个女人一定会得寸进尺的。可橙欣这次又借机提出这个问题，庄政觉得时机到了，既然迟早都得办，那这次就满足她好了。

“好吧，我马上给你买部ipad。”庄政神秘地看着橙欣。

“太好了！我真想过去亲亲你！”橙欣高兴得手舞足蹈。庄政看了看周围的环境，用眼神制止了她的进一步行动。

十天后，谭启明率领的访问交流小组启程前往欧洲。此行一共六名成员：频道总监谭启明，专题部关主任、靳导演，新闻采编部橙欣、刘剑锋以及翻译小古。

橙欣果然穿上了那件橙黄色风衣，包里装着庄政特意为她准备的ipad。部门几位主任都特意赶来为谭启明送行。

谭启明此行的第一站是法国巴黎。

橙欣在飞机上就开始找机会跟谭启明套近乎，服务员送食品和饮料过来时，橙欣总是主动征求谭启明的意见，然后让服务员把谭启明需要的食品送过去。

抵达巴黎后，他们径直来到了塞纳左岸，他们将在此下榻，直到离开法国。

凡是到过巴黎的人都会对塞纳左岸情有独钟。这里可以说是一个集中体现巴黎艺术生命的地方。塞纳左岸不仅是巴黎建市之初的见证，它的腹地还集中了巴黎城创建初期的历史遗迹。其实,它的出名远不仅是因为它有着悠久的历史，还因为这里的整体文化氛围。这里最让人感到特别的是遍布着不计其数且各具特色的咖啡馆、酒吧和啤酒屋。巴黎的塞纳左岸，至今仍是一个寻觅名人足迹和适合窃窃私语的地方。无数艺术家、作家和诗人，如海明威、毕加索、魏尔伦等都曾经常出入于这里的咖啡馆和啤酒屋中，与朋友相聚或寻找灵感。

橙欣此行的工作是拍摄和采访谭启明访问小组的各项活动，然后在每天晚上将采集到的新闻传回台里，在这期间，她一直试图寻找机会，陪着谭启明到附近的一些咖啡馆去坐坐。但是谭启明他们在法国的行程安排得十分紧凑，橙欣始终也没有找到合适的时机。

法国的交流活动结束后，谭启明一行又顺便去了趟捷克的首都布拉格。

布拉格是一座历史悠久的城市，早在一千多年前，这里就是捷克王国的政治中心，从公元十三世纪成为捷克王朝的第一座王城算起，至今已有七百多年的历史了。从十三世纪到十五世纪这里曾经是中欧重要的经济、政治和文化中心。布拉格是一座美丽而古老的山城，坐落在拉贝河支流伏尔塔瓦河两岸。伏尔塔瓦河像一条绿色的玉带，将城市一分为二，沿河两岸陡立的山壁，渐渐消失在远方起伏的原野里。横跨在河上的十几座古老的和现代化的大桥，雄伟壮观，将两岸城区巧妙地联为一体。耸立在市区的伯特日娜山，乔木葱郁，风景秀丽，是一处环境幽雅的休闲之地。市内那些带有尖塔或圆顶的古老建筑物，无论是罗马式的、哥德式的、巴洛克式的，还是文艺复兴式的，都保存得完好如初，其中数量最多，也最为著名的当数哥德式和巴洛克式的建筑，它们大多是教堂。远远望去，高高低低的塔尖，毗连成一片塔林，布拉格由此得名“百塔之城”。更为壮观的是，在阳光的照耀下，林立的“百塔”熠熠生辉，仿佛披上了一层金装，因而这座古老的城市又被世人称为“金色的布拉格”。

谭启明一行抵达布拉格时，当地的气温虽然接近零度，但却丝毫没有影响游人的兴致，从世界各地来此游览的人群依然络绎不绝。谭启明一行人放下行李后，便急不可待地赶往城市中心的伏尔塔瓦河。

布拉格老城区的一些偏僻宁静的街巷迄今依然保持着中世纪的模样，街道是用石块铺成的，街灯也是古老的煤气灯，许多房屋的外墙上还描画着一些带有宗教色彩的壁画。由于城区的许多街道都过于狭窄，故而只允许汽车或电车单向行驶。

因为没有采访任务，大伙儿一出酒店便开始自由活动，原本六个人的队伍走着走着渐渐地就分成了三拨：专题部主任和那位导演被街头几个卖艺的吸引住了；翻译小古跟摄像刘剑锋溜进了一间卖画的小店淘宝去了；而谭启明则大步流星地向桥上走去。他身穿一件中长款的黑色夹层风衣，立着衣领，两手斜插在口袋里，看上去十分帅气。橙欣见此良机，连忙紧跟其后，她得完成庄政交给她的任务，好好表现一下，以博得这位新任领导的关注。

谭启明和橙欣前后脚登上了伏尔塔瓦河上久负盛名的查理大石桥。这座桥建于 1357 年，桥上圣像林立，艺术价值无与伦比。此时的天空忽然飘来一阵轻盈的小雨珠，纷纷扬扬地散落在地面，空气有些潮湿，温度似乎还在下降，但是伏尔塔瓦河却没有封冻，它还在静静地流淌着。从桥上眺望初冬里的伏尔塔瓦河，可谓水天一色，一片银灰，朦胧中透出隐隐的寂寥，真是另有一番滋味在心头。

然而桥上却是十分的热闹，相隔不到十米的地方，就有一个画摊儿，摊儿上卖的大多是伏尔塔瓦河和布拉格的素描，卖画的有老有少，他们支着个挂满水彩、水粉或者油画的画架，任游人在上面随意挑选。时不时还能在桥上遇到几个卖艺的，他们或拉手风琴，或玩着不知名的打击乐，引得游人驻足观看。

谭启明正在桥上欣赏两边的雕塑，就听橙欣在他的身后喊道："领导，请朝我这里看一下。"谭启明循着声音刚把头转过去，他的形象便被橙欣"咔嚓"一声定格在了她的相机里。橙欣收起相机笑嘻嘻地跑了过来惊叹道："领导，你刚才的表情太帅了！"

"是吗？谢谢你！"谭启明也乐了。他好像突然发现身边只有橙欣一个人，就问："怎么？他们都跑到哪里去了？"

"听歌的听歌，买画的买画，各有各的想法。就剩下我来陪你了。"橙欣笑着，露出一脸的妩媚。

"那好，我们就在桥上多看看吧。这里每座雕塑都有一段故事。"

"好的。"橙欣好像突然想起了什么，她快跑了几步，直奔桥的另一边，她在那里寻找了一会儿，终于发现了两座被无数游人用手摸得亮晶晶的铜雕刻。她朝谭启明招了招手，示意他过去。谭启明好奇地走了过去，橙欣一面用手摸着雕刻一面对谭启明说："我看过介绍，说桥上的这两座对称的铜雕刻很有意义，经过这里时最好用手摸摸，据说它会给人带来好运的。"

"是吗？"谭启明半信半疑。

"领导，你就信一次吧。"橙欣用真诚的目光看着谭启明。谭启明不想破坏橙欣的情绪，便把手伸了过去，当他的手即将碰到左边的那一座雕刻时，突然被橙欣伸过来的手抓住了："领导，你得先摸右边的这座，然后才是左边的，人家是有讲究的。"谭启明就这样被橙欣拉着，从右边的这一座雕刻一直摸到左边的那一座。

当谭启明把手重新放回到风衣的口袋时，他看到了橙欣那双燃烧着激情的大眼睛。这是一对很容易把男人的心融化的目光，特别是在这座写着无数浪漫故事的布拉格城。但是，谭启明不是庄政，他很有自制力，也有一定的原则。他佯装不知，继续往前走去。

从查理大石桥下来，谭启明和橙欣又来到了老城中心的布拉格广场。布拉格广场已经存在九百多年了。广场上的老市政厅，建于 1338 年，是一座哥德式建筑。广场南面矗立着著名的卡罗利努姆宫，它是查理大学最古老的建筑物。在卡罗利努姆宫附近还有著名的伯利恒教堂，以及老城 13 座城门的唯一幸存者——火药门楼。

谭启明和橙欣走马观花似的边走边看，在广场上的那座著名的钟楼前，他们停住了脚步。这座始建于 1410 年的钟楼，乍一看，除了斑驳的墙面让人感觉到它的历史久远外似乎也没有什么称奇的，的确，它的闻名于世不在于建筑本身，而是因为钟楼上那座精美别致的自鸣钟。每到整点，钟楼上的窗门便会自动打开，发出响亮的钟声。凡是到布拉格的游人，都会来到它的面前，驻足等待整点的时刻。

谭启明对这座钟楼早有耳闻，他抬手看了看表，离整点敲钟的时间还有40分钟。他决定在这里请橙欣喝杯咖啡。

虽然寒意正浓，但广场上的室外咖啡厅依然有不少人光顾。谭启明带着橙欣走了过去。他们在靠近燃气炉的地方找了个座位。

“即便是到了数九寒冬，这里依然有许多人情愿待在屋外喝咖啡，你知道为什么吗？”谭启明问橙欣。橙欣好奇地看了看室外咖啡厅里竖着的一个个宛如路灯般造型的燃气炉，说：“是它的功劳吧？”谭启明点头说：“不错，全靠这些燃气炉带来的热量。”

谭启明给自己和橙欣各点了一杯咖啡，然后看着不远处的钟楼，等待钟楼的钟声响起。

“领导，你平时喜欢旅游吗？”橙欣两只手转动着咖啡杯子，看着周围许多外国游客问谭启明。

“还可以。就是平时属于自己的时间不多。”

“你都到过不少国家吧？”

“目前有二十几个国家吧。”谭启明对橙欣的问题几乎是一问一答。按理说在这个充满异国情调的地方，有位美女陪着，应该是很惬意的事情，完全可以暂时解除警戒，彻底放松一把。但是，青桐的提醒犹在耳边，谭启明不得不防，因为他正处在事业的上升期，必须对自己的言行慎之又慎，若在小河沟里翻船那就太不值了。

咖啡喝到杯子底了，谭启明看到许多游客开始往他们这个方向涌来，差五分钟就到整点了，他站起身来对橙欣说：“我们走吧，到近处看看。”

橙欣站起身来，收紧了围巾，紧随着谭启明向钟楼的近处走去。

五分钟后，钟楼上的窗门自动打开了，一时间钟声齐鸣，12个圣像如走马灯般一一呈现，他们探出窗口向人们鞠躬致意。据说，这座复杂而又奇妙的自鸣钟，是十五世纪中期的一位钳工用锤子、钳子、锉刀等工具建造的，至今走时准确，堪称观赏珍品。谭启明和橙欣静静地站在钟楼前，和众多游人一道，仰着脖子观看完全部的过程。他刚一低头，就看见专题部主任和导演也挤在观赏的人群里，原来，他们也没有放过这一道风景。

临行前的晚上，当地华人社团宴请谭启明一行。橙欣有意把自己灌醉后，借着酒胆闯进了谭启明的房间。“领导，我想和你说说话。”橙欣一进门就扑倒在谭启明的怀里。谭启明看着一身酒气的橙欣，连忙把她搀扶到沙发上。他给橙欣倒了杯温水，递到她的手里，看着眼前这个妖艳而又令人望而却步的女人，他笑着摇了摇头，随手拿起电话，把翻译小古叫了过来。“橙欣喝多了，你把她扶回房间，让她好好休息。”

“好的。”小古放下电话就赶了过来，她扶起沙发上的橙欣。橙欣这时候像一棵随风摆动的杨柳晃晃悠悠地站了起来，她感到头重脚轻，两只脚仿佛踩在棉花上，但她的意识中还有一丝清醒，她用迷茫的眼睛看着谭启明说：“领导，我喜欢你！”

“好好，我知道，但是现在你要回房间休息。”

“我不回去，我就待在这里。”说完，橙欣又欲坐下来，谭启明用强有力的手臂架住了再次要往下倒的橙欣，对小古命令道：“你在前面开门，我把她扶回房间。”说完，谭启明和小古一起，把橙欣送回了房间。

安顿好橙欣后谭启明回到自己的房间，顺手给自己点了根香烟，回想起刚才的情形，他承认，在年轻漂亮的女人面前，要能经得起诱惑，的确需要意志力！他谭启明也不是神仙，七情六欲一样不少。可他很早就给自己立下一个为官的原则，其中不沾女色是他的第一准则。在自己现在的位置上，诱惑很多，关键是你能否把握得住自己。

谭启明一行的出访获得圆满成功，只是橙欣期待的事情一件也没有发生。

橙欣拖着行李箱朝自己家走去。她本来计划回来后先跟庄政在外面幽会一晚，所以跟丈夫说好是明天才回来的。但是，由于庄政临时要替方浩值夜班，所以，两人只好再约时间了。回家之前她没有通知罗素，她已经想好，如果罗素问起来，她就说是有意要跟他来个突然袭击。

正是下班时间，路上又堵车了，小区里出出进进的车辆排成了队，橙欣只好在小区门口下了车。她面无表情地朝家走着。此次出国，她没能跟谭启明套上近乎，心里挺郁闷，她原以为，凭着自己的姿色，让一个男人上钩，应该不是很费劲的事情。但是，这个谭启明太谨慎了，处处都好像在提防着什么。结果自己不仅没能在谭启明心中留下好印象，差点还……回来后原打算跟庄政撒撒娇，谁知他又不得脱身，只好一个人回家来。

橙欣边想边走，眼看就要到自己家楼下了，这时，她忽然发现，罗素正拉着蒙蒙，和一个女人有说有笑地朝自己住的单元门口走去。橙欣觉得这个女人有些面熟，但一时又想不起来在哪儿见过。她有意放慢了脚步，在后面不露声色地跟着。

“上去坐坐吧？”走到单元门口时，他们停下了脚步，罗素向那个女人发出了邀请。

“不了，下次吧。蒙蒙跟阿姨说再见！”那个女人弯下腰去，把脸凑近蒙蒙，亲切地拉了拉蒙蒙的手。蒙蒙正在玩一个布娃娃，她抬起眼睛，友好地跟她握了握手：“阿姨再见！”那个女人直起腰又跟罗素打了个招呼，然后转身向小区外面走去。

罗素一直目送着她远去。

“谁呀？还专门把你送回家。”橙欣这时已经站在了罗素的身后，她酸溜溜地问。

罗素冷不丁地被橙欣吓了一跳，他回过神来，看着突然出现在面前的橙欣说：“你怎么提前回来了？也不打个招呼？”

“我再不回来，恐怕家都保不住了！”橙欣阴阳怪气地说。

“你这是什么话呀？人家有些事情要跟我说，就提前下车了。走走走，快回家。”罗素边说边接过橙欣手中的箱子，一转身先上去开门了。橙欣没再言语，她拉着蒙蒙也跟着上了楼。

橙欣一进家，就冲着罗素说：“快做饭吧！饿死了。”

“好的，想吃什么？米饭还是面条？”罗素一边系着围裙一边殷勤地问着。

“什么都行！”橙欣没好气地回答。

橙欣先把蒙蒙带到她的房间，然后回到卧室里开始收拾行李。她打开皮箱，把带出国的衣服一件件地往柜子里搁。就在她准备关上衣柜门时，突然发现衣柜里多了一条大围巾，她好奇地抽出来一看，是男士用的，而且手感很好，从图案上看像是欧洲的产品。围巾是哪儿来的？她可从来没有给罗素买过这种围巾，而罗素自己是轻易不舍得给自己花钱的。

她拿着围巾走到客厅里，冲着厨房里的罗素喊道：“哎，我说，这是哪来的？”罗素听到橙欣喊他，便从厨房里走出来，他看到橙欣手里的那条围巾便笑了笑说：“别人送的。”

“谁送的？”橙欣追问道。

“单位里的同事送给我的生日礼物。”

“一定是个女人送的。”

罗素点头说是。他觉得这很正常，谁还没个红颜知己呀！

橙欣没再说什么，她转身回到卧室，把围巾放回了原地，然后又折身来到厨房。

“刚才那个女的有点面熟，我好像在哪里见过。”橙欣像是很随意地问道。

“她是我们单位的林红，是个翻译，我们上次一起出过国。”

原来如此，怪不得呢！橙欣想起了罗素出国时拍的那些照片，其中就有和这个女人的亲密合影。

“林红结婚了吗？”

“还没有，总选不着合适的。她父母都着急了。”

“你怎么知道？”

“她跟我说的。”

从罗素的回答里，橙欣感觉到这位林红跟罗素的关系很近，两人似乎有点什么。

这天晚上，由于时差的关系，橙欣一时难以入睡，她躺在罗素的身边，听着他的阵阵鼾声，想着自己的心事。这些年，她跟庄政越走越近，而对罗素的不满则越来越多，罗素和他的同学庄政相比，着实有点窝囊，他太容易满足现状了，他的这个科长已经当了六年多了，却还看不到任何晋级的希望。而他似乎并不着急，一天到晚就知道守在家里带孩子。再看人家庄政，在电视台竞争那样激烈的环境里，他不仅站稳了脚跟，当上了主任，还有不可限量的未来。想到这儿，她忽然觉得，与其这么守着罗素过一辈子，还不如趁早另做打算。

想法一出，她的心脏不禁颤抖了一下。这是橙欣第一次在内心深处触及离婚这个问题。过去，她对罗素是感恩大于爱情，觉得自己这辈子多亏了罗素，才得以脱胎换骨。想想那些原来和自己在一起跳舞唱歌的姐妹，有谁能像她现在这样，不仅整天出入受人尊敬的电视台，还能见识到许多人一辈子也别想见到的场面。可是，当这一切都已经习以为常的时候，当自己对未来的前途寄予更大的希望时，罗素的力量就显得微不足道了。

橙欣想到这里，偷偷地看了一下床头柜上的闹钟，已经是午夜时分了，她轻轻拉过被罗素卷走了一大半的被子，把自己埋进梦乡。

第十五章　算命的，真的能占卜前程吗

尽管现代科技已经可以把人送上宇宙了，但现实中我们还是有许多问题和现象无法解释。于是，一面是飞天的梦想，一面是鼎盛的香火。

红翎临时接到了去山东采访的任务。她带着摄像杨东赶到了烟台。

采访进行得很顺利，下午红翎到当地电视台制作节目。这些年，由于各地电视台跨省市的采访越来越多，彼此间已经建立了很好的合作关系。你的记者到我的电视台来传送节目，我的记者到你那里制作新闻，几家电视台的记者一起联合采访，诸如此类的事情，一般都不需要向台级领导请示，部门主任就可以自行决定了。

“我到新闻部的办公室去写稿子，你先看看画面素材。”红翎吩咐着杨东。

“明白。”

红翎来到新闻部通联组组长的办公室，熟练地打开了电脑。红翎在采访回来的路上已经打好了腹稿，坐到电脑前，她只需要把它们变成文字就可以了。新闻稿很快就完成了，她一看时间还早，就先把稿子传回部门，通知了值班编辑，然后拿着稿子走进电视台的录音间配音。

杨东拿着红翎已经配完音的磁带，在上面剪辑画面。红翎坐在旁边看着，不时提醒一下杨东该用什么画面。

两人正在那里忙着，一位长得五大三粗的男子拿着磁带走了过来，他朝红翎看了一眼，然后停下了脚步，惊喜地问：“是红翎吗？”红翎抬起头，觉得他有点面熟，但一时却想不起来。那人看红翎没有反应过来，就自我介绍说：“我是陆斌。你真是贵人多忘事啊。”红翎一下子想起来，陆斌是这家电视台的体育记者，他们曾经一起采访过乒乓球世界锦标赛。

红翎连忙站起来跟他打招呼，“不好意思，好久不见。”

“你过来忙什么？”陆斌感兴趣地问。

“是上级部门推荐的一个典型。已经采访完了。”

“晚上有安排吗？我请客！”陆斌热情地邀请着。对于记者相互间的热情，红翎早已习以为常，别的电视台记者到了她那里，她也会热情相邀的。于是，她爽快地答应着："好啊！""那你先忙，我把手中的节目处理完后，过来找你。"陆斌说完，进了另外一间剪辑机房。

红翎和杨东很快把节目做完了，然后两人一起来到卫星传送机房，在约定好的时间，把新闻传了回去。至此，他们的工作已经全部结束了。

晚上，陆斌把红翎他们带到附近一家海鲜餐馆。红翎进去后才知道，今天的饭局是陆斌做东，但他却把市农牧局副局长给叫来了，红翎一看那架势，便猜到了农牧局领导是来付账的。

饭桌上，农牧局的领导果然很热情，盛情邀请他们明天到下面的县里转转，并一再表示说，主要是让他们多了解一点儿基层的情况，没有具体的采访任务。陆斌也在一旁盛情相邀，想着明天是周末，原本也没有其他安排，晚回去一天也行，红翎便答应随他们下去走走。

第二天，在农牧局领导的陪同下，红翎他们参观了附近的乡镇企业，还看了养牛场，品尝到了刚出生产线的新鲜牛奶。陆斌一路上有说有笑，极尽地主之谊。晚上，当地县政府的官员又请大家吃了顿正宗的鲁菜，陆斌喝了很多酒。大约 9 点的时候，一天的应酬总算结束了。

红翎回到房间，打开热水准备洗澡。这时候房间的电话响了。

"喂，你好！请问是哪位？"红翎已经把洁面膏涂在了脸上。

"嗨，是我！准备休息了吗？"从电话里传来了陆斌的声音。

"是的，我有点累了，你有什么事吗？"

"我想过去和你聊聊，行吗？"

"已经挺晚了，如果没有紧急的事情，我们明天早上再说好吗？"红翎已经脱去了外套，此刻她最想做的事情就是赶快洗个澡，然后躺下睡觉。

"我就跟你说一会儿话，我的话绝对能给你催眠，不会影响你休息的。"对方的口气里透出很浓的酒意。

红翎已经感觉到对方酒喝多了，他的语气有些不对劲，"我们明天再说吧！再见！"她不悦地放下了电话。

五分钟后，房间里的电话铃声再次响起。

"你真的不需要我过去陪陪你吗？"这次陆斌开始嬉皮笑脸了。

红翎听出了对方话中的意思，她想：这酒精真的有那么大的催情作用吗？由于是同行，她强忍着没有发作，冷冷地回答："我当了这么多年记者，走南闯北习惯了，不用别人陪，你还是早点休息吧。”

“你就真的不想要我吗？我可以让你很舒服的。”红翎一下子愣在了那里，想到对方露出的淫秽嘴脸，她顿时感到心里一阵恶心，“你把我当成什么人了？请你放尊重点！”

“我一直很尊重你的，上次在天津采访世锦赛的时候，我就喜欢上你了。我呀，就喜欢你这种气质优雅的女人，只是你一直不给我机会……”

“你不要再说了。”红翎拿着电话的手微微地颤抖起来。

“你是不是看不起我呀？难道上床还要选择什么身份的人吗？”对方还在死皮赖脸地调戏着。

此刻，红翎觉得自己已经受到了莫大的侮辱，她是第一次遇到这样无耻的男人，和一个没有感情的男人上床，想都别想！

“希望你尊重自己，也尊重我的人格。我不会向你单位的领导报告的，但是你从此在我的心目中已经是一个不受尊重的人了！你好自为之吧！”红翎带着颤音说完这番话，便把电话狠狠地挂断了。

这天晚上，红翎躺在县里招待所的床上很久没有入睡，她没有想到居然会发生这样的事情。陆斌怎么是这样的人！大家在一起工作，相互帮助无可厚非，但是，喝了点酒就嚷嚷着要和你上床，这和嫖客有什么两样？这跟动物又有什么区别？红翎很吃惊，她不明白现在的中年男人都怎么了？难道性饥渴居然到了如此地步！

第二天一早，红翎便提出要立即返回市里。当地领导不明其中的原因，纷纷出来挽留，但红翎还是坚持着离开了。

萧枫和绿佳几乎是前后脚走进办公室的。从肯尼亚回来后，两个人的关系迅速升温。有人推测，他们已经开始同居了。

“我先陪你到咖啡厅吃点东西吧。”萧枫放下手中的拉杆箱对绿佳说。

“你先过去，我去秘书那里取点钱，马上过来。”绿佳冲萧枫眨了眨眼睛。

原来，绿佳今天要去新疆出差，萧枫特地赶来送她。

从非洲回来之后，萧枫正努力地培养着这段感情，在此之前他几乎从来没有认真交过女朋友，更没有人知道萧枫原来是个双性恋者。尽管他一直把自己埋藏得很深，但是，一个人生活的这些年，他还是交过几个同性朋友。与同性恋者不同的是，萧枫并不完全排斥异性，只是长久以来，他觉得身边的许多女人都太缺乏他期待的那种气质和素养。他喜欢红翎那样的，但他很清楚，年龄在他和红翎之间是一道很难逾越的障碍。而与他年龄相仿的女孩子，要么个性太过张扬，热情有余，斯文不足；要么太过势利，动不动就是金钱和得失，把追求物质享受放在第一位，可以共欢乐，但绝不会同吃苦。在非洲大陆，他得以近距离接触绿佳，被她的真诚和朴素所感动，于是，他说服自己要好好地对待绿佳。

绿佳自打跟萧枫的关系公开以后，就迫不及待地把她的事情告诉了外地的父母。她和萧枫之间是一个有情，一个有意，双方关系迅速升温也就不足为怪了。

绿佳从秘书那里领到出差费用后，便急急地向咖啡厅跑去。

“嗨，嗨，看路！”绿佳正跑着，忽然听到有人跟她说话，一扭头，见是黄梅。“黄梅姐，好久不见。”绿佳停下脚步跟黄梅打了个招呼。

“是啊。你这是急着去哪儿？”

“我马上要去新疆出差，萧枫在咖啡厅等着我呢！”绿佳口气中带着难掩的喜悦。

“那赶紧去吧。”黄梅催促着绿佳。

绿佳朝黄梅一笑说：“黄梅姐再见！”

“再见！”黄梅望着绿佳的背影，心生感慨：现在的年轻人，真是令人羡慕，一旦好起来，就恨不得形影不离。想当年，自己谈恋爱时，巴不得藏着掖着，在公开的场合甚至连对象的手都不敢拉。黄梅笑着摇了摇头，转身进了电梯。

绿佳赶到咖啡厅时，萧枫已经点好了她爱喝的卡布奇诺。这段时间，两个人的关系已经是如胶似漆，有点谁也离不开谁了。只要有一个人出差，另一个一定要赶过来送行。萧枫知道绿佳这次要走半个月，所以，除了提醒绿佳带这带那之外，还不忘把一些采访当中需要注意的事项嘱咐了一遍。

“记住，到了那里一定要注意当地的饮食习惯，你平时不爱吃羊肉，但是，当着少数民族的面，一定不可以流露出来。”萧枫提醒着绿佳。

“知道了。你放心吧。”绿佳故意拖长了语调。

萧枫也发现自己突然变得有些婆婆妈妈了，不禁哑然失笑，他指着桌子上的一块蛋糕，让绿佳抓紧时间吃掉。

此次新疆之行原本是安排红翎带队的，可就在出发的前几天，部门又接到了一个参加地方电视台协作会议的通知，于是方主任便临时换人，指示红翎留下来帮忙准备会议发言。

每年一次的全国地方电视台协作会议今年选在云南昆明举行。频道各部门都有人参加，新闻采编部除了主任方浩，青桐、红翎也被点名随同前往。红翎是第一次和青桐主任一道出差，两人还被分在了同一个大套间里。

会议一共三天，第一天是全体大会，第二天是分组讨论，第三天是参观。谭启明被安排在第一天作主题发言，内容主要是围绕着国内外电视媒体竞争态势愈加明显，各地方电视台如何强化合作，发挥各自特点，在竞争中立于不败之地而展开的。谭启明发完言以后，又陆续有近十家电视台的负责人上台发言。看得出每位代表的讲话都是经过精心的准备，不仅言之有物，还提出了许多新颖的观点。第一天的大会结束后，参加会议的代表都感觉收获不小。

晚饭后，青桐拉着红翎到宾馆附近的花园散步。

开了一天会议，脑袋里被各种思想风暴撞击了一整天，此刻真有释放一下的必要。

被称作“四季如春”的昆明没有明显的冬夏之分。尽管在别的地方，现在已经进入冬季，但是这里还是姹紫嫣红、满目葱郁。在宾馆小路两边，绽放着许多争奇斗艳的花朵，在微风的摇曳下，散发出阵阵花香。

青桐挽着红翎，时而走近花丛细细地打量花朵的形状，时而又止住脚步贪婪地吮吸着空气里的花香。红翎以前从来没有见过青桐如此纯真的一面。在单位里，青桐永远是一副女强人的做派，每天都是那么风风火火，既不施粉黛，也不穿裙子，她的手里不是大茶杯，就是笔记本，好像已经忘记了自己还是个女人。但是此刻，青桐仿佛忽然找回了一些做女人的感觉。

“主任，我发现你今天特别可爱。”红翎忍不住地对正踮着脚尖去撩拨开在枝头的一朵鲜花的青桐说。

青桐放开花枝，笑着问红翎：“怎么？我平时不可爱吗？”

红翎见青桐今天的状态很好，就不加掩饰地说：“那你听了别生气噢！你平时给人的印象太正统了。”

“什么？难道你不正统？”青桐忍不住又大声嚷嚷起来。

“我的意思是，希望主任今后多些女人味。”

“那你说说，我该如何改变呀？”青桐突然感兴趣地问。

红翎上下仔细地打量了一番青桐，然后笑着说，“凭着我一个小资女人的目光，你首先要从三个方面改变自己，”红翎看着青桐似乎在很认真地听，便继续说道，“首先，你要改变一下发型，不要总是盘在脑后，你可以试着把后面的头发往上剪剪，剪出层次来，这样会显得十分干练。其次，你平时应该抹些口红之类的，为自己增添一些色彩。再有，你可以试着穿一些带坡跟的皮鞋，它会让你自然挺胸抬头……”红翎自顾自地边走边说，突然觉得身后没有了动静，她一回头，正好和青桐的目光相遇，那是一道掺杂着些许复杂情感的目光。

“对不起，主任，我是不是说得太不着边际了？”红翎连忙向青桐赔不是。

“不，不！”青桐连连摆手，她看着红翎动情地说，“红翎啊，我好久没有听到别人对我评头论足了。以前是孩子小，我是又当妈又当爹，根本顾不上打扮自己，这几年当了这个主任，我把注意力全都集中到工作上了。每天早上一起来就希望用最快的时间赶到单位，在办公室里一待就是一天。我几乎把自己女人的天性都丢光了。”

红翎看着青桐略显发福的体形和已经开始有点松弛的脸庞，突然对青桐萌生出几许敬佩。青桐很早就离婚了，一个人带着女儿生活。年轻的时候，她经常要外出采访，不得不时常把孩子委托给邻居照顾，后来女儿顺利地考上了大学，现在又准备去美国留学。而她也凭着自己的拼命精神当上了部门主任，这些年青桐吃的苦，恐怕不是一般女人可以承受的。

延续着刚才的气氛，两人相对无言，默默地回到了房间。

晚上，方浩把红翎叫过去聊了一下组里的情况，等红翎回到自己的房间，却发现青桐不见了。她会去哪儿呢？红翎想到晚饭后和青桐的谈话，心里不免有点担心。

夜里 12 点，青桐总算回来了。她刚一进门，红翎就连忙问道：“主任，你这是上哪儿了？我都担心死了。”

青桐一副无所谓的样子说：“有什么可担心的？我是要钱没有，要色没色，谁稀罕一个老女人呀！”她的话把红翎逗乐了，红翎不好再追问什么，便说：“那你赶紧洗个热水澡吧，我先睡了。”

“你先睡。”青桐说完拉开阳台的门，过了把烟瘾后才回到房间更衣洗漱。

根据东道主的安排，电视协作会议的最后一天是参观游览。

上午的游览地是著名的滇池。

滇池是云南昆明的一大胜景，宽阔的湖面，因有观湖之楼而得美誉，更因清朝孙髯翁先生的《大观楼》长联而蜚声中外。据说，它是中国历史上描写景物最长的一副对联，红翎早在上小学的时候就跟哥哥一道背诵过这副长联，当年父亲曾经以谁能最快熟记并背诵下这副长联作为奖励的条件，鼓励他们兄妹学习。这副长联多达一百八十字，对仗工整，气势宏大，脍炙人口。红翎至今仍然能记得其中的话——

“五百里滇池，奔来眼底，披襟岸帻，喜茫茫空阔无边。看：东骧神骏，西翥灵仪，北走蜿蜒，南翔缟素。高人韵士何妨选胜登临。趁蟹屿螺洲，梳裹就风鬟雾鬓；更苹天苇地，点缀些翠羽丹霞，莫孤负：四围香稻，万顷晴沙，九夏芙蓉，三春杨柳。

数千年往事，注到心头，把酒凌虚，叹滚滚英雄谁在？想：汉习楼船，唐标铁柱，宋挥玉斧，元跨革囊。伟烈丰功费尽移山心力。尽珠帘画栋，卷不及暮雨朝云；便断碣残碑，都付与苍烟落照。只赢得：几杵疏钟，半江渔火，两行秋雁，一枕清霜。”

红翎和青桐随着大家一道来到了滇池边上，虽然早在二十年前就能熟记《大观楼》长联，但是，直到今天才得以亲眼见到诗人为之赋诗的地方，看到滇池之水浩荡而至，想到诗人曾经写下的诗句，红翎心里生出无限感慨。

红翎正在那里冥想，就见谭启明走了过来，他看红翎望着湖水发愣，便喊了她一声。红翎回过神来，见是谭启明，连忙上前打招呼：“谭总监，您以前来过这里吗？”

谭启明今天穿了一件浅驼色的夹克，显得很精神，他把两手叉在腰间，环顾着滇池的四周，感叹地说：“是，我已经来过两次了。每一次来到这里都有不同的感受。”

“那您一定会背诵《大观楼》长联！”

谭启明点了点头，他望着湖水荡漾的昆明湖，随口念道：“五百里滇池，奔来眼底，披襟岸帻，喜茫茫空阔无边……”

红翎正顺着谭启明朗诵的诗句往下背，青桐从另一边过来了，她看到谭启明也在这里，便上来搭茬儿：“哎呀，领导在这里大发诗兴啊！”

谭启明回头见是青桐，便笑着说：“是你们的记者在考我呢！”说完对红翎眨了眨眼。红翎领会了谭启明的意思，马上接着说：“是啊，我问总监是否还记得《大观楼》长联。没想到，总监的记忆力超好。”

三人边说边继续往前走去。谭启明走着走着突然想起了什么问题，他侧着头对青桐说：“哎，你昨天晚上说的那个在频道内设立主任奖励基金的事情，我想了一下，觉得可以试试。”

“还是领导拿主意吧，我只是提下建议。”青桐赶紧把功劳往谭启明身上引。从两人的对话里，红翎猜到了，原来昨天晚上青桐是到谭启明那里汇报工作去了。但她没有流露什么，只是静静地在一旁走着。

午饭过后，参加会议的代表又赶往石林参观。

云南这个地方真可谓是人间仙境，居然汇集了那么多美景。石林，顾名思义就是石头林立的地方，这里独特的山石地貌把整座石山雕刻打磨成风情万种的奇异世界。时而一石顿开，恰似柳暗花明；时而两石相遇，唯见一线光明。坚硬的石头有的宛如扬眉剑出鞘，有的好像关公耍大刀。行走其间，忽而潮湿阴凉，忽而又汗流浃背。所见所感无不让人惊叹大自然的鬼斧神工。

红翎拉着青桐从一座悬空的石板桥上往下走，在一处背阴的山石旁，她们遇到了一个算命先生。只见他慈眉善目，面颊红润，看到红翎和青桐经过，便上前招呼道：“两位女士请留步，让小生为你们算一卦吧。”他见两人没有要停下脚步的意思，就又追上去说了一句：“有道是信则有，不信则无，你们的前途玄机在此。说得不对，分文不取。”

这最后的一句，让青桐不由得放慢了脚步。她回头朝那位算命先生望了一眼，迟疑了一下，最近，她常常感到身边有些事情无法解释，比如周光涛竞选频道一把手的事，原本是板上钉钉的事，可到头来说变就变了，害得她白忙乎了一阵，也让她对自己的未来产生了悲观的情绪，或许这个算命先生真的能给她指点一下迷津。想到这儿，她拉住红翎说：“走，听听他都说些什么。”

红翎在学校时接触过《易经》，她对算命的说不上信，也说不上不信，以前在采访中，如果遇到算命的，只要有时间，她也会让他们帮忙算算，听听别人是如何预测自己未来的，也好印证一下自己的判断。现在见青桐有兴趣，于是，她便顺势跟了过去。

青桐坐在算命先生对面的一块石头上，取下墨镜，报上了自己的生辰八字，然后等待他的说法。算命先生轻眯双眼，口中念念有词，不一会儿，他睁开双眼对青桐说：“你这个人天生就是忍辱负重的命，无论是在家庭中还是工作上都是如此。你一直在尽心尽力地帮助别人，但总是得不到别人的信任……”

“你就说说我今后还有什么发展吧。”算命先生的话还没有说完，青桐已经急不可待地追问下去。

“至于将来，请听小生一句劝告，你近期会有一些变故，凡事不可以太过执著。得过且过，方可平安度过。”

“你是说工作还是家庭？”红翎在旁边忍不住问了一句。

“天机不可泄露，信则有。”

青桐从钱包里掏出50元钱递给了算命先生。她问红翎：“你算吗？”“我不算了，过年的时候刚给人算过一次。”红翎说着扶起青桐，两人朝山下走去。

“红翎，我觉得最近一段时间许多事情都不顺，就说频道领导换届的事情，眼瞧着周主任要当一把手了，临了却又被人换掉了，周主任也不知道得罪了什么人……”青桐边说边无奈地摇着头。

红翎看着青桐突然想起什么，她问：“主任，你认识马军吗？”

“认识，你说的是文艺部那个制片人吧？”

红翎点了点头，“也不知道他跟周主任有什么过节，那天我在餐厅里无意中听到他在说，周主任这次没当上一把手都是他在背后一手策划的。”

“什么？原来是他干的？”青桐既吃惊又愤怒地张大了嘴巴。

红翎没想到青桐会有如此大的反应，她挽着青桐的胳膊继续朝山下走。

“谭总监人不错，只是周主任有点冤。”她想平息青桐的怒气。

“不是有点冤，是太冤了！监察室已经把周主任的事情调查清楚了，还了周主任一个清白。可是有什么用呢？提升的事情给彻底耽误了。”青桐越说越气，她内心的遗憾也只有她自己最清楚。

可是，这个马军为什么要陷害周光涛呢？青桐一时想不明白，决定回去把事情查个水落石出。

晚上，东道主为全体与会代表安排了一顿地道的云南风味。六十多位代表被傣族小阿妹载歌载舞地迎进了一家傣族餐厅。

餐厅是用竹子搭建而成的，就连桌子和椅子也是竹制的。餐厅的中央是一个舞台，餐桌以舞台为中心呈放射状渐次向外排开。据说，吃饭的时候舞台上会表演傣族民间舞蹈。

具有民族风味的饭菜很快就端上了桌，有云南的汽锅鸡、过桥米线，还有叫不上名的各种炸野菜等等。也许是逛得有些饿了，酒菜一上来，大家纷纷举起了酒杯和筷子，碰杯的碰杯，夹菜的夹菜，不一会儿就把饭局推向了高潮。

就在大家吃兴正浓的时候，舞台中间也开始热闹起来了。十几个二十出头的傣族青年蜂拥着跳上舞台，又是唱，又是跳，开始用另一种方式诠释傣族文化。舞台上的小阿哥、小阿妹还时不时地跟就餐的客人互动，时而台上歌舞，时而台下邀客；时而给客人抛个绣花荷包，时而又到客人身边敬个酒。一时间，乐曲、歌声与觥筹交错的声音混杂在一起，将现场气氛烘托到了顶点。

红翎一直对少数民族的文化饶有兴趣，她很快被眼前的气氛感染了，拿出照相机不停地拍照。等第一轮高潮散去，她重新举着筷子准备吃菜时，才注意到青桐好像整个晚上都没有说话，杯子里的酒好像也没有怎么动过。她赶忙举起桌子上的酒杯，对青桐说："主任，咱俩喝一个。"青桐也不推辞，举起酒杯，一仰脖子干了。

这天夜里回到酒店后，青桐就没有再出去，她一直坐在沙发上想着心事。红翎自打认识青桐以来从没见过她会有如此深沉的表情，心想，一定是下午那位算命的预测和自己说的话让她上心了，早知道这样，自己当时应该拦住她。红翎没敢惊动青桐，而是静静地洗完澡，坐在床上整理起相机里的照片。

"红翎，我觉得今天算命的说的话有些还挺准的。"青桐突然冒出的一句话着实吓了红翎一跳。

她抬起头看着青桐说："主任，算命说的话，你别往心里去。"

"不，他说的还多少有点道理，"青桐也不管红翎是否在听，就接着往下说道，"他说我是忍辱负重的命，想来还真有道理。红翎，你不知道，这些年，我也够苦的。"

青桐说到这里给自己点了根烟，等红翎从床上下来在她身边坐定后，她又继续说了下去："想当年，我被原来的那个男人苦苦地追了五年才嫁给他。谁知道，结婚后我才发现，他是个沾有恶习的人。我生女儿那年，他就开始背着我在外面跟别的女人乱搞，我出差回来，经常能在家里发现他跟别的女人丢下的东西。孩子小的时候，我一次次地哀求他回心转意，但每一次他都故伎重演。你知道，干咱们这个职业的，好歹也算是个有头有脸的人，我有我的尊严。我忍了他七年，最后终于选择了离婚。"青桐说到这里，眼睛里噙着泪水。红翎见青桐如此动情，连忙把手里的纸巾递了过去。

青桐接过纸巾在眼睛上按了按，又抽了口烟，继续说道："这些年，我一个人拉扯着孩子，我不是没有想过再找一个人，但是，我真的害怕再遇到一个有问题的男人，再说，我也担心孩子受委屈呀！所以，一晃这么多年，孩子都大学毕业了，我也总算熬出头了。"青桐说到这里重重地吐了一口气。

“主任，你还是再找个伴儿吧，孩子现在大了，你也该为自己想想了。”红翎很感谢青桐主任今天能把她当成知己说出心底的秘密。

“我跟你不一样，我有女儿就知足了。”

“她将来出国后，你身边得有人照顾啊！”红翎继续劝说道。

“再说吧。”青桐站起身来，走到阳台上。她望着夜色笼罩下的城市，突然问红翎：“你说，那位算命的说我近期会有变故，是指什么呢？”

红翎不置可否，她边摇头边说：“可能只是说说吧，不会有什么事的。主任，该休息了，明天还要坐几个小时的飞机呢。”红翎望着青桐有些朦胧的身影，无声地叹了一口气。

有人说：电视台里美女如云。这话不一定确切，但是，电视台的女人敢穿、敢追赶时尚倒是真的。有道是“人靠衣装马靠鞍”,尤其是在电视台这样的环境里，服装的象征意义远大于它的实际用途。这里不仅有万众瞩目的节目主持人，文艺界的一些大腕、小腕也隔三差五地出没其中。且不说他们都是引领风气之先的人，标新立异更是他们得以展现自我的制胜法宝。于是，耳濡目染，但凡把自己当个人物的电视台员工都会自觉不自觉地竞相效仿，纵然有被人嘲笑为“东施效颦”的危险也在所不惜。

为了整顿电视台男女员工过于超前的着装行为，电视台高层曾经专门在夏季来临的时候下发过一道正式通知：上班时请女性不要穿吊带裙和拖鞋，男性不要穿沙滩短裤。电视台内部人员在穿着上的超前与时髦由此可见一斑。

这天，橙欣上身穿了一件紫色皮夹克，下面是一条黑色的超短皮裙，里面是黑色的连裤袜，脚蹬一双低筒的黑色皮靴走进办公室。她这身装扮把办公室的女性吓了一跳。从国外回来的绿佳知道，这身打扮俨然就是在夜总会上班的小姐打扮。就连一直走在时尚前沿的紫云也觉得她穿着这身行头来电视台上班，实在是有点过于夸张了。

而橙欣自己却没有觉察出大家目光中的惊奇，她很得意于这身装扮，今天要去采访一位台湾的政界人物，她特意选的这身行头。此刻，她扭着身子，到主任办公室取报纸，看到庄政正在屋里打电话，她就故意在那里磨蹭了一会儿。

终于，庄政放下了电话，他注意到了眼前的橙欣，看着橙欣今天这身打扮，他忍不住笑了笑，觉得好像有什么地方不对劲，但又一时说不上来。便问橙欣说：“你不冷啊？”

“不冷！我外面还有件风衣呢。”橙欣见屋里没别人，就在庄政面前学模特的样子把身子扭了一下问，“好看吗？”

“也不能说不好看，只是觉得有点怪怪的。”庄政笑着回答。

橙欣瞟了庄政一眼，发嗲地说：“你知道什么呀，这是今年的流行款。”

“好好好，我不懂时装。你今天的采访准备好了吗？”

“早就准备好了。今天谁值班呀？”

“方主任。”

一听是方主任值班，橙欣的眉头不由得皱了一下。她已经不止一次地领教过方浩严格的审片风格了，许多记者的片子都不能一下子过关，有些还要反复修改好几遍，稍有不慎就可能被他推翻重来。但是，无论怎么说，总不能指望每次都遇到庄政值班吧。可以说，庄政在橙欣身上真是花了不少工夫，每次审她的片子，庄政都会耐心地帮她修改稿件，还时常把一些编辑的技巧传授给她。

“那我走了！”橙欣跟庄政打了个招呼，一步三回头地走了。

橙欣和新来的摄像记者史伟来到了国际饭店，他们今天的采访对象是全国台商联合会会长，内容是请他谈谈如何扩大台湾水果在大陆销售的问题。会长是一位典型的台湾人，操着一口浓重的闽南普通话，此人原本就是从事水果贸易的，对于两岸水果的经销问题有许多想法和建议。

采访结束前，橙欣还要拍摄一些她跟会长在一起交流互动的画面。于是，她引着会长边聊边参观正在一旁举行的台湾水果小型展示订货会。

“史伟，你从那边拍过来，把我们两个人都拍进画面。”橙欣指挥着史伟。

“明白了！”史伟刚来台里没有多久，任何一个人都可以成为他的老师，他认真地瞄着镜头。等所有的镜头都拍摄完成后，史伟怯生生地给橙欣做了个“OK”的手势。

“谢谢你，会长，我们该走了。”橙欣跟会长握了握手，带着史伟返回电视台。

由于是第一次跟史伟合作，橙欣回到电视台，第一件事就是要求看看拍摄到的画面素材。她把史伟从摄像机上退出来的磁带塞进了编辑机。

“采访的镜头拍得还行。”橙欣边看边对身边的史伟说。

“谢谢老师。”史伟感激地看了橙欣一眼，继续盯着画面看。

当看到自己和会长在一起交流的那组镜头时，橙欣不出声了，她的脸色渐渐有点不对劲，突然，她“啪”的一声按下了暂停的开关，把脸扭过去，看着史伟，不带任何表情地问：“你学摄像多久了？”

听到橙欣这种口气，史伟心里怦怦直跳，他不知道错在哪里，便急忙回答："大学学了四年，出来干了一年多。"

"老师有没有跟你说过，如何拍摄流动画面？"橙欣责问道。

史伟没有回答，他盯着机器里定格的画面，显得有点坐立不安。橙欣没有说话，她站起身来，给自己倒了杯水。今天节目就是要把人物的专访精编成新闻，要截取被采访人话中的要点和精华，要想解决画面中的跳点问题，一是在两个画面之间做"闪白处理"，再一个就是把被采访者表达的意思，用解说词的方式表现出来，电视台的新闻采访部门很少使用特技"闪白"，大多需要一些过渡的镜头。史伟今天拍的画面也不是不能用，只是这组画面用移动的方式拍摄会更好一些。

橙欣重新回到编辑机前坐了下来。她喝了口水，然后把身子靠在椅子背上，严肃地对史伟说："你知道问题在哪里吗？"说着她把暂停的开关重新启动，指着画面缓慢地说："你仔细看看，我让你跟拍，也就是说画面中的人动，你得跟着动，这叫跟拍，懂吗？"

"老师，对不起，下次我一定注意。"史伟真诚地向橙欣道歉。看到史伟的道歉，橙欣心里这才觉得舒畅了些。要知道，在电视台就是这样，资历深的记者或编辑总要给初来乍到的新人一点脸色看看，只有这样，这些新手今后才会夹着尾巴做人。于是，她对史伟说："好了，这次我们就凑合着编吧。以后有时间多学着点儿。"

史伟自觉心里有愧，不敢像其他老摄像记者那样，把磁带往编辑手中一交，自己找个地方歇会儿。他看橙欣在电脑里摘录被采访人的同期声，连忙抢了过来，一边控制着磁带的旋转按钮，一边快速地把同期声的讲话搬到电脑里。

6点钟，橙欣和史伟走进新闻审看间，让主任审看节目。

方浩从手中一叠稿子中抬起头，戴上眼镜，对橙欣说："放吧。"

橙欣把新闻片塞进审看机里，然后站在一边等待主任的审看意见。

"你把片子倒到中间，我再看看。"方主任看完节目后，觉得好像有什么地方不妥，他让橙欣把带子重新倒回去。当他看到橙欣和台湾会长一起参观水果展示的画面时，他用手指着画面说："橙欣，你今天穿的这是什么衣服呀？"

到这时，方浩才注意到眼前橙欣的装扮，他有点奇怪地打量着橙欣说："橙欣，你今天这身打扮太另类了吧？我们说过好多次了，采访时的着装要大方、得体，要符合职业特点。我们这可是新闻单位，别把它当成了娱乐圈！去，把这组镜头换掉！”

橙欣没想到自己今天这身衣服会遭到方浩一通批评，她连忙为自己辩解道：“今天的采访是临时增加的，原来没有打算外出采访。”

站在一旁的史伟听到橙欣这么说，觉得有点奇怪：这个采访是昨天就定下来的，橙欣昨天临走时还打听今天谁跟她采访，并特意嘱咐自己别迟到。她现在怎么对主任说是临时增加的呢？奇怪归奇怪，作为新人，史伟不敢随便说什么，他看着方主任，等着主任提出修改意见。

“这样吧，把你的镜头都拿掉，加点别的画面，比如台湾的水果镜头。”方浩说完修改意见，催促橙欣他们马上去修改新闻片。

橙欣拿着节目带退出了审看间，她对史伟吩咐道：“你去资料室借些有关台湾水果的画面，我去编辑机房等你。”说完，老大不高兴地回到编辑机房。她不明白，自己今天这身衣服多有特点啊，方主任干吗说她很另类？真想不到这么个老夫子也知道谈论服装了。

橙欣一心想秀自己的皮短裙和细长双腿的愿望，在方浩的监督下，终于落空了。

第二天，轮到青桐值班。

青桐正在值班室里接电话，责编苏静走了进来，把当天播出的新闻串联单递给她。青桐接过串联单，习惯性地抬头看了一下墙上的挂钟。

“怎么现在才把单子拿过来呀？”青桐有点焦急地问苏静。

苏静连忙凑到青桐身边，解释说：“今天的新闻都来得很晚。”

青桐迅速地把串联单扫了一遍，她在一条国际新闻的题目那里犹豫了一下，问苏静：“这条新闻是我们自己做的，还是从别的媒体那里拿过来的？”

“是新华社的稿子，我们编的。”

“画面没问题吧？有时间的话再核实一下。”苏静边答应着边接过青桐递回来的串联单，快步朝播出线走去。青桐又看了一下挂表，离正点播出还有八分钟的时间。

一切都在按部就班地进行着，正点一到，青桐来到播出线上，双手交叉着放在胸前，盯着前面的播出器。

在她的身后，是负责给屏幕飞滚动字幕新闻的值班编辑小胡。小胡把导播交给他的字幕新闻迅速地敲在电脑里，然后一条一条地飞进正在播出的新闻节目当中。

播出线上所有的值班人员都在各司其职，大家把主要的精力都集中在节目的串联上：负责导播的编辑眼睛紧盯屏幕，下达着一个个播出指令；负责音频的小心地控制着主持与片子间的音量大小；技术员留意着机器中的各种技术参数；负责放磁带的编辑注视着每一条新闻的起始画面。谁也没有注意到，这时一件不该发生的事情就这样悄然发生了——

小胡把最后一条字幕新闻输入电脑后，按下了启动键："英国一家校园今天发生一起枪击事件，请问有多少学生在此次事件中遇难？请把答案通过有奖征集的方式发送回来。"最后这条新闻一共在屏幕上出现了三次。

由于此前所有的字幕滚动新闻都是由导播负责，一直没有出现过什么问题，大家都没有意识到字幕新闻的内容有什么不妥。但是，当青桐从播出线回到值班室的时候，还不到十分钟的时间，值班室的三部座机电话就此起彼伏地响了起来。

通常，值班室里的人最怕的就是在新闻播出过程中或播出之后接听电话，这些电话除了有上级领导看完新闻之后做的批示，有观众的意见反馈，也有来询问事件发生地点的等等。

青桐随手拿起面前的电话："喂，请问是哪里？"

"我是谭启明。你们是怎么搞的？为什么把受害学生的人数作为有奖竞猜的内容给播出去了？"电话里谭启明的声音很大，听得出来是非常生气。青桐听着顿时头发蒙，怎么会发生这种事情？

"领导，我马上处理。"青桐一边答应着一边接过另外一部电话。是台长打来的，内容跟谭启明的几乎完全一样。青桐刚把台长的电话放下，大使馆的电话又到了。等青桐把桌上的三部电话挨个听完后，她几乎瘫在了椅子上，她对值班室的秘书说："快，快去把苏静给我叫过来。"

值班秘书刚才已经从青桐接听的电话里猜到了什么，他不敢迟疑，立即跑到播出线把苏静叫了过来。

"主任，什么事？"苏静手里拿着刚播完的新闻串联单不紧不慢地走了进来。

"快，去把字幕新闻的单子拿给我，立即停止飞字幕。"青桐铁青着脸命令着苏静。

苏静已经在播出线上当了五年的责编了，她清楚，由于新闻一直都是在直播状态下播出的，播出环节难免会出现一些差错，有许多事情往往是防不胜防的，她以为这次也可能是播出中的技术问题，没有太往心里去。于是她先到播出线通知小胡停止飞字幕，然后把刚刚播过的字幕新闻单一股脑地全抱过来交给了青桐。

“主任，刚才播过的字幕条都在这里，有什么问题吗？”

“出大事了！”青桐面色铁青，边说边去找刚才提到的那条字幕新闻。

苏静此刻才注意到青桐的表情，她心里不由得也“咯噔”了一下。她放下手中的播出单，帮助青桐在那一摞文稿里把青桐要的那份新闻稿找了出来。

青桐看着手中的这份只有不到五十个字的字幕新闻，严肃地问苏静：“这份稿子你事先看过了吗？”

苏静点着头说：“是，刚才在新闻快开播的时候，编辑才送过来的。我当时忙着梳理串联单，就简单看了一眼。”

青桐看着苏静说：“刚才我在这里接到了台长和谭总监打来的电话，你知道吗，把遇难学生人数拿来当竞猜题目，已经引起人家大使馆的抗议了。看来，这次事情很严重呀！”

苏静真的没有想到事情会变得这么严重。她紧张地看着青桐问道：“主任，那我现在该怎么办？”

青桐给自己点了根烟，猛吸了几口后，和她一起分析着事态的严重性。她命令苏静：“马上写一份检讨，一定要深刻。明天早上，我们一起去见总监。现在，你马上把播出线上的所有编辑都叫过来开会。”

“好的。”苏静失魂落魄地返回播出线。

青桐看着苏静沮丧地走出了值班室，心里七上八下。苏静是部门优秀的责任编辑，她反应敏捷，脑子灵活，在播出线上指挥镇定，是难得的人才。这次出了这样的事情，别说她难以回避，就是自己恐怕也难辞其咎。突然，青桐想起那位算命先生说的话，近期出大事，难道大祸临头了？

当天晚上，所有参与值班的编辑和相关的技术工种的人员一个不少，全部都集中在了值班室。青桐表情严肃地对大家说：“大家都听着，今天的播出出现了严重的政治错误，这个错误到底最后会如何处理，现在还不能确定。但是，我可以告诉大家的就是，这件事情已经引起了台领导和当事国大使馆的关注。我们向来强调，播出无小事，思想上这根弦什么时候都不能松懈。”

青桐临时召集的这个安全播出现场会一直开到凌晨。

走出电视台的大门，青桐步履沉重，她在黑夜里又给自己点了根香烟，今天这事让她越想越害怕。最近，相继有别的频道和其他电视台发生播出错误，上级领导的惩罚十分严厉，并一再要求引以为戒，可是，意想不到的事情还是发生了，而自己很有可能要因此受到处分。最让她担心的是，苏静等人的处罚可能更重一些，弄不好会因此丢掉饭碗。

青桐慢慢地朝家里走去，夜已经很深了，大街上几乎没有了行人，只有电视台大楼里的灯光依旧明亮。

第二天一早，电视台高层召开了紧急会议，主管新闻的副台长亲自主持，谭启明、周光涛、方浩、青桐和庄政全都被召到了会议室。青桐昨晚上一夜没睡，黑眼圈很明显，面部也显得十分憔悴，两边的头发居然一夜间花白了不少。

台领导传达了上级主管部门的重要批示：鉴于此事已经造成的国际影响，电视台必须对相关人员做出严肃处理。责令对直接责任人给予开除处分，对相关领导给予行政处分，不得通融，以警示所有员工。青桐坐在会议室的角落里，自始至终都低垂着脑袋。当听完上级领导的重要批示后，青桐的脸上顿时灰白一片。这是她所知道的电视台最严厉的一次处罚。这些年，自己没日没夜地为电视台奔忙，到头来不仅没有提升为正处级，反倒得了一个行政处分，加上自己将近五十的年龄，今后的仕途实在堪忧。

散会后，青桐等人又被谭启明叫到总监办公室继续开会。

“大家都听到了上级领导的处理意见了，对于这个决定，我们只能是不折不扣地执行。”

方浩不无遗憾地看着谭启明说：“苏静是我们部门一个很优秀的责编。”

“再优秀，出了这样的事情也无法留了。回去做好相关人员的思想工作，让他们心服口服地离开吧。”

“相关人员什么时候离开？”青桐哑着嗓子问。

“越快越好。上级领导要的就是我们的态度。”谭启明说完又嘱咐方浩，一定要做好相关人员的工作，适当给予一些补偿。

方浩带着青桐和庄政朝部门办公室走去，一路上三人谁也没有说话。什么都不要问了，也不用说了，平时再辛苦，出了事故就得受处罚，没有道理可讲。

方浩把青桐和庄政叫到自己的办公室里，三个人仔细分析了事故的原因和产生的环节，讨论了对相关人员的处理方式。

“庄政，你马上起草一份决定，下午召开部门全体人员会议。除了采访的人，谁都不许请假。”

“青桐，你马上通知苏静、小胡，请他们立即办理离职手续。并告诉秘书，除了把这个月的工资全额发给他们，每人再补发 5000 元吧。”

方浩心情沉重地布置完后，无力地把身体靠在椅子上，他看着庄政和青桐先后走出办公室，一种无奈袭上心头。自己从事了多年的新闻事业，以往的经验告诉他，在这个岗位上就如同行走在钢丝绳上，无论你多么谨慎，错误总是难免的。只是，他没有料到这次的事情会如此严重，以前播出中遇到了问题，一般在部门内解决就行了，先是给相关责任人来个通报批评、扣发相关责任人的奖金，然后再在全部门开展一次教育活动，事情就得到解决了。可这次的事故，不仅惊动了台里，连上级机关也过问了，更要命的是，给予相关责任人开除公职的处罚，这在部门甚至全台都是第一次，再于心不忍也得坚决执行。更何况，这事还要处理得果断，否则，上级领导会认为他们的工作不得力。想到这里，方浩站起身来走到窗前，望着楼下那个属于电视台的大花园，深深地吸了一口气，然后转过身来，迈着大步朝值班室走去，今天，他要亲自审查每一份新闻稿件。

第十六章 喜欢的和适合的，你选谁

在外人的眼里，电视台是个闪着七色光芒的地方，只要能进去便是一种光荣。但是，这里却并不是谁都可以进来的。当你试图敲开这扇大门时，你要先问问自己有几斤几两？想当记者吗？你的智商是多少？你的反应速度够快吗？你处世够灵活吗？还有，最起码的，你的口齿是否伶俐？

经过几个月的恢复性治疗，蓝莹的身体已基本康复了。这天，她又重新回到了电视台。

“蓝莹，你总算回来了。”见到蓝莹的脸上又恢复了往日的红润，眼睛也不再躲闪，红翎真的好高兴，她拉着蓝莹来到咖啡厅，还顺便叫来了紫云和绿佳。

俗话说：三个女人一台戏。这下可是四个女人啊，大家围着蓝莹争着抢着嘘寒问暖，把小小的咖啡厅搅得沸沸扬扬。

这时谁也没有留意到，在隔壁桌上正坐着那位近年来在电视界小有名气的林导演。他正在跟电视剧部的一位编导谈话。此刻他被旁边这群嘻嘻哈哈的女人吸引住了，他回头望去，一眼就认出了蓝莹。林导演曾经看过蓝莹主持的大型娱乐节目，觉得她模样长得很甜美，他曾经想邀请她在自己的一个剧本里出演女配角，因为他觉得蓝莹的长相和自己剧本的二号人物很像。谁知，就在他准备约见蓝莹的时候，蓝莹却在屏幕上消失了。他还以为蓝莹也和有的主持人一样，干到一定时候就出国去了，没想到，今天竟意外地在这里遇到了她。林导演按捺不住心中的喜悦，问旁边的那位编导：“认识蓝莹吗？”

那位编导顺着林导演指的方向看了过去，他摇摇头说：“看过她主持的节目，人不熟。”林导演准备亲自出马，但他却没有马上过去，而是等她们的嬉笑声略微小了一点儿以后，才拿着名片走了过去。

“你好！我自我介绍一下，本人是电视剧中心的林导演，这是我的名片。”林导演说着把手中的名片递给了蓝莹。一桌女人全都愣在了那里，没有人知道林导演想干什么。还是红翎反应快，她拉过一张椅子，对林导演说：“你坐下说吧。”

林导演在蓝莹身边坐了下来，他看着蓝莹说：“我最近准备拍一部电视剧，正在四处物色演员。我发现你跟我本子里的一个角色很接近，能否请你出山，在我的电视剧里扮演这个角色？”

尽管这些年大陆的艺人也学会了走港台艺人的那套路子，演而优则唱，或者唱而优则演，但是，从电视台主持人的位置上退下来去演电视剧的却不多见。与刚才的气氛截然相反，一桌人一下子全安静了下来，你看看我，我看看你，大家都不知道该说什么了。

红翎在想：电视台会同意让主持人去兼职演电视剧吗？紫云头一个反应就是：蓝莹主持的节目怎么办？而绿佳想的则是：林导演到底要蓝莹去演什么角色呢？

终于，蓝莹打破沉默开口说：“据我所知，台里一般不同意主持人去演戏的，否则得辞职。”

“这个我知道，你回去仔细考虑一下，是否愿意换一种路子发展？”林导演没有放弃，他用期待的目光看着蓝莹。然后，他站起身，跟在座的各位打过招呼后回到自己的座位上。

“蓝莹，你真的会去演戏吗？”林导演刚一离开，绿佳就忍不住问蓝莹。

“是啊，这可不是一般的问题，得好好想想。”紫云紧接着绿佳的话说道。她知道，进电视台太不容易了，不能轻易放弃。

红翎看着一脸茫然的蓝莹，一时也没有了主意，林导演的这个提议来得太突然了。现在许多人都在想方设法进入电视台，每年能被电视台正式聘用的可谓凤毛麟角，即便能留在电视台，绝大部分人都是合同制的身份，尽管如此，还是有无数人想进来。让蓝莹放弃电视台的工作去当演员，先不说她能否胜任，单单是让她离开电视台，就值得三思。但是，假如这对蓝莹来说是一条更理想的路子呢？

“蓝莹，我觉得这事不一定是什么坏事，不妨好好想想。你呀，回去给自己画个图，看看你最想要的是什么，可要可不要的是什么，最不想要的又是什么。如果最差的结果你也能承受的话，你就可以去试试。”红翎给蓝莹出着主意。

紫云这时也回过味了，她顺着红翎的思路往下说道：“蓝莹，我记得你说过，在学校的时候，你曾经学过表演，你的外部条件真的很不错。这个人哪，其实都具有多种潜质，就看你如何开发了。说不定你原本就最适合演戏，说不准，你一演，马上就红了呢！”

蓝莹看看红翎，再看看紫云，说：“其实，我在休整的这段时间，也想过自己未来该怎么办的事情，我觉得主持人的岗位不一定适合自己。我是个喜欢随意一些的人，最好有一种工作是可以干一阵，又可以休息一阵的。主持人的工作整天都得绷着弦，思想高度紧张，不能出错，不能重来。虽然有的时候是录播，但是，你同样一点儿都不能松懈，有那么多人在盯着你。如果当演员，可以挑选剧本，有戏拍的时候紧张一些，拍完了又可以休整一段时间。我觉得不错。”

“我真想马上看到蓝莹拍的戏。”绿佳兴奋地拍起手掌。

“好了，我们还是让蓝莹自己拿主意吧。现在大家回办公室去忙自己的事情吧。”红翎看着紫云、绿佳，然后和大家一起站起身来。

蓝莹临走时，友好地向隔壁桌的林导演打了个招呼。

红翎回到办公室，扒了几口盒饭，就带着新来的黄晶晶赶到科技馆采访。

黄晶晶已经到部门实习几个月了，按理说，她天天跟着老记者外出采访，也该摸到点门道了，但是，不知道是否是性格的原因，到现在她也无法顺利完成任何一项采访。红翎曾经让她单独跟着有经验的摄像记者出去了几回，回到台里，不仅稿子迟迟拿不出来，最后还得摄像记者帮着她一道完成编辑。现在，已经没有摄像愿意带她出去了。红翎曾经仔细分析过她的问题，觉得她当电视记者不太合适。但无论如何，她还是想再给她几次机会。

黄晶晶见红翎要带她出去采访，高兴极了，她一边踩着高跟鞋紧紧跟在红翎的后面，一边细声嫩气地问：“老师，我们今天去采访什么呀？”

红翎没有马上回答，她听着黄晶晶挂在嘴边的湖南口音，忍不住反问了一句：“我让你每天早上起来练习读报纸，你读了吗？”

“有的，有的。”黄晶晶连连点头。

红翎没有说什么，看来她让记者用读报纸的办法来纠正发音的法子在黄晶晶这里没起作用。在采访车上，红翎递给黄晶晶一份传真件，说道：“今天采访的是一个科技展览，你现在就开始想想，我们该怎么去做这条新闻。”

黄晶晶坐在后排把传真从头到尾看了个仔细，然后，她眨着漂亮的大眼睛说：“老师，我没经验的，今天还是看你采访吧。”

采访车到达科技馆时，展览的开幕式刚刚开始。红翎没有顾得上再理会黄晶晶，而是按照事先设想的几个程序，很快就把需要采访的几个人物采访完了。接着她又吩咐摄像李辉多拍几张图片和实物，而自己带着黄晶晶走到展览馆的一旁，耐心地告诉黄晶晶采访这类新闻应该从何处入手。黄晶晶目不转睛地听着，还频频点头。

不一会儿，李辉拍完图片走了过来。红翎一看今天的采访进行得很顺利，此刻已经过了最近一档的新闻播出时段，于是就对李辉说：“我们先到外面找个背景，让黄晶晶练练播报吧。”红翎发话了，李辉只好答应，他扛起设备就往外走，红翎把手中的话筒递给了黄晶晶说：“别紧张，今天好好练练。”

黄晶晶听说让自己练习播报，高兴地接过话筒就往外跑。

“你先等会儿，知道该说什么吗？”红翎在背后喊住她，问道。

一句话把黄晶晶问住了，她忽闪着大眼睛，无助地看着红翎。红翎从包里掏出一个笔记本，从上面撕下一张纸，蹲在地上写了几句话交给黄晶晶。

黄晶晶接过纸片，看到上面写着：“在此次科技展上，集中展示了近年来科技人员在航天领域里取得的成绩，是对中国科技发展成果的一次检验。本届展览将持续一个月。”红翎让她先把文字内容背下来，然后再开始录像。黄晶晶反复看着这几句话，嘴里念念有词。

此刻，李辉已经在科技馆附近找好了一个角度，摄像机也已经架起来了。黄晶晶终于站到了镜头前，她手里拿着话筒，运了运气，开始了：“在此次科技展上，集中展示了……”话刚一出口就卡壳了，她的脸一下子涨得通红。

“没关系，李辉你不用关机。晶晶你说错了，就停一下，然后从头接着说，多练练就好了。”红翎在一旁鼓励道。为了不让黄晶晶紧张，她又故意转过身去，装作若无其事地看着马路上来往的汽车。

黄晶晶受到鼓励后又接着练了下去。

“在此次科技展上，集中展示了近年来科技人员在航天领域里取得的成绩，是对……”

“在此次科技展上，集中展示了近年来科技人员在航天领域里取得的成绩……”

四十多分钟过去了，黄晶晶终于结结巴巴地把这几句话录全了，她还站在那里，想继续往下练，红翎一看时间已经不早了，走过来对李辉说：“把机器收起来，回台里吧。”

黄晶晶低着头，沮丧地跟着红翎和李辉上了车。

采访车很快上了西环高速，红翎从前面的后视镜里看了一眼坐在后面的黄晶晶，语重心长地说：“晶晶，你有没有想过去当个编辑？”

“老师，我就想当电视记者，你再给我一次机会吧。”黄晶晶一听说她不适合当记者，几乎要哭出声来。

红翎顿了一下说：“不是我不给你机会，你来的当天，我就安排你跟着老记者出去采访，几个月来，你也很辛苦，跟着记者跑了不少地方。但是，你知道吗？你到现在还不能独立出去采访。新闻采访部的节奏很快，记者们都很紧张，你总不能老是帮着提个包，跟着别人四处转悠吧。”

黄晶晶的眼睛里噙满了泪水，像是受了委屈似的说：“老师，我一直想当记者来着。”

“想是一回事，适合不适合又是一回事。一个人要善于发现自己的长处和短处，根据自己的情况，寻找一样真正适合自己的工作才是最重要的。”

“难道是我的样子不够漂亮吗？”黄晶晶急了。

红翎忍不住从后视镜里又看了一眼晶晶，应该说，晶晶长得还是蛮漂亮的，一头自然卷的披肩长发，一张招人疼爱的小圆脸，只可惜她太缺乏当记者的基本条件了，不仅性格内向，平时就不大愿意跟大家交流，反应也不够敏捷，而且你看不出来她到底对什么感兴趣，更重要的是她说话还带有浓重的地方口音，以这样的条件要当好一名电视记者也真是太难为她了！

红翎笑了笑说：“谁说你不漂亮？但是当记者最重要的不是这些，要做一个好记者，除了要有敏锐的观察力，还要善于跟人沟通，在现场还得有临场发挥的能力，这一切都不是长得漂亮就可以替代的。”

“那我该怎么办呢？”黄晶晶有点茫然了。

红翎想了想，建议道：“我觉得你可能更适合去报纸或杂志社做一名编辑。”红翎转过身来，帮着晶晶把她身上的长处和不足又详细地分析了一遍。

和每一个憧憬未来的年轻人一样，黄晶晶只知道自己喜欢电视，崇拜那些出现在不同新闻事件现场的记者，却从来就没有想过自己是否适合电视记者这份职业。她一直以为，凭着自己的长相，当个记者应该没有问题。可经过这段时间的实习，自己无论是在现场表达还是文字写作，甚至包括与人沟通等方面，都很吃力，还要不要坚持下去呢？

黄晶晶沉默了。

谭启明从桌子上一堆稿件中抬起头，站起身来伸了个懒腰，然后拨通了方浩的电话：“你过来一下。”

十分钟后，方浩出现在谭启明的办公室里。

“这份直播方案我看了，很好。谁弄的？”谭启明指着刚看过的一份直播方案问方浩。方浩走过去仔细看了一下稿件上的题目，是《南海考古发现直播方案》，便说："是黄梅做的。"

"就是那位很泼辣的女导演？"谭启明问。他对黄梅在直播当中的表现印象深刻。方浩点头称是。

"让她有时间到我这里来一下。这份方案我已经看过了，就照这样去准备吧。"方浩答应着把谭启明看过的方案拿走了。

下午，黄梅走进了谭启明的办公室。她跟以往一样，穿了一件紧身的运动装，她一直都是这样，平时大大咧咧的，喜欢穿很休闲的服装，只是，她不太注意遮掩发胖的身材和上了年纪的长相。

谭启明见黄梅进来，连忙把她让到对面的沙发上。

黄梅是第一次来谭启明的办公室，也有点当初青桐进来时的表情，除了东张西望，就是感叹书柜里的书真多。只是，她比青桐多了一份坦然。

"最近还好吗？"谭启明看着眼前这位比自己年长的女导演，关切地问。

"挺好的。谢谢领导的关心。"黄梅乐呵呵地回答。

"我今天约你来，是想听听你对我们频道的意见。我知道，你算是这家电视台的元老了，你觉得目前频道的工作还存在哪些问题？"谭启明把约黄梅谈话的目的直截了当地说了出来，黄梅见谭启明征求她对频道的意见，眼睛放着光地问："说什么都行吗？"

谭启明点着头说："那当然。"

黄梅停顿了片刻后说："我特想说一点，就是现在电视台对老职工太不重视了。"谭启明感兴趣地鼓励她接着往下说。

"我到电视台已经快三十年了，几乎就没有离开过新闻一线，干得最长的就是新闻直播了。到我现在这个年龄，正是对电视积累到一定经验的时候，虽然年纪有点大了，但是，我的精力还很好，经验也是年轻人无法比的，如果安排我去做直播，可以省去许多不必要的过程，因为好多事情我都经历过了，有许多事件，都是触类旁通的。"谭启明往黄梅的杯子里续了点水，他的神态在黄梅看来显然是鼓励她继续往下说。

黄梅喝了口水继续说道："比如，像每年升国旗或大阅兵这样的事情，我都参加过好多次了，如果再让我当导演，我会在以往经验的基础上设计出更好的直播方案，弥补原来的遗憾，而不用像年轻人那样，得从头一点一滴做起，去重复我们做过的事。"

“不错。”谭启明边点头边附和她。

有人鼓励，黄梅就像刹不住的车一般往前开：“我觉得现在电视台最大的浪费就是人力资源的浪费。你想，电视台每年花那么多钱去做项目，每个项目都在锻炼和培养人才，一个编导好不容易培养起来了，却慢慢地被放弃，被闲置起来，等到再有项目时又重新去培养另一批新人。长此下去，我们工作中永远缺乏有经验的人。而已经被搁置使用的人里面，无论是功力还是经验都是最深厚的时候。他们当中只有很少一部分人可以升为主管，而更多的人却在台里渐渐被边缘化，他们每天只能是协助其他人做一些辅助性的工作，而这些事情就应该让刚进来的大学生做，让他们从基础做起，从小事开始锻炼，这样也可避免新招来的大学生养成眼高手低的毛病。”

黄梅说到这里，长长地吐了口气。她好久没有像今天这样把自己心中所想的话这么痛快地吐露出来。

谭启明用手指轻轻地敲击着茶几上的玻璃。他承认，黄梅今天的话一针见血，切中了目前电视台管理上的一些问题。黄梅见谭启明在沉思，心里不免一沉，她有点后悔，莫非今天说多了？她有点怪自己，一遇到机会就管不住这张嘴。

“你觉得应该如何改变目前这种现象？”谭启明没有意识到黄梅的心理变化，接着问。

黄梅打量了一眼表情严肃的谭启明，觉得自己刚才有点多虑了，她振奋了一下精神，胸有成竹地说：“我个人觉得，台里应该很好地研究一下这个问题，可以把现有的人员分成梯队来管理使用。我到过许多国家，看见人家电视台在这个方面做得很好，他们并不是根据一个人的年龄来划分人力的，在许多重要的岗位上，有不少年逾花甲的导演，甚至一些古稀之年的主持人依然活跃在一线上。他们有经验，放在那些位置上，说白了，能镇得住。”

“可我们一些老编辑、老记者，还有那些老导演，会不会干到一定时间就不想干了呢？”

“应该不会。不想干的毕竟是少数，关键是怎么使用他们。每个人在他们的心里都或多或少有个价值尺度，对于资深的编辑、记者，甚至导演，应该给他们应有的尊重，最大限度地发挥他们的潜力。像我们这批人，现在无论接到什么项目，都会异常兴奋，都会铆足了劲去做的。”

“谢谢你，黄梅。你今天能畅所欲言，回答了我近来一直思考的一个问题。”谭启明站起身来，跟黄梅握了握手，黄梅也笑着对谭启明说：“领导，我今天可能说多了，有什么说得不对的地方，您多担待。”

谭启明摆摆手回答：“没有，说得很好，以后有什么想法可以随时跟我谈。”

黄梅乐呵呵地谢过，离开了谭启明的办公室。

送走了黄梅，谭启明回到办公桌前，他给自己点了根香烟。想着黄梅刚才的话，他觉得它代表了台里相当一部分人的看法。自从自己调入新闻频道后，下面各个部门的主任都跟他反映人手不够用，可上级管理部门又严格限制新增人员。他经常为此苦恼。今天，黄梅的话，让他茅塞顿开。是呀！各部门只一味强调要增加人手，可对于那些有经验的资深记者、编辑却视若无睹，把他们闲置起来。电视台不知道从什么时候开始，形成了这样一种风气，好像只有新人可用，新人好用。新人固然年轻，有朝气，有闯劲，是一股新鲜的力量。但是，频道的中坚力量应该是大批有工作经验的中年人。他们成熟，有实战经验，经受过各种事件的考验和锻炼，应该把他们很好地使用起来。除了赋予他们一定的尊重，还应该给予他们一定的待遇。刚才黄梅提到了“人力资源”这个词，这是管理者需要重视的问题。

谭启明把手里的烟掐灭，站起身，朝新闻采编部走去。

国宝大熊猫喜添幼子，中国向澳大利亚赠送的大熊猫也即将启程。萧枫和史伟赶往卧龙自然保护区熊猫基地进行采访拍摄。

保护区里刚刚下过一阵雨，路上还有点积水。萧枫手里拿着话筒走在前面，在即将到达二号馆的时候，他们迎面遇到了另外一支拍摄队。

“请问你们也是去拍摄熊猫幼子的吗？”对方拍摄队里一位高个子的男生跟萧枫打着招呼。

“是呀。你们是哪家电视台的？”

“我们是台湾电视台的。我叫王文凯。”高个子的男生边走边从衣服的口袋里掏出名片递给了萧枫。

萧枫站定，也礼貌地回了一张名片。

“萧先生请多关照。”王文凯彬彬有礼地说。

“互相关照。”萧枫说着，抬起头来仔细地打量了一眼王文凯：一个长得很斯文的男生，脸上白白净净，大眼睛略带一丝忧郁，这是一双让人爱怜，足以让人走进他心灵的眼睛。萧枫在碰触到这双眼睛的一刹那，心头突然有一种震颤的感觉。

王文凯似乎也捕捉到了什么，他不露声色，连忙转过头去，跟自己的摄像介绍说：“大蒋，这是内地媒体的萧先生。”扛着摄像机的大蒋上前两步，腾出手来分别跟萧枫和史伟握了握手。

两支报道队伍同时走进了二号熊猫馆。史伟和那位大蒋进馆后立即架起摄像机，调试好摄像机的色温，一看他们的举动就知道是有经验的摄像，根本不用文字记者指挥，就各自开始拍摄新闻需要的画面。

萧枫和王文凯则找到熊猫馆里的负责人，向他了解熊猫幼子的生长情况。令人惊奇的是，两位素昧平生的记者居然配合得非常默契，他们站在这位负责人的面前，彼此呼应着把各自想问的问题都提了出来，并且没有重复。不仅如此，两人往那一站，无论是个头，还是气质，就连长相也颇有几分相似。

从见到王文凯的第一眼起，萧枫的心里就有了一种异样的感觉，让他莫名地希望接近王文凯，而这种感觉已经很久没有出现了。

王文凯的心里也同样开始翻腾起来。王文凯是台湾电视台的资深记者，不仅经常往来于台湾和内地之间，只要两岸有重要的新闻发生，几乎都能看到他的身影。他工作很拼命，待人很友善，尽管仰慕他的女生起码有一个加强连，但至今他还没有交过女朋友。不是没有遇到合适的，只是，他对女生天生不感兴趣。眼下，萧枫的出现，让他有了那种久违的感觉。

采访结束后，王文凯主动约萧枫和史伟晚上一起出去吃饭。

在保护区附近的一家当地风味的餐厅里，王文凯、大蒋、萧枫和史伟四人围坐在餐桌前，点了几盘风味小菜，又要了几瓶啤酒，大家痛快地畅饮起来。大蒋自然是主动找史伟说话，两人聊得很高兴，各自举着一瓶青岛啤酒“吹”了起来 。

“你平时喜欢看什么书？”王文凯喝了口啤酒，问坐在对面的萧枫。

“很杂。什么书都看。”

“写脸书吗？”

“脸书？”萧枫第一次听说这个词，有点疑惑地看着王文凯。

“就是 Facebook。”王文凯又用英语说了一遍，萧枫这下明白了，原来他说的是类似于微博之类的东西。萧枫马上回答：“你说的脸书我们这里暂时还没有，我只是经常在微博上写点东西。”说着，他把自己微博和博客的地址抄给了王文凯。

“我以前很喜欢写部落格。把一些采访中的见闻和体会以及好玩的事情写出来，跟大家分享。”

“彼此彼此。”萧枫觉得他和王文凯之间又多了些共同点。

“去过台湾吗？”王文凯问萧枫。

“去过，但每次都很匆忙，来不及细细品味。”

“你下次再去的时候，一定给我电话，我带你去一些地方走走。”

“好啊！你对内地已经很熟悉了吧？”萧枫问王文凯。

“差得很远呢，好多地方还没有去过。”王文凯边说边用手比画着。

这顿饭，四个人吃了两个多小时。由于饭馆很小，客人也不多，老板几乎就是围着他们一桌在忙乎，这让他们觉得很尽兴。

走出饭馆，四周已经寂静无声了，只有远处的点点繁星还在那里不知疲倦地眨着亮晶晶的眼睛。

王文凯对萧枫说：“我听说附近有个小湖。我很喜欢看月色中的湖面，能陪我去走走吗？”

萧枫点了点头，深夜看湖水，听起来很浪漫，但是能看到什么呢？他预感到了什么，但是，他佯装不知，对史伟说：“我陪王文凯出去走走，你早点回去休息吧。”

“好的。明天早饭见。”史伟对黑夜中的湖水可没有什么兴趣，他累了一天，只希望赶紧回宾馆去睡觉。于是，他和大蒋朝住的地方走去。

王文凯和萧枫则朝着相反的方向走去。夜色很快将他们的身影掩盖了。

“你怎么不说话了？”两人默默走了一段，王文凯率先打破沉静。

“我不知道说什么。”萧枫的声音很低。

又是一阵沉默，两人继续往前走着。

突然，王文凯抓住了萧枫的手。几乎同时，萧枫不由自主地靠近了王文凯。此刻，在蛙鸣四起的湖边，两个人四目相对，尽管无法看清对方的眼神，但是，他们能够听到彼此心脏的跳动。王文凯的出现，把萧枫身体里久未碰触的神经唤醒了。此时此刻，他无法控制自己的意志。

黄梅已经很长时间没有参加部门的新闻直播会议了。

在电视台里有个不成文的约定：凡是四十五岁以上的人，就自然而然地可以享受一种所谓的“老干部”待遇了。所谓“老干部”待遇，就是对他们没有具体工作量的要求，也不用再承担高难度的工作，他们每个月可以领取到一个平均奖励。这个约定不知道是从何时开始，又是从何处而来的。按理说，它的确是一种比较舒服的待遇，但问题是，有许多资深的记者、编辑、导演，在这个年龄段正处在经验丰富、精力依然充沛的时期，在许多问题上他们有自己的想法，却因为这种待遇被“养”了起来。自从黄梅被列入到“老干部”行列之后，她就很少再担任新闻直播导演的角色了。

黄梅今天被部门叫来，是因为最近将有两批台湾高级参访团来内地访问，届时他们将在上海、南京、西安、北京等地参观。为了做好这次报道，部门准备在几个城市以“记者体验式报道”的方式进行连续直播，由于人手实在紧张，在红翎、紫云等人的请求下，方浩同意让黄梅单独负责一摊。此前谭启明已经和方浩沟通过，让他有意识地使用资深员工。

黄梅刚一上楼，就遇到了红翎。“黄梅姐，最近好吗？”红翎热情地迎了过来，搂着黄梅的肩膀问道。

“好！我现在是无所事事，你看，都养胖了。”黄梅笑着让红翎看她仰起的下巴。

“你别急，这次够你忙的，一场直播下来，你的下巴恐怕就得变成单的了。”红翎跟黄梅打趣道。

“你别说，我这段时间可都快憋死了。”黄梅和红翎在沙发上坐下，她对红翎说，“你说我吧，儿子出国了，老公整天在外边忙他的公司，我每天来办公室看一眼，又没有什么具体的工作，只好回到家里去发呆。你都不知道，我每天都在家里搞一次清洁卫生，把过去忙的时候没有干的家务全都干了一遍。”

红翎看着黄梅手舞足蹈的样子，不免感叹：这个精力旺盛的女人，恐怕连老虎都能打死呢，现在却在家里闲着，真是可惜。最主要的是，像她这样的编导在电视台几乎干了一辈子，除了电视，除了直播，她还能干什么？

部门的直播会议开了一上午，对每个岗位都进行了明确的分工，黄梅负责南京方面的直播。黄梅好久没有做直播了，接到任务后，她就像个刚出道的新手一样怀着兴奋的心情开始着手准备直播方案。

南京的直播点就设在中山陵。几天后，第一批台湾参访团即将在这里举行拜谒中山先生的活动。台湾高级代表团如此正式在中山陵举行拜谒活动，这还是第一次。如何才能使直播在不失庄严、肃穆的前提下，尽可能地多展现中山陵的雄姿呢？中山先生在海外华人，特别是在台湾同胞的心中享有很高的威望，何不利用这个机会，让更多人了解中山陵的现状？思路一定，黄梅决定即刻启程，提前到中山陵实地考察，然后再确定直播机位。

“紫云，把行李放下后，我们先到中山陵看看。”黄梅对一同前来的紫云吩咐道。

紫云也好久没有跟黄梅合作了，这次如果不是方浩主任坚持，黄梅这会儿可能还在家里收拾屋子呢！她很理解黄梅此刻的心情，便答应道：“黄梅姐，听你的。”

黄梅带着紫云登上了雄伟的中山陵。

恰逢一场大雨过后，中山陵上郁郁葱葱，清新的空气流淌在暖暖的阳光中，但黄梅和紫云却无心赏景，她们一口气爬到了最高处。紫云掏出纸巾，轻轻地拭去额头上细微的汗珠。

“黄梅姐，先歇歇吧。”她望着同样有些气喘吁吁的黄梅说。

此刻，黄梅的脸也被汗水滋润得红光满面，她用手抹了一把鬓角上的小汗珠，对紫云说：“好久没爬这么高了，再这么养下去，恐怕连路也走不动了。”紫云看着黄梅日渐浑圆的身子，笑着说：“你去练练瑜伽吧。”

“有工作让我干，什么也不需要。”

两人说着，把周围的地形仔细察看了一遍。

“我们应该再增加一个机位。我们原先安排的两台摄像机保持不变，一台负责拍摄大全景，一台负责跟踪拍摄，这两台都设在拜谒现场。除此之外，还得在纪念堂的前面增加一台设备，万一他们从那里出来后，站在那里说些什么或再做些什么，有了这台设备，我们就可以保证直播中画面的连贯性。”黄梅一边观察地形，一边指手画脚地把机位布置图定了下来。

为了保证直播中的不间断性，黄梅决定原路返回。她对紫云说：“我们一会儿从原路回去，我把所有的阶梯数一遍，你计算一下时间。”见紫云有点疑惑，黄梅接着往下说：“我们把这一段行走路线的时间摸清楚，直播时，我们就能知道代表团从下面往上走的时候大约需要多少时间，以便我们把握拍摄时机。”

紫云佩服地看着黄梅，对呀！自己怎么没有想到。黄梅在直播中积累的经验是一般人难以比拟的，只有经历过无数直播过程的老导演才会有这样的积淀呀！

南京中山陵的直播非常成功。由于事先做了充分准备，各个环节衔接得都很流畅，整个直播一气呵成，现场的气氛营造得也恰到好处。

部门对黄梅的表现非常满意。南京的直播刚一结束，方浩就把电话打了过来："黄梅呀，直播很不错。跟大家说，辛苦了！"

如果说过去黄梅听过太多这样的评价，已经习以为常了，那么，这一次，方主任的话无疑是让黄梅又一次找到了个人的价值所在。工作着的感觉，真好！黄梅由衷地感叹着。

第十七章 情感方程式

你爱的，他不爱你。你不爱的，他却偏偏出现了。命运总在和你作对。你真切地投入，想要爱一次，结果却发现，命运跟你开了个玩笑。

绿佳提着一个LV的大包，独自一人从外面走了进来。在她的脸上看不到往日那种喜悦的神情，而是两只微微浮肿的眼睛。

红翎在办公室里没有发现萧枫，她问绿佳："哎，我说，你把萧枫藏哪儿啦？"

绿佳从电脑屏幕前抬起头，睁着两只无神的大眼睛看了一眼红翎，把头摇得像拨浪鼓。

红翎感觉绿佳今天的表情有点怪怪的，她没有细问便拨通了萧枫的手机。"嗨，你现在哪里呀？下午有个采访，你去一下吧。"

"知道了，我一会儿到办公室。"萧枫的语调有点无精打采。

红翎放下手中的电话，忍不住又看了一眼绿佳，心想：这两个人今天都有点奇怪，到底发生什么事了？

一个小时后，萧枫出现在办公室。与往日不同的是，他没有马上走到绿佳的身边去打招呼，而是径直来到红翎办公桌前。

"组长，下午是什么事情？"萧枫问红翎。

红翎把手中的一份传真件递给萧枫说："欧盟近期对我们国家的产品质量提出异议，下午相关部委将会就此事发表一个声明，你去采访一下。"

萧枫接过红翎递过来的文件，随手翻了一下说："知道了，我先到网上查查相关背景。"说完，他走到自己的办公桌前，打开了电脑。

绿佳就坐在他的斜对面，两人却好像互不认识一般，谁也没有跟对方打招呼。

接近中午，萧枫从电脑前站起身来，他望了一眼绿佳，想说什么，但最终什么也没有说，独自一人走了出去。

绿佳一直心神不定地在网上搜索信息，其实她的注意力一直没有离开萧枫，她在等待萧枫主动来找她。此刻，她看到萧枫一言不发走出办公室，泪水瞬间汹涌而出，她担心被别人看见，连忙掏出纸巾按在双眼上。

红翎注意到了这个细节，心想：绿佳跟萧枫肯定是闹别扭了。

过了一会儿，绿佳走到红翎身边，低声问道："中午有空吗？想跟你聊聊。"

红翎抬手看了一下手表，说："好吧，一起去吃快餐吧。"

两人收拾好桌上的东西，一同走出了办公室。在等电梯的时候，红翎见绿佳郁郁寡欢，但却故意装作什么事情也没有发生的样子。她指着绿佳手中挎着的名牌包说："我说，咱们当记者的最好别背这么高档的包包好不好？如果被厂家知道了我们在里面装的都是些电池和话筒线，一定会难过得晕过去。"

绿佳微微一笑，接着说："晕了才好！让他们再奖励一个！"

到了快餐店，红翎和绿佳选了一个靠窗户的位子坐了下来，从这里可以看见川流不息的大街。她们分别点了一碗牛肉拉面和一盘扬州炒饭。饭还没有上来，绿佳就忍不住说道："红翎姐，我该怎么办呢？"

"怎么了？"红翎看着绿佳突然流露出的痛苦表情，关切地问，"到底发生什么事了？"

绿佳没有马上回答，而是轻轻地摇了摇头，然后她向红翎提出了一个问题："如果一个人不是你原来想象的那样，你是否还会跟他继续下去？"

红翎看着绿佳说："那要看是什么情况。如果他对你的忠诚改变了，那你当然应该选择放弃。但是如果他仅仅是在一些习惯上的做法让你感到不适应，那你就得问清楚自己到底在意对方什么？"

绿佳沉默了一阵，她在犹豫要不要把她和萧枫之间发生的事情告诉红翎。而红翎也看出了她内心的矛盾，她没有追问，只是在静静地等待绿佳主动开口。

绿佳用筷子挑着碗里的牛肉面，往嘴里送了一口，她慢慢地嚼着。又过了一会儿，她突然看着红翎问道："你对同性恋怎么看？"

红翎很奇怪绿佳怎么会提出这个问题，说实在的，对这个问题她平时很少接触，尽管她也听说社会上这种人有一定的数量，但是，为什么会出现这种现象，她一直没有细想过。绿佳突然发问，让她一时有点反应不过来。于是，她边想边说："这个嘛，我平时没有太多关注。不过我想，同性恋既然在人群中存在着，就一定有它存在的道理。德国哲学家黑格尔不是说过吗，凡是存在的，都是符合理性的。"红翎说到这里，发现连她自己都不知道在说什么，于是停止说话，继续观察着绿佳的表情。

绿佳心情沉重地说："我告诉你一个情况，你千万不要对别人讲。"她看着红翎点头答应了，才接着往下说："你相信萧枫是同性恋吗？"

“什么？这不可能！”红翎刚听到这里，下意识地做了一个阻止的手势。也许事情来得太突然，红翎觉得自己的声音都有些失真了。

绿佳没有辩驳，她苦笑了一下，继续往下说：“一开始我也不相信，但是，面对事实，我不得不承认。”

“你别胡思乱想！”

“萧枫从熊猫基地回来后，我隐隐地觉得他有什么事瞒着我，但又弄不清楚是什么事情，只是察觉到他经常跟一个人通电话。我开始以为他在外面认识了别的女孩子，直到有一天，我无意中发现了他的邮箱里有另外一个男人发过来的照片，我当时觉得很奇怪，就拉着萧枫问，他一开始不肯承认，最后被我逼得没有办法，才说出了事情的真相。我当时整个人都傻了。”

绿佳说到这里，忍了一上午的眼泪终于涌了出来。她拿起杯子，喝了口水，接着说：“我在国外读书时，同宿舍的女生是同性恋者，所以我大概也知道一些他们这类人的情况。这种现象在国外很寻常，我知道同性恋者主要是由于生理上的某些基因使然，并不是我们过去所理解的道德问题。只是，当我面对着萧枫的时候，想到我们曾经有过的感情，我还是一时很难接受。”

“如果说萧枫是同性恋者，那他为什么又跟你产生了恋情呢？”这下轮到红翎糊涂了。

“我查过资料，像萧枫这种情况应该是属于双性恋者。”

红翎愣了好一会，然后焦急地看着绿佳问：“你准备怎么办？”

“我很痛苦。平心而论，我非常喜欢萧枫。你不知道，他在最初接纳我的时候，我觉得自己是天底下最幸福的女人了。这件事情发生后，我也想过逃离，但是，我做不到。你知道，我是那么喜欢萧枫！我现在不知道自己该怎么办了。”

“那萧枫是什么态度？”红翎追问道。

“他也很痛苦。他把事情的真相告诉我之后，真诚地向我道了歉，请求我的理解和宽恕，他现在把决定权全部交给了我。”

红翎望着绿佳，一时不知该说什么好。可是她始终想不通，那么优秀的一个小伙子，怎么会是同性恋呢？要是不出这样的事情，绿佳和萧枫该是多么完美的一对啊！现在绿佳会做出怎样的抉择呢？如果是自己遇到了这种事情又会怎么办呢？红翎陷入了沉思。

这顿午餐，两个人都吃得很沉重。红翎最后答应绿佳，抽时间约萧枫谈谈。

红翎和蓝莹并排躺在美容院的床上。

这些年，在中国大小城镇里，发展最快的项目之一就是各类的美容美发店。这家美容院距离电视台很近，走过来只需要十五分钟。在众多的美容院中，它是档次较高的一家。里面不仅设施齐全，布置得也十分温馨，最重要的是它很干净，这是红翎选择它的主要原因。红翎从三十岁起就开始定期做美容，基本上是每月两次。不管在什么地方，只要有条件她都会坚持。不过，她对美容院的卫生条件十分挑剔，她觉得做美容不单单是为了保养皮肤，更是为了放松一下身心，而这对于一个长年累月在外奔波的女性来说是十分必要的。躺在美容院雅致而洁净的按摩床上，那种任由美容小姐在你脸上和身上"揉搓"的感觉，常常会让红翎舒服地进入梦乡。等她被唤醒从床上爬起来的时候，镜子里的她已是容光焕发了，这里面除了护肤品的功劳，睡眠的作用也不可小瞧。

但是今天，红翎知道自己忙中偷闲的美梦做不成了，因为她身边躺着个蓝莹。蓝莹可不仅仅是来陪她做美容的，她是想趁这个时间跟红翎好好聊聊天。

"你想好了吗？"红翎见美容小姐都出去了，就问蓝莹。

蓝莹睁着眼睛，从屋顶上的镜子里看着自己脸上黑乎乎的海藻面膜，觉得很好玩。她侧过脸来，斜了一眼红翎，见红翎一脸白色面膜，像尊雕像，便说："红翎，我发现你很像古希腊的维纳斯。"

"那你像什么？"

"我嘛，像惠特尼 · 休斯顿。"

"美死你！快说，你的事到底想明白了没有？"红翎急切地想知道蓝莹最后的决定。房间里播放着小野丽莎的《左岸香颂》，很抒情，很浪漫。蓝莹在音乐里沉默着。

几分钟，但又好像过了很久，突然，蓝莹一骨碌翻了个身，她把整个身子都倾斜到红翎的这一边，用手托着头，看着她心目中的维纳斯说："我想好了，辞掉电视台的工作，接受林导演的邀请，去演电视剧。"

尽管红翎此前已经预感到可能会是这个结果，但是，当听到蓝莹亲口对她说出来，多少有点惊讶。要知道，现在有多少人想进电视台呀，而蓝莹选择放弃，这真的需要极大的勇气。

"你仔细权衡过了？"红翎侧过脸看了一眼蓝莹。

"是的。我经过了一番痛苦的选择，最后告诉自己，还是离开电视台吧。"

"理由呢？"

“在电视台，如果要当一个优秀的节目主持人，就得经受住各种压力，特别是女人，要比男人付出更多。电视台不需要个性很强的人，只要有特点就行。而我呢，天生就个性很强，但韧劲不够，受不了太多的委屈，很难坚持下去。”

“不能继续做名主持，做个一般的主持不行吗？”

“做一般的主持人，其实是挺难受的，说白了，充其量就是个传声筒，经常被安排在夜间或非重点的时段出现，活儿一点儿都不轻松，而且，忙乎了半天，却没有多少人认识你。光鲜亮丽的事情都让给了名主持，一般主持不过是陪衬。”

“电视台能出名的毕竟是少数，每个环节都需要人去干呀！”

“如果我不当主持，或许也会这么说，但不幸的是我却在主持人的位置上。这就好比一个歌舞团，你在舞台上一辈子都是伴舞的，你会是什么感觉？”

红翎没有回答。蓝莹说的也许有道理，可当了演员就可以逃脱这一切吗？

“你有没有想过，演员这碗饭也不是那么好吃的？”

“当然。但是我觉得我可能更适合走这条路。那天林导演邀请我拍戏，一下子把我的表演神经调动起来了，回到家，我想象着自己在电视剧里的表现，突然变得很兴奋，趁着年轻我为什么不去试试呢。”

红翎听出蓝莹的决心已定，也不好再劝她什么。正在这时，两个美容小姐走了进来，她们分别帮红翎和蓝莹除去脸上的面膜，然后安排她们去更衣室换衣服。

红翎和蓝莹穿着美容院的浴袍朝更衣室走去。

通道里铺着软软的地毯，走道的两边是玻璃墙面，夹层里镶嵌着五颜六色的干花，在灯光的照射下，犹如水晶宫一般绚烂。

“我最近准备抽空重新装修一下卫生间，你有什么好的建议吗？”红翎问蓝莹。

“没有。我正准备问你呢。最近我父母老催我买套房子，我没有想好是买还是不买？”

“当然应该买。为什么要犹豫？”

“我是想，将来找个人嫁了就算了，把买房子的钱省下来买衣服和化妆品。”

“错！”红翎拿出她经常告诫年轻记者的话对蓝莹说，“你知道吗？房子对于一个在外闯荡的女人来说太重要了。”

“何以见得？”

“房子对我们这样的女人来说，除了居住的功能，它还是我们躲避外界干扰和给自己疗伤的地方。当你在外面受了委屈，你可以回到自己的家里呐喊和哭诉；当你不想见别人的时候，你可以躲在家里闭门不出。有一个属于自己的天地，心里就会多一分安宁，你就会遇事不慌；即便是将来嫁人了，你也应该保留一个属于自己的空间；如果有一天，你被什么人抛弃了，你依然可以坦然地去面对生活，而不至于为了一个栖身之所委曲求全。”

“有道理。可我一下子拿不出那么多的钱买一套大房子呀？”

“房子不在大小。没有实力的时候，就买套小点儿的。哪怕只有四五十平方米，那也是属于自己的。”

“知道了。”蓝莹感激地看了一眼红翎。

两人说着已经来到了更衣间，红翎脱下浴袍准备更衣。这时，蓝莹好像发现了什么，两眼直直地盯着红翎的身子，惊讶地说：“哇，红翎，你的身材保持得太好了。”

正在穿内衣的红翎被蓝莹的惊讶弄糊涂了，她低头仔细打量了一下自己说：“这很正常呀！”

“我是说你的身材一点儿都没有走样，还跟个二十多岁的小姑娘一样。”

“怎么？我很老了吗？”红翎故意反问蓝莹。

“我不是那个意思，谁敢说我的姐姐老呀！我是说现在有许多小姑娘的身材也未必有你这样的。还有你的皮肤依然那么细腻和光洁，我到你这个年龄的时候如果也还能像你一样就好了。”

“你到我这个年龄段的时候一定会比我还要好的，因为现代人更懂得保养自己。年龄像根绳，稍不留意，它就把真实丈量出来了。”红翎若有所思地站了一会儿，然后催促着蓝莹快点换衣服。

红翎和蓝莹从美容院里走出来的时候，已经过了晚饭时间。两个女人站在大街上东张西望，不知道此刻该吃些什么好。最后，还是蓝莹提议说：“附近有家西餐馆，我们就上那儿吧。”于是，她们手挽着手，朝那家西餐馆走去。

红翎刚回到家就接到了栗阿姨的电话，栗阿姨让她明天晚上腾出时间，跟她去见个人。这已经是栗阿姨第七次安排红翎相亲了。

栗阿姨是红翎妈妈的老朋友，自从那一年，她和红翎的妈妈在大街上意外重逢后，她就把红翎的事情当成了自己姑娘的事。她见红翎一天到晚忙于工作，总担心她这么下去会把自己的大事给耽误了，眼瞧着一年又一年地过去，栗阿姨越发觉得自己有责任帮她寻个好人家。栗阿姨退休之前是机关里的妇联干部，认识不少的人，这两年，栗阿姨开始频繁地替红翎物色人选。而红翎一方面不好驳栗阿姨的面子，另一方面也不回避这种方式，她也希望能在这样类似大海捞针的“海选”中遇到一个称心如意的人。

此前栗阿姨曾经给她介绍过一位年轻的局级干部，那个人长相一般，人倒是很热情，他很喜欢红翎，见了红翎一面后就频繁地约红翎再见面。红翎虽然对他没有特别的感觉，但栗阿姨说，感情是处出来的，让红翎跟他先相处一段时间，彼此了解了解。但是，几次见面之后，红翎发现那位局长的女儿非常抗拒她，每次大家见面，她都在一旁故意大喊大叫，红翎和她说话，她不是装作听不见，就是躲得远远的，弄得红翎十分尴尬。那位局长跟她解释过，孩子的妈妈在她三岁的时候去了英国留学，从此就一直没有回来，两人后来是通过双方的律师协议离婚的。红翎面对这个从小缺少母爱的孩子束手无策，她的工作性质需要她经常在外面出差，她没有办法，也没有时间和精力去学习如何当好一个后妈，最后只好选择了放弃。

这次栗阿姨要带她见的又是个什么样的人呢?

第二天晚上，红翎按照栗阿姨事先的吩咐，按时来到附近一家川菜馆，走进了六号包间。

“快过来，坐在阿姨的身边。”红翎刚一露面就被栗阿姨热情地迎了上来，她把红翎搂着往座位里面让。

红翎刚从外面进来，眼睛一时没有适应过来，只能被栗阿姨一边让着一边向房间里的人点头致意。

待她在座位上坐定之后，才得以看清房间里各位的真容。一位是栗阿姨的老伴，张叔叔，一位是栗阿姨的大女儿娜娜，还有一位，没有见过面。此人的年纪看上去有六十岁了，长得很清瘦，个子不高，有点谢顶，面部表情严肃，有点像个循规蹈矩的机关干部。

不会就是这一位吧？红翎正在那里犯嘀咕，栗阿姨开口了：“来来来，我给你们介绍一下。”她先拍着红翎的肩膀，跟那位机关干部模样的人说：“老段，这就是我的干女儿红翎，现在在电视台做制片人。”栗阿姨一转身，又指着那位老段对红翎介绍说：“这位是段处长。人可好了。”

红翎听完这句话，心不由得往下一沉：妈呀！他的年纪也太大了吧！尽管如此，红翎还是礼貌地向段处长点了点头，算是打过招呼了。

接下来，红翎开始低下头吃饭。栗阿姨又说了什么她都没有在意。红翎不能吃辣的，只好挑些清淡的东西往嘴里塞。那位段处长吃了一会儿，好像突然想起什么，夹起一块白切鸡，递到红翎的盘子里说："多吃点。"

"谢谢。"红翎没敢抬头，她怕正视他的眼睛，怕看清他脸上的沧桑。

这时，栗阿姨又开始介绍说："段处长刚刚退居二线，两个孩子都结婚了，各过各的。他现在就守着个老母亲。段处长家里有一大套房子，是以前他父亲留下来的，差不多有一层楼呢。"

红翎边吃边听，没有动心。房子？她不缺，她已经有属于自己的房子了。再说，要那么多的房子干吗呢？用来养宠物？红翎爱干净，每天下班回到家都要抽出时间收拾房间，每次出差回来，第一件事情就是大搞清洁卫生。妈妈非常了解她这个脾气，经常在她深夜回到家时打电话来提醒她：先休息，卫生明天再说。再要那么多房子，岂不把她给累死？栗阿姨无法了解红翎的心思，她红翎要找的人关键是让她有感觉，而感觉不是可以用具体的物质来衡量的。

这顿饭吃得好漫长，中间红翎抽空去了一趟卫生间，主动把账给结了。

终于，栗阿姨和叔叔、娜娜都站起身来了，栗阿姨对段处长说："你们留在这里再聊聊，我们先回去了，我还约了人到家里打麻将呢。"

"栗阿姨，我也还有点事情呢。"红翎跟着站起身来。

栗阿姨不由分说地把红翎按回椅子上："不急，你先跟段处长聊一会儿再走。"

红翎不好驳栗阿姨面子，只好又坐了下来。栗阿姨带着叔叔和娜娜走出房间时，特意把房间的门给带上了。

包间里就只剩下红翎和段处长两个人了。那位段处长还坐在原来的位子上，他隔着一桌残羹剩饭，看着红翎说："要不现在我们就谈谈？"

红翎听到这句话，差点没笑出来，他的口气真像个老干部。她忍着笑点了一下头。于是，段处长开始自我介绍："你的情况栗大姐都跟我说了。我的情况嘛，你可能还不大清楚。"他看红翎又点了一下头，就接着往下说："我爸爸原来是个军级干部，离休后和母亲单独住在干休所。后来去世了，母亲没有人照顾，我就把自己的房子留给了前妻，搬回去跟母亲住。家里房子很多。我今年已经五十八了，现在退居二线，工作很轻松，我的基本情况就是这样。如果你愿意，我们就谈谈。"

红翎没有表态，她不知道该说什么，眼前这个人绝对不是她要找的人。年龄相差十八岁不说，单是这个人的外表气质和目前的心态，就足以说明两人肯定不是一类人。红翎需要一个依然可以推着她继续往前走的人，这个人要有朝气，不管他是做什么的，至少他对生活和事业还没有懈怠，还有一份追求。尽管自己已经站在老姑娘的行列里了，但还不至于老到这种程度吧？一个人，最怕的就是心态提前衰老，心老了，人就真的老了。未来的二三十年自己又将如何度过？

段处长见红翎没有说话，端起杯子喝了口剩茶，又说："你已经看到了，我比你的年龄大一些。但是，你也不小了，是吧？"红翎听到这里，心里很不痛快。难道自己除了他，已经没有别的选择了吗？他的口气哪里像是跟刚结识的女朋友在交往呀，分明是把自己当成了他的部下。

逃跑，尽快离开这里！红翎趁段处长说话的间隙，立即站起身来，她看着段处长说："对不起，我单位里真的有点事情要处理，我想先回去了。"

段处长跟着红翎站了起来，他把放在椅子上的一个小布包随手夹在腋下，问红翎："我什么时候能再见你呢？"红翎勉强挤出一点儿笑容说："等我忙过这段时间吧。"

红翎几乎可以用"逃之夭夭"来形容自己的这一次相亲过程。

走在热闹的大街上，红翎把自己的思绪重新整理了一下。她对自己说：不能随便放弃自己的理想和追求。不是有这么一句话吗，只要有梦，就会有希望！我愿意继续等待！

周末上午，红翎起床后就忙着收拾屋子。

难得今天没事儿，红翎可以舒舒服服地待在家里。昨天下班后，她赶到超市里给自己买好了一堆吃的、喝的，她要闭门谢客一天，好好让自己放松一下。做了这么多年记者，能有一个足不出户的周末对于她来说是非常难得的。

红翎经常跟同学说，记者这个职业跟其他行业最大的不同，就是天天不着家，新闻是跑出来的，不跑就不叫记者了。所以，周末只要没有采访任务，红翎通常都会选择留在家里，收拾收拾房间，读读时尚杂志，再听听音乐，即便是面壁思过，她也觉得比待在外边强。

红翎刚把地板拖干净，电话铃就响了。接电话时，她暗暗对自己说：今天谁叫，也不出去！

"红翎，我是萧枫。我知道你今天没有采访，能约你出来吗？"电话的那一头传来了萧枫的声音。

红翎犹豫了，她猜到萧枫可能会跟她说什么。他和绿佳的事情，红翎几乎是不能回避的，于公于私都不能不管。首先，她是他们的制片人，员工出了问题，她理应过问。其次，这两个人都是她的好朋友，她不能袖手旁观。

“你准备约我去哪儿？”红翎一边答应着萧枫，一边走到衣柜前琢磨着该穿什么衣服出门。

“我知道植物园附近有家茶馆，那里的环境很好，我们去那儿怎么样？”

“好的，就听你的。谁开车呀？”

“我开吧。男生请女生，当然要有诚意。”萧枫不忘调侃。

放下电话，红翎也挑好了要穿的衣服。

一个小时后，萧枫带着红翎来到植物园附近的茶馆。进门一看，里面的环境果然十分优雅。说是茶馆，其实有一半是露天的，店家讨巧地利用了室外的一块绿地，在盘根错节的树干之间摆放了几张小木桌，客人可以悠闲地坐在树下品茶、聊天，也可以回到类似于四合院的屋子里就餐。茶馆是按照老北京的风格装饰的，茶具和桌椅也都是仿清的，因而显得既古朴又雅致。

红翎一眼就喜欢上了这里的环境，她向萧枫提议道：“我们就坐在外边吧？”萧枫微笑地点了点头，他知道红翎是个很讲究品位的人，无论去哪儿吃饭，首先要问的就是环境怎样，至于那里的饭菜如何，她一般连问都不问。他经常笑红翎，说她根本不是去吃饭的，简直就是“吃”环境。

红翎和萧枫被服务员带到了一处稍远的地方，那里只有一张桌子，比其他地方更加安静。红翎坐下后，没顾得上跟萧枫说话，便又四处打量起来，看得出，她很喜欢这个地方。

萧枫要了一壶龙井，点了一些老北京的小吃，然后顺着红翎的目光也把周围的景致细细品味了一番。

闻到龙井的清香，红翎开始收回自己的目光，她知道，今天自己来这里不是为了观景和休闲的，萧枫有更重要的事情等着跟她说。

果不其然，萧枫把红翎的杯子加满茶水后，挺了挺身子，对红翎说：“红翎，我和绿佳之间近来发生了一些情况。”

红翎佯装不知情，她用眼神鼓励着萧枫继续往下说。

萧枫沉默了一会儿，终于把头抬起来，他坦然地望着红翎说：“如果我告诉你，我有同性恋情结，你会怎样看我？”

红翎睁大眼睛看着萧枫，虽然绿佳已经把一些情况告诉了她，但是，“同性恋”这个词从萧枫自己的嘴里说出来，依然让红翎吃惊不小。

萧枫见红翎没有回答，便接着说：“对不起，我把你吓到了吧？”

红翎举起杯子，看着水里面竖起的一根根茶叶，她没有正视萧枫的眼睛，仿佛自言自语地问：“为什么呢？”

萧枫认真地看着红翎的表情，回忆道：“我家里兄弟三个，我排行老小。妈妈一直想生个女儿，但轮到我还是儿子，这让她很失望。也许是为了自我安慰，她从小就把我当成了女儿来养，两个哥哥什么事情都让着我，全家人都非常疼我。当然这只是其中一方面的原因，最根本的是，我的身体里有一部分的基因是跟别人不一样的。所以，我在青春期的时候，就不喜欢和女孩子交往，我愿意被别的男生当成好朋友。刚开始，我并不知道这样做有什么不对，直到有一天，当我被中学时的班主任叫到他的宿舍里时，我才发现自己在别人的眼里是另类。”

萧枫说到这里，无奈地咧了咧嘴，喝了口茶水继续往下说道：“其实，这些年来，我心里也很矛盾，很痛苦。眼看着哥哥们都先后结了婚，我就成了爸爸妈妈的心事。可我却一直无法把我的情况告诉父母，如果我告诉他们实情，这对他们的打击可想而知。你知道，我能在电视台工作，是爸爸妈妈最大的骄傲，如果因为我这方面的原因让他们失望，甚至遭人嘲笑，他们肯定无法承受。”

“那你跟绿佳是真的吗？”红翎手捧着已经有些变凉的茶杯，望着萧枫那张英俊的脸庞问。

“刚开始，我对绿佳的感觉很一般，不是说她不好，只是我内心深处不能完全让女孩子进入。直到非洲的那次经历，才让我对她产生了一种从未有过的感觉。于是，我接纳了她，并想好好跟她过下去……”

“可是你后来又为什么那样？”红翎没等萧枫说完，就忍不住质问他，尽管她对面前这位既帅气又有才华的男生历来偏爱有加。

“我骨子里有些东西是与生俱来的，要想彻底克服它，需要毅力，也需要时间。有时遇到一些强大的诱惑，我还是无法控制自己。但是，如果绿佳这次能接受我，我会竭尽全力给她一个安全的家。我有这个能力。”萧枫说到这里，眼睛里充满期待。红翎明白萧枫是希望自己能够帮帮他。

红翎也很想帮助萧枫，他是众多女孩子眼中公认的的好男生。在电视台这个节奏变化快到可以用秒来计算的环境里，许多人被各种诱惑左右着，有的人急于成功而不择手段，有的人则选择了便捷的道路因而付出了沉重的代价。能够在这里依然保持一份清醒，坚守一个信念，还能够每天坚持读点书，经常谈论一下艺术的人实属难得，没有长期良好的修养，是绝对做不到的。而这些在萧枫的身上，都能找到。组里的记者当中，有人经常笑红翎，说她特别偏袒萧枫，红翎也从不回避。她知道大家说她对萧枫的那种喜欢，是纯粹局限在喜欢的层面上，跟非分之想毫无关系，因为两个人的年龄之间存在差距，这是一道红翎无法跨越的障碍！要说真能扯上什么关系，充其量也就是姐弟相称。所以每次听到这样的话，她都会笑着回答：我希望你也能像萧枫那么优秀呀！

此时此刻，面对萧枫，红翎必须拿出平时当姐姐的风度，对他的事情，就算不理解，她也得管。

“你的内心深处真的愿意和绿佳走到一起吗？”红翎望着萧枫。

“是的。对于一个女孩子来说，最重要的是心地善良，其次才是其他方面。绿佳具备这一点，况且她有比较好的家庭教养，我们在一起感觉不错。”

“我该怎么做？”

“姐，求你去跟绿佳谈谈，帮我跟她好好解释一下，让她再给我一次机会，告诉她，我希望和她在一起。”

红翎拿起桌子上的茶壶，给自己和萧枫的杯子里加了些热水，她想：这个忙可是个艰巨的活儿，比采访新闻难多了。要知道，让绿佳解开心结不是那么容易的事情，幸好，绿佳是从国外回来的，有些道理，她应该比其他女孩子更容易理解。

红翎把杯子里的茶水再次喝干后对萧枫说：“绿佳那边我会尽力去跟她说，但能否奏效，最终还得看你的表现。”

“我明白。我会用真心去感动她的。”

两人从茶馆里走出来的时候，路灯都已经亮了。

“红翎姐，吃了晚饭再回家吧。”在去往停车场的路上，萧枫邀请红翎。

“今天不和你吃了，我还得早点回去，今天你把我的时间占用了，晚上我得给自己补回来。”

“都是什么事呀？”萧枫关切地问。

“面壁思过！”红翎说完忍不住自己先乐了。

“姐，你什么时候也找个男朋友吧，以后我们就可以一起活动了。”

听到这话，红翎停下了脚步，似乎是认真地问萧枫：“你觉得我该找个什么样的？”

“前提当然是要你喜欢的。”

“难！我喜欢的人都像‘绩优股’一样，早就被人捧在手里了。我不喜欢的，条件再好，与我何关？”

萧枫没有说话，他跟着红翎继续往前走。他知道红翎内心深处还藏着一份少女情怀，她是个爱做梦的女人，在电视台现在这个位置上，无论是观念意识，还是工作环境，抑或是生活条件她都非常独立，是一个完全可以左右自己生活方式的人。有一些暗中喜欢她的人，在权衡了自己的条件后不得不早早退缩了，而另一些自我感觉不错的，红翎又无法接受。在许多人眼里，她好像是个很清高，不容易亲近的人，而实际上她要的很简单。

萧枫把红翎送回家后，拨通了绿佳的电话。

红翎和那位段处长分手后就没有再见过他。尽管他打过好几次电话来希望见面，并表示要在红翎下班的时候过来接她，但红翎都以工作繁忙为理由拒绝了。为此，她还得罪了栗阿姨。栗阿姨在电话里冲着她大声说：“段处长对你印象可好了，你有什么不愿意的？他年龄是大了点，可这样的人会疼人呀！放着这么好的条件不要，如果错过了，你将来会后悔的。我都不知道你到底在等什么？”听着栗阿姨电话那头的教诲，红翎无话可说，既然栗阿姨不明白她的选择，她还是保持沉默为好。

是呀！我到底在等什么？红翎时常也在问自己。

从客观的角度来说，红翎既不能接受比她年长那么多的人，也一直不愿意接受比自己小很多的男人。尽管她所处的这个时代，开始流行“姐弟恋”，偶尔也有七八十岁的老太太嫁给二十七八岁小伙子的事情发生；尽管科学家们也用大量的事实说明，女人比男人长寿，但是，红翎对彼此年龄相差太大的人依然难以接受。

元旦前夕，红翎组织大家提前采访制作了一组反映城市迅速发展的系列报道，所有的节目在节日到来之前已经审定并提前入库。这样，节日期间，每天只需留上两组记者值班，以应付突发的新闻事件，其他记者就可以轮流休整一下。

元旦这天，红翎把自己留在家里，美美地睡了一天懒觉。第二天早上起床后，红翎从卫生间的梳妆镜里看到自己发黄的头发，突然动了要去剪个短发的念头。在过去很长的时间里，红翎几乎每隔两年就剪一次短发，因为她的头发不够浓密，她总以为经常剪剪头发，头发可以变得多起来。但是，许多年过去了，她的头发依然保持着“原生态”。而这次想剪头发的动机，纯粹是为了给自己换一种心情。

说走就走，红翎步行来到附近一家已经有很多年历史的四星级饭店。和许多城市里的饭店一样，这样的饭店里面通常都设有美发店。红翎站在酒店大堂的路标前面，找到了美发店的位置，然后坐电梯到了四楼，一出电梯她就看到了挂在门口的美容美发标志。

“我想剪头发。”红翎一进门，就冲着屋里几个正在忙碌的美发师提出了自己的要求。

“你先请坐。”招呼她的是一位个子不高的男孩子。

红翎趁着他还在清理手上工具的工夫，环顾了一下周围的环境。店面几乎全是用玻璃和镜子装饰起来的，显得宽敞而整洁，冲着门口的那面墙是一整幅落地玻璃窗，上面用白色的窗帘隔着外边的阳光，每一个工作台上都摆着一小盆绿色植物，使得这个小小的房间里充满了生机。

“请问，你想剪个什么样的发型？”刚才招呼她的那位小伙子此刻已经走到了她的身后，细声细语地问道。

“我也不知道。你帮我考虑一下吧。”红翎真的不知道什么发型更适合自己。

“你是做什么职业的？”那位小伙子拿着本发型设计杂志走过来问。

红翎在陌生人面前一般不愿意直接说自己是电视台的，一来不想那么张扬，二来也不想引起麻烦。于是，她故意反问道：“你猜猜看！”

“我觉得你像在大公司上班的，是白领吧？”小伙子开始友善地和红翎聊了起来。

“那你就照着这个感觉给我设计一个发型吧！既要现代，又要大方，但注意，千万别弄得太时髦。”红翎把自己的脑袋交给了这位小伙子。

整个下午，小伙子把红翎的头发洗了卷，卷了烫，烫了又剪……三个多小时过去后，红翎从镜子里看到了自己的新发型：上半部分有一些烫过的碎花，下半部分逐步削减，变直变薄，显得十分利索，挺适合她的。

红翎终于从椅子上站起来，她挺满意小伙子的手艺，这三个多小时里，红翎已经知道了他叫晓飞，是苏北人，来这里打工已经有七年多了。

“以后有什么需要就过来吧，一定尽心尽力。”晓飞把一张名片递到了红翎手里。红翎这才知道，晓飞原来是这家店的老板。他二十岁就出来闯荡了，起先在西北的一些省市开店，但最终还是选择了这里。他还说，他要努力赚钱，将来买套房子，把父母接过来。他还要多开几家美发店……

而晓飞最后也从红翎这里了解到，红翎不是什么公司的白领一族，她是电视台的记者。

“如果你看得起我，我们以后就是朋友了。”晓飞友好地对红翎说。

“好呀！”红翎想，自己总是要经常做头发的，认识晓飞会很方便，于是便痛快地答应了。

因为彼此都是单身，所以从那天开始，晓飞就经常利用下班后的时间给红翎打电话，并努力向红翎展示自己的能力。他有着南方人的精明和细致，除了把店里的生意弄得挺红火，私下里还经常到外面去学习、取经。更让红翎惊讶的是，这个拿理发剪的小伙子居然也会写诗，而且写得还蛮有水平。工作之余，晓飞主动和红翎联系，他知道红翎喜欢看演唱会，就经常约上她一起去，像是王杰、张信哲、林忆莲、蔡琴，只要能弄到演出票，晓飞都约上红翎一道去。

刚开始红翎很乐意和晓飞一道出去，毕竟外出活动能互相有个伴也挺好的。但渐渐红翎发现晓飞和她的交往越来越带有目的性了。

这天晚上，晓飞约红翎到酒吧里去喝酒。红翎不爱喝酒，晓飞便帮她要了杯咖啡，自己点了杯“轰炸机”。喝到一半的时候，晓飞借着酒意，向红翎袒露了自己的心声：“咱俩好怎么样？你愿意不愿意接受我？我很喜欢你。”

“这怎么可以？绝对不行！”红翎不容商量地拒绝了晓飞。

可晓飞坚持着，他突然抓住了红翎的手，两眼直勾勾地看着红翎问：“为什么？是不是我配不上你？”

“你听我说，”红翎把手从晓飞那里挣脱出来后，接着说，“我们先不说配不配的问题，我和你年龄差距太大了，这万万不可以！”

“有什么不可以？年龄嘛，只是个阿拉伯数字，它并不能说明什么！”晓飞急了。

“不，它说明了太多的东西。”红翎意识到晓飞是认真的，她必须立即阻止他，“你知道吗？你和我的年龄现在也许不算什么，但是，十年、二十年之后呢？到那个时候，我快变成老太婆了，而你正是年富力强的时候，咱俩的差距就出来了，恐怕到时候是你来求我离开你了，我可不愿意看到那一幕。我们还是做好朋友吧！”

“我的师傅就娶了个比他大许多的女人，他们过得可好了，我很羡慕他。”

晓飞还在坚持。

“你答应我，如果你今后不再谈这个问题，我们还是朋友，否则，我就不理你了！”红翎下了最后通牒。

在那个灯光迷离的夜晚，晓飞喝醉了。红翎不得不把他的店员叫过来，把他接了回去。

第十八章　是你的，终究跑不掉

我们许多人一生都在苦苦地追求着某种东西，为此常常弄得头破血流。可当我们松开紧握着的拳头，打开我们双手的时候，才发现，自己要的东西也许就在自己的手心里。

“今天有什么采访吗？让我去吧！”橙欣一大早就到了办公室，她见红翎走进来，连忙上前主动申领任务。

红翎发现橙欣的两眼周围有很深的黑眼圈，就关心地问：“怎么来这么早？没有睡好觉吗？”

“没什么。”橙欣把头歪到一边，像是在掩饰着什么。

红翎见橙欣不肯说，也不再问下去，她从抽屉里拿出一份复印件递给橙欣说：“你一会儿去趟机场吧，参加奥林匹克数学竞赛的中学生中午回国，他们这次又拿到了冠军。”

“好的。我跟谁去？”

“跟杨东吧。”红翎跟橙欣交代完，就把杨东喊了过来，“你一会儿跟橙欣去机场。记住，室内、室外拍摄时一定要调白平衡。”

“记住了！”杨东点头答应后回到办公桌前准备设备。在此之前的两次采访中，杨东为了抢拍，没来得及调白平衡，结果影响了整体的拍摄效果，他还因此受到了主任的一顿批评。

橙欣和杨东刚走，红翎的手机响了。红翎见号码很陌生，便接过来问道：“喂，请问是哪里？”

“是红翎老师吗？你好！我是橙欣的丈夫，罗素。”电话那头是一个陌生男人的声音。

“你好！橙欣刚去机场采访了，你有什么事情吗？”红翎第一次接到橙欣丈夫的电话，觉得有点奇怪。

“我不找她，我想跟你说个事情，你现在方便吗？不好意思，打扰了。”

“你说吧，别客气。”红翎抬头看了一下墙上的挂钟，离开会时间还有半个小时。她边听边走到了办公室外的走廊里。

“是这样的。橙欣最近吵着要跟我离婚。昨天晚上，她还跟我下了最后通牒。”电话的另一头，罗素的声音显得很无奈。

听到这里，红翎忽然明白了橙欣一大早就来到办公室的原因了，她问罗素：“能告诉我为什么吗？”

“原因很简单。年初我跟单位的同事一起出了趟国，回来后，她就怀疑我跟其中一位女同事有关系，一直在找茬儿跟我闹。而我却一直感觉到她心里有别人了。”

“你有什么根据吗？”红翎预感到事情的严重性。当初她听说橙欣跟庄政的关系时，并没有往心里去，后来当她察觉到两人关系又有进展时，红翎虽然也觉得这样下去会给双方家庭带来影响，但还不至于到吵着要离婚的地步吧。

“目前我还没有确切的证据，但是，我明显感到她的心已经不在这个家了。”

“你打算怎么办？”

“我不会跟她离婚的，我主要是为孩子着想，孩子现在这种状况，她不能没有妈妈。”

红翎不知道该说些什么，有道是“清官难断家务事”，更何况橙欣的这种情况她也管不了，这已经超出了一个采访组长的管理范畴。

“我能做什么呢？”红翎很同情罗素。

“我只是想知道她跟我离婚的真正原因。最近我也听到了一些传闻，你是她的领导，能跟她谈谈吗？”

“我试试吧。”放下罗素的电话，红翎心情很沉重。几年前听爸爸说过，如今社会，离婚的几乎和结婚的一样多，她当时还不信，如今，看看身边的这些人，真是让人忧心忡忡。都说电视台是离婚的重灾区，这到底是因为什么呢？是电视台的人走在了时尚的前面？是电视台的人最快接触到新鲜事物？是电视台的人观念最开放？还是电视台的人面对的诱惑太多？

红翎走出办公室，她需要把这件事情报告给方主任。

方浩听红翎说完事情的经过，有些怀疑地看着红翎说：“他们真的闹翻了？”

“她先生亲自给我打的电话。”

方浩心想：橙欣这事闹起来还有点麻烦，如果她是因为庄政，那接下来就更不知道会发生什么事情了。他从办公桌前站起身来，习惯性地走到窗前，望着楼下的花园，似乎在思考解决的办法。

下午，橙欣采访回来后，动作麻利地做完片子，然后背起手袋就准备出门。

这时，红翎叫住了她。

“橙欣，请等等，有点事情跟你说。”红翎说着把橙欣引到了楼梯的转弯处。“你老公上午给我来过一个电话，他希望你能看在孩子的分儿上，不要离开他们。他等着你回家呢。”

“什么，他居然把电话打到办公室来了！”橙欣听说罗素来过电话，心里的火腾地冒了出来，她的眼睛瞪得圆圆的，“我倒要看看他还想干什么！”

“橙欣，有句话我不知道该不该说，你和罗素之间到底发生了什么我不清楚，但是，据我感觉，罗素还是很爱你的。再说，你们还有个孩子，蒙蒙现在的情况身边需要有妈妈。”

“你不知道，罗素这个人老觉得他是我的救世主，很主观。过去我一直以为他很爱我，但是，他跟任何一个男人一样，都喜欢沾腥。”橙欣说到罗素很有点不屑一顾。

“你不能根据自己的判断冤枉他。”

“我才没有冤枉他呢！他跟别人出趟国就把持不住自己了。”

“你真的打算离婚？”红翎忍不住问她。

“是的。我才不能受这个委屈呢！”

红翎感觉到橙欣已经下了决心，她迟疑了一下说：“如果你还没有想好，就不要把事情闹大，男人都很要面子，你不要在他的同事面前给他难堪。”

橙欣没有表态，她抿着嘴，算是答应了。

这天晚上，橙欣一进家门就冲着正在厨房里忙着的罗素吼了起来：“你真行啊，居然找到我们办公室去了，有本事你亲自到我们单位去嚷嚷呀！”

罗素手里端着热锅，望着两眼瞪得溜圆的橙欣说：“先吃饭吧，吃完饭我们再说。”

“谁稀罕吃你做的饭，我们没有什么好谈的。你就准备好跟我离婚吧。”

罗素尽管早已习惯橙欣在他面前耍脾气的样子，但是今天，他突然发现这个跟自己生活了四五年的女人变得如此陌生。最近一段时间，她经常借故跟自己闹别扭，说的话也越来越不客气，罗素私底下也反思过自己的言行，觉得自己没有做错什么，唯一可以解释的就是她不想跟自己过了。可橙欣在这座城市里无亲无故，不跟自己过，她会去跟谁过呢？

橙欣的确是打算尽快了断这桩婚姻。不久前，橙欣陪着庄政去参加了一个朋友聚会，来的都是另一家电视台的主任或者主编。饭桌上，橙欣发现庄政突然开始拒绝烟酒，大家不解地追问缘由，才知道庄政近期打算跟妻子怀个孩子，两人年龄都不小了，双方的父母已经开始轮番督促了。

橙欣听说后顿时醋意大发。她觉得自己必须加紧行动，尽快把庄政抓到手，否则将来他跟妻子把孩子生下来，再想占有他就困难了。从那天起，她就开始变着法子跟罗素闹，意图通过这种方式，让罗素主动提出离婚。她知道，编造罗素移情别恋的事情是最具杀伤力的方法，于是，她把上次偷偷藏起来的那张罗素跟林红的合影拿出来攻击罗素，无论罗素如何解释，她就是不听。

此刻，橙欣告诫自己不能心软，她没有再理会罗素，而是径直走进卧室，把门重重地关上了。

从那以后，橙欣与罗素闹离婚的事情愈演愈烈，她甚至拿着罗素跟林红的合影照片，跑到罗素的单位大闹了一场，把罗素气得火冒三丈。为了造成事实上的分居，她又公然搬出了家。橙欣很清楚，对待罗素必须来硬的，否则他不会离婚。这一招果然有效，不久，罗素口头同意了与她离婚。于是，橙欣加紧了与庄政的交流。

绿佳的爸爸突然得了脑溢血，被紧急送进了急救病房。绿佳头天夜里接到电话后，第二天一大早就赶了回去。

此刻萧枫正在冰城出差。他从红翎那里得知消息后十分着急。这天晚上，萧枫采访完冰雕节的新闻后，通过当地电视台连夜把新闻传了回去。

萧枫赶回到驻地时已经是夜里 11 点了，他刚一进门就忙着给绿佳打电话，可当他从兜里掏出手机时，却发现手机处于关机状态，难怪一晚上这么安静呢！他重新打开开关，手机电源灯闪了几下又关机了。是手机没电了！萧枫急忙拿出旅行包找充电器，可翻来翻去，最后把包里的所有东西都倒了出来，也没有发现充电器，他沮丧地坐在床边想：难道是忘记带来了？

萧枫不甘心又开了一次手机，可还没等他把电话号码输全，手机又自动关机了。萧枫只好跑到服务台，找到了已经有点昏昏欲睡的服务员，“不好意思，能帮我把房间里的长途开通吗？”

年轻的服务员揉了揉惺忪的睡眼说：“总台的人下班了。”

“那怎么办？”萧枫着急地问。

“明天早上再来吧。”

“那我能用用你这里的电话吗？”

“这部电话没有长途。”

萧枫这下子傻了。这可怎么办？今晚这个电话对于他来说太重要了。绿佳父亲的情况到底怎么样了？绿佳此刻的心情一定很着急，这个时候她最需要别人的安慰，可是，偏偏这个时候手机没电了。他这次又是一个人过来的，现在身边连个熟人都没有！这事情怎么都赶到一块儿啦！

萧枫坐在床边郁闷了一会儿，不行！一定要想办法给绿佳通个电话。萧枫披上了那件黑色呢子大衣，走出宾馆，他要到大街上想办法找到一部长途电话。

此刻的大街上，早已经没有了白天的喧哗，大商场外只剩广告招牌还亮着灯，小店铺早已是门板紧闭，路边偶尔见到一个电话亭，可拿起电话时才发现手里根本没有电话卡。四周静悄悄的，上哪儿去找电话呢？萧枫站在午夜的大街上有些迷茫。

他漫无目标地往前走着，突然，他想起白天采访时经过了一家电信局。萧枫把大衣的领子竖起来，朝着电信局的方向飞快地跑去。

寒风呼啸着从他的身边吹过，脚下的薄冰被踩得吱吱作响，昏暗的街道上除了萧枫，看不到一个喘气的生灵。终于，他看到了白天经过的那家电信局。

萧枫满怀希望地走到电信局的门口，他定了定神，轻轻地推开虚掩的门。

两个保安人员正在里面下棋，听到声音同时抬起了头。他们警惕而又疑惑地看着眼前这个脸上还沾着雪花的男人。

“不好意思，这里有电话吗？”萧枫气喘吁吁地问。

“你有啥事啊？”其中一个保安操着浓重的东北口音问萧枫。

“我家里有些急事，不巧我的手机没电了，能帮帮忙吗？”萧枫用期待的眼光看着两位保安。

“往哪儿打呀？”

“南京。”

“哎呀，都这个点了，长途都关闭了。这咋整呢？”两个保安相互看看，显得有些无奈。

“是家里的老人病了，求你们帮忙想想办法吧。”萧枫恳切地看着他们。

听到这话，刚才还坐在桌子上的那位保安“哧溜”一下从桌子上滑到地面。

“既然这样，就用我的电话卡打吧。”也许是动了恻隐之心，那位保安边说边从衣兜里掏出一张电话卡递给萧枫。然后把萧枫带到窗台前，掀开一块绒布，里面露出了一部电话机。

萧枫感激地向他鞠了个躬，然后，迅速拨通了绿佳的电话。从绿佳口中，萧枫得知了她父亲病情的严重性。

第二天，萧枫向部门请了假，从冰城直接飞到了南京。

萧枫一下飞机，来不及安排住处，就提着行李赶往绿佳父亲所在的医院。

绿佳的父亲今年刚过六十岁，平时身体很好，是一个非常乐观旷达的人，谁也没有想到他会一下子病倒。由于事发突然，绿佳的家里一下子全都乱了套。绿佳的妈妈一直陪在老伴的身边，不吃不喝，不停地抹着眼泪。而绿佳除了陪着妈妈落泪，也早已没了主意，已经两天没有好好睡觉了。见到萧枫赶来，她突然就像见到了救星一样，把脸埋在萧枫的怀里痛快地哭了起来。

“爸爸已经昏迷两天了，万一有个三长两短，我都不知道该怎么办。”绿佳望着爸爸的病房，无助地说。

“别着急，医生会有办法的。”萧枫拍着绿佳的肩膀，安慰着她。

“你能来，我很感激。”绿佳眼泪汪汪地看着萧枫。

“希望我们一起迈过这道坎。”萧枫看着绿佳坚定地说。

当天夜里10点，绿佳的爸爸最终没能挺过去，不幸辞世了。绿佳和妈妈在急救室里放声痛哭，一人拉着他的一只手不肯松开。

十分钟后，医生过来提醒他们，该给遗体换衣服了。

绿佳的妈妈猛然想起应该给老伴再擦擦脸，可她的手抖得连毛巾也抓不住，萧枫见状忙接过绿佳妈妈手中的毛巾，毫不犹豫地替绿佳的爸爸擦干净了脸，然后又帮着医院的护工替绿佳的爸爸换上了衣服。

一连几天，萧枫俨然是绿佳家的女婿一样帮着料理后事。在送别长辈的追思会上，萧枫拉着绿佳的手，毫不犹豫地跪倒在绿佳父亲的面前……

所有的这一切，绿佳的妈妈都看在了眼里。在绿佳临离开家的那个上午，她把绿佳和萧枫叫到身边，拉着他们的手对绿佳说：“孩子，你就嫁给萧枫吧，他是个好孩子。”她看绿佳点头答应了，又对萧枫交代说：“我把绿佳交给你了，你们要好好在一起生活。绿佳不在我身边，你一定要好好照顾她。”

萧枫把绿佳拉到自己身边，充满自信地对绿佳的妈妈说：“阿姨，你放心吧。我会好好待绿佳的。”

在国务院例行的新闻发布会上，橙欣再次遇到了邓丽茹。

今天的新闻发布会，是有关国企改革的，采访之前，橙欣已经从庄政那里大体知道了该如何发稿，来现场只是为了提问和拍摄一些画面。没想到，邓丽茹也来了。真是冤家路窄！自打上次得知庄政和邓丽茹准备生宝宝之后，橙欣的内心就对邓丽茹充满了嫉妒，她不希望这样的事情发生。

橙欣有意坐到邓丽茹的身边："嗨，你来了。"

邓丽茹正在那里准备稿件，抬起头友好地跟橙欣点了一下头。

离开会还有一点儿时间，橙欣百无聊赖，她琢磨着用什么方式来刺激一下身边的这位情敌。这时她发现了邓丽茹手中使用的 ipad，她诡秘地一笑，不动声色地也从自己的包包里取出了 ipad。

这时发布会即将开始，邓丽茹抬起头来，准备关闭手中的 ipad。就在这个时候，她意外地发现了橙欣手中的 ipad，她觉得有点眼熟。她知道，她手里的这款 ipad 是当时的限量版，算是苹果的最新一代。她记得很清楚，当时庄政托朋友从香港买回来两部，还跟她说："老婆，咱俩一人一部，看谁用得勤！"可现在橙欣手里也有一部，莫非她也是从香港买回来的？

"看来庄主任真会买东西，他居然给我们买的是同一个牌子。"橙欣假装失口，吐了吐舌头，然后暗中观察着邓丽茹的表情。

邓丽茹心里不由得"咯噔"了一下，怎么？橙欣手中的 ipad 也是庄政买的？难道……她不露声色地收拾好手中的材料，准备开会。

橙欣见邓丽茹没有什么反应，就又从包里取出庄政从香港给她买回来的 iphone，自顾自地摆弄起来。邓丽茹这下看得很清楚，橙欣手里拿着的 iphone 居然也跟自己用的完全一样。是巧合还是……她有意地问了一句："老庄对你们不错吧？"

橙欣一听这话，立即夸张地回答："庄主任对我，不，对我们可好了！"她还想继续往下说，可突然发现邓丽茹的脸色不大对劲，便停住了。这时发布会开始了。

邓丽茹没有继续问下去，她好像突然明白了橙欣和庄政之间的关系。看来，自己这段时间真是太大意了，居然没有顾及到庄政身上发生的任何变化。

此刻，橙欣正在跟前排的一位香港记者打招呼，邓丽茹借机把橙欣仔细打量了一番，面对这样一个工于心计的女人，自己得提防一下才好。

发布会结束后，邓丽茹没来得及回家，就拨通了庄政的电话："你今天值班吗？"

"老婆有事吗？"庄政亲热地叫着邓丽茹。

“下班后我在报社附近的上岛咖啡厅等你。”邓丽茹若无其事地说完后，挂上了电话。

庄政夹着皮包正准备离开办公室，看见橙欣举着稿子过来要让他看，庄政指了指方浩的办公室说：“今天老方值班，我有点事情得提前走了。”橙欣看着庄政有点着急的样子，好像猜到了什么，她的嘴角露出一丝狡黠的笑意。

庄政急急忙忙赶到邓丽茹报社附近的咖啡厅，邓丽茹已经等在那里了。他连忙上前问道：“怎么今天想到约我出来吃饭了？不用发稿吗？”庄政知道，通常晚饭时间是报社最紧张的时候。

“我要是再不约你，今后恐怕就约不着了。”邓丽茹话中带刺地说。

庄政有点摸不着头脑，他关切地看着邓丽茹问：“你这话是啥意思？到底怎么了？”

邓丽茹没有马上回答，她把菜单推到庄政的面前，让他先把菜点了。庄政推说不饿，并没看菜单。他从口袋里掏出香烟，在鼻子下闻了闻，又把它放回了包里，然后很自然地把手机放在了桌子上。

“你怎么没用 iphone？”邓丽茹看着庄政放在桌子上的旧手机不动声色地问。

“还是旧的用起来方便，电话号码都在里面呢。”庄政轻描淡写地掩饰着。

“你能告诉我，你跟橙欣是什么关系吗？”邓丽茹极力装作平静地问。

“同事，上下级关系。”庄政没想到邓丽茹会问这个，心里掠过一丝不安。

“你撒谎！”邓丽茹咬着嘴唇，一字一顿地说。

庄政疑惑地看着邓丽茹。他一向都觉得邓丽茹是个大家闺秀，轻易不会为一些小事跟自己计较的。今天这是怎么了？

“下午我在新闻发布会上见到橙欣了。”

“没错，她下午也去采访发布会了。”庄政强装镇定，他不明白，她们在新闻现场相遇是很正常的事啊，在那里能发生什么事情呢？

邓丽茹见庄政还不明白她在说什么，就冷冷地说：“橙欣夸你很会买东西，居然给我们俩买了一样的物品。”

庄政心里一沉，表情开始变得有点不自然了，他极力掩饰着内心的不安，对邓丽茹说：“噢，是这个事呀。我跟你说，我上次派橙欣跟谭启明出国，临走的时候橙欣说她的电脑太笨重，让我帮她买个 ipad，我觉得你用的那款还不错，就照样帮她买了一部。”

“是帮她买的，还是给她买的？”邓丽茹抓住这个关键词，责问庄政。

“当然是帮她买的了！我哪来那么多钱给她买呀。”庄政狡辩着。

“那，她用的 iphone 也是你帮她买的？你还真会办事，有求必应啊！”邓丽茹挖苦地说。

“我一个当领导的，手下求到你了，你说咋办？”庄政察觉到邓丽茹并没有抓到什么证据，心里淡定了许多。他马上讨好地说，“好了好了，就这点事情，看把你急得，丢下班不上，跑来兴师问罪，平时你那大家闺秀的范儿哪儿去了？”

邓丽茹瞟了庄政一眼，说：“在感情的问题上，没有什么大家、小家的。任何女人都一样，眼睛里容不得沙子。”

“好了好了，你快吃点东西吧。等会我送你回报社。”庄政连蒙带哄地陪邓丽茹吃完了饭。然后，他又开车把邓丽茹送回报社，看着邓丽茹走进报社的大门口，他才一踩油门，朝电视台的方向开去。

庄政在车里翻出蓝牙，把它塞进耳朵里，然后拨通了橙欣的电话：“你在哪里？”

“亲爱的，我刚发完片子，现在回到住处了，你在哪里呀？”橙欣在电话里跟庄政发着嗲。

“我马上过来。”庄政说完就把电话挂了。

在流光溢彩的街道上，庄政的心情变得很复杂。看来这次橙欣是要来真格的了，她向罗素提出离婚想必是逼自己娶她吧。说心里话，他并不想娶这个贪得无厌的女人，尽管她能够给他带来一些感官上的刺激。可她是自己同学的老婆，自己如果娶了她，那算怎么回事？以后同学聚会时自己如何面对大家？更重要的是，自己和邓丽茹的婚约是双方父母约定的，邓丽茹父亲的手里至今还握有一定的权力，他是可以在关键时候替自己说话的人。可是，橙欣这边也不能轻易得罪，她太有心计了，为了自己的利益她会不择手段，如果真把她逼急了，弄不好还会上演一出鱼死网破的闹剧，到时自己的仕途恐怕就要毁在这个女人的手里了。

想着想着，庄政把车开进了橙欣居住的小区。

小区里很安静，树木掩映下的楼房透出一排排柔和的灯光。当初橙欣征求庄政的意见时，庄政给她介绍了这个小区，理由之一就是这里很安静，不易遇到熟人。

庄政今天上楼的脚步有点沉重，他必须跟橙欣好好谈谈，设法阻止她的进一步行动。否则，可能会弄得两败俱伤。

橙欣听到敲门声，箭一般地从卧室里冲了出来，她先从大门上的猫眼窥视了一下外面的动静，然后迅速地打开了房门。

庄政刚一踏入门口，就被扑上来的橙欣给抱住了。橙欣把两只手吊在庄政的脖子上，非得让庄政把她抱进客厅。

庄政把橙欣放在客厅里的沙发上，这才看清橙欣身上穿了一件水红色的丝绸睡袍，睡袍的领口开得很低，影影绰绰地露出一抹雪白的肌肤，这让她在暧昧的灯影里显得格外性感迷人。若是在平时，庄政一定会马上把橙欣抱进卧室，但是今天，他有更重要的事情要跟橙欣谈，他得把持住自己。

庄政一手搂着橙欣，一手从烟盒里摸出一根大中华，毫不迟疑地点上了，全然不顾自己正处在敏感的禁烟期。他深深地吸了几口，看着橙欣开门见山地说："宝贝，以后见到我老婆，不要跟她说那么多好吗？"

正在跟庄政温存的橙欣抬起头来佯装不解地看着他。庄政继续往下说："你知道，我跟她的结合是父母之命，她是个很优秀、很贤惠的女人，你要让我现在跟她离婚，我都找不到理由。"

橙欣听到这里，才明白庄政这么晚跑过来找她的目的。她甩开庄政的手臂，"噌"的一声站了起来，转到庄政的对面，隔着茶几问庄政："那你让我怎么办？"

庄政见橙欣生气了，便立即露出微笑，冲她招招手说："宝贝，你先过来，听我说嘛。"

橙欣很不情愿地重新挨着庄政坐了下来。

庄政搂着橙欣，安慰道："咱们俩的事情得慢慢来，不能急。要等待机会。"

"什么时候才是机会呀？"橙欣撒娇地看着庄政。

庄政又猛吸了两口烟，然后像是有了主意似的使劲在烟缸里掐灭了烟头。他站起身来，走到挂着一幅抽象派油画的墙壁前停了下来，看着油画里杂乱无章的线条和色块，表情凝重地说："最近台里准备对处级以上干部进行一次考察和调整，在这个节骨眼上，我们得注意收敛自己的言行，尽可能不要节外生枝。"

橙欣坐在沙发上，看着庄政的背影没有说话。她在想：这些男人，别看平时跟你叫什么宝呀，爱呀的，一到关键时候首先考虑的还是他们自己。

庄政把脸从画上转了回来，看着橙欣说："你和罗素的事怎么样了？"

"罗素已经同意离婚了。"

"孩子判给谁了？"

"给罗素了。那好歹也是他们家的种。"

庄政没有表态。橙欣看着庄政继续说："当初我就不应该那么早要孩子，我自己还没有玩够呢。"

"今后你有什么打算？"

"我还能怎么办？这辈子就跟着你。"橙欣眼睛里闪着渴求的目光。

庄政重又把橙欣揽在怀里。他什么也没有说，只是觉得自己这水蹚得有点深了。突然，庄政像是想起了什么，连忙站起身来说："我该走了，邓丽茹今晚加班，我得去接她。"

橙欣很不情愿地拉着庄政的手说："我不让你走嘛！"

庄政哄着橙欣："宝贝，我今天得表现表现。过了这阵儿，我听你的。"

橙欣恋恋不舍地把庄政送出门口，看着庄政急急忙忙离去的背影，橙欣对邓丽茹充满了嫉恨。她告诫自己：一定要跟她争个鱼死网破！

红翎在不到两个月的时间里，先后被段处长和晓飞"死缠烂打"得有些焦头烂额了，这一老一小的举动，让她在果断拒绝的同时又生出些许的无奈，她问自己：我要的人到底在哪里呢？

有道是：有心栽花花不开，无心插柳柳成荫。这天，红翎意外地收到了一封来自澳大利亚的贺年卡。

这个得从一个多月前说起。由于海峡两岸的官员一直在为解决两岸早期商品收获清单的问题进行多轮磋商，红翎便常常来往于两岸之间，进行跟踪采访。在这期间，红翎几乎每天都要进行多种形式的连线和采访报道。只是她无论如何不会想到，她的这一次"抛头露面"竟意外地被生活在南半球的张宇注意到了。据张宇后来回忆说，那天，他正和几个华人朋友在家里聚会，平时侨居海外的中国人都喜欢在节假日聚在一起收看来自中国的电视节目，结果他在无意中看到了红翎正在台湾的报道，并一下子就认出了她，他的兴奋简直是无以言表，他跳了起来，大声告诉周围的人："快看，快看！这个记者是我的同学。"

自从张宇去了澳大利亚，就逐渐失去了与许多同学的联系。这些年他在国外打拼，很少有闲暇时间坐下来看电视，尤其是中国的电视节目，他怕触景生情。这次如果不是在朋友的家里，他可能永远也不会发现红翎的踪迹。

瞬间的发现，撩拨起张宇多年来一直想再见到红翎的心愿。从那一天开始，张宇决定设法跟红翎取得联系。圣诞节前夕，他特意选了一张漂亮的贺卡，写上祝福，向红翎所在的电视台发出了一封“投石问路”的贺年信。由于无法知道红翎工作的具体部门，他只在信封上写下了“×× 电视台”几个字就寄出了。还好，红翎在电视台混了这么些年，不少人都认识她，于是这封信顺利地落在红翎的办公桌上。

新年前夕，红翎回到电视台。在办公桌上，已经有一大堆的贺年卡等着她去“清理”了。像以往一样，红翎先用剪刀把一个个信封剪开，然后再把里面的贺卡掏出来堆在一旁，等所有信封都剪开后，她才坐下来一封一封地慢慢阅读。

“祝你新年快乐！”几乎每一封贺卡里边都在重复同样的祝福，红翎一边看一边抿着嘴无声地笑着，与其说她留意其中的祝福，不如说她更留意下面的落款。在信息现代化的今天，能动笔写贺卡的人已经不多了。所以，每一个落款都会带给红翎一段亲切的回忆。

“红翎，你看到这封贺卡一定很吃惊吧，我非常希望它能落到你的手中。这么多年没有联系了，你还好吗？如果你收到我的信息，一定要跟我联系！张宇。”

张宇？红翎简直不敢相信自己的眼睛。她把贺卡里的内容反复读了几遍，确定无疑，是他！红翎马上站起身来，跑到刚才扔掉信封的垃圾桶旁，也顾不上是否干净，赶紧把那堆信封找了出来，在里面仔细寻找。终于，她发现了那个贴着澳大利亚邮票的信封。

看着左上方的地址，惊喜和兴奋让红翎有点忘乎所以，她大声冲着正在一边打电话的紫云喊道：“紫云，告诉你一个好消息，我找到张宇了！”

紫云闻讯走了过来，好奇地问：“谁是张宇？”

“就是我的大学同学。你知道吗？我已经快二十年没有见过他了。”紫云看着红翎那副高兴的样子，连忙接过她手中的贺年卡看了起来，然后催促着红翎：“快点，给他回信。你看人家把这么详细的地址都告诉你了。”

红翎点了点头，急忙从抽屉里抽出一张稿纸铺在桌面。写什么呢？这么多年了，千言万语不知从何说起。

那一天，给张宇回信，成为红翎最最重要的工作。最后，她写了一封好长好长的信，信里汇报了这些年自己的生活和工作情况，当然也捎带着表达了一下对他的思念，在随信附上的名片里，红翎把自己所有的联络方式都清清楚楚地写在了上面。

橙欣在规定的时间来到了区法院。今天，她要跟罗素在这里办理离婚手续。

罗素比橙欣早到了半小时。两个月不见，罗素明显憔悴了许多。他原本不希望两人的事情闹到法院来，但是，橙欣在许多细节问题上根本不容他商量。于是，两人只好对簿公堂。

罗素无论如何也想不到自己会落到离婚的境地。想当初，他把橙欣从小县城里带出来，给了她一个安全而且还算温馨的家，这些年来，为了全力支持橙欣的工作，他主动承担了许多烦琐的家务，他尽心尽力地维护着这个家，可到头来却是鸡飞蛋打。虽然周围的朋友都在给他打气，说凭他现在的条件，再找一个好的，一点儿问题没有。但是罗素并不这么想，离婚是什么？无论两个人再怎么好合好散，那都是一次痛苦的炼狱经历！更何况他们中间还有个蒙蒙，蒙蒙现在的情况是最需要母爱的时候，但是，她却失去了。蒙蒙的将来会怎么样呢？这是罗素最担心的。

在距离法院开庭还剩不到十五分钟的时候，橙欣才出现。她好像没有罗素那般沉重，她背着一个 LV 的大包，一阵风似的飘了进来。她坐在法官的面前，平静地听着法官的判决。

法官在调解无果的情况下，最后宣布：解除罗素和橙欣的婚姻关系。鉴于橙欣目前的工作性质，孩子由罗素负责监护。

橙欣从法官手里接过离婚证书，如释重负地把它放进了挎包里。

橙欣和罗素一前一后走出法院。在院子里，罗素停下脚步对橙欣说：“坐我的车走吧。我送你。”

“不用啦！我搭车走。星期天我去接蒙蒙。”说完竟头也不回地先走了。

一进电视台大楼，橙欣便迫不及待地走进庄政的办公室，见办公室里没有其他人，她把离婚证书从包里掏出来，“啪”地一声摔在庄政的面前，然后微笑地看着庄政。

庄政看着桌子上的离婚证，明知故问：“办了？”

“办了。”橙欣嘴角挂着笑意边回答边观察着庄政的表情，她发现庄政并不如她那般轻松。她走到庄政的身边小声地说：“晚上你过来陪我，安抚一下我受伤的心灵。”

庄政模棱两可地点了点头。这时刚好青桐从外面进来，橙欣连忙把桌子上的离婚证书收了起来，对着青桐做了个似笑非笑的表情，然后快步走出了主任办公室。

这天晚上，庄政如约而至。他明白，今天他无论如何要过来一趟，别说橙欣的离婚跟自己有着不可推卸的责任，即便什么关系也没有，他也应该过来安慰她一下。

刚一踏进橙欣的房门，庄政就发现了餐桌上已经摆上了丰盛的饭菜，最显眼的是那个点着蜡烛的蛋糕。庄政心里暗自嘀咕，今天既不是橙欣的生日，也不是他自己的，这是什么意思？他正在那里琢磨着，就见橙欣从餐柜里拿出了两个高脚杯，冲着一脸疑惑的庄政说："怎么？进错门了？"庄政随口问道："这，玩的是哪一出呀？"

橙欣放下酒杯，帮庄政脱下外套，顺手挂在衣架上，然后冲着庄政妩媚地一笑："庆祝我重获新生！"

庄政无言以对，他走到餐桌前坐了下来。看着正在倒酒的橙欣，心里忽然有些惴惴不安起来。

"来，祝我获得新生。"橙欣把杯子举到了庄政的面前，眼睛里满是自信和喜悦。庄政也跟着举起了杯子，但却说不出祝福的话，毕竟橙欣今天的结局是他造成的。

"哎，我真没有想到会是这个结局。"庄政看着橙欣做出一副非常愧疚的模样。"我又没怪你！我们的婚姻从一开始就是缺乏爱情的。"橙欣伸出自己长长的手臂跟庄政的杯子碰了一下，然后一仰脖子，把一满杯的红酒喝了下去。

"那你当初为什么要嫁给罗素呢？"

"想知道吗？"橙欣意味深长地看着庄政说，"为了改变命运！我做到了。"庄政看着眼前这位女人，不得不从心里佩服她的手段。

橙欣感觉庄政今天话不太多，她夹起一块鸡肉送到庄政的嘴边，娇滴滴地说："亲爱的，我现在什么都没有了，你要帮帮我呀。"

庄政张开嘴接住橙欣递过来的菜，一边嚼着一边安慰道："那当然，我怎么忍心看着你啥都没有呢？"说完便顺手把橙欣揽入了怀中，问道："说吧，想要什么？"

橙欣先把脖子伸过去，让庄政在上面吻了一下，然后把嘴巴凑到庄政的耳朵旁，一字一句地说："我要你！"庄政咧着嘴笑了笑，他把橙欣扶起来，点着她的鼻子严肃地说："我上次跟你说过了，这件事情现在不是时候。"

橙欣听到这里，把身子一扭，从庄政的怀里挣脱出来，回到了自己的座位上，她把小嘴翘得高高的，故作生气的样子。庄政忙走过去抱住她，两人一时无语。房间里静静的，只有两颗心脏在各自跳动着。

忽然，橙欣用手紧紧地抱住了庄政的腰，她显得有些无助地仰起头看着庄政说：“我好像怀孕了。”

这句话就像是一枚重磅炸弹，震得庄政头晕耳鸣。他急忙把橙欣扳过来问：“真的？别吓唬我？我的？”

“除了你还有谁？！我已经半年多没让罗素碰我了。”

“这不行！”庄政放下橙欣，站起身来，给自己点了根烟。

橙欣不露声色地观察着庄政。庄政没有她所期待的那种惊喜，不过橙欣倒想要看看他如何面对这个巨大的烦恼，她暗自得意：我必须得到我想要的东西。

“宝贝，你听我说。”庄政掐掉刚抽了三分之一的烟，重新回到橙欣的身边。他两手扶着橙欣的肩膀，盯着她说：“我们必须要解决这个问题。这事关乎我们共同的利益。”

“我就是想给你生个儿子。”橙欣假装深情而又迫切地说。

“我知道，宝贝。你很爱我，但是，我们要把握大局。”

“什么大局呀？”橙欣大声地嚷嚷着，她知道，最近台里在使用干部的问题上有一项重大的突破，那就是允许“合同制”身份的编辑、记者竞聘栏目制片人，大批有实力的人将和她站在同一起跑线上，这对她来说，向前跃进的道路将更加艰难，她不能再消极等待。她故意生气地背过身去，竟偷偷地抹起了眼泪。

庄政松开手，慢慢地站了起来，他又一次走到那幅抽象画的前面，他看着这些没有人能说得清、道得明的线条和色块，猜想着作者的创作意图：莫不是人生也如此画，充满迷离和曲折，这些繁乱无章的线条就像人的一生，要面对无数的困惑难题，问题是无论有多难你都要设法走出去。有人迷茫，因为他们不知道该如何接近目标，去实现最终的理想；有人清醒，因为他们知道该如何不择手段地去达到自己的目的。聪明的人就要善于从中找出能走出去的解决路线。他非常清楚橙欣的心思，橙欣想要的并不是他的躯壳，她想要的是她个人利益的最大化。既然如此，何不就满足她一下呢？

想到这里，庄政转过身来，重又回到餐桌前，他拿起盘子里的一颗花生米放进嘴里，看着橙欣说：“我已经跟老方说过了，趁着这次台里考察干部和机构调整，部门内部也要适当调整一下。目前网络的影响力越来越大，电视一枝独秀的优势越来越受到威胁，我建议成立一个对外推广组，专门负责与网络和其他媒体的联系，遇到重大的新闻事件时，大家可以联手一块儿干。”

“老方怎么说？”橙欣迫不及待地问。

“老方原则上已经同意了我的建议，准备跟频道总监汇报汇报。”

“那跟我有关系吗？”橙欣紧追不放。

“当然，如果频道总监同意了这个方案，我会极力推荐你来担任这个组的组长。”

“太好了！”橙欣忘情地扑过去，给了庄政一个香吻。

庄政见已经把橙欣暂时稳住了，就从钱包里抽出一沓钱塞进橙欣的手里说：“这事可能很快就会有结果，你可得把握机会呀。该处理的就去妥善处理好。”

橙欣明白庄政指的是什么，她坚定地看着庄政说：“知道了，我听你的。”

第十九章 情场得意，职场失意

有道是：福兮祸兮。得意忘形的背后也可能潜伏的是烦恼和痛苦。但，高兴、快乐并不是你的错。

这天上午，红翎正在迎宾馆里等候采访援藏形象大使，装在包里的手机突然响了。

“你好！请问是哪位？”

“你猜我是谁？”

“……”

对方的声音挺陌生，红翎一时没有反应过来。

紧接着从电话的那一端，传来了一个十分兴奋的声音：“你最想见谁？”

红翎仍然是一头雾水。

“真的猜不出来？十天前你给谁写过一封信？”

“上帝呀！是你吗？你在哪里？”

直到这一刻，红翎才确定对方就是张宇，一个从南半球打过来的越洋长途！

红翎把手机贴在耳朵上，向随行的摄像记者打了一个招呼，然后，快步走到宾馆楼前那座鸟语花香的小花园里。

“真的是你吗？张宇，你知道吗？这十多年来我最想见的人就是你呀！”

“我也是。”

那一刻，红翎有点忘情，她对着手机，噼里啪啦地说了一大堆，根本不给张宇回答的机会，她好像要把积攒了多年的话一下子全倒出来。

这时，她看见摄像记者朝她跑了过来，红翎只好依依不舍地对张宇说：“对不起！我现在正在采访，如果你晚上有时间，能不能把电话打到我家里呢？”红翎请求道。

“没问题！”他们约定晚上9点在电话里接着再聊。

这天晚上，红翎忙完台里的工作，早早就回了家，守候在电话机旁。

晚上9点整，电话铃声准时响起。张宇在电话里告诉红翎，为了打这个电话，他特意给自己调了闹钟，生怕错过事先约好的时间。

隔着万里之遥，两个人的这通越洋电话足足打了三个小时。最后，张宇对红翎说："太晚了，我不忍心影响你休息，我们以后再接着聊好吗？"

"那你一有时间就给我来电话！"电话的这一边是不舍的眷恋。

"好的。"电话的另一端是郑重的承诺。

从那天开始，每当红翎这边夜幕降临的时候，总有一个电话从遥远的地方打来。除了每天一个电话，张宇还拿起搁置很久的钢笔，在很短的时间里给红翎写来了好多封信。他在第一封信里这样写道——

真想不到，在失散了十七年后，忽然我们又联系上了。就像电视剧里的情节：一幅偶然闪进眼帘的电视画面，勾起一段尘封已久的回忆；一封投石问路的贺卡，再续中断十七年的情缘。

在我的记忆里，心目中，你依然是那个扎着两个小辫子，一张娇嫩的脸上经常挂着微笑，紧抿的嘴唇时常透着娇羞，眼中闪着天真、心中装着浪漫的小妹妹……

俗话说：人逢喜事精神爽！紫云发现最近红翎的状态特别好，她猜想这应该是跟圣诞节红翎收到的那张来自澳大利亚的贺卡有关。这天下班后，她把红翎堵在了办公室，见四周没人，便像个审判官似的问红翎："红翎，最近有人发现你频繁地'里通外国'，趁现在没人，从实招来！"

红翎看着紫云故作严肃的面孔，忍不住笑了起来说："小女子无才无德，国外没人需要我呀！"

"少来！快说，遇到什么好事了？"紫云上前挽着红翎的胳膊摇晃着问。

红翎故弄玄虚地说："想听也行，大餐伺候！"

"行，我豁出去了，不就是一顿饭嘛！走，快收拾包。"紫云说完先跑回自己的办公桌前，把桌子上的笔和本子、化妆盒等一股脑地塞进了包里。

"想吃什么？中餐还是西餐？"紫云把红翎塞进自己的车里，发动了汽车后，问红翎。

红翎点着头说："想听西洋故事，当然是吃西餐最为合适了。"

"看把你美的！"紫云一踩油门，汽车迅速朝着使馆区的方向开去。

这是一家坐落在使馆区内，带有俄罗斯风格的西餐厅。两人刚一进门，就被身穿俄罗斯民族服装的服务员引领了进去。两人找了一个包厢式的位置坐了下来。

紫云以东道主的身份把菜单推给红翎，让她先点。红翎没有推辞，给自己点了一份火腿沙拉，一个奶油鸡茸蘑菇汤，主菜是烤鲷鱼。紫云主菜要的是黑椒牛排，另外点了一个罗宋汤。

点完菜，紫云盯着红翎迫不及待地说：“说吧，暂时不录音。”

“你到底想让我说什么呀？”红翎有意想吊吊紫云的胃口。

紫云端起桌子上的柠檬水喝了一口，一副你爱说不说的架势。

到底还是红翎忍不住了，她看着紫云说：“真的，先别录音哦。”“你烦不烦。快说！”紫云忍不住大声地嚷嚷起来。红翎马上把手指放在嘴边，给她做了个“安静”的手势。紫云也觉得有点失态，连忙把身子往前凑了凑。

“你猜，我跟那个同学有多久没有见面了？”红翎也把身子往紫云的方向靠了靠。

“我怎么知道，反正，自从你收到那封贺卡，就好像捡到了一块金元宝。”

“有那么夸张吗？”

“当然，你自己没有感觉罢了。你的一举一动，逃不过我的眼睛。”

红翎沉静下来，开始回忆起她和张宇在一起的那些时光。记忆的闸门常常由不得自己，总会有失控的时候，而那些看似走远的人一经打开闸门才知道他们原来就是把门的人。无论多久，只要你回首往事，便不得不看着他们从门里到门外，再从门外回到门里，自由地进进出出，仿佛从来就没有离开过你，即便是无奈地逃入梦中，也会在荒诞不经的境遇里发现他们的影像。

“你知道，我的大学是在家门口读的。我们的缘分应该从入学的第一天说起，记得大学报到那天，我在系办公室里第一次见到他时，他主动过来介绍自己，说他是从印尼回来的，听说和我分在了同一个小组里，他就主动把我的行李送到宿舍。末了，他说：‘我来上大学之前已经工作了四年，年龄比你大，以后我就是你哥哥了。’我当时以为他说的不过是一句客气话，谁知，四年中，张宇坚定不移地履行着哥哥的义务，并处处呵护着我。他的关心几乎是无处不在，比如说，每次考试前，总是他提醒我该整理复习提纲了，并经常把自己的笔记本借给我。有时我在学校的食堂里排队买饭，看见我爱吃的菜卖完了，我就跑到他那里嚷嚷，他听说后会从自己或者别人的碗里替我抢来一份。记得有一次，我排在张宇的后面买饭，轮到我的时候，我最爱吃的卤鸡蛋卖完了，正在吃饭的张宇听说后，就拿着自己的勺子在男生堆里巡视了一番，最后他从一个同学的碗里捞出了一个，用自己的勺子举着把它送到我的碗里。在他面前，我几乎变成了一个‘刁蛮公主’，可以随意地跟他发火。”

红翎见紫云已经听得入神了，喝了口汤又接着往下讲：“同窗四年，张宇是和我接触最多的男生之一。最令我感动的是，四年中，几乎每一个周末，他都主动充当护花使者陪着我回家。我们大学校园的后门有一个简易的码头，从那里坐轮渡船到市中心只需二十分钟。我特别喜欢坐船回家，周末下午，常常只上一堂课，上完课，走出教室，外面的阳光依然灿烂。顺着校园中心那条笔直而宽阔的林荫大道，走上十几分钟就到了码头上。渡轮不大，船上的人一般也不多，你可以在甲板上随意走动，呼吸一下带点鱼腥味的江风，数数两岸高楼又多了几座，一周下来的紧张情绪一下子便烟消云散了。二十分钟的水路虽然很短暂，但却非常愉快，张宇会陪在我的身边，不停地给我讲述他曾经历过的各种大小事情，偶尔也会说说班上的同学和系里其他人的事情，而每当这时我都是一个很好的听众。因为我除了学校还是学校，没有更多的生活阅历可以在张宇那里炫耀。可当小船一靠岸，我就不听他的了，我会像一只快乐的小鸟，独自冲到码头附近那条最繁华的步行街上，用瞎逛的办法来让自己彻底放松。哎，你知道吗？在我的家乡，当时有一条在全国都闻名的‘高第街’，它长不过一公里，宽不足十米，可是，那里历史悠久，很早就是小贩云集的地方。‘文革’时，这里的小贩全被赶跑了，街道两边全住上了人家。改革开放后，‘高第街’起死回生，又恢复了往日的繁华。仿佛一夜间，街道两边的住家全都变成了商人，从时装、皮鞋、手表、珠宝，到各种电器，里面应有尽有，它就像一幅当代的‘清明上河图’。置身其中，看着五颜六色的新奇商品，听着震耳欲聋的港台流行曲，就算什么都不买，也能让你从中触摸到时代跳动的脉搏。”

紫云点头说：“我听说过那里，当时我妈妈还从那里给我买过电子手表呢！”

“是呀。”红翎继续梳理着自己的记忆。

“每到这时，张宇的护花使命就只好暂告一段落，他一般不会陪我逛街，他会先赶回家去吃饭，等到晚上，他再过来找我聊天。我记得很清楚，当时我们常常坐在我家的客厅里，一边吃着我妈妈炒的花生米，一边谈天说地。这当中，张宇还穿插着给我妈妈讲好多外面的新鲜事，当然，他也绝不会忘记夸奖我妈妈的花生炒得是如何如何的好吃，直到我家里的人准备休息了，他才起身告辞。这样的交往持续了两年，一个星期天的早上，我正在家里睡懒觉，妈妈走到我的床前，她看我已经醒来了，就坐在我的床头试探性地问我：‘你和张宇到底是怎么回事呀？我看他经常来找你，可你好像无动于衷。张宇这孩子很不错，很懂礼貌，又有教养，长得也很帅。’我那时经常喜欢周末赖在床上和母亲撒娇，听了这话，我一骨碌从床上爬起来，很严肃地对妈妈讲：‘妈妈，这是不可能的，你别瞎琢磨。’可妈妈不明白地问我为什么，她说她看出张宇对我好像有点意思。我当时就对妈妈说：‘妈妈，最主要的原因就是他长得太帅了！我以后可管不住他。求您以后别说这事了。’妈妈觉得这不是理由，她反问我：‘傻孩子，人长得帅就靠不住吗？你爸爸当年不是也很帅吗？可他也没有离开我呀。’于是，我就跟妈妈辩论说：‘妈妈，我不能和你们那个时代比，现在这个世道谁说得准呀？’我和妈妈有关张宇兄的对话仅此一次。从那以后，我妈妈依然非常喜欢张宇来我们家玩，可她不再和我讨论我们之间可能发生的事情。但，也就是从那以后，妈妈对我所有找的男朋友都不满意。”

“我不明白，你就因为他长得太帅就不跟人家好呀！他长得到底像谁？”紫云手里拿着汤勺，百思不得其解地问。

“特别像香港以前的一个艺人。”

“真的？”紫云无比羡慕地嘟囔着，把碗里最后一勺汤倒进胃里，“那后来你俩又怎么着了？”

“后来，张宇请求我妈妈认他当干儿子，我妈妈当然乐得收下他了。妈妈当时特激动地说：‘这么好的儿子，我哪能不认呢！’”

“你们就这么结束了？”

“毕业之后，我离开了家乡，到了这里的电视台。听说张宇和一个社会学系的女孩子谈过一段恋爱，后来又听说他们没有结婚。再后来，就听说他只身一人到了澳大利亚。从此杳无音信。”

就像一首歌，委婉动人，紫云的脸上布满了遗憾的表情，目光显得异常专注。她默默地听着，直到红翎止住话语，才慢慢地缓过神来。紫云放下刀叉，提出了一个问题：“如果当时你嫁给了这位张宇，他还会去澳大利亚吗？”

“不知道。我真的无法做这样的假设。”

“你有没有后悔过？”

“岁月流逝，这些年当我经历了无数的情感纠葛后，才慢慢地体会到张宇当年那份情谊的珍贵。”

“那这些年你想过他吗？”

“是的。我常常会想念他。我几乎一直戴着他送给我的弥勒佛，当年他送给我的那张《吻别》的唱片我也一直保留着。你知道吗，那位何部长竟然跟他长得有几分相像，所以，每次见到何部长，我都会不自觉地想起张宇。这么久了，因为没有他的联系方式，一直不知道他现在过得怎么样。这次意外地跟他联系上了，就像曾经有过的一样东西又失而复得了一样。好开心！”说到这里，红翎的眼睛里闪着兴奋的亮光。

“他现在的情况怎么样？”

“他到澳大利亚之后曾经和一个华裔女子结了婚，但一直没有孩子，后来他们就离婚了。”

“如果他回来找你，你会嫁给他吗？”

“不知道！毕竟时过境迁了。这么多年过去了，大家都经历了许多许多，很难说对方是否还是当年的那般模样。”

“太感人了！可以写本小说！”

“好呀！就交给你了！”

这天晚上，红翎的故事让她自己和紫云都回味良久。

谭启明出席了新闻采编部的全体大会。他在大会上宣读了两项决定：

其一，经过电视台考察小组的测评，新闻采编部的三位主任全部通过了考核。其二，经过频道编委会的研究，决定同意新闻采编部在部门内部组建新的对外联络组，由橙欣担任组长。

早在谭启明宣布这第二项决议之前，新闻采编部的几个主任曾经就由谁来担任对外联络组负责人的问题进行过激烈的争论。庄政坚持由橙欣来担任，理由是对外联络组建立之初，有大量的工作需要做，橙欣善于跟人交往、沟通，便于开展工作。而青桐则极力推荐紫云，尽管她曾经很不喜欢紫云，但是，平心而论，她觉得紫云已经做了几年策划推广工作，头脑清晰，做事有分寸，是最适合担任这一职务的人选。更重要的是，她意识到庄政跟橙欣之间肯定做过什么交易，所以，她想极力阻止橙欣当这个组长。两人争论的最后结果是由方浩来裁定。

方浩考虑再三，觉得这事是庄政提议的，他的目的很明显，就是要给橙欣一个说法。方浩对庄政与橙欣之间的关系已经有所了解，他知道庄政目前的难处，如果这次还不给橙欣一个说法，橙欣很有可能会在公开的场合给庄政制造难堪，甚至不排除她会把事情往上闹。如果真的出现这种结局，别说新闻采编部的先进称号保不住，就是他方浩自己恐怕也得吃不了兜着走。在台里考察干部的节骨眼上，还是以平稳过渡为好。于是，他赞同庄政的提议，由橙欣出任对外联络组组长。

决定一宣布，现场立即出现了一阵小小的骚动，毕竟这第二项决定让许多人颇感意外，紫云本人更是极度失落。

谁都知道，她这几年的工作非常努力，有人私底下议论，这次台里放宽干部选拔范围，部门再提拔干部，就是轮也该轮到她了。可是，自己却又一次被淘汰出局了。如果过去是因为自己合同制的身份让领导为难，那么，这次呢？政策已经放宽了呀！紫云不是个官迷，她原本也不指望当什么组长、制片人，她的兴趣是在节目策划和节目创新上面。可今天看着橙欣这样的人也当上了组长，她的心理一下子就失去了平衡，她就是再不稀罕这个芝麻官，也无法让自己做到心平气和呀！论水平，论业务，论人缘，自己哪点比橙欣差？自己唯一没有做的，就是如橙欣那般依附于某个有权势的人。

会议刚一结束，紫云就冲进了主任办公室。她见方浩正站在屋里和庄政、青桐说话，就直奔方浩而去。

“主任，你说，选拔干部到底需要什么条件？”

紫云的脸憋得通红，方浩还是第一次见紫云发火，他知道今天这个思想工作有点难度，他微笑地看着紫云，并伸过手去想拍拍紫云的肩膀，试图缓和一下气氛。但是，紫云狠狠地甩开了方浩的手，后退了两步，她看着三位主任说：“论条件，我哪点不如橙欣？我一直做的就是策划工作，就算要挑选也应该从我们这些人中选拔呀！”

青桐看着紫云，心里暗自高兴，紫云替自己说了想说的话，她用眼神鼓励紫云说下去。庄政心里有鬼，表情有点尴尬，他强带微笑地看着紫云。方浩见其他两位主任都没有说话，知道这事只能是自己出面，他就安慰着紫云：“紫云，我一直都认为你表现得很不错……”

“不错有什么用？会干的不如会说的，会说的不如会来事的！”紫云停顿了片刻，接着说，“说白了，你们一直都在歧视我们这些人！我们一直以台为家，尽心尽力地为电视台服务，到头来还是得不到应有的尊重。”紫云没等方浩把话说完，扔下这堆话，连个招呼也没打就气冲冲地夺门而出。

紫云背着包出了办公室，在停车场找到了自己的车，一踩油门向郊外驶去。

汽车在路上狂奔了半个多小时，最后在市郊北边的一片树林里停了下来。

车刚一停稳，紫云就趴在方向盘上放声大哭起来。

她感到自己委屈极了！她不是非要当这个组长，她是希望以此来证明个人的价值所在。自从来到这家电视台，以往罩在她头上的种种光环统统退去，合同工的身份一直像一根无形的绳索捆绑着紫云，无论她怎么做，都会有种“来路不正”的感觉。想到以前的生活，她也曾经后悔过，觉得自己为了理想，似乎牺牲太多。但是，她不是那种轻易退却的人，再说她也已经没有退路了，她唯有期待比别人付出更多的努力去获得人们的认可。可如今自己在这里感情生活没着没落，事业方面也不尽如人意，自己的价值到底在哪里？

紫云终于哭累了，她从车内的储藏箱里随手翻出了一张 CD，塞进了音响里。车厢内很快弥漫起意大利盲人歌手波切利的动人歌声。这是波切利的一张经典大碟，上面有一句推荐语——以完美无瑕的天使之音化解所有干戈。紫云很喜欢波切利的歌声，尽管她听不懂其中的内容，但他那极富感性的声音，总能让她为之感动。每次听到他的歌曲，她都不自觉地想走进这位盲人歌手的内心世界。她看过他的介绍，知道波切利自小就是弱视，在十二岁的时候，由于一次意外，导致双眼全盲，但他没有自暴自弃，而是坚持唱歌。因为他记住了父亲对他说的一句话：别气馁！这个世界属于每一个人。虽然，你看不见你眼前的世界，但是，你至少可以做一件事，那就是，让这个世界看见你！

让这个世界看见你！说得多好呀！每个人固然希望得到别人的承认，但是，重要的是自己看到自己，自己重视自己，才能让别人注意到你的存在。紫云在波切利的歌声中把自己的心态渐渐调整了过来，她觉得自己刚才的愤怒、沮丧有点犯不着了，她对着车内遮阳板上的镜子捋了捋头发，发动了汽车，她准备到大商场去逛逛，给自己买件礼物，让自己彻底摆脱失落的情绪。

在经过一家现代化的建筑物时，手机响了起来。紫云没顾得上看里面的电话号码，她把耳机塞进耳朵，问道：“你好！请问是哪位呀？”

“是我，你还好吗？我想你！”电话里传来了高翔的声音。紫云很惊讶，她已经好长时间没有见过高翔了，这段时间，高翔一直忙着在南方讲学，太太也一直陪伴在他的左右。高翔只是偶尔给她发过来一条短信。

“你回来了？”紫云极力压抑着自己内心的激动。

“是的。你在哪里？”

“在大街上闲逛呢！”

“这倒少见。晚上有约会吗？”

“没有！正准备在大街上碰碰运气呢。”紫云故意开玩笑地说。

“那我约你吧。这么漂亮的姑娘如果让别人拐跑了，那可是电视台的一大损失呀。”

“你太太呢？她今天发慈悲了？”

“她出国了，单位让她带队去德国考察。”

“原来如此！说吧，在哪里见？”紫云心里有点惆怅。

“我5点半下班。6点在国际俱乐部见吧。那有一家香港老板开的茶餐厅。”

“好的，一会儿见。”紫云挂了电话，隐藏在内心深处的情感又被高翔翻了出来。

自从那次高翔的老婆来电视台找过她之后，紫云就尽量和高翔保持距离，尽管这样做内心的痛苦可想而知，但她不得不控制自己的情绪。为了能够淡忘高翔，紫云尝试了许多办法，其中之一就是学会了喝酒。在许多个孤独寂寞的夜晚，酒成了她最好的朋友，它能让她在虚幻的世界里忘记一切，然后再在其中编织自己的梦想，直到沉沉睡去。

在她家里的阳台上已经堆满了各种牌子的红酒瓶。不仅如此，她还经常一个人去酒吧喝酒。在那个光怪陆离的世界里，震耳欲聋的音乐足以让置身其间的每一个人血脉贲张，情不自禁迷失在了慌乱的欲望中。

在酒吧间里，紫云的美艳和独特气质使她自然而然地就成为男人眼里的焦点。为了排遣寂寞，也为了报复高翔，偶尔她也会跟随某一个她喜欢的男人走出酒吧，走进饭店……每一次她都以为自己解脱了，然而当她从那些虚幻的世界里清醒过来的时候，却是更加痛不欲生。酒精并不能让她忘掉一切，而是让她品尝到了什么是撕心裂肺的感觉。紫云说，酒吧这个地方是她情感战线的滑铁卢，她总是情不自禁地深陷其中。

为了让自己彻底解脱，她也曾经尝试着接受让一位军官做她的男朋友。那位军官毕业于著名的军校，有才华，也很有情调，对她更是关怀有加。她承认这是个可以托付终身的人，她也想说服自己，嫁给他吧！但糟糕的是，紫云每次和他分手后，都更加想念高翔，她不停地给高翔写短信，又不断地将它们删除掉。她明知道她和高翔是不会有什么结果的，但是，她与高翔的充满戏剧性的相识经过，以及高翔向她表白的特殊方式，都让她刻骨铭心。

在一个下着雨的夜晚，大雨不断地冲刷着地面，水珠不停地敲打着窗棂。紫云依偎在高翔的怀抱里，不时抬起头来看高翔挺拔的鼻梁和棱角分明的下巴。

过了好一会，她终于鼓起勇气怯生生地对高翔说：“我准备嫁人了。”

听到这句话，高翔紧搂着紫云的胳膊下意识地颤动了一下，“他是谁？”尽管他知道自己实在无法向紫云承诺什么，紫云终究是要嫁人的，但一想到紫云将要投入别人的怀抱，他还是有一千个不情愿。他现在能做的就是托起紫云的脸，把所有的无奈和不舍都化作一个个深情的热吻。

高翔和紫云就那么深情地相拥着。房间里很安静，只有屋外的雨声不时传来。突然，紫云放声地大哭起来，倾泻而出的眼泪瞬间模糊了她整个脸颊，她比以往任何一次都哭得酣畅淋漓。她知道，也许今晚是他们的最后一次，也许今后自己再也无法单独跟高翔见面了，万般的痛苦夹着无奈，她任由泪水一次一次地尽情地湮没着她。

高翔在紫云的哭声中默默地注视着她，体会着她此刻的心情，他用嘴唇不停地吻着紫云脸上的泪水，最后，他把自己的泪水连同紫云的泪水一起吞咽了下去。

那个夜晚是那么的刻骨铭心，清醒之后紫云决定：不能答应那位军官的请求，那样对他太不公平！紫云清楚地知道，自己这样一直等下去，注定会走上一条不归路，但是她还是不管不顾地往下滑。

今晚她又要见到高翔了，一股激情走遍了她的全身。想到自己刚才的狼狈相，她决定马上到附近的美容店去洗洗脸，她要以最好的姿态面对高翔。她曾经跟红翎说过，高翔是她生命中的一部分，她一定要等下去，直到自己老得哪里也去不了……

张宇突然决定回国。

红翎在电话里抑制着内心的兴奋问道：“回来有什么公干吗？”

“为什么非得有公干才能回来？我来看看你不行吗？”

“那当然好了！可我有那么重要吗？”

“还有什么比你更重要呢？你告诉我，哪个时间你最方便？”张宇态度是真诚的。

红翎计算了一下自己的时间，最近部门安排她去欧洲考察，时间一共十天，回来后应该可以休息几天。

“那我就那个时间回来吧。”张宇就这么决定了。

红翎临去欧洲之前，张宇又再次与她确定了返回国内的时间和路线。因为考察团中许多人还没有到过香港，于是，集体决定在返回国内的途中，经停香港。只是，她无论如何没有想到的是，张宇竟把他回国的时间恰好选在红翎抵达香港的前一天。

张宇想在香港“拦截”红翎，给她一个意外惊喜，可红翎一到香港，香港的朋友就排着队要见她，红翎在忙着和朋友们聚会时，她的全球通手机居然没有把这么重要的电话及时传递给她。香港尽管是个弹丸之地，但是，事先缺少沟通，两人最终在这里擦肩而过，白白错过了一次异地相逢的浪漫。

红翎到家的当天晚上，就接到了张宇从香港打给她的电话，当她获悉张宇曾经在香港找她找得好辛苦的时候，除了遗憾，就剩下感动的泪水了。

“那你什么时候过来呀？”红翎急切地问。

“明天早上头一班飞机。你在家里等我。”

“不，我一定要去机场接你。”

第二天上午，阳光暖暖地照耀在这座繁华的都市里，红翎的心情就像这炫目的阳光，充满了喜悦。她今天特意穿了一件桃红色的短大衣，脖子上系了条白色的长丝巾。临出门时，她从镜子里端详着自己的模样，自言自语地说：“你还是当年的那个女孩子吗？张宇能认出你吗？”

在机场候机楼里，随着时间的临近，红翎显得坐立不安，她在候机大厅里来回走动着，以缓和怦怦乱跳的心。她不知道，一会儿见到张宇时会是什么样的情景。

从香港飞来的航班终于靠港了，机上的乘客陆续走了出来。红翎踮起脚尖，睁大眼睛在人群中搜索着。

怎么还没有出来呢？眼看着机上的乘客大部分都走出来了，唯独没有见到张宇的影子，红翎正在犯嘀咕呢，突然，一个有点熟悉的声音从耳边传来。“是红翎吗？”她一转身，张宇居然已经站在她的面前了。

这么多年了，岁月已经毫不留情地在他的脸上写下了沧桑，当年那个出现在无数少女梦中的白马王子，那个英俊潇洒的帅气小伙子如今更像是一个闯荡江湖的大师兄。只是，他的眼神还是那般柔和。红翎仔细辨认着这张既熟悉又陌生的面孔，一时竟不知道该说什么好。

“别再猜了，我就是张宇。”张宇站在她的身边，默默地冲着她微笑。

突然，红翎扑了过去，她伸出双手紧紧地抱住了张宇。张宇也扔掉了手中的提包，把红翎紧紧地搂在怀里。

“你是怎么认出我的？”在开车送张宇去宾馆的路上，红翎忍不住问张宇。

“跟电视里看到的差不多。”张宇坐在副驾驶的位置上，侧着脸又仔细打量了红翎一番。虽已过了妙龄期，但面对一个男人如此专注的审视，任何女人都不会无动于衷。

“你怎么不说我老了呢？”红翎略带羞怯地问。

“应该说比当年那个稚嫩的小姑娘多了几分稳重和成熟。按现在时髦的说法，叫熟女！”

红翎把张宇送到宾馆，办理完入住手续后，两人结伴来到湖边酒吧一条街。

尽管屋外仍然是阳光明媚，可为了营造温馨的气氛，酒吧里却依然点着蜡烛。

红翎脱去外套，解下脖子上的丝巾，在靠窗的位置上坐了下来。张宇坐在她的对面笑吟吟地打量着她。突然，张宇好像发现了什么，他望着红翎脖子上的那尊玉佛，不敢确定地说：“我觉得它很熟悉，好像在哪里见过！”红翎笑着没有马上回答，而是小心地用手托起脖子上挂着的玉佛，看着张宇说：“是你临走时送给我的。”张宇十分惊讶地问：“真的？你一直戴着？”红翎点了点头。

张宇心里顿时升腾起一股巨大的暖流，红翎这么多年居然还戴着这尊玉佛，她不是买不起首饰，她是一直念着这份情谊呀！想到这里，张宇伸过手来，把红翎的两只手紧紧攥在自己的手里。

借着柔和的烛光，红翎细细地打量着眼前的张宇。她曾经在许多次同学聚会上说过：“毕业这么多年，我最想见到的就是张宇！”此时此刻，他们真的见面了，坐在了一起，红翎不知道该用什么语言才能表达此刻内心的感受，她只是默默地坐在那里注视着张宇，脸上挂满了喜悦。见张宇也在那里目不转睛地看着自己，她的脸上“腾”地泛起了一大片的红晕。

透过酒吧那扇落地大玻璃窗，可以看到湖面上来往穿梭的游船，虽然听不到当年那种熟悉的汽笛声，但是此情此景还是把两个已届中年的老同学拉回到过去的时光。他们就静静地坐在那里，体会着这些年来彼此的思念，重温着那一幕幕让他们难以忘怀的场景，分享着重逢后的喜悦。

此后的几天，红翎破天荒地向单位请了假，她想好好陪陪张宇。几天来他们几乎是形影不离，相互厮守着，共同度过了难忘而又愉快的三天。

在张宇即将回澳洲的那天晚上，红翎把张宇带到了自己家里。

张宇一踏进门，就发出了由衷的赞叹：“哇！太舒服了！简洁、大方、高雅，是你的风格。”

“是吗？你喜欢吗？”红翎的家尽管已经收获了无数朋友的好评，但是，她还是很在意张宇的感觉。

张宇不住地点头，接着又仔细地打量了一番房间里的布置，他正想在沙发上落座，突然，他好像发现了什么，然后在一个暖气柜前蹲了下来。“有工具吗？”他朝红翎伸出手。

红翎走过去一看，原来是自己无论如何也关不紧的暖气柜，她连忙说：“有，工具很齐全，就是操作不熟练。”说着，她从储藏柜里搬出一个工具箱，打开一看，里面果然样样齐全。

“把扳手和螺丝刀递给我。”红翎按照张宇的指令，把工具一一递了过去，几分钟后，暖气柜严丝合缝地关上了。

“太好了！”红翎高兴地拍起手掌，要知道，她曾经拿着螺丝刀跟它斗争了好多次，每次都以无奈告终。没想到张宇这么几下就把暖气柜给修好了。

“看来，这家里真的需要个男人。”张宇一边洗手一边对红翎说。

红翎静静地站在一旁，默默地注视着张宇，她何尝不这么想呢？

夜已经很深了，张宇已经喝光了两杯红翎专门为他煮的咖啡，他准备回宾馆了。其实，他已经说了好几次要走的话了，可就是挪不动脚步。红翎看出他的犹豫，但是，她不习惯主动说出要求他留下来的话。

终于，张宇从沙发里站起身来，红翎紧跟着也站起来。两人对视了片刻。

“真的要走了？”张宇听出红翎话语中有些不舍。

“再不走，就走不动了。”说完这句话他有意停顿了一下，见红翎没有表态，他径直朝门口走去。

“你不要出来了，外面有点凉。”张宇执意把红翎留在了门口。

看着张宇的身影消失在昏暗的走廊里，红翎怅然若失地慢慢关上门，她回到张宇刚才坐过的地方，坐在那还有点余温的沙发里，红翎抬起头，痴痴地望着正前方那个铁艺挂钟，五分钟，六分钟……当她终于数到十分钟的时候，她鬼使神差般地拿起了茶几上的电话。

“你好！”电话刚一接通，就传来了张宇那好听的声音，红翎能感觉到张宇一直在等着这个电话。

“你走到哪儿了？”

“还在你家楼下。”

“怎么？没有叫到出租车吗？”

“不是，我已经放走了三部车了！”

“为什么？”

“因为我舍不得这么快离开。”

红翎在电话里沉默了片刻。突然，她冲着电话大声喊道：“你在楼下等着我。”说完，红翎扔掉手里的电话，连外套也没顾得上穿，就朝楼下飞奔而去。

夜色中，红翎看到张宇正痴痴地望着楼上的灯火，她再也顾不上什么了，一头扎进张宇的怀里，张宇紧紧地搂着红翎。

许久之后，红翎在张宇的怀抱里呢喃地说着：“走吧，我们回家去。”张宇一直在等着红翎说这句话。这么多年来，他一直把红翎视作他心中的公主，十分敬重她，对她也从不敢越雷池半步。此刻，听到红翎发话了，他欣喜若狂，他抑制着心头的喜悦，把红翎又一次紧紧地揽入怀中。

红翎在卫生间洗完澡，才发现把睡衣忘在卧室里了，平时一个人生活惯了，在家里想怎么样都行，可刚才，她承认自己在兴奋中有些忙乱、有些不知所措，而现在，张宇就在客厅里，这么出去多尴尬呀！

洗澡用的是海绵，擦干水迹用的是方巾……此刻，她站在浴柜前的小地毯上，不知该如何是好。

这时，正在客厅里看电视的张宇发现浴室里面已经很长时间没有动静了，他走到了浴室的门外，轻叩浴室的玻璃门，柔声问：“需要帮助吗？”

“我……”红翎觉得自己太狼狈了，她都不知道该如何解释自己此刻的窘况。

张宇在门外停留了片刻，推开了门。

当他明白红翎眼前的处境时，就毫不犹豫地在红翎的身边弯下腰来：“上来吧，我背你去卧室！”

红翎双手抱在胸前，感到太难为情了，要知道过去许多年来，她与张宇两人从未有过身体接触。但此刻张宇就弯着腰等在那里，他那坚定的目光让她无法抗拒，她乖乖地爬到了张宇的背上。

在这个宽阔而结实的脊背上，在那短暂的十几米的过道上，红翎把感动的泪水抹在了张宇的背上。这原本是属于我的一片港湾呀！有多少次，红翎幻想着能靠在张宇的背上好好歇息一下，把这些年受到的委屈，享受到的乐趣和深深的思念全部告诉他。她曾经无数次恨自己当年的年幼无知，没有做过任何尝试，就轻言放弃！当他们在一起的时候，她不懂得自己真正需要什么，等到天各一方，人也渐渐长大以后，她才明白，失去的也许就是最为宝贵的。

那个夜里，张宇紧紧地搂着红翎。他让红翎躺在自己的臂弯里，给他讲述这些年来发生在她身边的故事……

张宇很认真地听完红翎的讲述，他沉默了良久后说："红翎，看到你这些年一个人生活，我很心疼，也很难过，不过也挺欣慰的。我想，也许你当初没有嫁给我是对的，如果你嫁给了我，你就不会有今天的成绩了。"

"为什么？"红翎不解地问张宇。

"因为我知道，我太疼你了，你一旦和我走在一起，一定会是一个小鸟依人、不思进取的女子，怎么还会有今天的成绩呢？"

"我本来就不想拼什么事业！我现在这种状况是不得已而为之，我又不像别人那样有老公有孩子，我不干事业干什么呀？"红翎坚持着。

"你要知道，如果你当初不努力工作，中国可就少了个著名记者了，那可是我们国家的损失！"张宇和红翎调侃着。

第二天上午，红翎把张宇送到了机场。

两人站在候机大厅里不顾旁人的目光，深情相拥。

红翎不知道这一别又要等上多少年，她等张宇办理完登机手续后，用手把张宇的脖子钩下来，在他的脸颊上深深地印了个吻，然后默默地看着张宇提着行李，一步三回头地朝候机室走去。

在安检处，张宇把护照和登机牌交给安检员，他回过头来朝红翎做了个飞吻，红翎看到了他的眼睛里有东西在闪光。

红翎强忍着泪水跑到一处安静的地方停下来，她计算着张宇到达候机室的时间，然后急切地拨通了张宇的手机，她要趁着他还没走远，告诉他："我爱你！张宇。"

"你要多保重，争取机会来澳洲，我在那里等你！"电话那端传来张宇好听的男中音，只是今天他的声音听起来鼻音有点重。

红翎抱着手机，泪水迅速地模糊了她的视线……

这天夜里，家里的电话突然响起，红翎拿起来才知道，是张宇从香港机场用公用电话打来的，"红翎，我今天晚上从香港飞澳大利亚。你先听我说，我手上还剩下几枚硬币，我把它们全部用来打电话，不知道讲到哪里就会断线，你千万别紧张噢。”

“我知道了。你还好吗？”红翎关切地问。

“我很好。我马上要上飞机了，要坐十多个小时的飞机。我不知道这一路上会发生什么事，有一句话我现在必须说出来，否则我怕万一没机会了……”

“你快说吧！”红翎急切地催促着，她怕线路不知道什么时候会突然中断。

电话那边沉默了片刻之后，张宇的声音再次响起：“我，我想说，我真的非常爱你！”

“我也爱你！”红翎的眼睛被泪水充盈着，声音有些颤抖。

“我现在不能马上为你做什么，但是我回去后会处理好一些事情，我还会来找你的。明白吗？”

“谢谢大哥！我会等着你的！”

那个长途电话，一直打到张宇把手上所有的硬币用完为止。

红翎放下张宇的电话，久久无法平静下来，她知道，自己和张宇又开始续写另一段情缘了。她决定这一次，绝不再轻言放弃。

民间有种说法，叫做“情场得意，赌场失意”。最近红翎的状况是“情场得意，职场失意”。这不，她刚进会议室就遇到了不愉快的事情。

“红翎你来得正好，部里经过研究，决定从你们采访组调出两名记者补充到策划组。你说说让谁去比较合适？”方浩一见红翎进来就和她商量起来。

红翎没有想到新成立的策划组要从采访组里抽人。采访组本来就缺人手，怎么能再从记者中抽呢？“部里准备抽谁？”红翎有点不高兴地问。

方浩看着红翎着急的样子，便笑着说：“我们想抽调绿佳和王斌。”红翎一听慌了，马上说：“主任，绿佳可是采访的主力呀！”

方浩把红翎叫到身边说：“部门只是临时决定，等策划组来了新人再把绿佳还给你。怎么样？”

“抽王斌倒没有关系，他刚来，可抽绿佳就不妥。频道领导最近总对记者提出新的要求，让现有的记者深入挖掘潜力。要知道大家已经很卖力了。这个时候如果再把主力抽走，那一大堆的采访任务谁来完成呀？”红翎一想到橙欣自己拼命要当这个制片人，现在又要挖采访组的墙脚，这不是明摆着拆台吗！想想都可气，她没有必要一味迁就她，必须据理力争。

这时候，庄政走了过来，他对红翎说：“部门的意思是，策划组刚成立，频道领导对此抱有很大希望，我们先支持一下。”

“那如果再漏报了新闻，你可别批评我们。”红翎说完一甩头出了办公室，把庄政晾在了那里。

面对部门的决定，红翎不理解也得执行。从采访组抽人的事情当天下午就定了下来。

一周后，部门召开了一个如何做好独家新闻报道的研讨会，特邀三位在传媒界颇有声望的学者跟记者一起互动。会议由庄政主持。

会议是上午 9 点开始，记者中除了当天有采访任务的，其他人都到齐了。橙欣以策划推广组负责人的身份也来了。大家没有料到，频道总监谭启明和方浩也参加了。

按照议程，先是请三位学者给大家介绍当下电视新闻的最新报道手法、传播特点，然后由庄政分析部门记者的现状。三位学者分别介绍了当前国际电子传媒的最新发展以及国内优秀电视台的走势之后，接下来是庄政发言。

庄政环顾了一下会场，说：“刚才几位专家已经给大家作了很好的讲座，下面大家可以自由发言，就报道中遇到的问题和管理上的问题发表一下个人的看法。”庄政主持今天这个研讨会还有一个目的，就是希望记者借这个机会给部门和科组提提意见。他已经私底下答应橙欣，下一步设法逼走红翎，让她来当这个采访组组长。近来他发现红翎对他挺有意见，而且现在越来越不把他当回事了，他觉得应该利用机会好好提醒提醒她，今天刚好谭启明也到场了，如果能有一些激烈的言辞，那就更好了。

记者们一时没有反应过来，大家事先都不知道还有自由发言的机会，况且还是当着大小领导的面。别看他们平日在采访现场表现得大方利落，但是，要在领导的面前畅所欲言，似乎还得好好斟酌。场内一下子安静了下来。这时，橙欣突然举起了手，场内所有的目光都投向了她。

“橙欣，你说说吧。”庄政见有人打破沉默，心里一阵释然。橙欣平时在他面前没少议论红翎，所以他大概能猜到橙欣会说什么，于是用鼓励的目光看着她。

“我觉得一直以来我们的采访队伍都在疲于奔命，缺少必要的策划。虽然大家每天都在东奔西跑，也挺累的，但都是各自为战，没有形成一个整体。我们今后应该多一些自己的策划。”橙欣一开口即向采访组发起了攻击，令在座的各位记者始料未及，红翎更是觉得不可思议。庄政让大家自由发言，难道是让大家来提意见的？即便如此，也应该是其他记者发言呀，你橙欣也是刚从采访组出去的呀！当了个组长就开始反过来攻击采访组了？是因为你从一个当事者变成了旁观者，眼光更明亮了还是终于有了报复的机会？

橙欣可不管别人怎么看她，她知道这是个难得的好机会，她从推广组的角度来提些意见，会让人觉得她更客观。于是，她继续着，语言足以让人认为她是在对记者队伍进行全盘否定。

红翎终于忍不住了，她忽地站了起来，义正词严地说："橙欣，我认为你的说法有失客观。你也在采访组待过，你应该了解记者的工作状态。"红翎说话的分贝比平时高了许多，一改一直以来温良恭俭让的做法，她用事实严厉批驳了橙欣不顾实际情况的发言。

记者们此时纷纷松了口气，他们开始用眼神相互传递着信息。萧枫举手要求发言，他说："我没有明白刚才橙欣这番话的意思，我个人认为，采访组由弱到强，大家是有目共睹的。长期以来，采访组承担了频道内主要的新闻采集任务，事实证明这是一支不可替代的队伍。我觉得现在我们需要做的工作不是对它横加指责，而是如何保护大家的积极性。"萧枫的话音刚落，紫云也举手要求发言，不过被庄政抢了过去。

"各位，我说几句。刚才红翎和橙欣都从不同的方面发表了个人的意见，应该说她们的讲话都有道理。大家为我们这个频道作出的贡献是该肯定，但是，我们的记者中间的确存在各自为战的现象。遇到有大的报道时大家的表现还行，但是在平日里就显得有些涣散，我就知道，你们当中有人找借口不去采访，也有人整天忙着发自己的关系片，这些现象部门都掌握。希望各位都扪心自问：我为频道做了什么？如何才能让记者在平时也能以良好的状态出现，我们的制片人是不是应该在管理方面多下工夫呀！"庄政的话看似语重心长，但其中却充满了火药味。

会场瞬间变得鸦雀无声。红翎听出庄政话里有话，分明在指责她没有管理好记者组。红翎的心里升腾起一股无名火。要知道，这几年为了采访组的工作，红翎几乎是没日没夜地操心，她身体力行，总是出现在采访的第一线，作为制片人，她每个月都有二三十条的新闻采访量，而她总是把优秀记者的评选名额让给其他记者。难道这一切到头来就落得如此这般评价？红翎觉得胸口憋得越来越难受，她不停地对自己说：我受不了了，我要辞职！

"庄主任，如果部里认为我没有管理好记者组，我请求辞职。"红翎在庄政说话的空隙突然站起，当着三位专家的面，当着频道和部门领导的面，公开请辞。所有人都愣住了。会场的气氛变得很紧张，而橙欣听到红翎说要辞职，心里一阵窃喜。

这时候，方浩说话了，他用理解的眼光看着红翎说：“红翎，不要冲动，先冷静一下。部门对采访组总体的工作是满意的，没有指责的意思。庄主任是提醒大家需要注意的地方。”方浩开口定了调，庄政马上为自己的话向大家作着解释，说他的意思完全是出于爱护记者……而谭启明自始至终没有发言。

研讨会在中午时分结束了。由于庄政的讲话以及红翎公开请辞，参加会议的每个人心情都变得十分沉重，大家静静地离开了会议室。

会议一结束，红翎就被方浩单独叫走了。

在台里的咖啡厅里，方浩坦诚地对红翎说：“红翎，你千万不要因为今天的会议产生什么想法。部门对你这几年的工作是肯定的。我对你很有信心！”

红翎两眼噙满了泪水，她委屈地看着方浩问：“这到底是为什么？”

方浩用手亲切地拍着红翎的肩膀说：“有些事情我心中有数。你调整一下心情，辞职的话就到此为止。好吗？”

红翎看着方浩诚恳的目光点头答应了。

方浩看着自己的爱将，继续说：“红翎，你要记住，要想在电视台生存下去，必须具备以下几个素质，那就是，当你默默无闻的时候，要能够耐得住寂寞；当你有了些小名气的时候，要能够经得住诱惑；当你遇到打击的时候，还要顶得住压力。我相信你，能够渡过眼前的难关。”

犹如一阵轻风缓缓拂过，红翎一直紧锁的心渐渐打开。

黄梅拿着一个文件夹，快步走上转播车。她今天要负责祭孔活动的全程直播。

上次她在谭启明办公室里直言不讳之后，其实她并没有期待他们这些“过季”的编导人员能够迅速地“咸鱼翻身”。但是，一个月之后，一个意想不到的结果出现了，她接到部门的通知，让她参加每周一次的节目策划会，与此同时，频道内其他几位被当成老干部，先后给“养起来”的记者和编导也陆续出现在镜头的前后。黄梅心存感激又充满活力地投入到了工作中。

这次，部门特意把直播的任务交给了她，并明确由她全面负责。

“都到齐了吗？”黄梅一踏进车门，就向直播助理询问道。

“都到了！”助手点了点车上的人，向黄梅报告。

“那就出发吧。”

转播车刚刚开出电视台，黄梅的手机就响了起来，她从包里掏出电话：“喂，我是黄梅，哪里？”

“我是橙欣。”

“什么事？”黄梅大声地问。

“我昨天跟你说过，这次直播我们要跟网络进行合作，你怎么到现在也没有把直播方案给我呀？”橙欣在电话里着急地冲着黄梅喊。

“我刚出电视台，现在去直播现场。东西在我手里，可怎么给你呢？”黄梅有点为难。她对电脑不熟悉，文案都是用手写的。

“哎呀！你刚才走的时候就该给我呀！”橙欣在电话里忍不住责怪起黄梅。

黄梅听到这里有点气不打一处来：“我怎么知道你需要方案呢？你刚才在办公室里遇到我的时候怎么没说呀？”黄梅对着电话大喊了一声，然后就把电话挂断了。

几分钟后，黄梅的手机再次响了，这次是主任办公室打来的。“黄梅，听我说，到了直播现场，找个传真机把方案传过来吧。”是方浩的声音。

“我知道了。主任，这事不怪我呀，我刚才在办公室还碰到橙欣了，她根本没有说起要方案的事情。”黄梅急于向主任表明原委。方浩在电话里回答道：“我知道，这不怪你，可能是协调出了问题。”

放下主任的电话，黄梅心里舒服了点，她琢磨着，看来自己重新出山承担大的直播报道并不那么顺利。除了要保持一份高昂的斗志外，还要面对许多新的压力，不管怎么说，关键是要稳住自己的阵脚，不能遇到事情就影响自己的情绪。当务之急，是抓紧时间尽快熟悉电脑的操作程序，否则会给今后的工作增加麻烦。

到了直播现场，黄梅立即通过传真机把手中的策划方案传给了橙欣，接着她便指挥着摄像记者愉快地投入到直播中。

直播进行得很顺利，尽管黄梅有段日子没有坐在直播台上了，但是经验老到的她，一坐上直播台，就仿佛又回到了从前，她镇定自若，出手果断，把画面调动得非常流畅。

红翎守着电视看完了全部直播，由衷地佩服黄梅。姜，还是老的辣！这话一点不假，她真的好佩服黄梅的过硬本领！频道这次重新重用“老干部”，不仅解决了部门人员缺乏的问题，最主要的是给大家创造了一种尊重人才的良好气氛。看看黄梅这批人的工作劲头，谁不感动呢?

中午，红翎在楼梯口遇到了从直播现场回来的黄梅，她忍不住上前给了她一个拥抱。

“黄梅，我刚才看了直播，真的不错。”红翎的眼里满是真诚。一向大大咧咧的黄梅突然变得有点不好意思起来，她把声音放得很低，几乎是咬着红翎的耳朵对她说:“你放心，老姐姐一定好好干！”说完她使劲儿抓了抓红翎的胳膊。

第二十章　欢乐和痛苦总是那么多

这世上，欢乐和痛苦从来就是一对孪生姐妹……

转眼又到了春末夏初的季节。

一个阳光灿烂的日子，天高云淡，微风送爽。今天是萧枫和绿佳结婚的大喜日子。这场婚礼是新闻采编部在忙碌和沉寂了一段时间后，迎来的一个轻松时刻。

应邀参加婚礼的电视台员工，尤其是姑娘们，无论老少，都把平时不大有机会穿的时装统统晒了出来。有袒肩的，有露背的，有超短的，有拖地的，就连平日里极少碰正装的摄像记者们也破天荒地套上了西装。

此刻的红翎已经告别了先前灰暗的心情，上次辞职风波之后，谭启明也专门找她谈过话，希望她继续留在现在的岗位上努力工作，她答应了谭启明，也答应了方浩，继续担任着制片人的职务。

临来之前，红翎在短信里提醒姑娘们：穿着要时尚，打扮要有度，但绝不可以超过新娘子！

这天，红翎早早地就起来梳洗打扮了，她特意为自己挑选了一件白色的带蕾丝边的连衣裙，一串红白相间的水晶项链，以及一双时下最流行的红色高跟漆皮鞋。红翎一向对自己的穿着很自信，无论在什么样的情况下，她都不允许自己随随便便地出门，更何况今天是个大喜的日子呢！

她对着镜子刚刚穿戴整齐，来接她的车已经到楼下了。红翎最后又看了一眼镜子里的自己，然后拎起那只经典的红色迪奥小手包，三步并作两步地向楼下走去。

萧枫的婚礼就如他本人一样充满了浪漫和创意。这从他发给大家的结婚请柬上就能看出一二——

“CNN驻京记者报道：萧枫、绿佳定于18日上午在著名的爱雨湖畔互换盟誓。有消息灵通人士透露，届时诸多知名人士将共同见证这激动人心的一刻。

为此，本台将从上午 9 点 30 分开始现场直播。”

婚礼选在距离市中心大约十五公里的爱雨湖畔酒店举行。酒店四周张贴着的海报一改大家看惯了的在影楼里拍摄的结婚照，取而代之的是两个人在海边漫步的生活照。

迎新车队到了酒店，一对新人没有先进宴客大厅，而是把嘉宾全部引领到湖边的草坪上，让亲朋好友在湛蓝湛蓝的天空下，见证了他俩放飞象征爱情的和平鸽。

移师主厅后，婚礼正式开始。先是西式的礼仪，然后是中式的对拜。此时，萧枫的聪明才智再次显露，他利用自己的职业技能，精心制作了一段 MTV，把想对新娘绿佳说的话，当着全场人的面公开表白，以示自己的真情实意。

11 点 35 分，婚礼进入高潮，伴随着蔡琴《一生都给你》和邓丽君《甜蜜蜜》的歌声，萧枫和绿佳在司仪的主持下，开始向双方父母行大礼。

看到萧枫和绿佳终于找到了属于自己的幸福，红翎既羡慕又感动，她轻轻端起桌子上的红酒抿了一口，杯子还没放下，手机短信铃响了，她低头一看号码，是刘剑锋发过来的。刘剑锋上午有采访，所以无法到场祝贺。难道是他想通过她向新人表达祝福吗？红翎边想边打开手机，仔细查看内容，令她无法想象的事情发生了，信息只有短短的一行字：“杨东在外地采访时出车祸，当场死亡！”

真是晴天霹雳！红翎反复看着手机里显示的这行文字，她简直难以置信，这怎么可能？为了不破坏婚礼上的欢乐气氛，红翎强忍着慌乱的心情，慢慢地站起身来，不露声色地走到大门外。

她用颤抖的双手拨通了主任值班室的电话：“主任，请问杨东的事情是真的吗？”

电话里传来了嘈杂的声音，值班主任青桐用低沉的语气告诉她：“是真的。你先不要声张。等那边的婚礼结束后，你马上回单位来，有些事情要处理。”

“知道了。”红翎挂上电话，呆呆地站在大厅外。她不知道该用什么样的语言来形容自己此刻复杂的心情。

此时此刻，萧枫和绿佳的盛大婚礼还在进行中，可在另一个地方，杨东却这么走了，他还不到三十岁呀！他的家人将因此承受多大的痛苦呀！

红翎在巨大的心理落差中回到了酒席桌前。看到的是喜，听到的是悲。人生的大喜大悲此时就这样交织在了一起，猛烈地撞击着红翎的心灵。看着台上这对幸福的新人，想到突然离去的杨东，红翎百感交集，平日里人们只看到了记者风光的一面，而有多少人了解这个职业潜在的危险，在战争的炮火中、在陡峭的山崖上、在缺氧的高原、在地震的灾区，哪里有危险，哪里都有记者的影子啊！

婚礼办得很成功。现场没有人意识到几百公里之外发生的事情。

离开喧闹的大厅，屋外的阳光亮得刺眼，红翎的心却仿佛坠入了阴暗的谷底。眼前的一切仿佛都随之而去了，这个世界好像又回到了它的原始状态，空气中弥漫着一种无声无息的沉寂，只有远处的山脉静静地横卧在亘古不变的天空下。只有不断从车窗前闪向身后的空气与树木，似乎在提醒着红翎：生活还在继续！

红翎突然想起一位朋友曾经给她发过的短信：人生就好像乘坐北京地铁1号线：途经国贸，羡慕繁华；途经天安门，幻想权力；途经金融街，梦想发财；途经公主坟，遥想华丽家族；途经玉泉路，依然雄心勃勃……这时，一个声音飘然入耳，乘客你好！八宝山快到了！顿时醒悟：人生苦短，何不淡然。

杨东的遗体告别仪式来了许多人。

新闻采编部除了有采访任务和值班的，能来的人都来了。所有人全部身着素装。

红翎和紫云比其他人早到了半个小时。此刻，杨东的母亲在老伴的搀扶下，正倚在大厅外的立柱前不停地擦拭着眼睛。红翎见吊唁大厅还没有开放，便和紫云走过去搀扶住杨东的母亲安慰道："伯母，你一定要保重身体！"

一见到杨东的同事，老人家的眼泪又止不住地在眼窝里打转了，她望着红翎无力地点了点头，声音沙哑地说了声："谢谢。"

这是一对很有修养的老夫妇。杨东的父亲是政府机关的干部，母亲是一家公司的会计。夫妻俩就杨东一个孩子，可他们从来没有娇惯过杨东，从小就训练他学会自立。在这样一个宽松的环境中，杨东养成了性格开朗、助人为乐的良好品性。他还是新闻采编部出名的小活宝，也是夫妻俩引以为豪的好孩子。而现在这一切都不复存在了，年逾花甲的老夫妇今后的生活将如何度过呢？

参加追悼会的人陆续抵达。谭启明和方浩等领导刚一下车，就立即来到杨东父母的身边。谭启明握着杨东父亲的手安慰着，看得出来他的眼睛也有点泛红。

哀乐在大厅里回荡。

红翎看着照片里的杨东，想起杨东生前的调皮模样，泪水不断地滑落下来。想到此时此刻还在外面奔波采访的记者，红翎心中不免又多了一分担忧。

哀乐之后，所有到场的人依依不舍地走过杨东的身边。这时候，杨东的母亲再也控制不住自己的情感，她扑到摆放杨东遗体的棺木前放声大哭，嘴里还不停地喊着杨东的名字，她几乎精疲力竭了，杨东的父亲在一旁搀扶着老伴，用手拍打着她的肩膀。此情此景，让在场的所有人为之动容。

杨东的遗体被推走了，同时也把他的招牌微笑一起带走了。

参加完杨东的葬礼，萧枫准备启程赴贵州采访。听说他们这次去的地点路途遥远，而且要翻越六盘山，绿佳的心里充满了担忧，她把萧枫叫到楼道里，不停地叮嘱着。

“听我说，坐车时千万别睡觉噢。”绿佳拉着萧枫的手，显得有些惴惴不安。萧枫借着楼道昏暗的灯光，感激地看着绿佳说：“放心吧，我记住了。”

“还有，坐车时要系安全带。”

“好，一定。”萧枫不住地点头答应，刚刚经历了杨东的事件，大家都难免心有余悸。

两人正在道别，红翎刚好经过这里，她看到绿佳的表情，心里似乎明白了什么。她停下脚步先看了看绿佳，再把目光锁定在萧枫的脸上，对萧枫说：“听我说，一定要注意安全，把自己和摄像都平安带回来。”她看到萧枫点头答应了，又转过头来对绿佳说：“你别担心，萧枫会照顾好自己的。”说完她用力握了一下绿佳的手。

红翎从会议室回到办公室，正准备下班。这时，手边的电话突然响了起来。“喂，请问找谁呀？”红翎把电话夹在耳朵上，一边继续用抹布擦着桌子一边问道。

“是红翎吗？你猜我是谁？”电话里传来一阵兴奋的声音。红翎一下子就听出了是蓝莹的电话。

“原来是你呀！怎么？当上主角就把我们给忘了吧？”红翎故作生气地说。

电话那边传来了开心的大笑，蓝莹边笑边说：“哪能呢？忘了谁，也不能忘了你呀！下班了吗？我现在过去找你，有事跟你说。”

“好的。”红翎爽快答应着。

半个小时后，蓝莹到了。刚刚走到大门口的红翎还没来得及与蓝莹打招呼，就立即被她拉进了停靠在路旁的汽车里。

几个月不见，蓝莹的气色好多了，尽管从脸上能看出一些疲惫，但她的精神状态却发生了根本的改变，仿佛浑身都洋溢着青春的朝气。自从蓝莹投奔了林导演后，红翎一直没有见过她，只在电话里听说她在外地忙着拍戏。红翎一钻进汽车就目不转睛地上下打量着蓝莹，连蓝莹找她有什么事情也没顾得上问。

“哎，哎，你把我看得都不好意思了，我又没有变。”蓝莹摇着红翎的手臂，把红翎的注意力拉了回来。

“说吧，找我有什么事？”红翎回过神来。

蓝莹从挎包里掏出两张烫金的请柬递给红翎：“明天晚上，我们剧组在晶华大酒店举行新片发布会，邀请你参加。”

“要发新闻吗？”红翎脱口而出。这是记者的口头禅，每当接到别人的邀请时，他们通常都会这么问。

蓝莹笑眯眯地看着红翎说：“能发新闻当然更好。不过，就算不发片子，你也得去。”

“为什么？”红翎侧着脸故意问道。

“这可是我离开电视台后第一次公开露面，你得去捧场啊！”蓝莹用期待的眼光看着她。

红翎借着车内昏暗的灯光费劲地看了一下手中的请柬，然后说：“知道了，明天我派记者去采访吧。你做好接受采访的准备哦。”

蓝莹高兴地搂住了红翎说：“谢谢了！”至此，她才想起大家还没有吃饭呢。“哎，怎么样？一起吃饭吧，把紫云叫上。”

红翎抬手看了看表，迟疑地说：“不知她现在是否已经吃上了？”边说边拨通了紫云的电话。

听说蓝莹请客，紫云立即放下正在煮着的方便面，赶了过来。

三个女人开着车，找了一家日本料理店在谈笑中饱餐了一顿。

第二天晚上，电视连续剧《爱的代价》新闻发布会在晶华大酒店的多功能会议厅举行。大厅的布置以红色为基调，到处洋溢着暖洋洋的气氛。导演和剧中的主要演员悉数登场。作为该片的主角，蓝莹身着一件做工考究的金色晚礼服，紧挨着导演站在发布台的正中间，显得十分抢眼。她时不时地变换着站立的角度，以配合众多媒体记者的拍照。

紫云也接到了蓝莹的邀请，和红翎并排坐在记者席上。看着站在主席台中央、挂满灿烂笑容的蓝莹，紫云不无感慨地对红翎说：“蓝莹重获新生了！”

红翎同意地点了点头。是啊！这人哪，如果想在社会上立足，或者始终保持一个良好的心态，最重要的就是要寻找到适合自己的位置。蓝莹当初闯入电视台，以为主播台就是她一生的梦想，但无论是主持不起眼的小栏目，还是登上一线主播台的位置，其实都没有最大限度发挥蓝莹自身的潜质，反倒是把她弄得不堪重负，险些精神崩溃。可是现在，当上演员的蓝莹，不仅调动了自身潜在的优势，也使自己变得更有自信了。不管这第一部电视剧是否能够达到预期的收视率，对于蓝莹来说，这绝对是一个脱胎换骨的过程，一个崭新的开始。

新闻采编部延续以往的做法，再度派出记者到西藏自治区制作系列节目，青桐带着红翎等三组记者飞往西藏的拉萨。

当飞机飞临拉萨机场上空时，红翎忍不住向下看：只见两山之间，一条细长的跑道静静地躺在峡谷之中，随着飞行高度的降低，窗外连绵的山脉不断与飞机擦肩而过，给人一种征服大自然的奇特感觉。

红翎是第一次到西藏，她曾不止一次地听朋友说：人的一生应该走一次雪域高原，因为那里有着极其独特的人文地理和自然环境。作为一个中国人，如果没有到过西藏，那可是一大遗憾。

红翎临来之前，特别请教过一位医学院的老教授，咨询到西藏采访要做些什么准备，可以说她这次是有备而来的。

青桐带着记者住进了拉萨大酒店，她让酒店的服务员给大家分配好房间后，就在大厅里发布了第一号训令：“大家注意，西藏不比其他地方，海拔高，缺氧气，这两天大家先休息，别乱跑。后天我们正式开始采访。”

等大家都陆续进了自己房间，青桐才拖着行李走进电梯。她刚一进电梯，就忍不住对着电梯里面的镜子拨弄了一下自己的头发。自从上次跟红翎去了趟云南后，青桐好像突然领悟了些什么，开始有意无意地改变着自己的形象。她首先从自己的发型着手，把盘了好多年的头发烫成了齐肩的卷发，接着她又在自己的服装色彩里增加了天蓝、米黄和枣红，还学会了化淡妆，并随身携带一管浅色的口红。尽管这只是些微小的改变，却让青桐一下子变得年轻了许多。

而此时红翎已经进了房间，她先是习惯性地环顾了一下屋内的布局，又查看了一下被褥是否洁净，然后才开始把行李中的洗漱用品逐一往外摆。

这时，电话铃响了。

“红翎，把东西放下后，赶紧到我的房间里来一下。”是青桐的电话。

十分钟后，红翎走进了青桐的房间。青桐此刻已经脱下风衣，换上了一件绣着花边的中式对襟上衣，合身的剪裁把她略显丰满的腰身烘托了出来。红翎这段时间已经察觉到了青桐身上的变化，她喜欢看到青桐的这种变化。女人嘛，原本在职场里打拼就很不容易了，为什么不好好关爱一下自己，取悦一下自己呢？

“主任，你的衣服不错！”红翎看着青桐由衷地赞美了一句。

青桐听到红翎在夸奖自己，得意地晃了一下头，给了红翎一个少有的表情。“谢谢！都是受到你的点拨。来，来，一会儿当地政府负责宣传的领导要过来跟我们商量采访、拍摄的事情，你仔细想想，看看还有哪些是需要他们协调配合的。”

“好的，来之前我已经想过一些了。”红翎说着在沙发上坐了下来，从包里掏出一个小笔记本看着翻着。

“主任，你身体的感觉还好吧？”红翎突然想起应该关心一下青桐，毕竟她已不再年轻了。

青桐端起桌子上的杯子，一仰头吞下了两颗红景天胶囊，“我已经来过几次，有经验了。你听我说，到这里每天都要坚持吃红景天。”

“真的管用吗？”

“凡事都是信则有，不信则无，你第一次来，就把工夫做足点吧。”

“知道了。”

两人正聊着，屋外传来了敲门声，青桐连忙上前打开房门：“欢迎，欢迎，尼玛主任，我们又见面了。”青桐热情地把尼玛主任和与他一同前来的当地政府官员迎进门来。

这时红翎已经站了起来，她仔细地打量着这位身材不高，年龄约在五十岁上下的尼玛主任，只见他面色红润，鼻直口方，身着一件藏青色的西装，显得风度翩翩。听说青桐每次来西藏都会跟他联系，俩人算是老朋友了。

青桐将红翎介绍给尼玛主任后，便招呼大家落座。没有过多寒暄，青桐立即把此次采访的主题向尼玛主任进行了汇报。

“欢迎你们来报道西藏的变化。我们会全力配合你们的。”尼玛主任微笑地向青桐表了态。

接下来，青桐和红翎把此次采访需要当地政府配合的环节一一列了出来，尼玛主任吩咐助手将它们全部记录下来。

当天晚上，前来参与报道的记者在当地宣传部门的安排下，吃了一顿地道的藏餐。待品尝过“扎西德勒”、手抓羊排、珍珠汤等地道的西藏菜之后，红翎发现，她以前在大城市里吃过的所谓藏餐都是经过改良的。

让红翎没有想到的是，进了西藏之后，自己的身体竟然没有任何高原反应。当天晚上，她按照医生的嘱咐，吃了两粒红景天，又吃了两片安眠药。不知道是不是这些药物的作用，红翎入藏的第一晚竟睡得酣畅淋漓，第二天醒来也没有任何不适的感觉。早餐后，她找到青桐，提出了要马上开始采访。

“你行吗？千万不要逞强。这里可不是闹着玩的。”青桐看着她关切地问。

“我一点儿感觉都没有，这么待着好无聊，还不如去采访呢。”红翎笑着回答。青桐在确定了红翎身体状态之后，同意她带着藏族摄像记者强巴一起去拉萨街头采访。

红翎要采访的第一站是西藏广播电台。没想到它就坐落在布达拉宫的旁边，出租车在布达拉宫的前面拐了个弯后停了下来。红翎从车上下来，抬头望着眼前这座在西藏人民心目中无比神圣的建筑，在蓝天白云下，美丽的布达拉宫气势恢弘，令人叹为观止，真是太伟大了，太神圣了！

强巴是在内地长大的西藏人，他见红翎一直在仰着头端详着布达拉宫，就过来催促道：“红翎，我们先去采访吧，等明天我再陪你来大昭寺。”红翎听到强巴在喊她，连忙把目光收了回来，跟着强巴走进西藏广播电台。

第一天的采访进行得很顺利。

第二天，所有赴藏的记者也开始投入到了紧张的采访中。青桐也没闲着，跟随其中一组记者深入到了采访第一线。

然而，谁都没有料到的是，采访工作才刚刚开始，三位摄像记者中，身体最棒的胡阳却在第三天的早上没有按时起床。

强巴在第一时间跑到餐厅里向青桐报告了胡阳的病情。

青桐正在跟其他几个记者吃早点，听说胡阳病了，她把手里的小半块馒头塞进嘴里，立即站起身来对强巴说：“快点，你去找个医生来，我先去看看。”

青桐来到胡阳的房间，只见胡阳躺在床上，脸色通红，刘剑锋正在一边照顾着。她上前去用手探了探他的额头，发觉胡阳在发烧。要知道，在西藏最怕的就是感冒发烧，弄不好就有可能转为肺炎或者肺气肿。青桐焦急地在房间里来回走动，胡阳费劲地睁开了眼睛，望着青桐说："主任，不好意思，我耽误工作了。"

青桐对他摇了摇头说："先别想工作，医生马上就到。"正说着，强巴带着自治区医院的医生进来了。医生给胡阳做了检查，然后对青桐说："他肺部发现炎症，需要治疗。"

"怎么治疗？"青桐着急地问。

"最好把他转到医院去。"

青桐琢磨了一下，然后对强巴说："你去告诉红翎，让她今天和刘剑锋去采访，你和我送胡阳去医院。"

强巴答应着立即出去转达了主任的意思，然后又跑回房间里，青桐、强巴和刘剑锋协助医生一起把胡阳送到自治区医院的救护车上。

当天晚上，胡阳的病情加重了，青桐从医院回来后立即把这个情况报告给了方浩。方浩听完青桐的汇报，担心会有更坏的结果，指示青桐马上把胡阳送回来。青桐放下方浩的电话，把所有记者召集到她的房间里，召开了一个紧急会议。

她表情严肃地对大家说："现在胡阳病了，方主任指示马上把他送回去。事不宜迟，明天上午与他搭班的刘莉与胡阳同机返回，一路负责照顾胡阳。原来刘莉、胡阳这组记者负责的采访就由留下的记者负责，红翎和强巴承担其中的三分之二。"青桐布置完工作，拉着红翎又赶到医院。

此时的胡阳脸色已经开始有点发紫了，青桐把部里的意见转达给他，胡阳艰难地点了点头，以示谢意。

夜已经深了，青桐还在屋里想着如何才能把胡阳安全送回去。如果坐民航班机回去，上上下下都很不方便，更何况没有直飞的航班。该怎么办呢？青桐突然想到了成都军区驻藏部队。对呀，何不请求部队支援！她立即穿上外套，拨通了尼玛主任的电话。尼玛主任接到电话后，答应马上带青桐去找驻藏部队的负责人。

成都军区的领导得知要抢救一名患重病的记者，经过研究之后决定：第二天派出直升机送胡阳返回。

第二天早上，胡阳在刘莉的陪护下，搭上了成都军区派来的一架直升机，直抵他们所在的那座城市。一下飞机，胡阳立即就被送到了市里的专科医院接受治疗。

把胡阳送走后，留在拉萨的其他人马不停蹄开始了紧张的采访拍摄。

白天，红翎带着强巴四处寻访，今天上山南，明天到林芝，到了晚上，一回到房间，头一件事就是整理素材。由于时间紧迫，一些稿子必须事先完成，还有采访当地人的一些同期讲话也必须请人协助先翻译过来，否则回去后做节目很费劲。当这种状况持续了半个多月之后，红翎的精神开始变得有点恍惚。

这天晚上，红翎刚刚整理完当天的采访素材，走进洗手间准备洗漱，突然，她感到一阵眩晕，便急忙去扶门把手，谁知转身太急，左腿正好撞在了旁边的马桶边上。

待神志清醒之后，她发现，自己腿上的那块旧伤疤被撞开了一个小口子。红翎坐在床边查看隐隐作痛的左膝，她的心里也隐隐作痛起来。为了这块伤疤，红翎可没有少花心思，由于当初在电视台医务所处理得太过草率，致使伤口恢复后出现了局部增生的结果，最后居然留下了一条长约四公分的伤疤。她原本不属于疤痕体质，但是，这块伤疤却牢牢地粘在了她左腿的膝盖下方。为了去掉这块伤疤，红翎还特意去了整形医院，结果是花了钱，受了罪，伤疤依旧。从那以后，红翎把衣柜里的超短裙一律淘汰掉了。她曾经指着伤疤跟家人打趣地说："这是我胸口永远的痛。"看来，这个痛此时又来找她了。

红翎无奈地拿出自备的小药盒，找到一块大一点儿的创可贴贴在伤口上。偏偏这个时候，她的手机响了。

"喂……"红翎手忙脚乱地接着电话。

"红翎，是我，张宇。你在西藏那里还好吗？"电话里传来了张宇的声音。红翎没料到在这个时候能够接到张宇从澳大利亚打过来的越洋电话，她突然鼻子一酸，眼泪竟然滚落下来。张宇在电话里听到这边有哭泣的声音，不知道发生什么事了，焦急地问："红翎，到底发生什么事情了？快告诉我，别让我担心！"

红翎边抹眼泪边跟张宇说："其实也没什么，就是不小心把腿撞了一下，我也不知道自己怎么就哭起来了。没事，你不用担心。"说完，她自己倒有点不好意思起来。

张宇一边安慰她一边又跟她说了许多在西藏如何保护自己的话，最后，他在电话里隔空喊话般地对红翎说："红翎，你记住，我爱你！我希望你健康快乐！你答应我。"红翎仿佛看到张宇就站在自己的面前，对着电话不住地点头。

放下张宇的电话，红翎想了半天也没想明白，自己怎么就突然哭起来了？

这么多年，自己可从来没有因为工作中吃苦受累的事而掉眼泪呀！她想起紫云说过的话：这女人嘛，一旦遇到了爱她的人，就开始变得爱哭了！想来这都是张宇的电话惹出来的，要不然，她断不会这么轻易哭鼻子的。

第二天醒来，红翎正准备出去采访，忽然见青桐急匆匆地朝她走来。

青桐表情严肃地把红翎叫到一边，看着她说："红翎，我需要马上回去一趟，这里的工作就交给你负责了。"

"部里出什么事了吗？"红翎见青桐神情凝重，连忙问道。

青桐摇了摇头，犹豫了片刻，然后说："不是部里的事情。这几天我有些咳嗽，每次一咳胸部就疼，昨天我抽空去西藏军区医院拍了个片子，医生说我的肺部发现一块阴影，建议我尽快回到大城市里做进一步的检查。昨天晚上我请示了方主任，他让我马上回去，这里的事情就交给你负责了。"

红翎听到这里，心里七上八下，"不会有什么大问题吧？"

"现在不好说，只能听天由命了！"青桐自我调侃了一下。

"主任你放心吧，这里的工作已经接近尾声，有什么事情我会随时向你汇报。你快点回去吧。"红翎见青桐点了点头，没再说什么，朝她自己的房间走去。红翎真希望这是一场虚惊，她望着青桐的背影默默地为她祈祷。

下午 3 点，青桐坐上了由拉萨飞往成都的飞机。她坐在靠窗的位置上，俯瞰脚下，大地一片金黄，可此刻她的心却是一片灰暗。她不知道这次等待她的将会是什么？想到自己几十年来，含辛茹苦把女儿带大，刚到电视台的时候，她连固定的住所都没有，为了给孩子提供一个好的生活环境，她带着女儿辗转于城市的周边，不停地搬家再搬家。俗话说得好：搬一次家穷三年，她的工资几乎全花在了这上面。还有，这些年为了工作，她以一种男人般的毅力冲在第一线，凭着刻苦加拼命的精神才坐到了副主任的位置的，功劳苦劳都不提了，如今好不容易把孩子带大了，自己也到了知天命的年纪，前不久却因为播出事故得了个处分，想想心里都郁闷！现在身体又出现情况，如果真的查出什么不好的结果，自己该怎么办呢？女儿尚未出嫁，老家那边还有个八十多岁的老妈妈……

青桐思绪很乱，她谢绝了航空小姐送上来的饮料和食品，呆呆地看着窗外，她心想：这一次，真的是把自己交给老天了。

当天晚上，青桐回到家里，她没有惊动留在学校的女儿，而是把自己一个人关在家。她没有胃口，也没有煮饭，连家里的灯也没有开。她拿着一瓶白酒，孤零零地站在阳台上，从这里可以眺望远处的万家灯火，她慢慢把自己灌醉，然后在迷茫中进入了梦乡。

第二天一早，天刚蒙蒙亮，青桐就赶到了市里最著名的那所三级甲等医院。

青桐拍完X光后，医生告诉她，从目前情况看，病情不太好，要再做一个核磁共振，以进一步明确阴影的性质。

青桐慢慢地穿上衣服，跟着医生，朝核磁共振室走去。

那个高度精确的医学仪器接下来会告诉自己什么结果呢？青桐两腿如灌了铅，极其沉重，她感觉自己的身上好像刚刚被浇了一盆滚烫的开水，肌肉抽紧，还有一种生生被撕裂的感觉。这三百米走得如此艰难，青桐从来没有体验过。她不是怕死，而是这种等待宣判结果的感觉太难受了。

青桐按照医生的要求，机械地躺在了检查床上，随着仪器的启动，她能感觉到自己正在被送往检验的入口处，这一刻，她突然想到了死，脑子里一下闪出火葬场里尸体被推进焚化炉的画面。于是，她几乎在瞬间想好了：如果自己真的得了什么不治之症，她绝不做手术，不接受化疗，等把女儿和老母亲的事情安排好之后，她要去一个没有人认识她的地方，在酒里装上安眠药，然后把自己灌醉，静静地离开这个世界。

张宇决定回到红翎的身边。这一次，他不仅毅然决然地卖掉了澳大利亚的房子，准备回到国内创业，还决定把自己也交给红翎，将自己今后的生活跟红翎牢牢地捆在一起。

张宇乘坐的飞机已经升空，红翎的心绪也随之飞扬起来。

半年前，红翎在张宇的盛情邀请下去了趟澳大利亚。张宇曾经多次动员红翎到澳大利亚去看看，他调侃地对红翎说："你这个当记者的不要总把自己局限在大陆和港澳台地区，要放眼全球，到南半球去走走，了解一下我们海外华人是如何生存的。"红翎终于被他说动了，于是，她利用年假登上了去澳大利亚的班机。

听说红翎要来了，张宇提前好几天就做好了安排，他专门调整了假期，专程赶到悉尼去迎接红翎。

红翎是跟随一个中国旅游团前往澳大利亚的，旅游团先是到达布里斯班，然后经大堡礁、黄金海岸等著名的风景胜地，最后一站是悉尼。一路走来，红翎一面感叹澳大利亚纯净的大自然风光，一面期待着和张宇的会面。

张宇几乎是和红翎同一个时间从澳大利亚北部城市飞过来，他比红翎的航班早半个小时到达。从机场的显示屏上他查到了红翎他们搭乘的航班马上就要降落，于是他连候机楼都没离开，便直接守候在了出站口。

红翎带着黄金海岸送给她的阳光肤色，刚刚步入候机大厅，就远远地看见了等候在那里的张宇，她快步走上前，和张宇紧紧地拥抱在一起。

红翎和张宇差不多一年没有见面了，两人站在行李输送带前你看看我，我看看你，最后两人竟忍不住哈哈大笑起来。

在酒店放下行李后，张宇就拉着红翎在悉尼最好的一家华人餐馆里请红翎吃了顿地道的海鲜。然后他把红翎带到了一个朋友开的音乐工作室。工作室不大，只有一个录音师，老板叫许曼丽。十年前她申请来澳大利亚与丈夫团聚，却被丈夫无情地抛弃在了异国他乡。面对困境，曼丽表现得十分坚强，她经过一番艰苦的努力，不仅熟练掌握了英语，并在澳大利亚电信公司站稳了脚跟。如今，除了在大公司任职外，她还和别人合伙开了这个小小的音乐工作室。她告诉红翎，她的这间工作室不为赚钱，纯粹是满足个人爱好。因为来澳大利亚之前，她曾经是唱美声的。

曼丽见到红翎，大有他乡遇故知的感觉，不由分说地把红翎推进了录音棚，她要为红翎现场制作一盘唱碟，以便永久保存。

于是，在一个陌生的国度，在那个温馨的夜晚，红翎为了张宇一展歌喉，把《挥着翅膀的女孩》和《我只在乎你》献给了自己心爱的人。

张宇为了能利用有限的时间和红翎多待上一会儿，特意把自己下榻的酒店选在了和红翎同一间酒店。

夜深人静时，张宇把红翎紧紧地抱在怀里，他恳求红翎嫁给他。

“你不怕中国从此会失去一位著名的女记者吗？”红翎用张宇曾经说过的话反问他。

“她已经很有名了，不能再继续下去了，她应该把自己的位置让给更多的年轻人。”张宇一本正经地回答。

第二天上午，张宇陪着红翎参观了这里的迪斯尼乐园。一路上他们俩的手一直紧紧地握在一起。在极富刺激的侏罗纪公园里，红翎和张宇乘上了一艘小艇，小艇很快就滑向用树枝掩映的水道，张宇大声地问红翎：“我如果不能开奔驰去迎娶你，你是否会感到失望？”

红翎回答：“如果在奔驰车上都没有找到爱的感觉，那么，我宁愿和你去坐地铁！”

离开迪斯尼乐园，张宇也该和红翎分手了。此次相见，红翎感觉到他们之间在爱情之外又增加了一份浓浓的亲情。

在等候航班起飞的时候，张宇按捺不住内心的激动即兴写了一段感言，并立刻通过电子邮件传给红翎——

相遇是缘，否则，在这个芸芸众生的大千世界里，何以会有那么多人与你擦肩而过而没有留下任何痕迹?

相知是福，在这个充满竞争和物欲横流的世界里，愿与你同甘共苦，携手到老的能有几人?

缘来缘去原本是件很平常的事，但是当到手的缘分被你失落，却是一件终生遗憾的事。

回首往事，我的心再起波澜，当丢失的情缘再次出现的时候，是不是意味着命中注定我们要终生相守?

张宇在邮件的最后这样写道：

请嫁给我吧！我将用心窝里所剩的那点余焰，重新点亮我的世界，照亮你的心田。

细细品味着张宇的邮件，红翎知道自己已经别无选择。那就是：嫁给张宇！一辈子做他的老婆。

从澳大利亚飞来的航班已经着陆，红翎把放飞的心情收了回来，她冲向出站口，期待着又一个瞬间的迸发……